Research Series on Modern Chinese Literary Genealogy

中国现当代文学谱系研究丛书

主编 / 刘勇 李怡 李浴洋

中国现代儿童诗歌的审美流变

张国龙　江　雪 / 著

文化艺术出版社
Culture and Art Publishing House

图书在版编目（CIP）数据

中国现代儿童诗歌的审美流变 / 张国龙, 江雪著
. — 北京：文化艺术出版社, 2023.7
ISBN 978-7-5039-7454-0

Ⅰ.①中… Ⅱ.①张…②江… Ⅲ.①儿童诗歌—诗歌美学—诗歌研究—中国 Ⅳ.①I207.8

中国国家版本馆CIP数据核字（2023）第123788号

中国现代儿童诗歌的审美流变

著　　者	张国龙　江　雪
责任编辑	魏　硕
责任校对	董　斌
书籍设计	李　响
出版发行	文化藝術出版社
地　　址	北京市东城区东四八条52号（100700）
网　　址	www.caaph.com
电子邮箱	s@caaph.com
电　　话	（010）84057666（总编室）　84057667（办公室）
	（010）84057696—84057699（发行部）
传　　真	（010）84057660（总编室）　84057670（办公室）
	（010）84057690（发行部）
经　　销	新华书店
印　　刷	国英印务有限公司
版　　次	2023年11月第1版
印　　次	2023年11月第1次印刷
开　　本	710毫米×1000毫米　1/16
印　　张	28
字　　数	300千字
书　　号	ISBN 978-7-5039-7454-0
定　　价	88.00元

版权所有，侵权必究。如有印装错误，随时调换。

"中国现当代文学谱系研究丛书"编委会

策　　划　北京师范大学文学院
　　　　　北京师范大学鲁迅研究中心

主　　编　刘　勇　李　怡　李浴洋

编　　委　刘　勇　李　怡　张清华　黄开发　陈　晖　沈庆利　张　莉
　　　　　张国龙　梁振华　谭五昌　熊修雨　林分份　白惠元　姜　肖
　　　　　李浴洋　肖　汉　陶梦真　刘一昕　李春雨　刘旭东　张　悦

助理编委　汤　晶　解楚冰　乔　宇　陈蓉玥

"中国现当代文学谱系研究丛书"
总序

1928年,时任清华大学中国文学系主任杨振声发表了题为《新文学的将来》的演说。他在演说中提出——

> 文学是代表国家、民族的情感、思想、生活的内容。史家所记,不过是表面的现象,而文学家却有深入于生活内容的能力。文学家也不但能记述内容,并且能提高情感、思想、生活的内容。如坦特,如托尔斯泰,如歌德,他们都能改造一国的灵魂。所以一个民族的上进或衰落,文学家有很大的权衡。文学家能改变人性,能补天公的缺憾,就今日的中国说,文学家应当提高中国民族的情感、思想、生活,使她日即于光明。

此时距离"文学革命",仅过去十年时光。作为"五四"一代作家,杨振声在演说中表达的是对于方兴未艾的"新文学"的殷切期待。如今,"新文学"已经走过百年历程。世纪回眸,陈独秀、胡适、鲁迅、周作人等前驱开辟的道路,早就在丰富的实践中成为一种"常识"。"新文学"的历史无负杨振声的嘱托。

当然,从最初的"尝试"走到今天的"常识",其间的路途并不平坦,更非顺畅。此中既有"新文学"发生与发展本身必须跨越的关卡,也需要面对与"五四"之后的时代风云同频共振带来的挑战。在这一过程中,"新文学"的理想激扬过,也落寞过;曾经作为主流而显赫,也一度成为潜流而边缘;始终坚守自身的价值立场,但也或主动或被动地调整着前进的步伐。不过无论如何,"新文学"还是在百年风云中站稳了脚跟,竖起了旗帜,在"提高中国民族的情感、思想、生活,使她日即于光明"的征程中形成了与传统文化既有联结又有区别的现代文明的"新传统",与"国家、民族的情感、思想、生活的内容"打成一片。

"新文学"从历史中穿行而来的过程,便是"新文学"的种子落地生根的过程,也是其在观念、制度、风格与气象上不断自我建设的过程。"新文学"从来不是一成不变的,但其内核、本质、意涵与边界却也在探索与辩难中日益明确与积淀。

因此,看待、理解与研究"新文学",也就内在地要求一种历史的眼光、开放的精神、多元的视野与谱系的方法。而当杨振声演说《新文学的将来》时,他事实上也开启了更为自觉地从事"新文学"研究的传统。1929年,为落实与杨振声一道确立的"注重新旧文学的贯通与中外文学的融会"的清华国文系建系方向,朱自清开设"中国新文学研究"课程。此举被王瑶先生认为是"最早用历史总结的态度来系统研究新文学的成果",影响深远。

回溯百年"新文学"研究史,也包括中国现当代文学学科史,正如王瑶先生所言,"如果我们用历史的观点看问题",朱自清的筚路蓝缕"显示着前驱者开拓的足迹"。而朱自清奠立的"用历史总结的态度来系统研究新文学"的方法,正是现当代文学研究最为重要的学术经验。此后一代又一代学人的前赴后继,便都是在杨振声与朱自清的延长线上展开工作。我们策划"中国现当代文学谱系研究丛书",也是如此。

当年,朱自清的"中国新文学研究"课程不仅在清华讲授,还曾经到北京师范大学与北平大学女子学院等校开设。而后两者都是今日北京师范大学的前身。"新文学"研究的传统在北师大百年的教育史与学术史上薪火相传，代不乏人。以北师大学人为主体的"中国现当代文学谱系研究丛书"致力于站在新的历史与学术起点上继往开来，守正出新。

丛书中的十卷著作尽管各有关怀，但也有相近的问题意识，那便是都关注"新文学"在"改造一国的灵魂"中发挥的作用，以及在这一过程中对于"新文学"的锻造。"新文学"的核心价值是从"立人"精神出发，追求"改造中国人及其社会"，以建立"人国"，并且寄托对于人类命运的终极关怀。因此，"新文学"确立了以"人的文学"为基础的价值谱系，启蒙、民主、科学、解放是其最为重要的理念。而"新文学"对于"人的解放"的要求又是与国家的独立和富强以及人类一切被压迫民族的解放关联在一起的。所以，"新文学"对于个体的承担不会导向"精致的利己主义"，"感时忧国"的精神也包含了对于民粹主义的反思。"新文学"是一种自信但不自大的文学，是一种稳健但不封闭的文学。开放与交流的"拿来主义"态度是"新文学"的立身之本，与"无穷的远方，无数的人们"的血肉联系则是"新文学"的源头活水。"新文学"是一种真正的"脚踏大地"同时"仰望星空"的文学。对于"新文学"价值谱系的清理，既是一项学术研究的课题，更是一种精神砥砺的需要。

而从"新文学"传统中生长出来的"新文学"研究，同样有其价值谱系。王瑶先生强调，"研究问题要有历史感"。严家炎先生也曾经指出，"中国现代文学史的研究，首先要尊重事实，从历史实际出发"。这是对于学科品质与独立品格的根本保证。历史的态度与谱系的方法是中国现当代文学研究的正道与前路，这是前辈学者留给我们的最为重要的经验。而对于"新文学"研究而言，不仅有价值谱系、知识谱系、方法谱系，更有思想谱系、文化谱系、精神谱系。樊骏先生就注意到，在以王瑶为代表的学科先辈身上，同时兼备"两个精神谱系"："一是西方传统中的'普罗米修斯—但丁—浮士德—马克思'，一是中国、东方传统中的'屈原—鲁迅'。"他们"都是这存在着内在联系的两大精神谱系，在现代中国学术界的自觉的继承人"。钱理群先生认为，"新文学"研究的传统正是"精神传统与学术传统"合而为一的。这也就决定了当我们以历史的态度与谱系的方法研究中国现当代文学时，不仅是在进行学术创造，也是在精神提升。而这显然是与"新文学"的价值立场一致的。我们可喜地看到，这也正是丛书中的各卷作者不约而同的选择。

北京师范大学文学院高度支持丛书的编辑出版。而从《中国现代文学编年史》开始，我们就与文化艺术出版社确立了良好的合作关系。"中国现当代文学谱系研究丛书"作为师大中国现当代文学学科与师大鲁迅研究中心的最新成果，期待得到学界同人的赐教指正。我们也希望有识之士可以和我们一道共同推进中国现当代文学研究的发展与繁荣。

刘勇　李怡　李浴洋
"中国现当代文学谱系研究丛书"编委会

2023 年 5 月 20 日

目录

绪论　儿童诗歌为何？何为？

003　第一节　儿童诗歌的审美尺度

010　第二节　儿童诗歌类型辨正

012　一、儿歌

025　二、儿童诗

050　第三节　儿童诗歌的审美特征思辨

050　一、颠覆性：童年思维的审美创造

054　二、真、善、美、趣：儿童诗歌的审美底色

063　三、童心观照下的陌生化表达

第一章　"儿童本位"对儿童诗歌审美观念的冲击

071　第一节　"儿童本位"与儿童诗歌的现代生成

074　一、"儿童本位"论与"儿童本位"审美观

080　二、"拟儿歌"：作为一种新诗可能性的现代儿童诗歌

096　三、儿童接受：儿童诗歌文体的共识

120　第二节　基于"儿童本位"的内宇宙探索与童心浪漫风格

120　一、"儿童本位"观下童趣的真情与想象

134　二、"儿童本位"观下自然物趣的奇妙体验

151　三、乐观浪漫的童心崇拜风格

第二章　"儿童本位"观偏移与儿童诗歌多元旨趣的交织

169　第一节　童心表现的两极化：清新的审美旨趣与庸俗化的趋势

169　一、表现物趣，活泼而快乐

177　二、"伪童心"与低级趣味

184　第二节　教育旨归与儿童诗审美的实用价值倾向

210　第三节　儿童诗歌的革命话语与求真、写实的精神追求

215　一、爱国奋进与苦难表现中的求真、写实

225　二、昂扬的革命斗争精神和蓬勃生长的力量

234　三、"红色儿歌"的通俗明快

241　第四节　儿童诗歌注重"唱"的形式之美

243　一、注重"唱"的形式与儿童诗歌文体互涉

251　二、儿童诗歌中"唱"的游戏愉悦感

255　三、歌唱中的记忆、力量与儿童诗歌的民间转向

第三章　"救亡"中的"现实之美"与童心想象

262　第一节　抗日之声与儿童的社会生活

267　一、控诉和反抗，在战争创伤中构建民族意识

272 二、儿童在抗日救亡的公共生活中发挥能动性

282 三、儿童的未来生长性与公共生活的新气象交织，构成前进的节奏

291 四、强烈的政治热情蕴藉于生活之中，情绪单纯，爱憎分明

296 第二节 现实之美：儿童叙事诗的审美追求

297 一、"现实之美"的表现

309 二、追求"现实之美"的根源

325 第三节 别具一格的童心想象

326 一、童心与美的世界：战时郭风的童话诗创作

337 二、从蒲风到郭风：一条隐匿的童心想象线索

350 三、传统的延续与新感觉的捕捉

第四章 余论：新与旧之间——转折时期的现实之声

361 第一节 歌颂新生活：憧憬与热切的希望

367 第二节 苦难现实中的讥讽与怨愤

372 一、弃儿之歌：流浪儿童的控诉

389 二、儿童讽刺诗歌：讥诮与不平之气

399 第三节 转折时期童心审美的延续与新变

400 一、童话诗中两种想象的审美

416 二、回归儿童生活的童心探索

423 第四节 物的审视与道德审美

绪论
儿童诗歌为何？何为？

第一节 儿童诗歌的审美尺度

诗歌是心灵的歌唱。"诗言志，歌永言，声依永，律和声。"① 指出诗表达内心的思想意志，歌则是舒缓咏唱的语言，五声要配合咏唱，六律要与五声和谐。来自内心的情感与所展现的内容要与声音相协和，构成有助于教化的表达。舜帝命令乐官夔制典作乐，来教导子弟们"直而温，宽而栗，刚而无虐，简而无傲"②。由此，诗歌与音乐，音乐与"中和"的伦理、礼仪秩序建构起关系。也可以说，诗歌直达人类的内心世界，与个性养成、修身教化紧密相联系，最终在中国古代人那里指向伦理和礼仪的建构，是和谐世界的表征。在走向成人的历史时光旅途中，诗歌时常指向人类教化，尤其是童年走向成年的心灵教育。讨论儿童诗歌及其审美，离不开从人类历史纵向维度的流变考察，也需意识到在历史的流变中所构成的儿童诗歌的尺度。

儿童诗歌的尺度，意味着其概念一方面指向作为研究客体的儿童诗歌本质，另一方面指向创作、研究儿童诗歌的主体的观念。前者指向儿童诗歌为何的定义界说，后者指向儿童诗歌的审美观及其背后的儿童观。本书以中国儿童诗歌的审美流变为考察对象，即是指向两个尺度中儿童诗歌的定义、儿

---

① 屈万里：《尚书集释》，李伟泰、周凤五校，中西书局2014年版，第27页。
② 屈万里：《尚书集释》，李伟泰、周凤五校，中西书局2014年版，第27页。

童诗歌的类型与儿童诗歌的审美特征建构。

欲给儿童诗歌下定义，首先必须明确的是，在古代的文体概念中，诗与歌是两个维度的韵文体文学样式。诗指向文人视野的个体经验，强调诗的抒情言志与语言的创造性；歌则指向民间集体的公共话语，强调歌的音乐性与娱乐性。因此，儿童诗歌的词汇组合中包含着诗与歌两个维度，意味着儿童诗和儿歌都应被纳入考量的范畴。现代以来的儿童诗歌研究，主要从"诗"与"歌"的基本概念辨析出发，将儿童诗与儿歌视作两种类型的文学形式，共同指向儿童诗歌这个概念的范畴。本书尝试列举"五四"以来具有一定代表性的儿童诗歌定义（见表0-1），把握儿童诗歌的尺度中所包含的诗与歌两个维度的内容，共同构成了面向儿童的韵文体文学样式。

表0-1 "五四"以来儿歌与儿童诗的辨析

代表人物/出版物	关于儿歌/儿童诗的定义	辨析
周作人	"儿歌者，儿童歌讴之词，古言童谣。"[1] "古今童谣之佳者，味覃隽永，有若醇诗。"[2]	将儿歌视作童谣，强调其歌唱性及其民间的特质，并从民俗学的角度认为儿歌是诗的起源
魏寿镛 周侯于	韵文类（字句清浅的，美感充足的）："新诗，叶韵而且要声调和谐。" "儿歌，民间流传儿童口唱的歌辞，要好听的、易唱的，是本地方流传的。"[3]	诗与儿歌、民歌、谚语等体裁并举，都属于诗歌文体

---

[1] 周作人：《儿歌之研究》，载钟敬文编《歌谣论集》，北新书局1928年版，第85页。
[2] 周作人：《儿歌之研究》，载钟敬文编《歌谣论集》，北新书局1928年版，第94页。
[3] 魏寿镛、周侯于编辑：《儿童文学概论》，商务印书馆1923年版，第37—38页。

续表

代表人物/出版物	关于儿歌/儿童诗的定义	辨析
冯国华	"而儿歌在幼儿前期的儿童看来，尤为重要；因为儿歌是有叶韵的，听起来容易入耳，唱起来容易上口。——此理下文再说——所以儿歌在儿童文学中，从时间上讲起来，实占第一个时期。"①	儿歌属于儿童文学，要顺应儿童心理、取材于儿童生活，做到音韵化、口语化、通俗化。它与民歌、新诗同属于儿童诗歌，在教育上有独立的价值
朱鼎元	诗歌："（1）音节和谐而自然。（2）字句的组织要优美。（3）感情已失中正平和的态度的，不宜选。" "这种文学，音节和谐而自然，最足以引起和激动儿童的感情与想象的。" 儿歌："有普遍性和合于儿童心理的儿歌。……——二、三岁——十三、四岁。" 新诗："有自然而和谐的音节，有合于本国语言的语法，有写景或寓言的具体的描写的；具备这三个优点的，都适用。——九、十岁起"②	从儿童教育出发，朱鼎元将儿童诗歌分为儿歌、谜语、新诗和旧诗。他根据儿童分期，认为不同年龄阶段的儿童偏好不同的诗歌类型。儿歌被视作幼儿所喜爱的，强调听觉上的悦耳；新诗强调音节和谐、语法本土化和内容具体化
张圣瑜	"诗歌，综童谣与诗言之也。"③ 儿歌："今采取儿童歌谣以为文学者，自异乎是。""在儿童含哺以歌，只需词句顺口，声调动听，含意多趣，便可使斯须不去诸口。利其游戏本能，怡情养性，为之纯文学陶冶者固莫尚也。"④ 儿童诗"情景优美，足以引起人之同情，形式方面，声调合自然之节奏而谐声韵。文词之描写自然，而有情感色彩。儿童之于人生意味，且依此而领悟冥契也"。⑤	儿童诗与儿歌属于儿童诗歌，但互相区别。张圣瑜将当时的儿歌视作异于谶纬预言的童谣，归于文学，强调其听觉特征、趣味性与陶冶性情的功能。他将儿童诗视作教育阶段中在儿歌之后的一种体裁，强调儿童诗包含浅近的文言，是古体乐府和语体新旧的诗。尤其强调描写性、情感传递和启发儿童的特性

---

① 冯国华：《儿歌底研究》，《民国日报》1923年11月23日。
② 朱鼎元：《儿童文学概论》，中华书局1924年版，第13—14页。
③ 张圣瑜编著：《儿童文学研究》，商务印书馆1928年版，第81页。
④ 张圣瑜编著：《儿童文学研究》，商务印书馆1928年版，第82—83页。
⑤ 张圣瑜编著：《儿童文学研究》，商务印书馆1928年版，第83页。

续表

代表人物/出版物	关于儿歌/儿童诗的定义	辨析
王人路	"儿歌都是一些音节很好的；他的内容，似乎有甚么意义，同时又没有甚么意义，就是一种没有意义的美术品；为一般年龄较小的儿童所爱听以至于爱唱的。"① "童谣也是一种儿歌相类似的歌谣，他的意义是在可捉摸与不可捉摸之间。通常多是一种关于政治的或社会的问题，借儿童的口来传述出来，因为儿童是没有法律责任的，所以多半含着有讽刺的意味。"② "诗是以情绪、想像及音律，表现一般人生的艺术。所以诗是表现的艺术，是一种纯文学的材料。而儿童的诗，大抵要想像丰富，音节自然，和谐有韵，使较大的儿童百读不厌。因此诗的内容也要注意到合乎儿童的意识，和诗句的组织都能适合儿童语法的程度。而诗与歌谣不同的地方是在于他的内容比较的有意义，有音韵，且是纯文学的。"③	儿歌、童谣、诗被定义为纯文学的儿童读物。王人路强调通过意义的有无来区分儿童诗和儿童歌谣；通过面向儿童的教育应用和面向社会政治问题的功能来区分儿歌和童谣。其中，儿童诗是纯文学，且属于新诗
吕伯攸	"儿童的诗歌，大概把一切叶韵的儿童文学，都可以包括在这个项目中。"④ 儿歌："大都是口述的，有意义的固然很多，没有意义，只凭趁韵而成的，也自属不少"，儿童吟唱时要求"音韵适口，自感愉悦，决不会去追求他的意义的"。⑤ 诗歌："以近人的所谓新诗和古人的白话诗为主似乎是偏重于诗的一方面了"，"适合于儿童的"，"和儿童意境相近的"。⑥	根据当时官方的《小学国语课程分类法》，认为押韵有节奏的儿童文学都是儿童诗歌。诗歌被分为儿歌、谜语、杂歌、民歌、诗歌等。儿童诗与儿歌都有韵律和谐、适合儿童的特点；儿歌更强调其作为"歌"的身份及其娱乐性（如绕口令）的特征、无意义；诗歌强调诗的抒情性与言志性

---

① 王人路编：《儿童读物的研究》，中华书局1933年版，第6页。
② 王人路编：《儿童读物的研究》，中华书局1933年版，第7页。
③ 王人路编：《儿童读物的研究》，中华书局1933年版，第31页。
④ 吕伯攸：《儿童文学概论》，大华书局1934年版，第60页。
⑤ 吕伯攸：《儿童文学概论》，大华书局1934年版，第61页。
⑥ 吕伯攸：《儿童文学概论》，大华书局1934年版，第62—63页。

续表

代表人物/出版物	关于儿歌/儿童诗的定义	辨析
陈济成 陈伯吹	"儿童诗歌是简单的,感觉的,热情的,想象的文字;但是它们是儿童本位的。"①	综合弥尔顿和雪莱关于诗的观点,强调儿童诗歌浅显直观的体验、明朗积极的气质和想象,表现儿童本位
《儿童文学辞典》	儿歌:"又称童谣、童子谣、孺子歌、徒手歌、小儿语、幼儿歌谣等。是以低幼儿童为主要对象、适合他们聆听吟唱、采用韵语描述事物的徒手歌谣。"② 儿童诗:"儿童文学作品的一种样式。指为少年儿童创作,并为他们理解欣赏的诗歌。同时也包括少年儿童创作的、表达和抒发他们思想感情的诗歌。"③	儿歌与儿童诗并列,将儿童诗分为儿童自己创作的和成人为儿童创作的,强调主题、审美趣味、语言、意境、音乐性;而儿歌则强调韵语特征
蒋风	"儿歌是指专为幼儿创作的一种可诵可唱的简短诗歌。" "儿童诗一般以认字的儿童为对象,比起儿歌来,内容较深广,思想较含蓄,结构稍复杂,篇幅多数都更长一些,形式更接近自由诗,儿歌强调顺口、易记,儿童诗则强调儿童可以理解的诗情、诗意。"④	蒋风将儿歌、谜语和儿童诗归入儿童诗歌。他认为,儿歌和儿童诗没有严格的区别,但二者的主要接受对象存在年龄上的差异,由此构成了儿童诗主题相对深刻、题材更为广泛、语言相对丰富,篇幅可更长。因此,蒋风认为儿歌强调音律性特征,儿童诗强调诗情、诗意代表的意义性特征
王泉根	"少年儿童诗歌主要是现代诗人与作家为教化儿童,启发儿童的想象,培养他们的情操而有意识地创作出来的诗歌。"⑤	现代儿童诗歌偏重于诗,强调其为儿童创作的目的论和启发儿童的智力性特征;有别于古典儿童诗歌与儿歌,也不同于现代儿歌与古代童谣

---

① 陈济成、陈伯吹编:《儿童文学研究》,上海幼稚师范学校丛书社 1934 年版,第 34 页。
② 韦苇等撰写:《儿童文学辞典》,四川少年儿童出版社 1991 年版,第 9 页。
③ 韦苇等撰写:《儿童文学辞典》,四川少年儿童出版社 1991 年版,第 10 页。
④ 蒋风:《儿童文学概论》,湖南少年儿童出版社 1982 年版,第 50、97 页。
⑤ 王泉根主编:《儿童文学教程》,北京师范大学出版社 2009 年版,第 116 页。

续表

代表人物/出版物	关于儿歌/儿童诗的定义	辨析
方卫平	"儿歌与儿童诗均属于韵文体儿童文学，它们是以儿童为接受对象、以韵文形式的歌行或诗行来表意叙事的两种文体。"①	儿歌和儿童诗从韵律（音乐性）的角度都被归入韵文体的儿童文学中，但从形式的自由度、创作个性的表达上区分了儿童诗和儿歌
刘崇善	"儿童诗是指切合儿童的心理，抒儿童之情，寄儿童之趣，适合不同年龄的少年儿童阅读和欣赏的诗歌。……儿童诗的基本要素是儿童的感情、儿童的想象和儿童的语言。""儿歌是儿童诗的一种样式，比较适合给幼儿和中、低年级的儿童阅读和欣赏，但是，儿歌或是儿歌体的诗，少年读者就不怎么喜爱。"②	强调儿童诗的抒情性与儿童诗的感情、想象、语言对于儿童诗定义的重要性；从年龄分段的角度，将儿歌视作儿童诗的一种低龄接受样式
徐守涛	"儿童诗具有诗的特点：以情为主，取材自生活，强调文词优美、形式多变、想象经验和意象分明，读之令人回味。"③	徐守涛综合了詹冰、王蓉芷、林钟隆、林武宪、许义宗等台湾本土儿童诗人的观点，将美感、意境、修辞等和抒情性相关的特征与符合儿童的想象经验结合，强调儿童诗中的儿童经验与个体情感的发掘，注重其作为新诗的诗意性

而儿童诗歌另一个必须考虑的尺度则是"儿童"。"儿童"的尺度关注的是儿童诗歌的个性，指向的是儿童作为接受对象的特殊性。儿童诗歌要考虑到不同年龄段儿童的心理特征，与儿童的心灵相通，反映儿童的生活。儿童是绝对无法忍受单调、枯燥的现实生活的。儿童无以复加的好奇心和天马行空的想象力，促使他们拼命反抗现实，尽一切可能打破无趣的秩序和规则，

---

① 方卫平：《儿童文学教程》，复旦大学出版社 2015 年版，第 167 页。
② 刘崇善：《儿童诗初步》，希望出版社 1985 年版，第 2—3 页、第 5 页。
③ 林文宝、徐守涛、陈正治、蔡尚志合著：《儿童文学》，台湾五南图书出版公司 2008 年版，第 92 页。

尽可能地在无聊的生活中找到乐趣。这应该是儿童特别迷恋游戏的本源动机。而儿童诗歌中的儿歌，带来的是具有音乐性的口头游戏的快感，是与身体节奏呼应的快乐游戏。儿童诗则无疑是一种高端的游戏，是对现实生活的精妙戏仿。它贴近儿童的现实生活，但又与一地鸡毛般的现实生活拉开一定的距离。唯因那种距离，或曰疏离，好像够得着，似乎又差那么一点点，便令人欲罢不能。那就是潜隐在字里行间的诗意——浸润了童真、童心和童趣的纯粹的诗意。娱乐的儿歌与诗意的儿童诗，共同构建了儿童诗歌中儿童性尺度的不同维度，是诗歌之于儿童的肉体、心灵的感应。

同时，儿童身心尚未发育成熟，需要通过模仿、学习、交流实现社会化成长。这就意味着面向儿童的文学必须是面向成长的。现代的儿童诗歌还应担负起两代人精神沟通的责任，起到一定的引领、教育、熏染作用。正如王泉根所说："由于儿童诗的主体接受对象是少年儿童或曰未成年人，因而儿童诗主要表现少年儿童的现实生活世界与心灵世界，以诗艺的方式参与少年儿童精神生命的健康成长，同时升华他们的诗歌鉴赏与认同雅兴。"[1] 以诗歌教育引领成长，抵御现实的乏味，塑造内外生命的修养。正如黑格尔所说，每个个体"也都必须走过普遍精神所走过的那些发展阶段，但这些阶段是作为精神所已蜕掉的外壳，是作为一条已经开辟和铺平了的道路上的段落而被个体走过"[2]。成长，就意味着蜕变。蜕变，是有规律的。儿童的蜕变，显然需要儿童诗歌给予超拔的精神力量。如果说艺术是生命力量的表现，那么，诗歌就是艺术中的艺术，儿童诗歌就是生命中涌动的最初的艺术冲动。"指望孩子在周围世界的美的影响下一下子就写出作文来，是一个幼稚的想法。孩子不可

---

[1] 王泉根：《儿童诗的两种尺度与儿童的认同度——序钟代华诗集〈迎面而来〉》，《重庆文理学院学报（社会科学版）》2006 年第 1 期。

[2] ［德］黑格尔：《精神现象学》（上卷），贺麟、王玖兴译，商务印书馆 1979 年版，第 18 页。

能由于某种灵感而学会创造。必须教给他创造。只有当孩子听到教师描绘大自然时，他才能写出作文来。""只有当教育者在儿童面前揭示出周围世界的美和词的美时，充满诗意的创造才会成为儿童精神生活中平常的现象。"① 由此，儿童诗歌所表现并且要给予儿童的是文学艺术的美和引领儿童成长的超拔力量。儿童诗歌的艺术感染力必须基于对儿童和儿童生活的关切，超越现实的困境和生活的琐碎，面向儿童健康、诗意成长的未来。

本书所讨论和定义的儿童诗歌，乃历史上儿童阅读、接受实践与儿童的教育成长中主要诵读、吟唱的，基于儿童心理年龄和认知规律，表现儿童的生活，表达儿童的情感。在这个范畴中，既包括成人为儿童创作的诗歌，也包括儿童自己创作的表现儿童生活的诗歌。同时，鉴于历史的复杂性和儿童诗歌在儿童教育中的精神塑造与性格养成的意义，历史上成人用于儿童教育的诗歌和长期在儿童生活中流传的诗歌，也会被纳入讨论中。

第二节 儿童诗歌类型辨正

历来对于儿童诗歌的类型划分，多依据创作者或内容、形式，没有统一的结论。王泉根在《儿童文学教程》②中，依据内容和形式，将少年儿童诗歌划分为朗诵诗、散文诗、童话诗、讽喻诗等。张永健在《20世纪中国儿童文学史》③中，划分了叙事诗、抒情诗、童话诗、科学诗、寓言诗、朗诵诗、谜

---

① ［苏］苏霍姆林斯基：《教育的艺术》，肖勇译，湖南教育出版社1983年版，第184—185页。
② 王泉根主编：《儿童文学教程》，北京师范大学出版社2009年版。
③ 张永健主编：《20世纪中国儿童文学史》，辽宁少年儿童出版社2006年版。

语诗、游戏诗等类型。朱自强在《朱自强学术文集3·儿童文学概论》[①]中提出，儿童诗的分类可以比照成人诗歌分成抒情诗和叙事诗两大类，还有一些可以区分的种类，如图像诗、文字诗、荒诞诗、讽刺诗等。蒋风在《中国儿童文学史》[②]中根据诗的形式与结构，将其分为歌谣诗、格律诗、自由诗三大类。其中，歌谣诗包括童谣与儿歌；格律诗包括儿童生活诗、儿童教育诗、儿童咏物诗；自由诗在五四新文化运动中由新体诗演化而来。值得注意的是，王泉根和蒋风都将科学诗分在了儿童科学文艺下，而不是儿童诗歌范畴内。除此之外，金波在《金波论儿童诗》[③]中还特别提到了"题画诗"。这些类型辨析多是针对现代以来的儿童诗歌。其中，蒋风的儿童诗歌分类实际上突破了现代概念的框架，从涉及儿童生活的历史实践出发，容纳了古与今两个概念，提出了歌谣诗、格律诗和自由诗的划分标准。事实上，这是非常重要且具有历史动态意义的划分。

"儿童诗歌"这个词组是现代才出现的，意味着独立的现代儿童的发现和儿童文学类别下一种体裁的命名。但古今中外，成人对儿童的看法和儿童接受诗歌教育的事实一直存在。当从接受的历史和诗歌呈现的状貌来讨论儿童诗歌时，不能将古代的儿童诗歌与现代的儿童诗歌截然切割。这在现代时期一些儿童文学及儿童读物研究的著作中也有说明。对中国儿童诗歌进行最基本的分类讨论，辨析其基本类型及特征时，不能以今衡古，要回到历史语境中进行事实把握。因此，本书对儿童诗歌类型的划分与辨析还是基于儿童诗歌教育接受的历史事实，强调从诗歌和儿童的尺度出发，以文学的形态为基

---

① 朱自强：《朱自强学术文集3·儿童文学概论》，二十一世纪出版社集团2015年版。
② 蒋风主编：《中国儿童文学史》，华东师范大学出版社2018年版。
③ 金波著，汤锐笺：《金波论儿童诗》，海豚出版社2014年版。

准，将其划分为诗与歌两个维度，并根据不同的分类标准展示其类型（见图0-1）。

一、儿歌

儿歌是一种没有固定曲调的口头韵文文学，古代的歌乐舞不分时期地在民间流传，涵盖的内容包括劳作、日常生活、节气、政治、伦理等，极其广阔。在现代时期，民间口头流传的儿歌所构成的重音乐性、游戏性而轻意义的特征，以及形式特点，启发着作家的创作。语言的简明、节奏的感染性和韵律的吸引力，使儿歌适合低龄段的儿童模仿、学习。作家们依据儿童生活和重大事件等创作了儿歌，让其从集体走向个体，从民间大众走向低幼儿童。

据记载，1896年，意大利人韦大利（Guido Vitale，清末意大利驻中国使馆公使，东方学学者）编译了《北京儿歌》（*Pekinese Rhymes*）。1918年，北京大学的刘半农、沈尹默、钱玄同等成立歌谣征集处，向全国征集民间歌谣；1920年，由歌谣征集处成立北大歌谣研究会，并在1922年至1925年编辑出版了《歌谣周刊》。这场歌谣运动将征集来的、常在儿童中传唱的歌谣冠以"儿歌"名称，发表在《歌谣周刊》上，扩大了"儿歌"一词的影响力。在古代文献里，这类儿歌通常被称为童谣、孺歌、孺子歌、婴儿歌、小儿谣、小儿语等。周作人认为，"儿歌者，儿童歌讴之词，古言童谣"[①]，现代所谓"儿歌"就是古代的"童谣"。这一观点被普遍接受，即当下的儿歌在古代被称作"童谣"。

童谣是什么？《国语·晋语》（韦昭注）中的《献公问卜偃攻虢何月》对

[①] 周作人：《儿歌之研究》，载钟敬文编《歌谣论集》，北新书局1928年版，第85页。

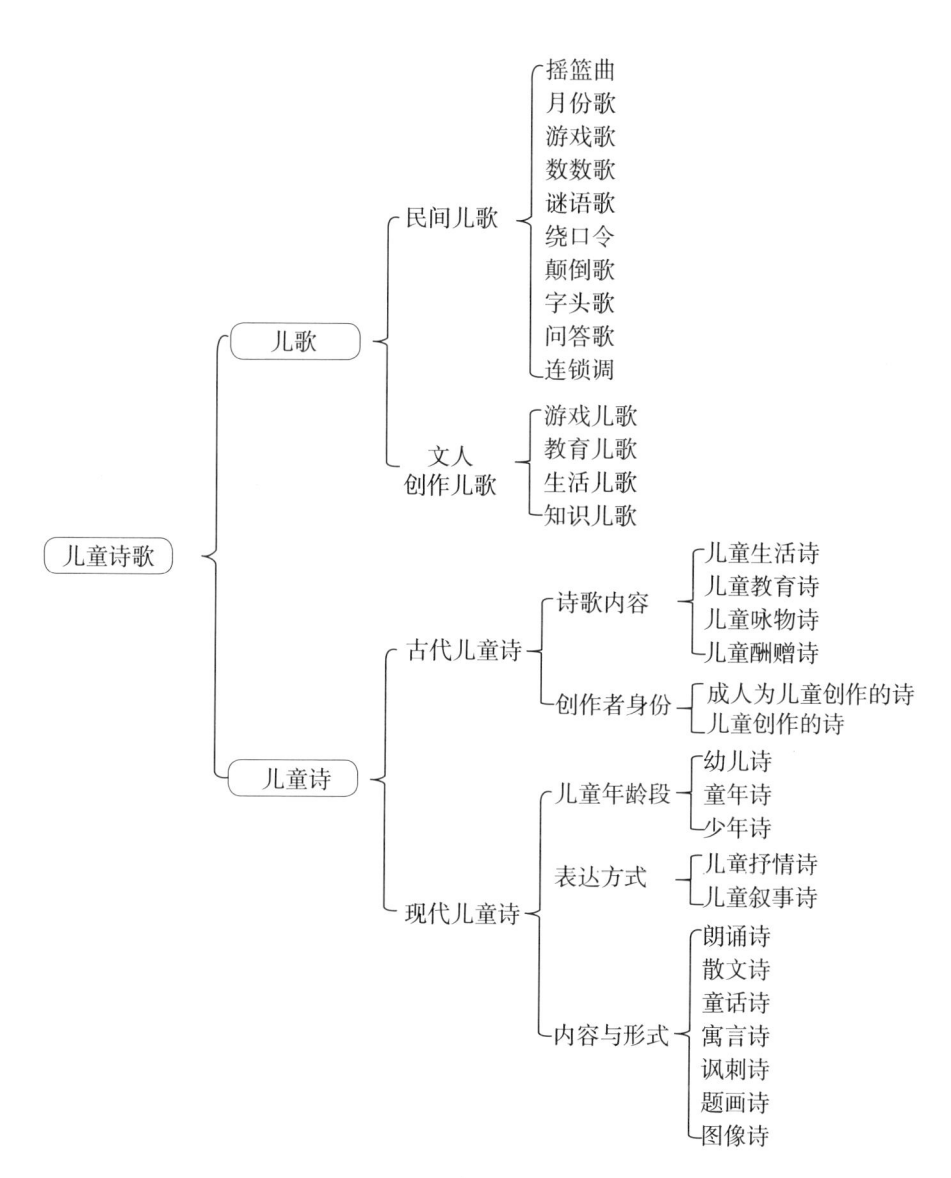

儿童诗歌
├─ 儿歌
│   ├─ 民间儿歌
│   │   ├─ 摇篮曲
│   │   ├─ 月份歌
│   │   ├─ 游戏歌
│   │   ├─ 数数歌
│   │   ├─ 谜语歌
│   │   ├─ 绕口令
│   │   ├─ 颠倒歌
│   │   ├─ 字头歌
│   │   ├─ 问答歌
│   │   └─ 连锁调
│   └─ 文人创作儿歌
│   ├─ 游戏儿歌
│   ├─ 教育儿歌
│   ├─ 生活儿歌
│   └─ 知识儿歌
└─ 儿童诗
    ├─ 古代儿童诗
    │   ├─ 诗歌内容
    │   │   ├─ 儿童生活诗
    │   │   ├─ 儿童教育诗
    │   │   ├─ 儿童咏物诗
    │   │   └─ 儿童酬赠诗
    │   └─ 创作者身份
    │   ├─ 成人为儿童创作的诗
    │   └─ 儿童创作的诗
    └─ 现代儿童诗
        ├─ 儿童年龄段
        │   ├─ 幼儿诗
        │   ├─ 童年诗
        │   └─ 少年诗
        ├─ 表达方式
        │   ├─ 儿童抒情诗
        │   └─ 儿童叙事诗
        └─ 内容与形式
            ├─ 朗诵诗
            ├─ 散文诗
            ├─ 童话诗
            ├─ 寓言诗
            ├─ 讽刺诗
            ├─ 题画诗
            └─ 图像诗

图 0-1　儿童诗歌分类图

"童谣"的解释是:"童,童子也,行歌曰谣。"①"行歌"指出歌谣之间的区别"仅在于有无章曲,和乐或者徒歌"②。谣是无丝竹之乐相和的歌。可见,童谣是一种儿童传唱的、没有乐谱和乐器伴唱的歌谣。但古代的童谣构成面貌复杂,传唱于儿童之口,大部分内容却超越了当时儿童的经验和生活,甚至与儿童本身没有关联。这是因为中国古代对童谣有不同的看法,传唱童谣的儿童也被视作不同的化身。

关于古代童谣主要有五种说法:一是天命说,即将童谣看作"上天的旨意",即上天借助儿童之口下达天意,预言王朝政治命运。《国语·郑语》中记载:"宣王之时有童谣曰:'檿弧箕服,实亡周国。'"③这被视作童谣的重要源起,重点讲述的是王朝的盛衰命运,与儿童生活背离。这将童谣与天命联系在一起,代表了封建正统的观念。而儿童成为传唱天命的人,其本身无足轻重。二是诗妖说。这是五行志派的观点,表征为封建神秘主义,具体体现为"荧惑说"。源于先秦时期的"五行说"与阴阳、天命等观念结合,把童谣视作荧惑星降世预言吉凶。《晋书·天文志》曾记载:"凡五星盈缩失位,其精降于地为人。岁星降为贵臣;荧惑降为童儿,歌谣嬉戏……吉凶之应,随其象告。"④认为童谣是天象异变,荧惑星降世化为儿童,预言吉凶。干宝的《搜神记》中记载,六七岁的青衣"异儿"自称"我非人也,乃荧惑星也,将有以告尔:三公归于司马"⑤。荧惑说的吉凶预言往往与后世的政治正名的附会联系在一起,也和天人感应的神秘主义相关。儿童成为一种星象的化身,是

---

① (三国吴)韦昭注,明洁辑评:《国语》,上海古籍出版社2008年版,第137页。
② 赵敏俐:《汉代诗歌史论》,吉林教育出版社1995年版,第29页。
③ (三国吴)韦昭注,明洁辑评:《国语》,上海古籍出版社2008年版,第241页。
④ (唐)房玄龄等撰:《晋书》,中华书局2011年版,第320页。
⑤ (晋)干宝:《搜神记译注》,邹憬译注,北京联合出版公司2015年版,第170页。

非人的神秘存在。三是自言说。由汉代的唯物主义者王充针对董仲舒的阴阳五行神学论提出，认为童谣没有具体的来源和吉凶的附会，是儿童自动唱出来的。他在《论衡·订鬼》中指出："是以实巫之辞，无所因据，其吉凶自从口出，若童之谣矣。童谣口自言，巫辞意自出。口自言，意自出，则其为人，与声气自立，音声自发，同一实也。"[①] 由是，王充批判鬼的存在是因为人对死亡和病痛的恐惧。所谓的妖鬼等本质上是吉凶发生前恐惧和担忧之气，通过人表现出来的。例如，那些预示吉凶的话由巫师说出，就像童谣是由儿童自动唱出来的一样，并不是鬼神和吉凶的预言。将童谣视作儿童自己唱出来的，本质上虽未解释清楚其起源，却批驳了荧惑说，将童谣从预言吉凶还原为自然的话语声音。四是养正说。明代以后，童谣的文化与教育价值才得到部分学者的关注，开始出现一些搜集、整理童谣的著作，如吕得胜的《小儿语》、吕坤的《演小儿语》。吕得胜将娱乐儿童的童谣视作"义理身心之学"[②]。儿童从小学习童谣能够实现涵养正道的教育目标。他指出童谣的传播力度强、影响深，"一儿习之，可为诸儿流布；童时习之，可为终身体认"[③]。吕得胜等人将童谣视作一种具有感染力的重要教育方式。在此语境下，儿童被视作教育的对象，具有可塑造性。五是天籁说，即将童谣看作真实、自然的情感表达，强调与自然的妙会。清朝郑旭旦的《天籁集》认为，"雅音已熄，浩气全消，生息相吹，童谣无口，吾愿触发天机，普度尘劫，人心不死，合当顶礼是言"[④]。他将童谣视作真实的情感，具有"天机"的奥妙，是与上古雅音延续一脉的生命原音。之后的悟痴生收集了童谣结集成《广天籁集》，延续了这一观念。

---

① （东汉）王充：《论衡》，上海人民出版社1974年版，第345页。
② （明）吕得胜等撰：《小儿语：外八种》，岳麓书社2002年版，第1页。
③ （明）吕得胜等撰：《小儿语：外八种》，岳麓书社2002年版，第1页。
④ （清）郑旭旦编辑：《天籁集》，中原书局1929年版，第1页。

整体观之，古代童谣主要有以下三大特征。

其一，民间性和口头性。童谣起源于民间，最初由集体创作，以口耳相传的口头形式存在，后经搜集、整理，记录成册。由于童谣主要在市井儿童中传唱，所以在形式技巧上具有浓厚的儿童性和民间色彩。语言简明易懂，篇幅短小，结构单一，节奏明快，强调格律和韵脚，常使用生活化形象。这些特点既符合儿童的认知能力，又便于迅速记忆和传播。

其二，具有强烈的政治色彩。相较于现代意义的教育和游戏童谣，明代以前的童谣多为具有谶纬思想和讽刺性的政治童谣，故又称"谶语童谣"。谶语童谣通常与国家政治紧密相连，用以预测国家兴亡、朝代更迭以及天子、权贵、枭雄等的生死福祸。在某种程度上，这是一种普通民众借孩童之口表达政治愿景和爱憎情感的民间文艺形式。

其三，创作源头的不确定性。周作人曾在《歌谣》一文中采用英国吉特生（Kidson）的说法，认为"他（歌谣）的起源不能确实知道，关于他的时代也只能约略知道一个大概"，而歌谣种类的发生，"大约是由于原始社会的即兴歌"。[1] 可见歌谣起源的模糊性与不确定性。这种不确定主要表现在两方面：一是起源时间模糊。在文字出现之前，童谣可能作为一种口头的民间艺术流传已久，但其最原初的生成形态无法考证。二是创作源头的不确定性。史料记载的童谣通常以流传地域、大致时间命名，极少出现作者姓名、身份。童谣的传播者与受众在传播过程中不断变化，具有民间文学的变异性特征。成人是童谣创作者兼传播者，儿童为受众。当童谣被进一步传唱，儿童则成为传播者，更多的成人和儿童成为主要受众。童谣在传播者与受众关系的流

---

[1] 周作人：《儿童文学小论·中国新文学的源流》，止庵校订，北京十月文艺出版社2011年版，第57页。

变中，创作起源和作者身份更加模糊。当然，这种匿名创作形式与童谣的政治隐喻功能密不可分。

从历时性来看，古代的儿歌往往是集体创作的民间儿歌，现代的儿歌则多是作家的创作。从创作者的角度对儿歌进行分类，可以将其分为民间儿歌与文人创作儿歌。

（一）民间儿歌

尽管作为民间儿歌的古代童谣有着强烈的政治倾向，但其具有的形象性、娱乐性和音乐性使得童谣能够广为儿童所传唱。古代童谣或形象地直叙其事，浅显生动，机智风趣；或借用比拟、谐音、双关等修辞技法，韵律铿锵；或与儿童的游戏相结合，可唱可戏，乐趣无穷。如"举秀才，不知书，察孝廉，父别居；寒素清白浊如泥，高第良将怯如鸡""阴凉阴凉过河去，日头日头过山来""雨地雨地，城度土地。雨若大来，谢了土地"等，以生动的形象、丰富的联想和辛辣幽默的讽刺深受少年儿童喜爱，代代流传。

民间儿歌在历史的发展中形成了特殊的表现形式，应用于生活、游戏的不同场景中，具有强烈的音乐形式美。

1. 摇篮曲，又称"催眠曲""摇篮歌"，古代称"抚儿歌"。摇篮曲多是家室之内母亲用于催眠幼儿的儿歌，常有"睡觉""宝宝"等字眼，具有静谧、安详的氛围和安全感。例如收录在《北京儿歌》里的《杨树叶儿》[①]：

杨树叶儿

哗啦啦

---

① ［意］威达雷编著：《汉语口语初级读本·北京儿歌》，北京大学出版社2017年版，第6页。

>小孩儿睡觉找他妈
>乖乖宝贝儿你睡罢
>妈虎子来了我打他

2. 月份歌，以十二个月为顺序，儿歌内容包含与十二个月相关的物候、农事、节气生活等，表现农业社会的时间概念与生活经验的关系。正月至十二月的月份与儿歌的形式相结合，便于记忆，颇为有趣。例如宁波象山的《月份歌》，是从"正月号嘟嘟"的生活事件一直唱到十二月。

3. 游戏歌，是配合儿童做游戏吟唱的歌谣。例如四川童谣《虫虫飞》[1]往往伴随着手指游戏而唱起来：

>虫虫虫虫飞，
>飞到嘎嘎去，
>嘎嘎不开门，
>狗子咬死人。

4. 数数歌，是按照数序、结合具体事物构成的民间童谣。数数歌实质上是用文学形式来识数，使数字记忆更为形象，顺口易记。例如民间童谣《癞蛤蟆》中"一只蛤蟆一张嘴，两只眼睛四条腿"，就是典型的数数歌。

5. 谜语歌，一般由谜面（喻体）和谜底（本体）组成，用儿歌形式表述谜面。大部分谜语歌只提问不回答，多用于提高儿童观察事物的兴趣和能力。

---

[1] 林继富著、齐涛主编：《中国民俗通志·民间文学志》(下)，山东教育出版社2005年版，第359页。

例如传统童谣《月儿歌》①是通过描述月亮在不同时间的形状,引导猜测其谜底为月亮:

初一一根线,
初二看得见;
初三初四象蛾眉,
十五十六圆又圆。

6. 绕口令,又叫"拗口令""急口令",是把许多近似的双声、叠韵词放在一起,或把发音相同或相近的词语结合在一起组成有趣的韵语儿歌。大部分绕口令主要不是为了表达情感,甚至没有完整的内容;而是主要通过语言上的特殊性使人愉悦,锻炼语言能力。民间儿歌中的《高高山上一条藤》《酒换油》《八百标兵奔北坡》等都是经典的绕口令。例如《高高山上一条藤》②:

高高山上一条藤,
藤条头上挂铜铃,
风吹藤动铜铃动,
风停藤停铜铃停。

7. 颠倒歌,是故意将事物之间的正常关系和特征进行颠倒,成为违反常理的儿歌。这类儿歌看起来荒唐,所以又叫"古怪歌""滑稽歌"。例如河南

---

① 中国民间文艺出版社编:《儿歌》,中国民间文艺出版社1982年版,第27页。
② 中国民间文艺出版社编:《儿歌》,中国民间文艺出版社1982年版,第67页。

民间儿歌《小槐树，结樱桃》①：

  小槐树，结樱桃，
  杨柳树上结辣椒。
  吹着鼓，打着号，
  抬着大车拉着轿。
  蝇子踏死驴，蚂蚁踩塌桥。
  木头沉了底，石头水上漂。
  小鸡叼个饿老雕，小老鼠拉个大狸猫。
  你说好笑不好笑？

  8. 字头歌，每句末尾的字词完全相同，是特殊的"一韵到底"型儿歌。末尾的字往往以"子""头""儿"等作韵脚，具有很强的韵律感。例如北京民间儿歌《小小子儿开铺儿》②：

  小小子儿开铺儿，
  开开铺儿两扇门儿，
  小桌子小椅儿，
  乌木筷子儿小碟儿。

  9. 问答歌，又叫"盘歌""对歌"，以设问作答的形式来表现内容的民间

---

① 中国民间文艺出版社编：《儿歌》，中国民间文艺出版社1982年版，第99页。
② 中国少年儿童出版社编辑：《中国儿歌选（资料本）》，中国少年儿童出版社1959年版，第136页。

童谣，多是一问一答或连问连答。例如广西民间儿歌《谁会飞》[①]：

谁会飞？

鸟会飞。

鸟儿怎样飞？

扑扑翅膀去又回。

谁会游？

鱼会游。

鱼儿怎样游？

摇摇尾巴调调头。

谁会跑？

马会跑。

马儿怎样跑？

四脚离地身不摇。

谁会爬？

虫会爬。

虫儿怎样爬？

许多脚儿慢慢爬。

10. 连锁调，又叫"连珠体"，采用顶真手法，上句末尾的字词成为下句的开始，环环相扣。传统的连锁调大部分缺少完整的内容，句式简短，节奏

---

① 中国民间文艺出版社编：《儿歌》，中国民间文艺出版社1982年版，第95页。

韵律感强，风趣幽默，易记易唱。例如四川儿歌《贵姓》①：

贵姓？

姓唐。

啥子唐？

芝麻糖。

啥子芝？

桂枝。

啥子桂？

肉桂。

啥子肉？

豆腐肉。

啥子豆？

豌豆。

啥子豌？

菜菀。

啥子菜？

青菜。

啥子青？

刚青。

啥子刚？

---

① 中国少年儿童出版社编辑：《中国儿歌选（资料本）》，中国少年儿童出版社1959年版，第331—332页。

水缸。
啥子水?
大河水。
啥子大?
天大。
啥子天?
火烧天。
啥子火?
煤炭火。
啥子煤?
乌梅。
啥子乌?
嘴巴乌。
啥子嘴?
江北嘴。
啥子江?
盐姜。
啥子盐?
锅巴盐。
啥子锅?
耳锅。
啥子耳?
川耳。

啥子川？

四川。

啥子四？

铁饰。

啥子铁？

不晓得。

（二）文人创作儿歌

"中国的现代儿歌主要指从五四新文化运动之后到新中国成立之前这一阶段产生的儿歌。从创作者的角度看，现代儿歌主要指的是作家们专门为儿童写作的儿歌。"[1] 文人创作儿歌既意味着无名氏集体创作的古代儿歌的终结，又意味着儿歌进入现代之后在创作上的新变。一方面，作家借助民间儿歌的形式创作具有强烈个体经验的儿歌；另一方面，讨论创作儿歌成为一种文体的可能性。李玮分析周作人的儿歌观，认为现代儿歌从民间口头走向文人创作，保留其"重音轻义""趁韵"的特征。[2] 正是这些修辞特征成为指导作家创作儿歌的基准，但也导致文人创作儿歌与儿童诗的界限模糊。例如程宏明仿照摇篮曲的形式创作儿歌《电灯和我一起睡》：

月儿困，月儿累，
我上小床盖好被。

---

[1] 蒋风、杨宁：《中国儿歌理论研究》，浙江工商大学出版社2020年版，第22页。
[2] 李玮：《文学语言变革与"儿歌"文体的自觉》，《南京师范大学文学院学报》2011年第1期。

咯噔儿，一声响，

电灯和我一起睡。①

这首儿歌在内容、主题上并无新鲜、特殊之处，但是在尾字的押韵和叠词的运用上构成了节奏的快感和声音的安抚意义。这也体现了文人创作儿歌在当下的发展趋势。

由于文人创作儿歌多面向幼儿，抓住幼儿生活现象进行批评、劝讽或塑造榜样，或用于游戏，因此，文人创作儿歌多根据主题分类，如游戏儿歌、教育儿歌、生活儿歌、知识儿歌等。传统特殊形式的儿歌仍然被作家借鉴，利用其形式带来的音乐美创造新的内容。例如，前文中提到的《电灯和我一起睡》，就是利用"摇篮曲"的形式进行内容再创造。

二、儿童诗

一如儿歌，儿童诗在儿童的接受历史上同样存在古代儿童接受的儿童诗和现代儿童接受的儿童诗的差异。其根源在于从古代文言到现代白话的创作转变，以及文言创作的古诗所包含的形式、主题、内容、儿童观与现代白话诗的不同。

（一）古代儿童诗类型辨析

古代的儿童诗包含以儿童为观察、欣赏对象的诗歌，赠送给儿童的诗歌，教育儿童的诗歌，以及儿童创作的诗歌。一般来说，根据内容，古代的儿童

---

① 吴珹等编：《新儿歌乐园》（上），白山出版社2006年版，第112页。

诗主要分为：儿童生活诗、儿童教育诗、儿童咏物诗和儿童酬赠诗等。根据创作者的身份可分为成人为儿童创作的诗和儿童创作的诗。

1. 根据内容分类

第一类是儿童生活诗。这是儿童诗中数量最多的，主要表现儿童的日常生活的儿童诗歌。生活诗是儿童诗中最常见的题材之一，往往贴近儿童真实的生活情态，展现儿童本真的状态。爱玩是儿童的天性，在任何历史时期，游戏在儿童生活中皆占有重要位置。儿童在游戏中最能显露纯真无瑕的情态。如《诗经·卫风·芄兰》：

> 芄兰之支，童子佩觿。虽则佩觿，能不我知？容兮遂兮，垂带悸兮。
>
> 芄兰之叶，童子佩韘。虽则佩韘，能不我甲？容兮遂兮，垂带悸兮。①

历来对《芄兰》的解读多集中在"刺诗"和"恋歌"，但从内容来看，这首诗展现了一个淘气的孩子令人忍俊不禁的神态，即佩挂起成人的饰物，昂首挺胸，挤眉弄眼，竭力装扮成一副"大人相"。这副煞有介事、不懂规矩的模样，岂不令成人感到又好气又好笑？诗人敏锐地捕捉到了这一趣事，激发出风趣的诗情。嗔怪是假，惊喜是真；责备是假，爱怜是真。这种着眼于儿童天真的动作、情态、心理的诗作，可谓多姿多彩。如"儿童急走追黄蝶，飞入菜花无处寻"（杨万里《宿新市徐公店》）。"急走""追"动作传神，将儿童天真活泼、好奇的神态、心理刻画得惟妙惟肖。"儿童散学归来早，忙趁东

---

① 程俊英译注：《诗经译注》，上海古籍出版社1985年版，第113—114页。

风放纸鸢。"(高鼎《村居》)以轻灵的笔触描写儿童放风筝时的无拘无束。一个"忙"字，活现了儿童们争先恐后放风筝的场面。

又如南宋姜夔的《观灯口号》(其三)："花帽笼头几岁儿，女儿学著内人衣。灯前月下无归路，不到天明亦不归。"[①]这首诗描写的是上元佳节的夜晚孩子们赏花灯的情形。前两句聚焦在元宵花街一对可爱的孩童身上：小男孩戴着精巧、可爱的花帽子，年幼的女孩穿着妈妈的衣服乔装成大人的模样。三、四句将视线慢慢拉远，只见那元宵花街灯火通明，人山人海，婆娑的人影挤满了归家的路。在这美好的夜晚，大家似乎不待天明不愿回家。由此表现了一对年轻夫妻牵着乔装打扮的一双儿女，在熙熙攘攘的人群里赏花灯的幸福模样。稚气、喜气和淘气充盈于字里行间，令人莞尔。

儿童生活诗通常以成年诗人为创作主体，对儿童日常生活的点滴做细致入微的刻画，着重凸显孩童天真、稚拙、活泼、顽皮的天性，从而塑造具象化、多元化、立体化的孩童形象。当然，与儿童生活相连接的，"趣"字必不可少。童趣，也是儿童生活诗鲜明、生动的特点之一。例如南宋杨万里的《舟过安仁》(其三)："一叶渔船两小童，收篙停棹坐船中。怪生无雨都张伞，不是遮头是使风。"[②]这首诗用词浅白，但句句成趣、栩栩如生。诗的前两句直接写眼前之景：一艘小小的渔船上，两名稚气未脱的儿童收起竹竿、停下摇船桨，撑着伞静静地卧坐。天气晴朗，孩子们为何要撑起雨伞呢？三、四句旋即进入疑窦顿解的愉悦之境：原来孩子们不是为了遮雨，而是模仿大人们使帆行船，以伞为帆，欲利用风速让船儿加速前行。孩子们哪能想到，这小小的雨伞不具备船帆那样大的威力。成人视角中的稚子形态正是本诗的点睛

---

① (南宋)姜夔撰：《白石道人诗集》，上海书店1987年版，第27页。
② 周汝昌选注：《杨万里选集》，上海古籍出版社1962年版，第212页。

之笔，诗人利用成人与儿童的思维反差，巧妙地营造出反常规的趣味性，通过孩童的稚态来点亮整首诗的意趣，意料之外的"童趣"跃然纸上。

在古代社会，儿童的生活并非只有快乐，他们也经受着种种灾难和痛苦。汉乐府《孤儿行》就塑造了一个饱受兄嫂虐待的孤儿形象，"使我朝行汲，暮得水来归。手为错，足下无菲。怆怆履霜，中多蒺藜；拔断蒺藜肠肉中，怆欲悲。泪下渫渫，清涕累累。冬无复襦，夏无单衣。居生不乐，不如早去，下从地下黄泉"[①]。"行汲"表现的是孩子肉体备受摧残，两手皲裂、光脚踏着寒霜疾走。孩子饱受痛苦，发出了"居生不乐，不如早去"的绝望呼号。读来字字泣血，催人泪下。

第二类是儿童教育诗。古人重视诗教，很早便以诗歌的形式对孩子施以思想、伦理、道德、情操和学业等方面的教育和熏陶，久而久之就形成了儿童教育诗。儿童教育诗为儿童而作，旨在教育儿童好学上进。主要分为：以子女为主要表现对象和阅读受众的"示儿诗"；以勉励、鞭策儿童勤奋读书的"劝学诗"。"示儿诗"的发轫之作可推至陶渊明的《责子》：

> 白发被两鬓，肌肤不复实。
> 虽有五男儿，总不好纸笔。
> 阿舒已二八，懒惰故无匹。
> 阿宣行志学，而不爱文术。
> 雍端年十三，不识六与七。
> 通子垂九龄，但觅梨与栗。

---

① 郭预衡、辛志贤、聂石樵等选注：《汉魏南北朝诗选注》，东方出版中心2020年版，第44页。

天运苟如此，且进杯中物。①

诗人以风趣、幽默的口吻责备儿子们不求上进，与诗人期望差距相当大。黄庭坚在《书渊明责子诗后》中认为，这首诗"想见其人岂弟慈祥，戏谑可观"②，写出了陶渊明写诗时的慈祥、戏谑之心。慈祥、戏谑的苦心劝诫背后，蕴藉着深厚、真挚的骨肉之情。此外，左思的《娇女诗》、李商隐的《骄儿诗》、陆游的《冬夜读书示子聿》等，同样饱含着父辈对子女深深的关爱、殷殷的期望和谆谆的教诲。

从内容来看，这类诗往往作为"劝学""教子"的工具，寄寓长辈对晚辈的期盼与要求。诸如习惯养成、立身处世、读书治学、从政等。从形式、技巧来看，叙述、议论成分较多。篇幅短小，富有韵律，易于记诵。例如陈淳的《示儿定孙二绝》：

童蒙发轫最初时，庸圣分歧谨所之。
凡百小儿嬉戏事，汝皆鄙俚不须为。
丈夫尚志志高明，勿效卑卑世俗情。
从上一条平坦路，千贤万圣所通行。③

陈淳是南宋著名的理学家、文学家和教育家，继承、发展了朱子的"蒙童教育"思想，认为学子必须立志、虚心、下学与上达。他通过诗文向世人

---

① 柯宝成编著：《陶渊明全集（汇编汇校汇评）》，崇文书局2011年版，第156页。
② 柯宝成编著：《陶渊明全集（汇编汇校汇评）》，崇文书局2011年版，第157页。
③ （南宋）陈淳：《集部集成·四库全书集部·别集类·北溪大全集·卷三·律诗·示儿定孙二绝》，瀚堂典藏。

传递教育方法与理念，如《训蒙雅言》《启蒙初诵》等。《示儿定孙二绝》是一首典型的训诫类教子诗，以儿童道德品质的养成和道德行为的教导为核心，以父亲严厉的口吻着重阐述对儿子陈定孙日常学习、行为习惯的规范与要求，试图通过对孩子道德品行的培养和行为习惯的约束来引导孩子成为圣贤之人。虽从现今"儿童本位"的视角来看，这些教育理念似有违背儿童天性与成长规律之嫌，但置于理学之风盛行的宋代，则具有相当的普适性。

又如，教导后辈严谨求学、勤学进取的"劝学诗"，作为一种具有明确指向性和教育意义的蒙养读物，在历代儿童教育中占据重要位置，脍炙人口、广为传颂。例如汉乐府的《长歌行》、唐代颜真卿的《劝学》、明代文嘉的《明日歌》等。汉乐府《长歌行》："青青园中葵，朝露待日晞。阳春布德泽，万物生光辉。常恐秋节至，焜黄华叶衰。百川东到海，何时复西归？少壮不努力，老大徒伤悲。"[①] 以熟悉的事物做比喻，将"少壮不努力，老大徒伤悲"的人生哲理，寄寓于朝露易干、秋来叶落、百川东去等鲜明、普遍的自然现象，避免了容易引人生厌的说教，寓教于审美之中。再如颜真卿的《劝学》，深入浅出，自然流畅，富含哲理。古代的教育诗不少也具有"寓教于乐"的特征。在这类诗歌中，诗人们的口吻并非严厉，并非板着面孔训诫，而是在日常的生活细节中，自然而然地传递教诲的理念。例如南宋彭龟年的《盆花示儿》："群儿爱盆花，如我爱其子。但将养花心，委曲求诸己。花不负人力，随时深浅红。种学得如斯，岂不慰乃翁。"[②] 相较于上述示儿诗、劝学诗，《盆花示儿》则少了些许严肃、刻板的训诫意味，更富有人情味。彭龟年引"养花"这一日常琐事入诗，用孩子们熟悉之物作比，教导孩子们凡事都要认真

---

① 郭预衡、辛志贤、聂石樵等选注：《汉魏南北朝诗选注》，东方出版中心 2020 年版，第 35 页。
② （南宋）彭龟年：《子部集成·类书集成·永乐大典残卷·卷之五千八百三十八·十六麻·花·彭止堂集·盆花示儿》，翰堂典藏。

投入、持之以恒。如拉家常般循循善诱，娓娓道来。全诗无一句训导之语，却处处饱含为人父的温情与期许，于平易浅近中寄寓谆谆教导。

第三类是儿童咏物诗。咏物诗在中国诗歌史上源远流长，是古代诗歌的重要类型之一。以客观外物为主要描写对象，多突出物的形象特点，逼真而生动，或者在对物的描写中抒怀兴感。

按写作者来分，"儿童咏物诗有两种类型：一是古代小诗人的自编自唱，表现他们对'物'的天真感受和认识；二是文人有意模仿儿童的思维方式和表达方式，在描摹物态时追求童真童趣"[1]。首先，儿童认知世界的思维方式直观、感性，充满想象与联想，注重"客观事物的形状、色彩、冷暖"等外部特征。他们擅长将相似之物做比较，通过"联想和想象来展现其特征"[2]。例如唐代骆宾王的《咏鹅杂言时年七岁》："鹅鹅鹅，曲项向天歌。白毛浮绿水，红掌拨清波。"[3]这首诗是咏物诗的经典之作，相传是骆宾王7岁时所作。具有儿童咏物诗的典型特征，即注重对事物形状、色彩以及动作的感知与描绘。首句连用三个"鹅"字，反复吟咏，足以凸显出小诗人见到白鹅时的欣喜之情。次句"白毛""绿水""红掌"属直观的色彩描摹，而"浮""拨"则是对动作形态的直观感知，自然纯净，真切传神，给予读者鲜明的视觉体验。从儿童的观物视角来呈现群鹅戏水、且歌且行的动态之景，有声有色、有动有静。又如元初陈普7岁时所作的《咏白鹭》："我在这边坐，尔在那边歇。青天无片云，飞下数点雪。"[4]先将白鹭拟人化，亲切地和白鹭讲话。接着又以丰

---

[1] 蒋风主编：《中国儿童文学史》，华东师范大学出版社2018年版，第23页。
[2] 陈芳：《宋代儿童诗研究》，硕士学位论文，福建师范大学，2009年。
[3] （唐）骆宾王撰，（清）陈熙晋笺，王群栗标点：《骆宾王集》（上册），浙江古籍出版社2015年版，第156页。
[4] （元）陈普：《咏白鹭》，载刘饶民编《中国古代少年佳诗赏析》，甘肃人民出版社1985年版，第75页。

富的想象发出无云落雪的惊叹。这种对物的观察与想象构成的情趣，完全能够超越时代，映照现在的儿童生活。

其次，成人有意模仿或无意契合儿童的观物兴趣、思维方式和表达方式，在不易注目之处捕捉物的细微动态，在描摹物态时展现出天真无伪的物趣。杨万里尤其善于在平凡的生活中捕捉物的动态美，以微小之处显示出真挚的情感，浅显生动，颇有情趣。例如这首脍炙人口的《小池》："泉眼无声惜细流，树荫照水爱晴柔。小荷才露尖尖角，早有蜻蜓立上头。"① 以直观的画面感和亦动亦静的动态，展现出小池的勃勃生机。"早有蜻蜓立上头"，留下了无限想象空间，让诗歌富有余味。这首诗历来被选入儿童诗歌教育的阅读文本中，强调以物的观照构成的生命体验，激发儿童对自然的亲近感。另一首《夏夜玩月》，则将人对物的来源、探索与观物的自然感受融为一体，在人与月的游戏中表现出未泯的童心，以及保持好奇、乐观、天真的心灵。王定璋认为，"诗歌描绘了夏夜如水的月色与诗人玩月的率直天真情怀，表现了诗人与月为友和热爱宁静恬淡田园生活的情趣"②。对物的动态描摹与率直天真的情怀，玩月的想象与超脱，恰恰构成了成熟的成人难能可贵的天真与童心。文末，诗人以口语发问："上下两轮月，若个是真底？为复水是天？为复天是水？"③ 将玩月的好奇感推向高潮，又保持着一种生活的真与趣。这与儿童的探索愿望和好奇心吻合，又能以直白、浅显的口语，拉近成人与儿童观物的距离。

第四类是儿童酬赠诗，是古代儿童诗的一种特殊类型，具有一定的叙事与社交功能。与儿童教育诗不同，酬赠诗不以训诫和教育儿童为主旨，而通常是

---

① 章楚藩主编：《杨万里诗歌赏析集》，巴蜀书社1994年版，第68页。
② 章楚藩主编：《杨万里诗歌赏析集》，巴蜀书社1994年版，第240页。
③ 章楚藩主编：《杨万里诗歌赏析集》，巴蜀书社1994年版，第240页。

在特定场合用以表达长辈对晚辈美好的祝福与希冀。与此同时，这类诗多带有成人与儿童交际、沟通的功能。魏晋以降，酬赠诗创作蔚然成风。一方面，得益于中国古代重礼仪、重人情的传统习俗；另一方面，则在于魏晋时期是文学史上的自觉时代，诗人们更注重诗歌的感性化表达，崇尚情感的自然流露。

根据寄赠对象的不同，儿童酬赠诗可分为两种形式：一是作为特定喜庆之日的"贺诗"，比如入学、成人礼等；二是师长在特定场合寄赠后学的"赠诗"，或应晚辈求索而作，通常寄寓长辈对晚辈的赞赏与勉励之情。例如杜甫的《宗武生日》：

> 小子何时见？高秋此日生。
> 自从都邑语，已伴老夫名。
> 诗是吾家事，人传世上情。
> 熟精《文选》理，休觅彩衣轻。
> 凋瘵筵初秩，欹斜坐不成。
> 流霞分片片，涓滴就徐倾。[1]

这是杜甫庆祝儿子宗武生日的寄赠之作。开篇，"小子"即指杜甫的儿子杜宗武，"高秋"一词则交代了宗武出生的时间。"自从都邑语，已伴老夫名"，源于杜甫曾多次作诗称赞宗武机智聪敏、才情过人，如《遣兴》《忆幼子》等，字里行间充满自豪之情，慈祥、亲切而风趣。三、四句则表达作者对宗武的殷切期望，希望儿子能够饱读诗书、继承家学，不贪图荣华富贵，并以"老莱子"的典故作为反面示例敲响警钟，警醒孩子不做庸俗的孝子。

---

[1] 傅东华选注，卢福咸校订：《杜甫诗》，崇文书局2014年版，第113页。

最后两句"凋瘵筵初秩,欹斜坐不成",诗人自谦年过半百,早已是衰病之躯,却依然在儿子生日之时开筵庆贺,父子情深,跃然纸上。

中国自古是礼仪之邦,重家庭、重礼仪以及日常人情往来,故此类儿童酬赠诗数量颇丰。但其中不乏一些流于形式、华丽浮夸的应酬之作。虽辞藻华丽,格律严整,但过于注重语言与形式的雕琢,虚浮堆砌,缺乏深沉、真挚的情感表达,带有明显的功利与应酬之气。例如杨万里的《送刘童子》,是一首贺童子中举的赠诗。整首诗借用麒麟、珠玉,辞藻华丽,偶对工巧,声律精切,极尽赞美之词。但是,在规整与对仗的格式中,在华丽赞美之词中,很难看见诗人对刘童子的情感表达。这也是多数酬赠诗的通病。

酬赠诗原本诞生于应酬场合,不免沾染应酬与功利之气,但也不乏部分优秀诗篇能够妥善处理好真情实感与应酬之辞之间的关系,把握好称颂的尺度,避免诗文虚假浮夸、流于形式。例如陈襄的《颍州府学释奠先圣郡中童子亦来拜谒以诗勉之》:"蔼蔼青衿子,来修谒庙仪。怜他眉宇秀,中有起家儿。"[①] 这首诗是长辈勉励后学的典范之作,作于颍州府学举行祭奠先代圣人的仪式之时。陈襄用深情、和善的语调勉励在学的童子,夸赞身着青衣的学子们眉清目秀、神采飞扬,认为在他们之中必定有人能够成为栋梁之材。诗中的"怜"字一出,既有期待之意,又有长辈疼惜之情,表现出诗人流动的内心情感。作为一首正式场合的酬赠之作,诗中丝毫未有夸张、华丽的溢美之词,用语平易浅近,情感真挚深沉,娓娓道来,不失沉稳、温润的长者风范。

2. 根据创作主体分类

按照创作主体的差异,儿童格律诗大体可分为两类:成人创作与儿童创作。

---

① 北京大学古文献研究所编:《全宋诗》,北京大学出版社1998年版,第439页。

成人是古代儿童诗的主要创作群体，他们有意模仿或无意契合儿童的思维方式和表达方式，通过儿童化思维展现童年生活或表现儿童的心灵世界和童真童趣。

按照写作对象来看，成人创作的儿童诗还能细分为以下两类：一是成人以儿童为写作对象的儿童诗。通常情况下，成人出于认识、教育、娱乐等目的为儿童创作了此类诗歌，主要聚焦儿童形象、儿童生活和儿童情态等的刻画和描写。这类诗歌发端于西晋诗人左思的《娇女诗》，较有代表性的有李商隐的《骄儿诗》、韦庄的《与小女》、胡令能的《小儿垂钓》、白居易的《池上二绝》等。胡令能的《小儿垂钓》："蓬头稚子学垂纶，侧坐莓苔草映身。路人借问遥招手，怕得鱼惊不应人。"[1]这是一首纯粹塑造儿童形象与描写儿童情态的诗歌。全诗分为两层：第一层是第一、二句，重在描写儿童的外形和活动，表现出一个头发乱蓬蓬的小孩垂钓之时不加拘束的自然天真状貌；第二层是第三、四句，重在把握动态，表现儿童动作中的神态。"遥招手"三个字，既表现出儿童的热心天真，又表现出儿童钓鱼时的严肃认真。短短四句，一个煞有介事、专心致志钓鱼、自然天真的稚子形象便跃然纸上。全诗集中笔力写儿童的外形、动作、神态，表现出活泼、真实之感；又隐藏着"路人"所代表的成人之态，将莽撞、冒失的成人与专注的儿童融为一体，使诗歌富于情节冲突的趣味。

二是成人创作的浅显生动、充满童真童趣的诗歌。这类诗歌创作对象不是儿童，不是特意为儿童而作，但它们体察万物，保持好奇心、探索欲，别出心裁，具有率直天真的情感，表现童真、稚趣。这类诗歌主要有以下三个

---

[1] 上海辞书出版社文学鉴赏辞典编纂中心编：《历代名诗鉴赏 唐诗》（下），上海辞书出版社2018年版，第376页。

特征：在内容上，与儿童生活比较接近，容易被儿童理解；在表达上，语言通俗浅近，明白易懂；在艺术形象塑造上，想象丰富，鲜活生动。具有代表性的诗歌有孟浩然的《春晓》、王之涣的《登鹳雀楼》、李白的《静夜思》等。贺知章的《咏柳》："碧玉妆成一树高，万条垂下绿丝绦。不知细叶谁裁出，二月春风似剪刀。"[1]因构思独特、语意精妙，广为传颂。据记载，诗人作此诗时已86岁高龄，在耄耋之年仍能写出如此清新脱俗、平易雅致的诗作，这与诗人洒脱、纯真的个性紧密相关。《唐诗汇评》中收录了三条评语："奇露语开却中晚""尖巧语，却非由雕琢而得"和"赋物入妙，语意温柔"[2]，都强调《咏柳》的巧思与别具一格的用语。尤其是"不知细叶谁裁出，二月春风似剪刀"，既有形象的比喻，又有"谁裁出"的拟人化追问，使得春风玉柳一下子活了起来，呼应了充满勃勃生机的春天。巧妙的比喻、拟人与想象共同进入此诗中。诗人抛开先验的知识而以未知之眼去打量观察，构成了一种强烈的新鲜感和活力。这与儿童对世界的观察、认知保持一致。

儿童创作的诗歌多数因年龄小、诗歌符合成人书写的规制而被称为"神童诗"。这源于中国古代儿童的启蒙教育与诗歌密切相连。天赋异禀的儿童在童年时期便已经能以诗的形式传递思想，书写眼中的世界。儿童创作的诗歌因其书写者作为儿童的体验，大多未脱稚嫩，充满童趣，清新脱俗，内容主要集中在咏物、写景和叙事等方面。具有代表性的诗歌有骆宾王的《咏鹅》、陈普的《咏白鹭》、路德延的《咏芭蕉》、南海女子的《别兄诗》、徐错的《秋词》、蒋堂的《栀子花》、陈黯的《满面与汝花》等。其中，陈黯的《满面与汝花》写得活泼自信："玳瑁应难比，斑犀定不加。天嫌未端正，满面与汝

---

[1] 陈伯海主编：《唐诗汇评》（上），浙江教育出版社1995年版，第241页。
[2] 陈伯海主编：《唐诗汇评》（上），浙江教育出版社1995年版，第241页。

花。"① 这首诗是陈黯13岁时应对山西一位县官的为难所作。陈黯幼时生过天花，病愈后脸上留下了天花的麻点。县官讥讽陈黯脸上的天花（这也与古代人重视相貌的传统相关），而年仅13岁的陈黯则以《满面与汝花》回应，自信、可爱。他用玳瑁的花纹和犀牛角的斑点作比，以此写出珍贵的二者都比不上脸上的麻点，显示出昂然的自信。三、四句笔力叠加，"天嫌未端正，满面与汝花"，让老天爷再为我这脸添上朵朵小花，将天花留下的麻点视作老天爷格外的恩宠与厚爱。"满面与汝花"，既有开阔的想象，又有自信的笔力，活泼天真中显露出强烈的自信心。

必须指出的是，在古代诗歌的语境中，所谓"神童诗"强调的是儿童创作出符合成人文化规范的诗歌。因此，不少"神童诗"本身富有强烈的成人社会文化经验的特征，多数会掩盖儿童创作中属于儿童的思维特性与天真经验。以北宋王禹偁的《吟白莲》为例："昨夜三更后，姮娥堕玉簪。冯夷不敢受，捧出碧波心。"② 据史料记载，王禹偁作此诗时年仅5岁。一日太守赏白莲，听闻王禹偁天赋过人，才学不浅，便召他前来吟诗。长官召文人作诗是一种传统，对文人而言也是一次公开的重要展示机会。王禹偁观察莲花后，作成此首《吟白莲》。将亭亭玉立的出水白莲比作月中嫦娥坠落的玉簪，比喻较为新鲜。但是，后句以神仙往来进行想象，写水神冯夷不敢私藏仙子之物，便殷勤地捧出波心来。看似充满想象力，但完全脱离了儿童的思维经验，以成人文化中成人对仙子的想象、爱慕和殷勤作为想象的落脚点，故而失去了儿童诗作的新鲜感。若从儿童对物的珍爱角度而言，"不敢受"是一种截然相反的成人文化心理状态，由此失去了儿童作诗的活泼感。

---

① 王树芳、陆元芳编写：《唐宋神童诗》，少年儿童出版社1991年版，第47页。
② 杨知秋选编：《古代少年儿童诗作选》，四川少年儿童出版社1987年版，第76页。

（二）现代儿童诗类型辨析

现代儿童诗与古代儿童诗的差异，一方面在于白话语言构成的自由体写作的形式，另一方面是对儿童独立性存在和童年的普遍认知。现代儿童诗的分类呈现了与古代儿童诗迥然不同的面貌，其中，最有代表性的是根据接受对象的心理特征进行儿童诗的分类。

1. 根据接受对象的心理特征分类

近现代以来，儿童从生物学、心理学、人类学和社会学意义上与成人相区别，形成了独立的儿童与童年研究。在对儿童的研究中，工业社会和社会法律的发展拓展了童年的年龄范畴，而科学研究则在童年范畴中划分出不同的儿童阶段。一般而言，根据儿童的年龄、心理和思维特征，可分为幼儿段、童年段和少年段，与现代教育分段制基本匹配。由此，根据儿童各年龄段的身心特征，儿童诗可以分为三类。

第一类是幼儿诗，以3岁到6岁的幼儿为主要接受对象，表现幼儿生活，突出音乐性，强调体制短小。由于幼儿识字量有限，语言理解能力也有限，所以幼儿诗应尽量使用口语，将口语与音乐美结合起来。金波曾提到，"幼儿诗歌是一种听觉艺术，它虽然也和其他文字作品一样印在纸面上，但这些书的服务对象常常并非'读者'而是'听众'，他们对于声音不但敏感，而且要求悦耳，这就是诗的音乐性"[①]。因此，低龄段的现代幼儿诗强调突出声音的丰富与和谐，要求具备强烈的音乐美。

第二类是童年诗，契合7岁至11岁儿童的心理特征，适合其阅读、吟诵，表现儿童生活与经验，突出想象特征。这个年龄阶段的孩子语言理解能

---

① 金波：《幼儿诗歌的音乐性》，载《儿童文学研究》编辑部编辑《儿童文学研究》（第24辑），少年儿童出版社1986年版，第94页。

力和审美能力都在逐步提高，因此，童年诗无论在内容上还是形式上都更加丰富。校园生活、家庭生活、社会生活、动植物、自然景观等都是童年诗的表现题材，故事情节和想象丰富的诗更受喜爱。

第三类是少年诗，契合12岁至18岁少年的心理特征，适合其阅读、吟诵，强调表现少年的内在精神世界及其思考的问题，触及少年处于儿童与成人之间面临的复杂的社会生活和情感。这个年龄阶段的孩子正处在半幼稚、半成熟的时期，对世界、人生、社会开始有自己的思考。与此同时，青春期快速发育的刺激带来的情感、身份认同等成为少年生活的重心。因此，少年诗在内容上倾向于少年情怀的抒写，如成长的渴望与烦恼。少年诗需疏导少年的情绪，把正面的精神价值巧妙地哲理化，融入诗歌，给少年带来美和理性的愉悦。值得注意的是，与幼年诗相比，少年诗不再限制其体制的长短。

2. 根据表达方式分类

现代儿童诗根据表达方式可以分成叙事诗和抒情诗两大类。叙事诗以诗的形式描绘故事，依靠情节或人物串联，感情色彩浓烈，语言精练，富有诗意。儿童诗中的童话诗是叙事诗的一种，类似雁翼的《东平湖的鸟声》等讲述革命故事的故事诗，也属于儿童叙事诗。抒情诗主要以抒情的方式表达对生活的感受或歌颂人和事，抒发浓烈的感情，强调情感的集中表现。蒲风的《摇篮歌》就是典型的抒情诗。以反复出现的"孩子，你快长快大吧"[①]，构成每个诗节的开头，强烈地表现了对儿童成长的期待，集中抒发了对儿童的温柔情感与成长期待，表现了对未来的坚定信念。

3. 根据内容与形式分类

根据儿童诗的内容和形式，又可以分为特殊的类型：朗诵诗、散文诗、

---

① 蒲风:《摇篮歌》,《诗歌生活》1936年第1期。

童话诗、寓言诗、讽刺诗、题画诗和图像诗。

　　朗诵诗往往句调铿锵、节奏明快、朗朗上口，长短句错综交织排列。适合于宣泄起伏变化的情感，大多以慷慨激昂、积极向上的抒情为基调，适合校园舞台、节日表演、电台等。如田地的《祖国的春天》(节选)：

　　春天
　　她象一个美丽、幸福的小姑娘，
　　快乐地走遍了
　　祖国的每一个地方。

　　她走过田野，
　　百花跟着她的脚步开放；
　　蚕豆和麦苗伸直了腰，
　　油菜花发出了耀眼的金光；
　　马拉着步犁飞跑，
　　翻起黑油油的土壤……

　　她走过河流，
　　河流就大声地歌唱，
　　它汇合了山泉和小溪，
　　一路上滚起银色的波浪；
　　它流过一道道水闸，
　　冲向那蓝色的海洋……

她走过草原，
　　草芽散发着清香；
　　牧人吹起快乐的笛子，
　　催赶着一群群牛羊；
　　肥马在池边饮水，
　　池中微波在荡漾……①

　　散文诗是介于诗歌和散文之间的一种特殊的诗歌体裁形式，是用散文形式写的抒情诗，结合了散文和诗的美质。比一般的抒情诗自由灵活，语言形式上分段不分行。不要求有严格的韵律，同时又比散文注重节奏感。如郭风的《叶笛》(节选)：

　　呵，故乡的叶笛。
　　那只是两片绿叶，把它放在嘴唇上，于是象我们的祖先一样。
　　吹出了对乡土的深沉眷恋，吹出了对于故乡景色的激越的赞美。
　　吹出了对于生活的爱，吹出自由的歌，劳动的歌，火焰似的燃烧着的青春的歌……

　　像民歌那么朴素。
　　像抒情诗那么单纯。

---

① 田地：《冰花》，少年儿童出版社1982年版，第26—27页。

比酒还强烈。①

郭风的《叶笛集》是一部经典的散文诗集，以《叶笛》为代表。长短不同的句式构成了散文的样貌，又以集中、强烈的抒情构成了诗的意绪。郭风说："写作时，有的作品不知怎的我起初把它写成'诗'——说得明白一点，起初还是分行写的；看看实在不象诗，索性把句子联结起来，按文意分段，成为散文。我自己常常这样想，恐怕我是不会写诗的。但对于我们这个时代，我真想歌唱。"②面对时代想放声歌唱的强烈情感表达，正是散文诗中属于诗的、令人震撼的抒情性。

童话诗是诗与童话这两种文体相融合的产物，以诗的形式，讲述想象奇特的童话故事。它属于叙事诗，有完整的童话故事情节，多塑造拟人化的动物形象。童话诗所讲述的故事具有幻想特征，多以离奇的情节、丰富的想象和充满趣味的描述，拓展儿童的想象空间。而诗的节奏感、音乐性与抒情性，则增加了童话的声音魅力和讲述时的吸引力。如阮章竞的《金色的海螺》（节选）：

我记得是在芭蕉林里，
跟邻家婆婆学唱儿歌。
我学会了一个又学一个，
天天都灌满两只耳朵。

---

① 郭风:《叶笛集》，作家出版社1959年版，第34页。
② 郭风:《叶笛集》，作家出版社1959年版，第59页。

这个金色海螺的童话,
现在还唱得一点不差。
如果问我那时候几岁,
反正很小还没有换牙。

在大海的那边,
有过一个少年,
他没有父母,
也没有远亲。

一年三百六十个早晨,
他从来不肯贪睡懒觉。
不管大海涨潮和退潮,
天天比太阳起得都早。
……
有一天,中午了,
海潮刚退了,
海风不吹了,
海不呼啸了。
……
少年收起了渔网,
吹着清清的哨声。
他走过闪光的沙滩,

沙滩留下了很多脚印。

少年忽然看见,
一片金光闪亮,
有一条红色金鱼,
搁浅在白沙滩上。
……
一年这样过去了,
少年成了两个孩子的父亲;
三年这样过去了,
海螺成了四个孩子的母亲。
邻家婆婆教我唱这支儿歌,

我一字没掉唱过好几百回。
到底以后他们有多少个孩子,
唉!就这最后一句没有学会。①

  阮章竞利用民间传说的资源,将其再创作为童话诗《金色的海螺》。诗歌开篇便以"我"这个听故事的儿童作为中介,引出这段故事。这种形式本质上是"说书"式,多用口语,重叠复沓、押韵,具有歌谣的特征,增强了童话诗的音乐性。在讲述的故事中,出现较多的重复。例如,"在大海的那边,/有过一个少年,/他没有父母,/也没有远亲。/"两次重复"没有",强调了少年无依

---

① 阮章竞:《金色的海螺》,陈旭插图,中国少年儿童出版社1956年版,第1—3,35—36页。

无靠的现实,唤起读者的同情心。在故事中,刻意将仙女和少年、少年和海神娘娘的对话以直接引语的形式表现出来,生成对话的现场感。而少年拯救海螺仙女,并与其最终生活在一起的离奇故事,构成了这首童话诗的魅力。

寓言诗用诗的语言来讲述故事,寄寓一定的道理、教训,具有浓厚的教育色彩。大部分寓言诗篇幅短小,情节简单,常用讽刺与夸张的手法,凸显漫画式人物形象,具有诗的凝练、含蓄的意味。如高洪波的《大象法官》和《吃石头的鳄鱼》,以及于之的《小麋鹿学本领》等。

讽刺诗幽默诙谐,往往针对儿童生活中的不良习惯或不良现象,以夸张、讽刺的手法写成,让小读者在微笑中受到启发。如鲁兵的《下巴上的洞洞》:

从前,
有个奇怪的娃娃,
娃娃
有个奇怪的下巴,
下巴
有个奇怪的洞洞,
洞洞,
谁知道它有多大。
瞧他
一边饭往嘴里划,
一边
从那洞洞往下撒。

如果

饭桌是土地，
而且
饭粒会发芽，
那么
一天三餐饭，
他呀，
餐餐种庄稼。
可惜
啥也没有种出来，
只是
粮食白白给糟蹋。

你们
听了这笑话，
都要
摸一摸下巴，
要是
也有个洞洞，
那就
赶快塞住它。①

---

① 中国社会科学院文学研究所当代文学研究室编：《中国新时期儿童诗选（1977—1980）》，新蕾出版社1982年版，第307—308页。

《下巴上的洞洞》针对儿童吃饭漏饭粒的问题，以诙谐、幽默的笔触将其比喻为下巴有洞洞，无中生有，意味深长。又借用了连锁调的顶真形式，增强了关键词汇的印象。

题画诗源于诗人给照片或画题诗，是诗人欣赏照片或画的一种艺术的新发现、再创造。题画诗将形象、直观的图画和诗歌结合，丰富了原作的内涵。相较纯文字的诗歌，更容易吸引儿童的注意力，激发儿童阅读诗歌的兴趣。如柯岩的题画诗集《月亮会不会搞错》和《春天的消息》，根据图画内容创作儿童诗，让诗歌用语言阐释图画，又能够让图画直观呈现诗歌内容。

题画诗《月亮会不会搞错》[①]是柯岩在1981年创作的。她生病期间，

月亮会不会搞错

电视里说：
日本小朋友
和我们长得差不多。
是这样么？是这样么？
月亮，月亮，你告诉我！

每天你升起来的时候，
是先照他，是先照我，
还是同时照着我们两个？
你每天这样照来照去，
会不会把我们搞错？！
月亮，月亮，你告诉我！

图 0-2 《月亮会不会搞错》出版页面（新蕾出版社，1984）

家人为了转移她的注意力，给她带来一些图画。柯岩自述，一个叫卜镝的小朋友创作的画"常常导我游回美丽的童年"[②]，唤起了柯岩的诗情。当她看到卜镝画的月亮下的几个孩子时，就创作了《月亮会不会搞错》。诗歌中儿童稚气

[①] 柯岩：《月亮会不会搞错——题画诗百首》，新蕾出版社1984年版，第79页。
[②] 柯岩：《柯岩文集 第七卷·文论》，四川文艺出版社2009年版，第400页。

天真的困惑，图画中占据二分之一版面的月亮和孩子相映成趣，共同表现了纯真的童心世界。这首儿童诗正如柯岩所理解的这幅儿童画一般，"生活中有没有这种事情、会不会出现这种景色并不重要，他画的是他心中所想，是他感觉中的世界，或者可以说，是他的愿望与思考"[1]。

图像诗是利用文字的排列形式来构成某种图案或形状的诗歌。形式构成的图像往往与诗歌内容相关，形成内容与形式的呼应。图像的直观表现与儿童诗的内容结合，富有趣味，又有意料之外的新奇感。台湾的林世仁、詹冰、陈木城创作的儿童图像诗较为突出。

有话待会儿再说

（林世仁）

你怎
　　么能
　　　　怪我
　　　　　　不听
　　　　　　　　你说
　　　　　　　　　　话呢
　　　　　　　　　　　　我
　　　　　　　　　　　　　　正在
　　　　　　　　　　　　　　　　下
　　　　　　　　　　　　　　　　　　楼梯耶[2]

---

[1] 柯岩：《柯岩文集　第七卷·文论》，四川文艺出版社2009年版，第400—401页。
[2] 方卫平选评：《没有不好玩的时候》，浙江少年儿童出版社2011年版，第77页。

瞌睡虫

（陈木城）

一
　条
　　条
　瞌
　睡
虫
徐徐缓缓慢慢爬进我的耳中
老师的声音变得蒙蒙胧胧
悄悄爬上眉尖额头和鼻孔
老师请原谅我眼皮越来越重
都
　爬
　　满
　　瞌
　睡
虫①

《有话待会儿再说》和《瞌睡虫》是具有代表性的图像诗。前者将文字组合成楼梯的形式，而内容呼应的恰恰是诗歌表达的"我在下楼梯"这件事。

---

① 方卫平选评:《我会长大起来》,浙江少年儿童出版社2011年版,第117页。

正是因为"我"在下楼梯，所以有话待会儿再说，让读者和叙述者都进入一种专注的下楼梯的状态中。同时，图像构成的楼梯与诗歌语言、内容构成的下楼梯的缓慢感，共同传递了一种不慌不忙的专注感。后者则是以文字组合构成弯弯曲曲的虫子的外形，恰好与诗歌中儿童上课瞌睡得撑不住的情形吻合——有效地将形式与内容、想象与体验融为一体，颇为有趣。

各种类型的儿童诗歌从形式、内容等方面呈现了儿童诗歌的丰富多彩，也表现出不同时代儿童诗歌的不同样态。面对众多类型的儿童诗歌，一方面需要从定义出发确定其本体特征；另一方面则需要从审美的角度考量不同形式的儿童诗歌在历时中的阅读接受与价值。儿童诗歌的审美思辨，意味着从客体和主体两个维度进行艺术的本真探讨。

第三节　儿童诗歌的审美特征思辨

儿童诗歌基于诗歌的审美尺度，继承中国诗艺美学对诗歌意境、抒情性等的传统追求；基于儿童的尺度强调儿童性的表达，尤其是需确立"儿童本位"观念并尊重、欣赏儿童。只有将文学的诗性与儿童的童真童趣相契合，才能彰显儿童诗歌独树一帜的艺术魅力。

一、颠覆性：童年思维的审美创造

童年时期儿童的思维是直观的，对世界的认识缺乏全面的把握，思维方式未被成人社会规训。在接触世界获得新的经验时，儿童往往是好奇的，对生活充满了细微的体验和反常规的认识,能够在平常的生活中发现不平常的乐趣。他们直观的审美把握,往往会突破成人抽象思维建构的层层规则和结构,颠覆成人习以为常的认知,构成一种奇异的审美创造。这正是儿童诗歌区别于成人诗歌的特质,是一种文化颠覆性思维。这种颠覆性往往生成诗歌强有力的张力,在简短的语言中创造诗性的世界。这种颠覆性具体表现为无以复加的想象力、超越常规的反逻辑、惊奇的发现与情感捕捉力。

童年生活中一丝丝微小的变化,在儿童眼中都可能是巨变。因此,儿童是最"善感"的人群,虽然他们的语言经验尚浅,但是对日常生活与情感的捕捉和表达能力往往能够超越成人,尤其善于在看似平常的生活中发现趣味。而对日常生活细节的发现,往往来自儿童纯粹的想象力与专注力。一首真正的儿童诗,"充满了童心的闪耀,它有着孩子式奇异的同时又是合乎情理的幻想"[1]。由此,"不要看轻儿童诗,它的价值同样可以是永恒的"[2]。如舒兰的《虫和鸟》:

> 我把妈妈洗好的袜子,
> 一只一只夹在绳子上。
> 绳子就变成一只多足虫,
> 在阳光中爬来爬去。
>
> 我把姐姐洗好的手帕,

---

[1] 谢冕:《北京书简——关于儿童诗》,载榕树文学丛刊编辑部编辑《一九七九年第二辑 儿童文学专辑》,福建人民出版社1979年版,第398页。

[2] 谢冕:《北京书简——关于儿童诗》,载榕树文学丛刊编辑部编辑《一九七九年第二辑 儿童文学专辑》,福建人民出版社1979年版,第394页。

一条一条夹在绳子上。
　　绳子就变成一群白鹭鸶，
　　在微风中飞舞飞舞。①

这首诗是建立在生活基础上的大胆想象。晾衣服本是日常平淡而乏味的琐事，成人的生活惯性使之难以发现诗意的美和快乐。但是，舒兰的《虫和鸟》从儿童的思维出发，将夹在绳子上的袜子和手帕分别视作多足虫和白鹭鸶，想象新奇，倍感新鲜。尤其是将袜子和多足虫建立联系的想象，使这首诗获得了超越常规的诗性空间。诗人依赖巧妙构思，将平凡的生活现象点化为一个奇妙的幻想世界，构建了一个与现实迥然不同的精神世界。这首诗就是典型的以儿童的视角和想象去捕捉生活的乐趣，进而创造了诗意空间里超越常规的颠覆性的美。

自然界普通的事物，在儿童诗中通过超越常规的想象成为充满神秘色彩的意象，也能够展现别样的趣味。如谢采筏的抒情小诗《海带》：

　　我真想见见海的女儿，
　　但每次都没有找着。
　　今天总算不坏，
　　捞到了她的飘带。②

诗人由海边常见的海带这一物象，联想到安徒生童话故事中的美人鱼形

---

① 蓝海文选编：《台湾儿童诗选》(下)，湖南文艺出版社1988年版，第100页。
② 《谢采筏低幼儿童文学作品选》，合肥工业大学出版社2013年版，第111页。

象。将细长的海带与同样细长的人鱼公主的飘带联系在一起,从童话故事进入现实世界,又从现实世界进入童话故事。短短四句,创生了巨大的想象空间。面对四季的气候变化,诗人也有着敏感的嗅觉和奇妙的想象,如圣野的《欢迎小雨点》:

来一点,
不要太少。

来一点,
不要太多。

来一点,
小蘑菇撑着小伞等。

来一点,
荷叶站出水面来等。

小水塘笑了,
一点一个笑涡。

小野菊笑了,

一点敬一个礼。①

　　《欢迎小雨点》创作于 1948 年。以往书写自然景物时，往往以人的主导视域和感受为主。此诗却将视角和体验转移到物（小蘑菇、荷叶、小水塘、小野菊）上，才会有"来一点，/ 不要太少。// 来一点，/ 不要太多"的呼唤。这颠覆了成人视域和思维主导下对雨中风景的描述，构成一种新鲜的、恰到好处的体验。这首诗的情感体验模式则呈现出自在、自为的状态，颇为新奇可爱。

二、真、善、美、趣：儿童诗歌的审美底色

　　儿童诗歌旨在表现真、善、美、趣，以期描绘儿童生命成长的底色。由于儿童诗的接受主体是少年儿童，他们的喜怒哀乐，他们的理想抱负……都是儿童诗所应表现的重要内容。儿童诗歌要在精神上与儿童沟通，要引领他们突破现实生活的禁锢获得精神的超越，就必须触发他们的真切体验，给予他们希望和趣味。"我的儿童诗力求挖掘儿童的本真，力展原生态的蓬勃、鲜活、苦恼、忧伤。""真诚地做孩子们的朋友，走进并深入他们。"②诗人基于儿童的心理特征，关注他们的学业压力、青春成长的困惑，融真实与梦幻为一体，表现成长的诸多体验。这种力求表现少年儿童的现实与精神世界，引导他们从精神世界中获得超拔的力量，构成了儿童诗歌真、善、美的基本审

---

① 圣野：《圣野诗选》，少年儿童出版社 1992 年版，第 112 页。《欢迎小雨点》最初刊载于 1948 年第 903 期的《小朋友》；新中国成立后有所修改，收入 1955 年版的诗集《欢迎小雨点》，继而该版本被收入 1979 年版的《儿童文学诗选：1949—1979》。此处的《欢迎小雨点》选自 1992 年版的《圣野诗选》，与 2006 年"百年百部"系列的《欢迎小雨点》文本一致，是市面上较为通行的文本，但相较于 1948 年版的《欢迎小雨点》而言，修改较多。

② 钟代华：《迎面而来》，重庆出版社 2005 年版，第 21 页。

美追求。与此同时，追求趣味是人类共同的生活宗旨，更是儿童获得快乐的源泉。同时，要以有趣的形式和内容让儿童获得阅读诗歌的愉悦感与审美力量，从而在诗歌的带领下走向多样的、丰富的成长世界。如高洪波的《鹅、鹅、鹅……》：

> 最近，妈妈总爱捉住我，
> 逼我背一首古怪的儿歌：
> "鹅鹅鹅，曲项向天歌。
> 白毛浮绿水，红掌拨清波。"
>
> 听说这是一位古代的神童，
> 七岁时写下的"大作"。
> 可我却背得结结巴巴，
> 气得妈妈说我"笨脑壳"。
>
> 我只好背得滚瓜烂熟，
> 妈妈显得特别快活。
> 从此，每当家里来了客人，
> 我都要牵出这只倒霉的"鹅"。
>
> 听到了一声声的夸奖，
> 妈妈就奖我美味的糖果。
> 好像这是我写的诗篇，

其实，我从来没有见过白鹅。

我家小小的阳台上，
连只小鸟都不曾飞落。
更别说从那"曲项"里，
向天唱出的美妙的歌！

真的，我不愿当什么"神童"，
更不想靠"白鹅"啄来糖果。
如果妈妈带我去趟动物园，
那才是我最大的快乐！①

这首诗原载于1984年上海《少年文艺》第11期，其诞生的背景是20世纪80年代，儿童所承受的学业压力和城市文化带来的与大自然逐渐隔膜的现实。高洪波站在儿童的立场，言儿童之所想，观照了当代儿童的真实生活。而极为有意思的是，诗歌的核心不在于悲愤地控诉，而是借用儿童的天真、率直来表现对社会现象的反思，追求一种真实生命力。诗歌不在于背诗的"怨愤"，而在于从儿童视角所表现的不理解与无意义。同时，诗人借助互文手法，让神童骆宾王的《咏鹅》进入儿童接受视域，被改造成一只随时牵出来获得糖果的"倒霉鹅"，充满了趣味性和文化反思的意义。在颠覆常规的神童思维与追求效率的成人文化的冲突中，《鹅、鹅、鹅……》被赋予了新的充满儿童趣味与率真的诗意。

---

① 方卫平主编：《中国儿童文学大系·诗歌（三）》，希望出版社2009年版，第2—3页。

"童年的情形,便是将来的命运。"[1]从此种意义上讲,给儿童什么样的文学就意味着"塑造"什么样的儿童人格。对儿童来说,生理的健康成长与心理和精神的健康成长同等重要。金波一直试图表达出"向善"的情感价值导向。他认为,"诗人的天赋是爱。诗人要用自己的爱让孩子们也懂得爱,爱祖国、爱人民、爱亲人、爱朋友、爱一切美好的事物。从小唤起孩子们心灵上的爱,我们的未来才是光明灿烂的"[2]。因此,优秀的儿童诗应潜移默化,将情感、价值教育等诗性地融汇于作品之中,寓教于乐,让儿童受到熏陶。以诗歌浸润儿童心灵,传递人生价值与真、善、美的理念,既是中国传统诗教的延续,又是儿童诗歌与时代同行、与儿童相伴的真正意义所在。如林武宪的《鞋》:

  我回家,把鞋脱下
  姊姊回家,把鞋脱下
  哥哥、爸爸回家
  也都把鞋脱下

  大大小小的鞋
  是一家人
  依偎在一起
  说着一天的见闻

  大大小小的鞋

---

[1] 《鲁迅全集 南腔北调集》(第四卷),人民文学出版社2005年版,第579页。
[2] 金波:《儿童诗创作札记》,《朝花》1982年第8期。

>   就像大大小小的船
>   回到安静的港湾
>   享受家的温暖[①]

每个家庭中每天都在上演分别和相聚的故事。诗人别出心裁，通过一家人穿鞋和脱鞋的动作，隐喻家人的离开和回来。以鞋的"散—聚"写家人的"外出—归家"，将抽象的家具象化为家人们穿的鞋，从而以小见大。在选取了具有典型性、代表性的鞋后，将鞋所构建的温暖相聚场面与家人相依相偎的场景相联结。柔情浓郁，温馨美好。

儿童诗作为诗歌国度里的一朵奇葩，其美感具体表现为音乐美、绘画美和语言美。这与儿童与生俱来的想象力和形象思维特性相吻合，因而儿童更容易亲近诗歌。儿童首先从听觉上亲近诗歌的声音美，而后接受诗歌的音乐美、绘画美和语言美。有规律、有韵律的节奏感，极大地满足了儿童心理和生理欲求。当他们一边吟诵，一边自然地手舞足蹈时，愉悦之情便油然而生。比如高凯的《村小：生字课》：

>   蛋　蛋　鸡蛋的蛋
>   调皮蛋的蛋　乖蛋蛋的蛋
>   红脸蛋蛋的蛋
>   张狗蛋的蛋
>   马铁蛋的蛋

[①] 蓝海文选编：《台湾儿童诗选》(下)，湖南文艺出版社1988年版，第60页。

花　花　花骨朵的花
桃花的花　杏花的花
花蝴蝶的花　花衫衫的花
王梅花的花
曹爱花的花

黑　黑　黑白的黑
黑板的黑　黑毛笔的黑
黑手手的黑
黑窑洞的黑
黑眼睛的黑

外　外　外面的外
窗外的外　山外的外　外国的外
谁还在门外喊报到的外
外　外——
外就是那个外

飞　飞　飞上天的飞
飞机的飞　宇宙飞船的飞
想飞的飞　抬膀膀飞的飞
笨鸟先飞的飞

飞呀飞的飞……①

诗人精妙地选择了生字课上学习的词语，采用组词的形式，创作了这首诗，充分展现了语言的精妙与美感。整首诗形式上是以乡村小学儿童学习生字时跟着老师读的情境展开，充满了现场感。而所选择的字词是极其普通的，但利用字的重复与构词的形式反复，形成逼真的表达效果，还与乡村儿童学习生字时拉开嗓门朗读的场景合二为一。组词时将字词与乡村儿童看起来很"土气"的名字联系在一起，形成了诗歌与生活、个体的紧密联系。接着，利用词"黑"和"外"，隐晦地表现了乡村儿童所熟悉的生活和对外面世界的向往。诗的最后一节，选用了"飞"，由"飞"的字音、字形和字义构成一股顽强向上的生命力，表现出乡村儿童读书识字时感受到的生长力量与未来可能性。"笨鸟先飞的飞"一语双关，既是学习词组、把握语言，又展现了乡村儿童在识字学习时的努力，以及对走向更广阔世界的希望。这正是语言之于儿童诗的意义，以其形、声、义构成了丰富的主题意蕴。由词和词组构成了《村小：生字课》强烈的音乐节奏感，明亮、铿锵。

儿童诗歌的绘画美表现在描述场景的直观性、细腻感、形象性和色彩上。在诸要素之中，色彩美至关重要。"一首诗里面，没有新鲜，没有色调，没有光彩……艺术的生命在哪里呢？"② 儿童诗色彩斑斓，与丰富的感情相映成趣。如金波的儿童诗《天绿》，展开了对无边春色的描绘。"远方有山，/ 山，穿上了绿衣。/ 山中有树，/ 树，滴着绿。// 小树的嫩枝里，/ 流着绿色的小溪；/ 那一池水波，/ 染绿了鸭的羽翼。// 草叶上闪着露水，/ 像翡翠一样绿；/ 清晨的

---

① 诗刊社编：《诗刊五十周年诗选》(下)，作家出版社 2007 年版，第 665—666 页。
② 艾青著，刘士杰主编：《艾青诗库 5》，中国青年出版社 2000 年版，第 66 页。

鸟儿唱着，/唱的是绿色的歌曲。"①山是绿的，树是绿的，小溪、鸭的羽翼、草叶、露水都是绿的，连鸟儿唱的也是"绿色的歌曲"。绿色是鲜明的主题色彩，大自然在诗人的笔下生机勃勃。

儿童诗的语言，讲究浅显生动、凝练而富有张力。这不仅是出自诗这种文学样式自身的要求，还是为了满足读者的需求。为了使孩子们易于接受，要求语言规范、生动。因为儿童诗陶冶儿童的性情，要求语言优美、富于创造性。"儿童诗的语言要平易浅显，要生动活泼，又要符合不同年龄的儿童的语言习惯。但最难的却是，它同时必须是提高了的语言，而不能是自然模仿的语言。"②例如高凯的《村小：生字课》，是语言生动、形象、简洁、富于深意的典范。除此之外，儿童诗的语言还应基于儿童思维的颠覆性所创生的审美感受，强调朴素自然、新鲜有趣。如林良的《蘑菇》：

蘑菇是
寂寞的小亭子。
只有雨天
青蛙才来躲雨。
晴天青蛙走了，
亭子里冷冷清清③

---

① 北京师范大学中文系儿童文学教研组编：《儿童文学作品选》，北京师范大学中文系儿童文学教研组，1981年，第28页。
② 谢冕：《北京书简——关于儿童诗》，载榕树文学丛刊编辑部编辑《榕树文学丛刊一九七九年第二辑 儿童文学专辑》，福建人民出版社1979年版，第400页。
③ 蓝海文选编：《台湾儿童诗选》（下），湖南文艺出版社1988年版，第26页。

整首诗语言浅白、朴实，温情、冷静，一如诗歌所表现的寂寞的蘑菇。青蛙的躲雨与离开，不过是蘑菇寂寞岁月中的一个插曲，让寂寞、冷静的时光多了一些脉脉温情。将蘑菇比作小亭子，隐蓄着人生的诸多况味，不失隽永，耐人寻味。

对趣味的追求是儿童诗非常重要的审美维度，既是真、善、美的表现，又体现了一种游戏精神，传递愉悦的情感。儿童天生是喜欢游戏的，尤其是在文字的游戏中感受着快乐。儿童诗的"趣"在于其游戏精神，一方面体现在以情趣为本，即以快乐为原则，如儿童自觉自愿的游戏一样；另一方面体现出非功利的性质，即"无意思之意思"。任溶溶和柯岩尤其擅于表现童趣。任溶溶的《爸爸的老师》《你们说我爸爸是干什么的》，以新奇的表达和意想不到的内容构成了做游戏般的趣味。他认为儿童诗的趣味来自如同游戏猜谜般的意料之外：

> 诗要引人入胜，开头既要吸引孩子，让孩子跟着你走，可诗里面还得有"胜"，如果没有"胜"，孩子白跟你走了一遭，最后平淡无奇，要叫上当。儿童诗最好从题目起就吸引孩子，诗的结尾又有回味。孩子好奇，我常让他们猜点谜，孩子没耐心，我常带点情节。当然，诗是多种多样的，我说的是我写得比较多的那种诗。[①]

任溶溶所谓的"胜"，所追求的就是儿童诗的情趣，往往通过意料之外的情节和离奇的故事来实现。樊发稼认为，这种对趣味的追求构成了任溶溶诗

[①] 樊发稼、汪习麟编：《儿童诗十家》，海燕出版社1989年版，第122页。

歌创作的最大特色，是"巧妙的诗"[①]"几乎每一首诗都是一个有趣的诗体小故事"[②]。柯岩的儿童诗也以趣味见长，充分表现了儿童情趣。《帽子的秘密》《眼镜惹出了什么事》等不仅擅长表现儿童生活的细节，还在浓厚的生活气息中表现出了强烈的儿童情趣，用轻快的语言再现了快乐的儿童世界。

对趣味的追求既是游戏精神的贯彻，又是儿童生活情趣的呈现。按照班马的解释，游戏是儿童的一种心理能量的发散形式，"既寄寓着儿童过剩的生命力，也有着儿童对未来生活的试探"[③]。儿童在游戏中实现自我，借以满足在现实中受挫的欲望。因此，游戏还具有明显的精神投射和精神补偿作用，进一步深化了儿童诗歌趣味性追求的价值。

综上，真、善、美、趣在儿童诗的价值结构中"四位一体"、相互融通。"艺术真实"重在"真"，"情感导向"重在"善"，"形式创造"重在"美"，"趣"则践行了"儿童本位"观念，是儿童诗歌重要的审美特征。

三、童心观照下的陌生化表达

儿童诗歌主要由成年诗人抒写，成年诗人必须置身于儿童的世界，用儿童的认知能力观照世界，以迥异于成人成熟的思维方式唤起化"平常"为"惊奇"的诗意。这种"陌生化"的语言表达特征，也正是形式主义所认为的文学之为文学的前提。儿童诗歌的陌生化表达，不是要制造朦胧晦涩、模棱两可的诗的世界和诗的语言，而是通过语言文字的新奇性和动态化表达、形象塑造的非常规化，生成出乎意料的审美效果。如詹冰的《游戏》：

[①] 樊发稼、汪习麟编：《儿童诗十家》，海燕出版社1989年版，第147页。
[②] 樊发稼、汪习麟编：《儿童诗十家》，海燕出版社1989年版，第151页。
[③] 班马：《游戏精神与文化基因》，甘肃少年儿童出版社1997年版，第191页。

"小弟弟，我们来游戏。
姊姊当老师，
你当学生。"

"姊姊，那么，小妹妹呢？"

"小妹妹太小了，
她什么也不会做。
我看——
让她当校长算了。"[1]

这首诗由姐弟之间的两段对话组成。姐姐、弟弟和小妹三人玩游戏，不会读书、写字的小妹妹，居然被姐姐安排做"校长"。言外之意似乎是校长和小妹妹一样什么都不会做。这一思维逻辑的转折带来了陌生化效果，从而构成了这首儿童诗的审美张力。同时，运用的全是孩子式的、缺乏社会经验的语言，尽显童真的可爱。儿童诗歌语言的陌生化效果，还可以通过动词的跨界使用、词性的活用等来实现。如"小河像一匹／快活的马／一路唱着歌／骑过绿色的小平原"（圣野《小河骑过小平原》）、"花儿打翻了／滴得到处都是清香／清香打翻了／散成一队队的风"（张晓风《打翻了》）等，经过神奇的组合、嫁接，词语突破了日常的使用方式，同时放置在特殊的语境下，令人耳目一新。

诗人立足儿童视角，在想象的过程中往往会联想到另外一个常人很难想到的形象，在二者之间建立譬喻关系以营造一种陌生的效果。如林焕彰的

---

[1] 蓝海文选编：《台湾儿童诗选》（下），湖南文艺出版社1988年版，第146—147页。

《妹妹的红雨鞋》，妹妹的红雨鞋突然就成了一对活泼好看的红金鱼，红雨鞋与红金鱼组合无疑是陌生而充满想象力的：

> 妹妹的红雨鞋
> 是新买的。
> 下雨天，
> 她最喜欢穿着
> 到屋外去游戏，
> 我喜欢躲在屋子里，
> 隔着玻璃窗看它们
> 游来游去，
> 像鱼缸里的一对
> 红金鱼。①

将红雨鞋比作红金鱼乃出乎意料，但在下雨的场景中并不突兀。这陌生而新鲜的比喻构成了《妹妹的红雨鞋》的艺术张力。

童心观照下的陌生化表达效果还来自儿童思维逻辑所生成的奇异想象。成人的想象大多依凭丰富的生活经验、思想情感，以及对生活的细致观察。而儿童往往主客体不分，儿童思维通常具有非逻辑性，使得他们时常混淆了现实与想象，使得他们的想象荒唐而又富有创造性，难以进行正常的逻辑推理，呈现出一种难能可贵的稚气。儿童诗基于儿童的认知立场，以儿童的思维方式审视世界，从而生成了陌生化的艺术效果。如张晓风的《打翻了》：

---

① 林焕彰：《妹妹的红雨鞋》，湖北少年儿童出版社2006年版，第3页。

太阳打翻了
金红霞流满西天

月亮打翻了
白水银一直淌到我床前

春天打翻了
滚得满山遍野的花

花儿打翻了
滴得到处都是清香

清香打翻了
散成一队队的风

风儿打翻了
飘入我小小沉沉的梦[①]

"打翻了"往往会引发糟糕的结局，常常是不愉快的。但在这首诗中诗人把"自然"打翻了，竟然变成了一个更美丽的世界，无疑是一种反向的新奇发现。可见，孩子们的恶作剧，会给日常生活创造新鲜感。"打翻了"这种

---

① 李保初主编，周靖、许京生编：《世界华文儿童文学作品选（诗歌卷）》，海燕出版社1994年版，第381页。

成年人唯恐避之不及的事，却会给儿童带来新奇感。诗人独具匠心，让儿童看见"打翻了"的大自然，是何等的五彩缤纷、美丽动人。这种大胆的联想，自然而然激发了儿童天马行空的想象能力。

儿童的思维逻辑常常是游戏的逻辑，是无厘头、跳跃又遵守游戏规则的。儿童诗歌中往往会将儿童的生活游戏化，在游戏规则（或者一定的生活规则）之上生成耳目一新的审美张力。这种陌生化的表达效果，来自儿童将游戏视作生活、将生活视作游戏的逻辑。如林焕彰的《拖地板》：

> 帮妈妈洗地板，
> 是我们最高兴的时候；
> 姐姐洒水，
> 我在洒过水的地板上玩儿，
> 像在沙滩上走过来走过去，
> 留下很多脚印，
> 像留下很多鱼。
> 然后，我很起劲地拖地板；
> 从头而尾，像捕鱼一样，
> 一网打尽。[1]

这首诗写得幽默、风趣。儿童把洒过水的地板想象成沙滩，而自己就在沙滩上玩耍，留下的一串串脚印是沙滩上的鱼，拿着拖把拖地就像撒网捕鱼一样开心。拖地板本是枯燥、乏味的家务活儿，但孩子却将其视作乐趣无穷

---

[1] 林焕彰：《妹妹的红雨鞋》，湖北少年儿童出版社2006年版，第118页。

的游戏，即把拖地板看作捕鱼。捕鱼是距离儿童生活遥远又充满吸引力的一项工作，自然被赋予了新奇的魅力。孩子们把枯燥、乏味的拖地劳动想象成妙趣横生的"捕鱼事件"，读来令人莞尔。

　　以一颗童心观察世界万物，能发现日常经验之外的陌生感、新鲜感，是儿童诗歌最富于魅力的部分。而童心观照下的陌生化效果，本质仍然是来源于儿童思维具有的颠覆性，是儿童诗歌的审美核心。而儿童诗歌的审美核心精神与其审美底色、陌生化效果，共同构建了儿童诗歌"美"的维度与意义所在。

第一章

"儿童本位"对儿童诗歌审美观念的冲击

晚清民初，儿童被视为民族国家建设的资源。以儿童诗歌为先导的创作，高声并应和了这一旨意。一方面，儿童诗歌打破了老者本位的传统秩序观念，将儿童视作未来的希望，构成了一种生长的、具有现代特征的儿童价值观；另一方面，基于新国民的儿童观，形成了一种视启蒙为儿童诗歌审美特征的趋向，强调儿童之于民族国家的意义，传递自信和自强信念。这一反历代儿童诗歌中将儿童作为一种审美的风景，直接面向儿童，赋予其强烈的儿童群体意识和发展性，开启了现代儿童诗歌的先奏。而在"五四"的风云中，"发现儿童""发现人"的现代思潮使得"儿童本位"观形成。儿童诗歌在外来的"儿童中心主义"观念冲击下与本土文化理念相结合，构成以"儿童本位"为审美旨归，强调面向现代生活，开掘儿童经验和思维的审美理念。整个现代时期，儿童诗歌围绕对"儿童本位"观念的理解和表达，呈现出确立或偏离儿童生命体验的特征。

第一节 "儿童本位"与儿童诗歌的现代生成

1915年9月，陈独秀在上海创办《青年杂志》，被视作新文化运动的开始。"科学"和"民主"成为时代的关键词。1917年1月，胡适在《新青年》上发表《文学改良刍议》，提出文学改良"八事"，被视作文学革命的开端。

2月,《新青年》刊出陈独秀的《文学革命论》、钱玄同的《致〈新青年〉的书信》和刘半农的《我之文学改良观》,以响应胡适的主张。由此,1917年往往被视作现代文学的起点。现代白话新诗是文学革命的重要产物。儿童白话诗歌,既与晚清民初的新式儿童诗歌紧密相连,又在现代白话诗的诞生中实现了现代的转身,完成了从语言、内容到思想观念的变化。显而易见,这一现代转身得益于五四新文化运动。五四新文化运动最突出的思想成就之一是"儿童的发现"。儿童的独立人格和价值得到重视,儿童的兴趣、爱好和心理需要得到尊重。儿童是独立的,成为一种崭新的主流共识观念。由此,尊重儿童的生命价值和体验,理解儿童的独立人格,使得"儿童本位"观成型。这种崭新的儿童观必然带来儿童诗歌艺术创作与审美的改变,展现出与前代截然不同的理念和风貌。

一方面,五四新文化运动时期的儿童诗歌不再像晚清民初时多作为"学堂乐歌"歌词的"附庸"。虽然仍有儿童表演歌曲或歌词的创作,但与儿童诗歌已经区分开。"无论在理论或创作上,这无疑都更有利于这一儿童文学样式的发展成熟。"[1] 儿童诗歌内部出现了对儿童诗和儿歌的文体区分,实现了文体的分化。另一方面,诗歌的内容和形式大异于前。"五四时期的儿童诗歌是在'白话文'及'白话诗'的运动中产生,浸染着'诗体大解放'的时代特色,语言上更趋于口语白话的'小儿语',形式上不拘格律,讲求自然的音节、韵律。……很大程度上,放弃了儿童诗歌鼓吹爱国、尚武等的现实功利性追求,许多诗歌呈现出娱乐、游戏的'无意思'特色。"[2] 诗人们怀着一颗

---

[1] 杜传坤:《荆棘路上的光荣——中国现代儿童文学史论》,博士学位论文,山东师范大学,2006年。
[2] 杜传坤:《荆棘路上的光荣——中国现代儿童文学史论》,博士学位论文,山东师范大学,2006年。

纯真的童心，描写和赞美儿童情态与儿童生活；从儿童的特点出发，根据儿童的审美心理供给他们诗歌。同时，诗人们在创作中往往饱含着对个体童年的追忆，崇拜童心代表的纯朴和率真。这使得现代儿童诗歌具有强烈的真情色彩和童心烂漫的美感。基于"儿童本位"的"超功利"的诗歌，不仅在晚清民初少见，而且在"五四"之后的几十年中，受到革命、抗战、阶级斗争、政治教育等的影响，也未能形成绝对的主流。

胡适、刘半农、刘大白、周作人、顾颉刚、郑振铎、叶圣陶、俞平伯等早期新诗运动的积极参与者，大都创作过儿童诗歌。《新青年》《新潮》《少年中国》《诗》等提倡新诗创作的重要阵地，也是培育现代儿童诗歌的沃土。1925年12月，俞平伯的《忆》出版了，被称为"我国第一部描写儿童生活的新诗集"[①]。朱自清认为，"《忆》是有趣的尝试，童心的探求"[②]。作为新诗和现代儿童诗的共同典范，《忆》及其评价，体现了儿童观的转变和儿童诗歌以童年经验与儿童生命体验为审美的准则。俞平伯怀着一颗童心来描写儿童的日常生活，回忆童年，将其充分"诗意化"。"童年回忆"型作品大多具有这样的写作倾向。如《忆》的第十八首：

  庭前，比我高不多的樱桃树，
  黄时，鸟声啾喳着；
  红时，只剩了些大半颗，小半颗了。
  我们惜樱桃底残，
  又妒小鸟们底来食，

[①] 蒋风主编：《中国现代儿童文学史》，河北少年儿童出版社1987年版，第84页。
[②] 蔡元培、胡适、郑振铎等：《中国新文学大系导论集》，良友复兴图书印刷公司1940年版，第352页。

> 所以，把大半颗，小半颗的红樱珠，
> 抢着咽了。①

作者运用纯熟的白话，展现梦一般的童年情境，将"红了樱桃"的古典意象融入了儿时的生活记忆。儿童"惜樱桃"的自然情感与"嫉妒"小鸟吃樱桃的心理融为一体，构成了多重情感生命体验的童年。而不嫌弃地抢夺半颗樱桃的活泼，则让童年焕发出蓬勃的生命力与愉悦感。朱自清将这一切归为"那颗一丝不挂却又爱着一切的童心""纯真的、烂漫的心"②。这颗童心包含着强烈的生命意识和体验，是现代儿童诗的核心艺术理念。"远去的梦便是远去的生命"③，将童年视作"远去的梦"，带有强烈的消逝体验；将其视作"远去的生命"，强调从生命价值去理解童年，呈现出关注童年独立价值的意义。这样的生命体验和价值判断，与晚清民初时对儿童和童年的认识迥异，表达出强烈的主体性。纯真浪漫的童心、强烈的儿童生命体验感与童年生命价值的彰显，恰恰构成了"儿童本位"的审美观念。

一、"儿童本位"论与"儿童本位"审美观

欲把握现代儿童诗歌"儿童本位"审美观念的形成，需从儿童观的转变谈起，才能理解现代之于儿童诗的意义。"儿童观问题是儿童文学一个根

---

① 俞平伯：《忆》，朴社1925年版。
② 朱自清：《跋》，载俞平伯《忆》，朴社1925年版。
③ 朱自清：《跋》，载俞平伯《忆》，朴社1925年版。

本性的文化问题。"① 现代儿童诗歌的生成前提，是对儿童独立价值和生命的认识与尊重。在这个价值维度上，俞平伯的《忆》被视作现代儿童诗的典范之作。"儿童本位"观既受到域外思想的影响，如杜威"儿童中心论"的教学观对中国教育观念与体制的影响，又根植于中国现代化进程中强烈的进取心。

首先，以杜威"儿童中心论"为代表的域外思想直接冲击了中国的教育观念。"儿童中心论"是西方教育思想的一次转型，源自杜威的实用主义教育思想。1902 年，杜威的《儿童与课程》指出，儿童的特征与课程的特征之间构成明显的对立和偏差。例如，"儿童的狭隘的人际世界与非人的、空间和时间无限扩大的世界的对立""儿童生活的统一性和不寻常的整体性与课程的专门化、分门别类的对立"等。② 由这些对立的观点，衍生出不同的教育流派。杜威反对将注意力固定在课程教材的流派，认为此流派的观点是"教育应该减少和消除儿童个人的特性、奇想和经验"③，把儿童看作未成熟的、浅薄的人，只需要被动地吸纳和接受就可以了。杜威认为，教育应该是主动的、强调自我主体的。"自我的实现而非知识或认知，才是教育的目的。"④ 所以，他指出，"儿童是教育的起点，是教育的中心，是教育的目的。儿童的发展、儿

---

① 王泉根:《儿童观的转变与 20 世纪中国儿童文学的三次转型》，《娄底师专学报》2003 年第 1 期。
② [美]约翰·杜威:《我的教育信条——杜威论教育》，彭正梅译，上海人民出版社 2017 年版，第 14 页。
③ [美]约翰·杜威:《我的教育信条——杜威论教育》，彭正梅译，上海人民出版社 2017 年版，第 15 页。
④ [美]约翰·杜威:《我的教育信条——杜威论教育》，彭正梅译，上海人民出版社 2017 年版，第 15 页。

童的生长,就是教育的理想所在。只有儿童,才是教育的标准"[①]。所以,学习应该是从心理层面展开的主动行为,"必须站在儿童的立场上,以儿童为教育的出发点"[②]。这构成了杜威"儿童中心论"。"儿童中心论"强调将儿童自身的发展作为教育的目的,以儿童的特征和经验作为教育的起点,尊重儿童的潜力和可发展性,改变了传统以教材或教师为权威主导的观念。周谷平在探讨西方教育理论在中国的传播时指出,"从整个教育理论发展的历程看,19世纪末20世纪初兴起的国际新教育运动,美国进步主义教育运动和杜威实用主义教育理论,把教育的中心从成人、教师转向儿童,是对传统教育的一个根本突破,是教育思想和观念领域的一次大革命。对于当时中国的教育界来说,这个革命具有双重意义。它不仅是对清末以后传入中国的、以赫尔巴特为代表的西方传统教育思想和观念的挑战,而且企图从根本上动摇存在了几千年、根深蒂固的中国封建传统教育思想和观念"[③]。"儿童中心论"对中国教育观念的动摇深刻地影响了中国人对儿童的认识。

此外,文艺界以鲁迅、周作人兄弟为代表,受到与儿童相关的日本、美国思想观念影响。受日本白桦派个性解放和人道主义思想的影响,鲁迅、周作人兄弟将儿童置于人的发现视野,强调儿童作为人的价值。日本关于文艺思想和教育心理思想等文章,例如岛武郎的《与幼者》、高岛平三郎的《儿童观念界之研究》、上野阳一的《儿童之好奇心》等,影响了鲁迅与周作人的儿童观念。"鲁迅是借助日本心理学家的研究成果对儿童这一特殊群体有了新的

---

① [美]约翰·杜威:《我的教育信条——杜威论教育》,彭正梅译,上海人民出版社2017年版,第15页。
② [美]约翰·杜威:《我的教育信条——杜威论教育》,彭正梅译,上海人民出版社2017年版,第16页。
③ 周谷平:《近代西方教育理论在中国的传播》,广东教育出版社1996年版,第214页。

认识。"①此外，周作人还深受美国儿童学的影响。据朱自强考证，"周作人的'儿童本位'的儿童观，明显接受了儿童学（斯坦利·霍尔）的直接影响……高岛平三郎所著《应用于教育的儿童研究》（即周作人所说的《儿童研究》）一书的目录和正文里，都出现了'儿童本位'一语，完全可以猜想，周作人所用'儿童本位'这一表述，很可能就来自高岛平三郎的这部著作"②。

其次，"儿童本位"观的产生与当时中国追求现代的进程密切相关。自晚清时期起，政治局势促使时人试图通过学习西方的技术、文化、思想体制来实现自强、发展，挽救中国。儿童教育是其中非常重要的一环。马叙伦曾谈及，"中国而欲自强其可不讲儿童教育哉"③。进入民国后，基于国家建设的需求，对儿童教育的重视尤为明显。陶行知在谈论中国教育发展时指出，"我国兴学以来，最初仿效泰西，继而学日本，民国四年取法德国，今年特生美国热，都非健全的趋向。学来学去，总是三不像"④。指出了中国基于图强的目的从学习欧美到学习日本，再学习美国的教育体制转向。这是中国追求现代化进程的一个缩影。以杜威"儿童中心论"为代表的现代教育理论，强调学生的主动性和自主性，与学生自治观念紧密联系。当时的《教育杂志》《中华教育界》《新教育》等教育刊物，发表了大量学生自治的文章；郭秉文、贾丰臻、陶行知、蔡元培、蒋梦麟等人，也发表各自观点。"我国知识界和教育界把学校实行学生自治视为培养共和国公民、以实现民主治国的最佳手段。"⑤1922年的新学制（壬戌学制），正是学习美国、实践杜威实用主义教育

---

① 姜彩燕：《从"立人"到"救救孩子"——鲁迅对〈儿童之好奇心〉等论文的翻译及其意义》，《鲁迅研究月刊》2009年第8期。
② 朱自强：《中外儿童文学比较论稿》，少年儿童出版社2019年版，第126页。
③ 马叙伦：《教育学：儿童教育平议（附表）》，《新世界学报》1902年第9期。
④ 陶行知：《陶行知教育文选》，教育科学出版社1981年版，第18页。
⑤ 周谷平：《近代西方教育理论在中国的传播》，广东教育出版社1996年版，第235页。

思想的产物，强调学生自主与自治。1919 年，"国语统一筹备会"第一次大会，提出了国语统一方法的决议案，要求从小学开始把课本改成国语。1920 年 1 月，北京政府教育部"以期收言文一致之效"[①]，规定在课堂教育中改文言为白话，开启了白话文教科书的新时代。1922 年的《大总统颁布施行之学校系统改革案》中提出了七条标准：

  1. 适应社会进化之需要。
  2. 发挥平民教育精神。
  3. 谋个性之发展。
  4. 注意国民经济力。
  5. 注意生活教育。
  6. 使教育易于普及。
  7. 多留各地方伸缩余地。[②]

新学制中的"社会进化""平民教育""个性之发展""生活教育"等关键词，显示出杜威实用主义教育思想的影响。壬戌学制中的评议专家包括蔡元培、陶行知、胡适、舒新城等，也与杜威有千丝万缕的联系。在追求教育现代化进程中，教育思想的改变和学制的确立，直接影响到教材编写与选文的思路。1923 年，商务印书馆《新学制国语教科书》的选文多是儿歌、儿童诗、童话等儿童文学文体。这一时期的教科书强调，从儿童的身心发展特点和实际生活的需要出发，突出趣味性和文学性。教育观念的改变、学制的建

---

① 《大事记》，《教育杂志》1920 年第 2 期。
② 璩鑫圭、唐良炎主编：《学制演变》，上海教育出版社 1991 年版，第 990 页。

设、教科书编写和课外读物配套，为现代时期儿童诗歌转向白话和儿童生活经验提供了强大的理念与实践支持。

最后，域外对于儿童教育思想观念的冲击，既从主流观念上改变了传统对于儿童的认识和考量，又唤醒了中国人对儿童生命和价值的认识。教育领域的"儿童中心论"与文艺思想界的"人的发现"，共同关注着儿童及儿童作为人的价值意义。所谓"人的发现"，茅盾指出，"人的发见，即发展个性，即个性主义，成为'五四'新文学运动的主要目标；当时的文学批评和创作都是有意识或下意识的向着这个目标"[1]。人的发现，最初关注到妇女的解放，进而关注到儿童的解放。"五四"之前，以周作人为代表的知识分子已然关注到妇女、儿童及儿童文学的相关问题。例如，1904年至1907年，周作人发表《论不宜以花字为女子之代名词》《女祸传》《妇女选举权问题》等，显示他对于女性问题与权利的关注。1913年至1914年，周作人翻译了《游戏与教育》《小儿争斗之研究》《玩具研究》，发表《儿童研究导言》《儿童问题初解》《丹麦诗人安兑尔然传》《童话研究》《童话略论》《儿歌之研究》《古童话释义》等。他由关注妇女转向关注儿童，延续了"人"这一命题的价值探寻。1918年，周作人在《新青年》上发表《人的文学》，指出文学是要为妇女和儿童争取做人权利，构成了"儿童的发现"的核心理念。[2]1919年，鲁迅以笔名"唐俟"在《新青年》上发表《我们现在怎样做父亲》，从进化论角度，延续周作人《人的文学》中解放儿童的观点，指出"以孩子为本位"[3]是一种觉醒。"中国觉醒的人，为想随顺长者解放幼者，便须一面清结旧账，一

---

[1] 茅盾：《关于"创作"》，载《茅盾文艺杂论集》，上海文艺出版社1981年版，第298页。
[2] 周作人：《人的文学》，《新青年》1918年第6期。
[3] 唐俟：《我们现在怎样做父亲》，《新青年》1919年第6期。

面开辟新路。"① 由此可知，"人的发现"与"儿童的发现"紧密相连。在教育中尊重弱小儿童，以儿童为教育目的的"儿童中心论"，与"人的发现"不谋而合，在追求现代的进程中逐渐形成了本土的"儿童本位"观。

与此同时，传统老庄"能婴儿说"，心学中王阳明对儿童"乐嬉游"等的认识和李贽"童心说"，构成了中国历史脉络中认识儿童、理解儿童的本土观念。这种观念在中国社会一直存在，但被"老者本位""父为子纲"等主流封建意识形态压制着。晚清民初，随着教育体制的松动和变革，以及西方军事、政治体制和文化的冲击，对儿童的认识逐渐发生了变化，传统中非主流的儿童观念被再度唤醒。在"儿童中心论"的教育观冲击与"人的发现"历史浪潮中，时代冲击和历史传统共同构成了中国的"儿童本位"观。

"儿童本位"观意味着将儿童视作独立的人来尊重和理解，秉持着平等的理念。在此观念下，文学要关注儿童本体生命与生活，强调对"真"的儿童的生活与情感表现。这构成了一种新的审美体验。由此，一种表现儿童原初纯真的生命力，重视儿童生活经验的美感表达，呼唤童心所代表的生命趣味和美感的审美观念形成。童心的发现，往往能构成对生命世界新奇的认识和体验。正是"儿童本位"审美观中的奇、妙、趣、真，最终构成现代儿童诗歌与晚清民初儿童诗歌截然不同的面貌。

二、"拟儿歌"：作为一种新诗可能性的现代儿童诗歌

强调从儿童的生活感受、生命体验出发的"儿童本位"审美观念，为诗歌的创作提供了新的视野，具体表现为"拟儿歌"这种形式的新诗创作。早

---

① 唐俟：《我们现在怎样做父亲》，《新青年》1919 年第 6 期。

期新诗的"拟儿歌",一方面汲取民间歌谣的口语形式,强调用浅显和说话的语言形式创作诗歌;另一方面则模拟儿童的思维与视角,体验世界和表现世界,追求真实情感。这既作为早期白话新诗被收入各种诗集,又作为儿童诗歌被收入现代儿童诗歌集。"拟儿歌"成为早期新诗挣脱文言格律诗的一种尝试,也是童心闪烁、真情流露的现代儿童诗歌的一部分。

新诗"拟儿歌"的出现,主要与新诗创作者从民间寻求新的话语,实现白话新诗的创作思想紧密相关。历代的诗歌改革都强调从民间的山歌、童谣中寻求新的话语形式,改变已然僵化的诗歌体式,重新激活诗歌的魅力。在早期新诗建设者们看来,民间歌谣所代表的真挚感情和自然语调具有极高的审美价值,是现代新诗的资源之一。周作人认为,"民歌是原始社会的诗",从文艺的角度考虑可以"做新诗创作的参考"[1]。胡怀琛提出,"一切诗皆发源于民歌"[2]。胡适认为,"一切新文学来源都在民间"[3]。在民间歌谣中,最被当时创作者看重的是"真"与"自然"。周作人指出,"民歌的最强烈最有价值的特色是他的真挚与诚信,这是艺术品的共通的精魂,于文艺趣味的养成极是有益的"[4]。俞平伯根据诗是人生表现的本质观点,提出"诗底效用是在传达人间底真挚,自然,而且普遍的情感,而结合人和人底正当关系"[5],进而强调新诗对民间歌谣营养的汲取。后来的研究者认为,歌谣运动前后新诗人对民间歌谣的搜集、整理和价值挖掘的意义,是从形式与真情的活力等方面支持新诗的合法性。张桃洲认为,"由于刚刚诞生的新诗是一种变动不居的文体,

---

[1] 仲密:《自己的园地:十一 歌谣》,《晨报副刊》1922年4月13日。
[2] 胡怀琛编:《中国民歌研究》,商务印书馆1925年版,第2页。
[3] 胡适:《白话文学史 上》,新月书店1928年版,第14页。
[4] 仲密:《自己的园地:十一 歌谣》,《晨报副刊》1922年4月13日。
[5] 俞平伯:《诗底进化的还原论》,《诗》1922年第1期。

其合法性尚受到质疑,因此,对歌谣的文学价值的发掘和对新诗取法歌谣之可能性的探求,一直是这批新诗人极为看重的"[1]。模拟儿童语言和思维、表现世界和人生的"拟儿歌",恰是从形式和价值两方面具备了新诗的需求——采用口语的、自然的语言形式,来表现清新活泼的生命力。蒋风在《中国儿童文学大系·诗歌》导言中分析刘半农的儿童诗歌创作,指出其"拟儿歌"创作与民间资源的关系:

> 为了实践自己的主张(白话诗创作中增多诗体),刘半农从学习民歌童谣着手,在新诗的形式创新和民间口语的运用上,都作了大胆的尝试,用民歌体来抒发对苦难人生的哀唱,用"拟儿歌"来为年幼一代增添童年的音响。他于1918年最早发表的两首白话诗《相隔一层纸》和《题女儿小蕙周岁日造像》,明白晓畅,琅琅上口,既是新诗的开创之作,也可视为我国现代儿童诗歌的滥觞。[2]

"拟儿歌"既模仿传统儿歌形式,又模仿儿童的话语。它构成了现代儿童诗歌的一部分,呈现出儿童诗歌与传统相连又强调儿童主体性表达的现代意识。

首先,"拟儿歌"运用民间口语,构成现代儿童诗歌音乐性的传统倾向。一部分作品模仿儿歌语言结构的口语化和节奏感,采用传统儿歌部分修辞手法,构成强烈的情感表达。例如,刘半农的《羊肉店》刊登时,直接指出"仿儿歌体用江阴方言":

---

[1] 张桃洲:《论歌谣作为新诗自我建构的资源:谱系、形态与难题》,《文学评论》2010年第5期。
[2] 蒋风主编:《中国儿童文学大系·诗歌(一)》,希望出版社2009年版,第9页。

羊肉店、羊肉香。
羊肉店里结着一只大绵羊。
芊芊！——芊芊！——芊芊！——芊！
苦苦恼恼叫两声！
低下头去看看地浪格血、
抬起头来望望铁勾浪。
羊肉店、羊肉香。
阿大、阿二来买羊肚汤、
三个铜钱买了半斤零八两。
回家去、你也夺、我也抢。
气坏了阿大娘、
打断子阿大老子鸦片枪。
隔壁大娘来劝劝、
贴上根拐浪杖。①

"羊肉店、羊肉香"，起兴手法既点明事件的背景，又表现出由物及事的儿歌传统。由羊肉写到阿大家的纷争，表现的是平民的世俗日常生活。两句的重复与押韵，显示出江阴方言的仿儿歌体强烈的音乐特征。作品中类似"低下头去""抬起头来"的诗句，采用对仗的结构，表现出一致的节奏，增强了作品的音乐感染力。

刘大白的《卖布谣》则直接采用民间歌谣的四言结构，节奏整齐。同时融入民间儿歌由人事到自诉的内容，表现"小弟"眼中的人情冷暖与洋布冲

---

① 寒星：《新文艺：羊肉店（仿儿歌体用江阴方言）》，《每周评论》1919年第31期。

击下百姓的悲苦生活。试以《卖布谣》来分析：

（一）

　　嫂嫂织布，
　　哥哥卖布。
　　卖布买米，
　　有饭落肚。

（二）

　　嫂嫂织布，
　　哥哥卖布。
　　小弟裤破，
　　没布补裤。

（三）

　　嫂嫂织布，
　　哥哥卖布。
　　是谁买布？
　　前村财主。

(四)

土布粗,
洋布细。
洋布便宜,
财主欢喜。
土布没人要,
饿倒哥哥嫂嫂!①

全诗以"小弟"的口吻叙述,用"嫂嫂织布,/哥哥卖布"开头,形成相似的重复结构,引出后续事件。"小弟裤破,/没布补裤"与"嫂嫂织布,/哥哥卖布"形成鲜明对比,是民间儿歌的常用手法。例如,民间歌谣《喜鹊尾巴长》中,儿子面对妈妈想吃东西与媳妇想吃东西时的行动对比,是这种手法的典型表现。《卖布谣》继承了对比手法,融入诗句中,构成相似的境况,更突出百姓的悲惨生活。"洋布便宜,/财主欢喜。/土布没人要,/饿倒哥哥嫂嫂!"两重对比,哭诉之情更为强烈。借用传统儿歌通过浅显字句与突出重点的手法,集中批评贫富不均、洋布冲击等社会现象,亦是传统儿歌的社会功用之一。

类似刘半农的《羊肉店》、刘大白的《卖布谣》的"拟儿歌"创作,表现了早期新诗创作积极汲取民间歌谣的修辞,构成音乐性传统,增强情感表达力度。这种真实的情感表达,尤其是借儿童的口述及强烈的节奏感等形式,表现出自然的语调与民间情感的倾向。"拟儿歌"的形式自然突破了古诗格律

---

① 大白:《诗:卖布谣(一)》,《星期评论》1920年第53号。

的限制，为新诗创作提供了一种可模仿的形式，实现白话进入诗的形式建设。因此，这种模仿儿歌的"拟儿歌"，不仅是早期新诗的实践表现，也因其继承儿歌的传统（尤其是音乐性）成为现代儿童诗歌的一部分。

其次，"拟儿歌"多用对话形式，既在对话中显现出真情和高声赞美儿童的观念，又表现出模拟儿童思维所感受到的奇、妙与趣的体验。初期现代儿童诗歌的一个特征，是多写奶娘、父亲、母亲等看孩子，表现出怜爱和尊重。这种看儿童的表达方式与对儿童感受的表达，是将儿童作为表现对象或主体，与明清时期将儿童看作风景、晚清民初时呼吁儿童看世界和自强自立的书写不同。当儿童的生活、语言和体验成为诗歌的主要内容时，传递的是现代时期"儿童本位"中认识儿童和尊重儿童的观念。代表作是刘半农的《题女儿小蕙周岁日造象》：

> 你饿了便啼，饱了便嬉，
> 倦了思眠，冷了索衣；
> 不饿不冷不思眠，我见你整日笑嘻嘻。
> 你也有心，只是无牵记；
> 你也有眼耳鼻舌，只未着色声香味；
> 你有你的小灵魂，不登天，也不坠地。
> 呵呵，我美你！我美你！
> 你是天地间的活神仙！
> 是自然界不加冕的皇帝！[①]

[①] 刘半农：《诗：题女儿小蕙周岁日造象》，《新青年》1918年第1期。

采用第二人称"你",显示直接与女儿小蕙对话的姿态,饱含着父亲观察和呵护女儿的亲昵。与屈大均等寄语子女的传统儿童诗歌相比,刘半农在对女儿流露慈父之情的同时,也强调对女儿作为"人"的理解与尊重,突出对女儿作为儿童所带有的纯真灵魂的崇拜。首先,描写女儿"饿了便啼,饱了便嬉"这顺其自然的行为,塑造了自为自在的儿童形象。接着,"你也有心""你也有眼耳鼻舌""你有你的小灵魂"。"也有"突出了女儿与成人一般拥有人的身体特征,自然隐藏着将其作为人来理解的内涵。而"你有你的小灵魂",突出了儿童所拥有的独特灵魂状态——纯洁、天真。最后,"我羡你"的感慨与重复,及至"活神仙"与"皇帝"的赞誉,表达了对天真无邪的女儿的推崇。由此,这首诗显示出一种尊重儿童和崇拜儿童的观念。这背后既有刘半农为人父的欣喜,也体现其以儿童为本位的审美理念和追求真的思想。1919年,朱自清看到一幅母亲爱抚幼儿的照片。当时,他初为人父,颇受触动,写了《睡吧,小小的人》,称呼儿童为"光明的孩子——爱之神"①。1922年,郑振铎和沈志坚创作的《催眠歌》,如朱自清、刘半农一般,称呼孩子为"你就是我的圭臬和一切","我儿比一切更为可爱",②将儿童置于崇高地位,高声赞美。周作人的《儿歌》《小孩》,刘半农的《奶娘》,徐景元的《儿啼》,叶圣陶的《儿和影子》等,都是通过成人注视儿童,与儿童对话,来赞美作为人的儿童,凸显儿童生命的意义。这种观念在现代时期的儿童诗歌创作中被继承,并构成一种对儿童纯真、质朴和充满希望的生命的崇拜。冰心的《繁星》《春水》,是继承早期"拟儿歌"中儿童崇拜的一种典范:

---

① 余捷:《睡吧,小小的人》,《时事新报》1919年12月11日。
② 志坚、振铎:《催眠歌》,《儿童世界》1922年第7期。

《春水》六十四

婴儿,
在他颤动的啼声中
　　有无限神秘的言语,
从最初的灵魂里带来
　　要告诉世界。①

《繁星》三十五

万千的天使,
　　要起来歌颂小孩子;
小孩子!
　　他细小的身躯里,
含着伟大的灵魂!②

这两首诗已经脱离了早期白话诗中"拟儿歌"的对话形式,以第三人称将儿童置于真理的崇高地位,强烈表达对儿童的歌颂与赞美。"最初的灵魂""伟大的灵魂"蕴含的是,对儿童作为人的纯真至高精神之讴歌。这脱离了民族国家话语体系,从儿童生命的真、纯与希望来赞美儿童,构成了现代时期以儿童为本位的审美观念内核。

---

① 冰心:《春水》,新潮社1923年版,第38页。
② 冰心:《繁星》,商务印书馆1925年版,第18—19页。

并且,"拟儿歌"在对话形式中逐渐深入理解儿童的思维,模拟儿童的视角去观察和体验世界,获得新生命的奇妙与意趣的审美体验。对儿童视角和思维的模拟,既包括将世界万物生命化,赋予生命的色彩,又包括从儿童的视角表现充满希望的世界。1919年,刘半农发表《云》,明确指出是"仿儿歌体":

> 田稻收在场上、
> 太阳出在天上。
> 天上有云、
> 挡住太阳。
> 太阳说:"罢!罢!罢!
> 我也不与你计较、
> 看你怎样。"
> 云说:"我要这样、
> 你还能那样?"
> 灯油气得好笑、
> 说:"老云!老云!
> 你太不相谅!
> 我今年活到七十七、
> 你也活到一百一、
> 只有我黑夜点火、
> 几时看见我白昼放光?"
> 云说:"好!好!

你来气我、
我下一阵雨、
淹死你小花娘！"
小花娘没有淹死、
一阵风来、
把云一吹吹到襄阳。
吹到襄阳、
天上露出太阳。①

描述云挡住太阳和风吹云走的简单现象，他却采用了拟人的手法，赋予其人的行动和心性，表现出太阳、灯油和云的争执，为这一自然现象增加了波折和故事性。整体而言，这首"拟儿歌"所采用的直白语言和模拟万物有灵的思维，故事性增强，但缺少足够新奇有趣的生命体验，并不优秀。1921年，胡怀琛发表在《时事新报》上的《儿歌》之一，也用了拟人手法：

（二）蝴蝶

两个蝴蝶飞过墙。
一个青，一个黄。
"你从跳舞会里来么？
还著了跳舞的衣裳。"②

---

① 寒星：《云（仿儿歌体）》，《每周评论》1919年第30期。
② 胡怀琛：《儿歌》，《时事新报（上海）》1921年7月27日。

在描述两只蝴蝶飞过墙的场景中，诗歌增加了拟人的对话，夸赞了美丽的蝴蝶。对话里跳舞的衣裳与舞会的联系，形成了一种别致的赞美，表现出在万物生命世界中发现美的一瞬间。而汪静之的《蝴蝶哥哥（儿歌）》，则表现出各种生命相逢的欣喜：

> 蝴蝶哥哥，
> 你忧愁什么？
> 兰花妹妹等着你，
> 望你快去看看她。
> 你去看见她，
> 必定是笑呵呵！①

这种模拟儿童万物有灵的思维，让自然界以富有生命活力的形式进入诗人的视野，构成万物生机勃勃、充满情感的神奇世界。

"拟儿歌"中另一种模拟儿童思维，是从儿童视角看世界，对世界充满惊异感和儿童认识世界的有限性，这使诗歌既充满儿童的奇思妙想，又强烈突出了生命的新鲜感。1921年，汪静之的《我们想（儿歌）》从儿童视角来展望世界：

> 我们想，
> 生两翼，
> 飞飞飞上天，

---

① 汪静之:《蝴蝶哥哥（儿歌）》，《诗》1922年第1期。

做个好游戏：

白白云，

当做船儿飘；

圆圆月，

当做球儿抛；

平平的天空，

大家来赛跑。①

叠词与相似的结构，形成儿歌的强韵律感。生两翼、飞上天的想象，与圆月当球、白云做船的想象结合，呈现了完整的想象游戏场景。儿童游戏的渴望与将自然作为游戏对象的无拘束感，自然流露出来。这首"拟儿歌"，表现出强烈的儿童愿望与精神，极富儿童的好奇体验感。又如汪静之的《疑问》，表现出对蝴蝶、花儿、小鸟的疑问，满是儿童的天真。程菀的《半个月》，也是用儿童的天真疑问，表现出别致的、对月亮的认识：

天上的半个月啊！

还有半个，那里去了？

原来落在亮晶晶的池里！②

通过追寻半个月的疑问，得出落在池里的月影是另外半个月亮的答案。在疑问与反生活逻辑的回答中，创造出新鲜的诗意感。俞平伯的《儿歌》纯

---

① 汪静之：《蕙的风》，亚东图书馆 1929 年版，第 196—197 页。
② 程菀：《儿歌：半个月》，《儿童世界（上海 1922）》1923 年第 9 期。

粹以感叹和疑问的形式，表现出一种天真的快乐：

>小葫芦儿呀！
>小甜瓜儿呀！
>甜瓜儿真是甜极了，
>小葫芦里有什么？
>小葫芦里有什么？[①]

这首儿歌虽然并无太多的深意，但诗人模拟儿童发问的状态，表现儿童初识世界，处处好奇，连极小的小葫芦和小甜瓜也成为关注的对象。在这小小的关注中，发问者饱含着对发现小葫芦和小甜瓜差异的快乐和好奇，简单而纯粹。而胡怀琛的"儿歌"《小人国》《大人国》，则进入了童话的幻想世界，充满了另一个世界的奇异感。

最后，"拟儿歌"关注儿童眼中不假装饰的社会和人生，表现儿童生活与情感体验，突出真挚与纯朴的情感倾向。这种"真"的追求，在周作人看来是一种有生命力的表现。他在《儿歌》中以对话形式，展现了儿童一瞬间的纯朴与天真：

>小孩儿，你为什么哭？
>你要泥人儿么？
>你要布老虎么？
>也不要泥人儿，

[①] 俞平伯：《儿歌》，《儿童世界》1922年第9期。

也不要布老虎；
对面杨柳树上的三只黑老鸹，
哇儿哇儿的飞去了。①

与小孩的一问一答，展现了儿童对世界某一瞬间的情感波动。小孩哭起来，不是为了世人眼中的玩具，而仅仅是因为三只黑老鸹飞走了。三只黑老鸹飞走，本是自然的一种动态，但进入儿童的视野中，构成别样的关注和离别的悲伤，有一种超俗的情感触动。真挚又别样，令人感受到生命的奇异与回味无穷的妙处。周作人在这首诗的后面解释：

  这篇诗是我仿儿歌而作的。我想新诗的节调，有许多地方可以参考古诗乐府与词曲，而俗歌——民歌与儿歌——是现在还有生命的东西，他的调子更可以拿来利用。我这一篇只想模拟儿歌的纯朴这一点，也还未能做到。三只黑老鸹并不含有什么神秘的意思，不过因为乌鸦很多，最为习见罢了。儿童性爱天物，他的拜物教的思想，融入诗中，可以造成一种汎（泛）神思想的意境，许多有名的儿童诗都是这样；但是我们不容易希望做到罢了。②

即新诗的写作须向传统和民间学习，关键在于其是"有生命的东西"。这所谓"有生命的东西"，结合周作人的诗作和目的——"模拟儿歌的纯朴"，表现了追求一种真挚、坦荡和不多加修饰的情感。所谓"拜物教"，本质上是

---

① 周作人：《诗：儿歌》，《新青年》1920 年第 4 期。
② 周作人：《诗：儿歌》，《新青年》1920 年第 4 期。

儿童爱好动植物，与之沟通、视之有灵的状态，自然地呈现个体的感情。这与他评价陶渊明的《责子》诗的思想观念一脉相承，强调"真情流露"[1]。儿童的天真恰是一种自然的真情，不加以矫饰。他介绍并评价高岛平三郎编写的《歌咏儿童的文学》，就曾视之为极高的价值。周作人认为，《歌咏儿童的文学》是一本"好的儿童诗选集"，原因在于"柔软的笔致写儿童生活的小景""另外加上一种天真"。[2] 意味着儿童的天真是真实的生命情态，展现生命的坦诚可爱。这构成了"拟儿歌"的核心价值标准。

早期新诗的"拟儿歌"实践，一方面繁荣了现代儿童诗歌的创作，另一方面呼应了"儿童本位"审美观念下对儿童真的生活体验和生命本色的表达。"拟儿歌"的尝试，在一定程度上完成了儿童诗歌现代白话创作转向和对传统诗歌音乐性的继承，延续了从古至晚清民初"学堂乐歌"的歌唱传统。蒋风认为，"儿童诗歌要求节奏明快、韵律优美、音乐性强。'五四'时期儿童诗歌与音乐结合是我国现代儿童诗歌发展的再一个特点"[3]。"拟儿歌"呈现出民间的和音乐性的传统艺术特征，强调对话形式及儿童思维模拟中的奇、妙和趣，最终抵达真淳情感的彼岸。由此，现代儿童诗歌在新诗观念和儿童观念的转变中，脱离了晚清民初的民族国家话语体系，力求表现儿童的思维特征与生活。它强调从儿童生命的真、纯与希望来赞美儿童，表现自然的生命和自在的情感。这种"拟儿歌"意味着现代儿童诗歌的诞生，本质上是破除传统中成人将儿童视作风景的公共话语，形成以"奇""妙""趣"和"真"为审美体验的诗意。

---

[1]　周作人：《杂感·绿洲》，《晨报副刊》1923年2月11日。
[2]　周作人：《杂感·绿洲》，《晨报副刊》1923年2月11日。
[3]　蒋风主编：《中国儿童文学大系·诗歌（一）》，希望出版社2009年版，第13页。

三、儿童接受：儿童诗歌文体的共识

现代儿童诗歌基于儿童观的转变，强调儿童对诗歌的接受。读者接受意识，不仅考虑到儿童修身、学业和民族国家建设的关系，还考虑到作为接受对象——儿童自身的身心特征与发展。古代的儿童诗歌：一类是基于社会文化和修身的目的让儿童阅读的诗歌，另一类是成年人寄语儿童或将儿童作为风景的一部分和寄托自身思想的诗歌。及至晚清民初，新式儿童诗歌在"学堂乐歌"的风潮中涌现了一些清新可人、深受儿童喜欢的作品。但是，它更强调在民族国家政治蓝图建设中，作为中介者的儿童通过吸收新知识成长为未来国民，以期实现政治图强。现代儿童诗歌的转变，是将儿童看作接受对象的同时，注重对接受对象本身特征和价值的关注，强调"儿童本位"。在创作和研究中，这种儿童接受的观念促进了儿童诗歌文体达成了面向儿童成长的共识。

第一，儿童诗歌成为表达儿童生活和经验的重要文学形式。

现代以前的儿童诗歌，多为描写儿童或对儿童进行训导并传递知识。儿童真正的生活、童年的生态与儿童的经验、心理，则较少体现。例如，元代杨载在《诗法家数》中提及儿童诗，"'红入桃花嫩，青归柳色新'，炼第二字。非炼'归''入'字，则是儿童诗"[1]。这里的"儿童诗"，强调的是儿童初学诗时讲究对仗和平仄，但无法从语言角度对诗歌进行创造和提炼。这隐含着对儿童诗的一种定义：儿童诗意味着初学诗时的基本规范，而与儿童主体及其生活无关。清代仇兆鳌作《杜诗详注》，将杜甫《对雨书怀走邀许十一簿

---

[1]《清代诗义集汇编》编纂委员会编：《清代诗文集汇编253》，上海古籍出版社2010年版，第737页。

公》中的"骑马到阶除",注释为"襄阳儿童诗'时时能骑马'"[1]。此典故来自《晋书·山简传》,记载山简镇守襄阳时爱出游,经常大醉而归,儿童作歌嘲笑他的醉态。由此可见,仇兆鳌做注中的"儿童诗"与《山简传》中的儿童作歌含义一致,是流传于儿童口中的"童谣"。这既显示出童谣与儿童诗文体意义的混淆,又表现出对儿童诗歌的认识涉及儿童的日常生活,但更多是借助儿童来嘲讽成人。与仇兆鳌同一时期的高凤翰,曾写作《儿童诗,效徐文长体》,显示出此时儿童诗的概念含有涉及儿童之意。因此,古代儿童诗歌是作为一个大而模糊的概念出现在诗文中的,与儿童相关,但较少关涉儿童本体。

直到晚清民初,由于教育和政治生态环境的剧烈变动,儿童诗歌通过体制教育与儿童联系更为紧密,但更偏重指向成人如何教化和塑造儿童。以民初《少年》杂志为例,可一叶知秋。1911年3月,《少年》杂志创刊于上海,由孙毓修、殷佩斯、朱天民等人先后担任编辑。杂志内容以常识、新闻和修身类文章为主,也有不少形式多样的儿童诗歌。《少年》杂志从1912年1月到1916年12月,共有33期。刊物中由文人创作的儿歌,多强化"训诫修身"的"载道"功效,如1913年第2卷第10期胡君复的《新童谣》。《新童谣》的标题后,用括号标出了训诫意义,例如"勉兄弟当相爱"[2]。《少年》也通过儿童诗歌普及常识、传递新知。1914年第3卷第7期的《小朋友》,以儿歌形式为读者们介绍世界各地不同种族儿童的特点。值得注意的是,这一时期周作人从儿童教育出发,积极从事儿童学和儿童文学的研究,在1913—1914年写作了四篇与儿童诗歌相关的文章,即《书籍介绍:〈幼稚唱歌〉〈幼

---

[1] (唐)杜甫撰:《杜诗详注》,(清)仇兆鳌注,清文渊阁《四库全书》本,翰堂典藏数据库。
[2] 胡君复:《新童谣》,《少年》1913年第10期。

稚游戏〉》《征求绍兴儿歌童话启》《儿歌之研究》和《童谣佳作》。他指出儿歌是民间自然生发的，厘清儿歌起源与定义，强调其之于儿童教育的自然趣味。但从《少年》杂志呈现的创作趋势来看，周作人的理论并没有被接受，影响力有限。直到五四时期，"儿童本位"观成为教育和文学等领域的主流观念，周作人所强调的自然和儿童接受的儿童诗歌理论才流行起来。

　　五四时期，在文学革命的思想变革中，儿童诗歌相关研究和理论受到"儿童本位"观影响，重视儿童作为个体独立的价值。这改变了儿童诗歌书写内容和表现主体的选择。1918年2月，刘半农、周作人和沈尹默等人，以北京大学为依托，在全国范围内发起民间歌谣征集，掀起了歌谣运动。周作人的《儿歌之研究》于1918年重新刊登在《北京大学日刊》第239期至第245期上，1923年又被《歌谣周刊》第33期和第34期转载。在《儿歌之研究》中，周作人基于儿歌的教育之用——"若在教育方面，儿歌之与蒙养，利尤切近"[①]，突出以儿童接受为儿歌本体意义的核心，将古代童谣中的谶纬和隐语从儿歌文体上剥离，从儿童身心发展的角度指出儿歌文体的强调声音与趁韵的特点。"儿歌之用，亦无非应儿童身心发达之度，以满足其喜音多语之性而已。"[②] 崔昕平在《儿歌：自觉于现代文学语境的百年》中认为，"现代的儿歌观，既包括着对儿童和童年的现代建构，又补充了文学的诗性气质，即对人类存在的审美表现"[③]。此处所谓"对儿童和童年的建构"之基础，则是周作人《儿歌之研究》基于儿童接受，所提出的儿歌偏向于儿童文学教育的文体意义。正是基于儿歌作为儿童接受的现代概念中的文体，周作人在《歌谣周刊》中指出，重新刊登《儿歌之研究》时根据常维钧的意见，认为"一阵

---

① 周作人：《儿歌之研究（续）》，《歌谣周刊》1923年第34期。
② 周作人：《儿歌之研究（续）》，《歌谣周刊》1923年第34期。
③ 崔昕平：《儿歌：自觉于现代文学语境的百年》，《中国现代文学研究丛刊》2018年第5期。

秋风一阵凉"是唱曲，不应该被纳入"儿歌"的范畴。修改提示明确了儿歌与其他文体（如唱曲）的区分。作为唱曲的"一阵秋风一阵凉"和"儿童性"关联度不大，其固定唱曲的形式与儿歌自由歌唱的形式相冲突。由此可知，在现代儿童诗歌的理论研究中，基于儿童接受实现了作为文体的儿歌与其他文体的区分，表现出偏好"儿童性"的特征。

　　1920年，周作人在《儿童的文学》中进一步强调了"儿童的"这个概念之于儿童文学（包括儿童诗歌）的构成意义。《儿童的文学》是周作人1920年10月26日在北京孔德学校的演讲稿，先后刊登在《新青年》（1920年第8卷第4期，1920年12月1日发行）、《民国日报》（1920年12月10日）、《民国日报·觉悟》（1920年第12卷第10期，1920年12月10日）、《时事新报》（1920年12月14日）上。他强调，要给儿童以文学教育。此文学教育的核心在于"儿童的"，要适应儿童接受，表现儿童身心发展特点，并且是有趣味的文学。而对晚清民初的儿童诗歌等文学形式，周作人从儿童生活主体表现和生命的价值维度进行否定。"在诗歌里鼓吹合群，在故事里提倡爱国，专为将来设想，不顾现在儿童生活需要的办法，也不免浪费了儿童的时间，缺损了儿童的生活——即生命。"① 正是从认识和尊重儿童的生活、生命出发，周作人所讨论的儿童文学（包括儿童诗歌），强调以儿童接受为目的，以儿童真实状态为表现内容，构建了现代时期以儿童生活、生命为主体的儿童诗歌面貌。他在自己翻译的《儿童的世界（论童谣）》中再次强调，认为太过教育或太过玄美的儿童文学都是"不承认儿童的世界"②。周作人基于儿童接受的儿童诗歌理论，成为当时流行且被广泛接受的观点。成都本土社团刊物《孤吟》，曾

---

① 周作人：《儿童的文学：一九二〇年十月二十六日在北京孔德学校所讲》，《新青年》1920年第4期。
② ［日］柳泽健：《儿童的世界（论童谣）》，周作人译，《诗》1922年第1期。

积极刊载儿童写作的诗歌。期刊援引周作人和柳泽健的观点认为，儿童创作的反映儿童生活、生命和思维经验的诗歌作品是"纯粹的声"，儿童所见的世界在诗歌中是"最可爱的"，充满智慧和灵性的。[①]在教育领域，把儿童诗歌选入教材，也会充分考虑其内容表现与儿童年龄段的匹配。例如，杨芸在《儿童诗歌的话》中，以中华新小学国语读本中的诗歌为研究对象，要求儿童诗歌应符合儿童接受能力，突出诗歌的音韵和谐与文学趣味。[②]20世纪30年代，陈鹤琴发表《小学生读的诗》，为小学生选取了刘大白的《秋燕》、郭沫若的《鹭鸶》、陈伯吹的《孩子的笑》等18首诗歌。他认为，这些诗歌"启发小学生的思想，陶冶小学生的情绪""促进小学生的文学兴趣，增加小学生的文字知识"。[③]18首诗歌充满着童心看世界的新鲜和奇妙，又表现了儿童与自然、社会交往中的生活经验与思维特征。其中对于文学兴趣的强调，儿童思想与情绪的引导，是将诗歌表现的儿童生活、思维内容与儿童的发展结合，构成以儿童本体为特征的接受理论。

从研究和选集等理论相关工作可见，基于儿童接受，现代儿童诗歌已经剥离了传统中许多"非儿童"的成分，成为主要表达儿童生活和经验的重要文学形式。由此，俞平伯《忆》中对童年生活的回忆和儿童生命的赞美，构成了主要内容，被视作现代时期具有代表性的儿童诗集。从这部作品的表现内容与朱自清对它的高度评价可见，现代时期儿童诗歌作为一种文学形式在理论和实践上达成了共识。

第二，儿童诗歌脱离了传统童谣谶纬色彩的政治附庸地位，成为表现习俗和儿童生活，表达儿童反抗话语的重要文体。

---

① K.T.:《我们出儿童诗歌号的旨趣》，《孤吟》1923年第3期。
② 参见杨芸《儿童诗歌的话》，《时事新报·学灯》1923年12月20日。
③ 陈鹤琴:《小学生读的诗》，《儿童教育》1930年第2期。

儿歌作为儿童诗歌的重要部分，在古代被称为"童谣""童子谣""孺子歌"等。周作人在《儿歌之研究》中分析了童谣的起源，认为古代童谣多为成人所作、儿童传唱。这种童谣具有强烈的政治附庸色彩和玄说倾向，与儿童的生活经验相距较远。基于儿童身心特征与接受，他从儿歌的声音与幼儿对声音的愉悦性需求角度出发，强调"儿歌重在音节，多随韵接合，义不相贯""儿童闻之，但就一二名物，涉想成趣。自感愉悦，不求会通，童谣难解，多以此故"。[1] 李玮认为，这是周作人"得童心"意识带给儿歌文体的新契机。只有在白话创作口语和书面语合一的语言环境中，"重音轻义"的儿歌才能真正成体。[2] 所谓"得童心"，本质上强调的仍是儿童接受在儿歌文体的理论建设中所发挥的观念变革的意义。

作为儿童文学的儿歌，通过周作人的理论阐释，获得了现代性的新内涵，强调基于儿童的接受所构成的"重音轻义"形式与儿童生活、话语表达相关的内容。五四时期的歌谣搜集与研究，又为儿歌文体的形成提供了实践和理论支持。1918年，北京大学发起"歌谣学运动"，成立歌谣征集处。2月1日在《北京大学日刊》上刊登了蔡元培的"校长启事"，由刘半农拟写《北京大学征集全国近世歌谣简章》，开始征集儿歌与民歌。收集成果刊登在《北京大学日刊》与《新青年》上。1920年冬，正式成立歌谣研究会。1922年12月，又创办了《歌谣周刊》，专门刊登收集的歌谣和相关研究。此外，北京大学于1919年8月创办的小型通俗刊物《新生活》，也辟有《谚语》和《儿歌》专栏，征集并刊登了大量的儿歌与谚语。1919年，"少年学会"创办的《少年》半月刊，也积极开展了儿歌征集活动，不仅常刊登收集到的儿歌，还涉及儿

---

[1] 周作人：《儿歌之研究（续）》，《歌谣周刊》1923年第34期。
[2] 李玮：《文学语言变革与"儿歌"文体的自觉》，《南京师范大学文学院学报》2011年第1期。

歌理论研究。《少年》半月刊曾刊载常悲的《帮助研究近世歌谣的朋友》和译载的《〈北京的歌谣〉序》《〈中国的儿歌〉序》两篇序文。在这些活动影响下，不少报刊开始关注儿歌，收集民间儿歌与民歌。例如，1920年，《湖南通俗报》开始搜集、整理和刊登儿歌、谚语。歌谣运动既扩大了周作人儿歌文体理论的影响力，又在搜集整理中将儿歌与传统的谚语区分开，更强调儿歌与儿童生活的联系。儿歌作为一种"儿童的"文体，在广泛的影响中逐渐达成了社会共识。

但是，对《北京大学日刊》和《歌谣周刊》上刊登的儿歌与民歌进行考察后发现，这一时期对二者的收集具有涉及范围广和收获数量多的特点，也存在质量驳杂和方言难懂等问题。例如，1924年第43期《歌谣周刊》刊登了江西儿歌，既有《白老鸦》这种适合儿童阅读的，也有《亲家母》这种儿童难以理解的内容和晦涩的方言。综观其所刊登的儿歌，大部分仍不太适合儿童阅读。由此可见，歌谣运动及其搜集到的儿歌作品，与理论倡导建设的儿歌文体之间仍有较大差距。但由搜集、整理再到理论研究，又出现了有代表性的儿歌研究文章，促使现代的儿歌文体生成。这一时期最具代表性的儿歌理论研究，当推周作人的《吕坤的〈演小儿语〉》《读〈童谣大观〉》《读〈各省童谣集〉》、褚东郊的《中国儿歌的研究》（刊于1926年6月《小说月报》）和冯国华的《儿歌底研究》（刊于1923年11月《民国日报·觉悟》）。研究者认为：

> 这一次的征集歌谣运动，从开始时偏重于民俗学的角度进行整理研究，在其发展中，由于受到中小学教育工作者和其他社会人士的支持，又从教育学和儿童文学的角度，进一步提出了儿童歌谣是活文

学、真正的儿童文学的主张。①

在歌谣诗的收集取得一定成果后，文人们开始纷纷尝试创作歌谣体的儿童诗歌，出现了"拟儿歌"体的作品。前文曾讨论，这类作品中最具代表性的诗人当推刘大白。他的《"两个老鼠抬了一个梦"》《卖布谣》《田主来》《卖花女》是十分典型的创作歌谣诗。艺术价值最高的当数《"两个老鼠抬了一个梦"》，是一首根植于浙江风俗的儿歌：

（一）

孩子说：
"母亲！我昨儿晚上做了一个梦；
现在却有点记不起来，迷迷濛濛了。"
母亲笑着说：
"两个老鼠抬了一个梦？"

（二）

老鼠怎样能抬梦？
梦怎么抬法？
老鼠抬了梦做什么？
这不是梦中说梦的梦话？

---

① 张香还：《中国儿童文学史（现代部分）》，浙江少年儿童出版社1988年版，第56页。

（三）

不是梦话哪，——
伊怎地记不起梦来？
那梦上哪儿去了？
要不是老鼠把梦抬。

（四）

要知道那老鼠刚抬了梦跑，
蓦地里来了一头猫；
那老鼠吓了一跳，
这梦就跌得粉碎地没处找。

（五）

哦！我知道了！
我们做过的梦，都上哪儿去了！
原来都被猫儿吓跑了抬夫，
跌碎得没找处了！①

---

① 大白：《"两个老鼠抬了一个梦"》，《民国日报·觉悟》1920年12月20日。

儿童借由"两个老鼠抬了一个梦",展开自然而生动的想象,体现了儿童生活的趣味,让人读来会心一笑。但从诗歌本身来看,将其作为儿歌,强调的仍是儿童接受中对儿童思维和生活的表现。这首歌谣体的诗歌,突出了贴近儿童的语言表达,构成一种新奇的体验。

顾颉刚的《吃果果》《老鸦哑哑叫》等,在《儿童世界》刊出时明确标注为"儿歌",并对部分字音进行注解。

老鸦哑哑叫

"老鸦哑哑叫,
爹爹赚元宝。
妈妈添弟弟;
哥哥讨嫂嫂。
妹妹坐花轿,
弟弟喜酒吃弗了。"

注:"鸦"音如"亚"。"哑哑"音如"kua kua"。"赚"音如"在"。"妈妈"二字,上一字读如 m 之锐音;下一字读如"每"。弟弟系唱儿自谓。[①]

在中国民间,乌鸦被视作不吉之物,这里的乌鸦叫却总伴随着喜事,怪哉!内容之间没有必然的逻辑联系性。这体现了儿歌更看重音节的训练,而

---

① 顾颉刚:《老鸦哑哑叫》,《儿童世界》1922 年第 11 期。

非内容的连贯和意义的表达。诗作呼应了五四时期所提倡的儿歌文体的特征——低龄儿童乐于听愉悦、有节奏的声音，强调"重音轻义"。《儿童世界》将其作为儿歌刊出，与周作人在《儿童的文学》中强调要给予幼儿期儿童尽可能多的儿歌的观点一致。由此可见，基于儿童接受构成的关于儿歌的文体认识，在当时已经影响到搜集、整理和创作等环节，成为社会共识。直到1943年，陶行知为小学生创作《为何只杀我》，仍强调基于儿童接受的声音愉悦需求和趣味性，构成儿歌"重音轻义"的文体特征。

为何只杀我（民歌改作）

汤家太太做生日，家家为他拜寿忙。
车满门客满堂，为何不杀羊？
羊说道："羊毛年年剪得多，为何不杀鹅？"
鹅说道："鹅蛋好吃不可杀，为何不杀鸭？"
鸭说道："白细鸭绒好做衣，为何不杀鸡？"
鸡说道："五更天亮报时候，为何不杀狗？"
狗说道："我守门，他玩耍，为何不杀马？"
马说道："一年给人骑到头，为何不杀牛？"
牛说道："我耕田，你收租，为何不杀猪？"
猪说道："今天大家都快活，为何只杀我？"[①]

语词上的重复与变化，句子结构的相似，构成了这首儿歌强调声音的节

---

① 棠：《歌谣：为何只杀我》，《小学生》1943年第4期。

奏感和轻快的气氛。就内容本身来说，这首诗歌并无明确的意义。

第三，现代儿童诗以童心表达为本体，运用自由的白话形式，确立了以儿童为审美主体的地位。

现代儿童诗不仅以其白话自由诗的形式与古代儿童诗相区别，更重要的是在"儿童本位"观念下对接受对象特征的把握与尊重，将童心表达作为核心精神。现代意义上的"童心"既与传统的思想续接，又在现代"人"的思想价值和"儿童本位"观中赋予其新内涵，构成了现代儿童诗独特的审美意义。

中国历史上历来对童心有两种相对的看法：一种是如老子《道德经》，将童心视作一种自然天真、弃圣绝智的最高理想境界，强调"复归于婴儿"[1]的赤子之心。此看法重视童心的"真"与"淳"，进而延伸关注儿童天真无邪的快乐，与成人面对世事的愁苦相对。宋代陆游的《园中作（其一）》中有"花前自笑童心在，更伴群儿竹马嬉"，表现出对儿童自由嬉戏和天真无邪的欣赏。这种观点绵延至明代，被心学一派继承，在李贽的"童心说"中发扬光大，进而影响到后来的性灵派。另一种则是将童心视作一种消极、不规范和越轨的弊端，与遵循社会规则相对。例如，《左传·襄公三十一年》记载，"于是昭公十九年矣，犹有童心，君子是以知其不能终也"[2]。这是批评昭公如同儿童一般幼稚、缺乏教化和随心所欲，由此推知他不会得到好结果。明代虽然心学流行，但是以吕坤为代表的人强调名教观念下的君子之道。他认为，"君子畏天，不畏人；畏名教，不畏刑罚；畏不义，不畏不利；畏徒生，不畏舍生"[3]。这种君子之道是建立在严格的道德修养和社会规范之上，与童心自在自为的状态截然相反的。因而吕坤认为，"童心最是作人一大病，只脱了童

---

[1] 黎荔注解：《道德经注解》，天津社会科学院出版社2016年版，第65页。
[2] （春秋）左丘明撰，蒋冀骋标点：《左传》，岳麓书社1988年版，第260页。
[3] （明）吕坤：《呻吟语》，岳麓书社2016年版，第13页。

心，便是大人君子"①。"凡炎热念，骄矜念，华美念，欲速念，浮薄念，声名念，皆童心也"②，将童心视作追求物质、浅薄庸俗和放纵自我的病端，是会阻碍君子之道的俗念。从中国历史上对童心的两种看法可知，童心与老成相对。儿童之心代表的原初天真和自在自为，在以老成为社会价值和名教规范的标准下，是反面的、放纵自我的弊端。但是，在追求人性真实和原初天然的价值体系中，童心则意味着崇高的理想境界。

现代文学革命强调平民的文学，追求的是人的权利和价值。从纵向来看，对真实人的倡导，延续了心学路径中李贽"童心说"对真的审美观念追求，强调真人与真情。周作人称赞陶渊明的《责子》诗，认为最重要的是诗中有真情流露。他在《儿童杂事诗图笺释》中称，高凤翰"文采风流自有真""左家情趣有传人"③，赞其为儿童写作诗歌。这种儿童不假修饰的"真"，被引申为与社会腐朽、黑暗和庸俗对抗的内心境界，表现为一种光明的理想。林庚对李贽"童心说"的阐释，或可呼应现代时期对童心的理解。他认为，李贽的"'童心说'的主旨在于回到人的原初状态，回到心灵的天真未凿的状态，那里才有新的可能与新的希望"④。由此，"真与伪的对立被转换成为童心与社会的对立，寻求内心的解放与对社会的批评"⑤。现代作家渴望复归童心，用童心来纯洁自我和社会，抵抗所面临的人事庸俗和社会不公等现象。例如，冰心的小说《超人》中内心冰冷的何彬，被儿童禄儿温暖，真诚地感谢和赞美小朋友。王统照的诗《童心》直观地表现了童心之真与社会的虚伪、黑恶的对立：

---

① （明）吕坤：《呻吟语》，岳麓书社 2016 年版，第 16 页。
② （明）吕坤：《呻吟语》，岳麓书社 2016 年版，第 16 页。
③ 周作人诗，丰子恺配图，钟叔河笺释：《儿童杂事诗图笺释》，中华书局 1999 年版，第 174 页。
④ 林庚：《西游记漫话》，商务印书馆 2017 年版，第 173 页。
⑤ 林庚：《西游记漫话》，商务印书馆 2017 年版，第 174 页。

童心都被恶之华的人间，来点污了！
　　真诚都蒙了虚伪的面幕。
　　有时：我也会将童心来隐在假言里，
　　的确：我天真的惭愧！
　　我狂妄般的咒恚人间，
　　他们为什么将我的童心来剥夺了？①

开篇便是"恶之华"的人间玷污了童心的悲痛，显示出童心与黑暗社会的对立。与童心对立的是虚伪和假言，反向表明童心代表着真诚和天真。最后的"咒恚"，表现了被社会规训剥夺童心的控诉。1925 年，王统照出版了诗集《童心》，进一步借儿童的天真与童心的诚挚来控诉这不公、黑暗和虚伪的社会，显示了童心所蕴含的"真"的审美力量和光明理想对现代作家的召唤。

象征着理想世界的童心，与儿童的天真、不假饰结合，成为儿童文学的审美核心。例如，叶绍钧为郑振铎与高君箴合编的童话集《天鹅》写序言时，指出郑振铎的"无机心"是孩子的天性：

　　安徒生老有童心，人称他为"老孩子"。因聊此想，振铎的适当的别称更无过于"大孩子"了。他天性爽直，所谓机心等等从没在他脑子里生过根；高兴时出劲地说笑，不高兴时便不掩饰地吻着嘴；这种纯然本真，内外一致的情态，惟有孩子常常是这样的。②

---

① 王统照：《童心》，《诗》1922 年第 4 期。
② 叶绍钧：《天鹅序》，《文学旬刊》1924 年第 150 期。

叶绍钧用孩子的天性与郑振铎的真诚、直接和无心机作比，正是现代时期对儿童的态度和童心的价值评判——赞美儿童，赞美童心。

在现代儿童诗歌中，童心的"真"与对儿童的身心发展认识的结合，表现儿童的纯真无邪和独特的儿童思维，构成童年至美的现代儿童诗精神内涵。换句话说，对儿童身心的科学认识与传统童心中"真"的审美理念结合，构成了"儿童本位"观映照下的童心内涵。童心是表现儿童的天真无畏，表现童年的真实生活和经验，传递属于儿童的情感和主体意识，呈现出与社会规训的刻板经验截然不同的自由、奇趣体验。例如，1919年《新青年》第6卷第6期刊登了沈兼士的诗《"有趣"和"怕"》，显示出童心带来的情感体验差异：

>月色朦朦，竹影重重，鉴池水声淙淙，我在池边，弄水捉月。
>扑通！跌下水里去，拍手笑说："有趣！有趣！"
>今夜我在清如许，临水看月，仿佛二十年前的境地。
>却怕跳跳奔奔的小阿观做我当初有趣的事。①

当诗人还是孩童时，"弄水捉月"格外有趣。但是，20年后看到儿子阿观重复自己童年的举动，诗人却感受到了害怕。童年时池边弄月的快乐和趣味与20年后的担忧形成鲜明的对比，成为这首诗强大的张力。对比和张力的背后，是诗人童年时的快乐和趣味体验，也是成年后诗人失却童心，对社会中的危险十分警惕的状态写照。他已经不能再体会临水弄月的快乐，只能看到水边游玩的危险，失去了生活的真与趣。由此可见，童心之于人的生命体验和表达具有非同凡响的审美力量。现代儿童诗以童心表达为本质，形成了

---

① 沈兼士：《诗："有趣"和"怕"》，《新青年》1919年第6期。

具有新鲜生命体验的审美品格。

　　以童心表达为根本的现代儿童诗，与仇兆鳌等所认为的达到基本格律规范的"儿童诗"，形成了本质区别。这也不同于古代将儿童视作风景或老年回忆中的人生体验。它专注于对儿童的思维和心理的捕捉，力图表现儿童的生活与经验，或强调用儿童的语言和思维表现世界，构成一种新鲜、稚嫩、天真和奇妙的生命体验。因此，表现儿童的生活、思维和经验成为现代儿童诗的主要内容。儿童真正出现在诗歌中，并成为有生命感受力的对象。1922年，诗人程菀给《晨报副刊》投稿，提议增设《儿童诗》一栏：

　　　　记者先生：要想在副镌旧有各栏外暂时添加"儿童诗"栏一次，刊我的《镜中的小友》，不知我的试作有刊登的价值吗？

　　　　玫瑰的花球！
　　　　　玫瑰的花球！
　　　　送与我镜中的小友。
　　　　我的花球挂在左，
　　　　你的挂在右。

　　　　小友！小友！
　　　　　我问你，小友！
　　　　为什么只许我接吻，
　　　　　不许我握手？

>   我爱的小友,
>   我向东边走,
>   你也向东边走;
>   我向西边,
>   你也向西边走。
>   我要归去了,
>   你却不肯同我一齐走。
>
>   ——一九二二年四月于南通女师[①]

诗作模拟儿童的视角,描绘了儿童日常生活中照镜子的场景。儿童由于年龄较小,自我认知仍处于探索阶段,将镜子里的自己当成好朋友,充满了好奇和疑惑。正是将镜子中的"我"视作一个朋友的认知,构成了整首诗信以为真和天真童趣的奇异体验感。这种来自儿童视角的生命体验感,与以往"闲看儿童捉柳花"(杨万里《闲居初夏午睡起》)那种悠闲地将儿童的稚趣作为风景欣赏的体验截然不同。一种新的来自童稚的体验,构成奇与真的生命张力,增添了思考与探索的童心稚趣。而程菀提议增设《儿童诗》栏目并得以实现,标志着现代的表现儿童思维与生命体验的《儿童诗》与一般白话新诗形成区别,有必要独立存在。此后,《晨报副刊》的《儿童诗》栏目中还刊发了程菀的《白蝴蝶》。《学灯》也相继刊发完全以儿童生活、思维和经验为表现主体的儿童诗。

正如陈伯吹讨论"童心"时所赞美的,"童心是天真的、纯洁的、公正而

---

① 程菀:《诗:镜中的小友》,《晨报副刊》1922年5月11日。

坦率的，诚实又美好，热衷于好奇，殷切地求知，富有勇敢冒险精神……"[①]。现代时期的童心追求进入儿童的世界后，成为儿童诗的核心表现旨意，也真正在诗中体现儿童生命的主体性，构成新奇、有趣和别具一格的审美体验。

第四，儿歌和儿童诗既有文体区分又互相借鉴，共同构成了现代儿童诗歌的审美风貌。

如前所述，基于"儿童本位"观强调接受对象的特征，儿歌剥离了占验、谶纬等政治和玄说色彩，在文人搜集、整理和创作等工作中焕发出新的生命力；儿童诗则从描写儿童的生活和游戏，呼吁儿童开眼看世界、修身明德，转入集中表现儿童主体的生命体验。传统诗歌的渊源和儿童接受等特点，使得作为"歌"的儿歌与作为"诗"的儿童诗，在各自成体的发展路径中，构成了既区分又互相借鉴的情形。儿童诗歌内部出现儿歌和儿童诗交叉的文体地带。这一特征深刻影响到中国现代儿童诗歌的发展。

首先，现代时期明确指出儿歌和儿童诗属于儿童诗歌，但各自成体。由于儿童教育教学和儿童文学的发展，现代时期出现较多儿童文学理论著作。这些理论著作虽未对"儿童诗"这一特定名称做出明确界定，但分类时明确将儿歌与诗分列，具体整理见表1-1。

表1-1 现代时期儿童文学理论著作中儿童诗歌的分类

现代时期儿童文学理论著作	儿童诗歌的分类
《儿童文学概论》 魏寿镛、周侯于编辑，1923年	"诗歌"：儿歌、民歌、童谣、谚语、旧/新诗、词曲、其他
《儿童文学概论》 朱鼎元著，1924年	"诗歌"：儿歌、谜语、新诗、旧诗

[①] 陈伯吹：《"童心"与"童心论"》，载张黛芬、文秀明编《陈伯吹研究专集》，少年儿童出版社1990年版，第342页。

续表

现代时期儿童文学理论著作	儿童诗歌的分类
《儿童文学研究》 张圣瑜编著，1928年	"诗歌"：童谣、诗
《儿童文学讲义》（中编） 张雪门编，1930年	"韵文体"：歌谣、谜语、游戏歌、故事诗
《儿童文学研究》 赵侣青、徐迥千著，1933年	"诗歌"：谜语、急口令、谣谚、儿歌、民歌、歌曲、诗
《儿童读物的研究》 王人路编，1933年	儿童文学的体裁分为18类，"儿歌"与"诗"并列
《新儿童文学》 葛承训著，1934年	儿童文学的体裁分为12类，"儿歌"与"诗"并列
《儿童文学概论》 吕伯攸编，1934年	"诗歌"：儿歌、民歌、杂歌、谜语、诗歌
《儿童文学》 钱畊华著，1934年	儿童文学的体裁分为10类，"儿歌"与"诗歌"并列
《儿童文学研究》 陈济成、陈伯吹编，1934年	"诗歌"：儿歌、谣曲、新诗、旧诗、词曲、其他（如箴、铭、古歌、道情、昆曲……）

以魏寿镛、周侯予编辑的《儿童文学概论》为例，儿童文学的分类中首先是诗歌类，即儿歌、民歌、童谣、谚语、旧诗、新诗、词曲、其他（如道情）。其中：

甲儿歌　民间流传儿童口唱的歌词，要好听的，易唱的，是本地方流传的……这类文学，大都是口述的，适用于低年级。他的特点是内容像有意义，又像无意义，玄妙不可测。

乙民歌　民间流传的歌辞，有趣味的，有意义的，也要本地方流传的……这类文学比儿歌的程度高些，大约意义很明了。

丙童谣　有腔有韵，便于口语的，也要本地方流行的……这类文学大都含有讽刺的意味，比民歌的程度更高一层。

……

己新诗　叶韵而且要声调和谐的。……这类新文学的意义，很明显，而且有思考的余地。①

在以上定义中，儿歌、民歌和童谣的区分度较小。值得注意的是，该理论著作指出了儿歌介于有意义和无意义之间，从儿童接受程度上强调易听易唱等特点；民歌则偏向于意义明了；童谣则取周作人的观点，将之视为具有讽刺的、民间流传的歌谣，如"十日草何青青"。由此，该理论著作强调了儿歌适于儿童歌唱、重音轻义的特点，要求供给低年级的儿童。本章所讨论的现代儿童诗则属于该著作指涉的新诗，与儿歌对照，突出特征是其作为新文学，意义明显，要"有思考的余地"。这是从诗追求的意义和诗是人类的智慧活动的本质观来界定儿童诗的。该著作中举出了《新法高校国文教科书》②第六册中的《日历》一诗，展现儿童诗歌中新诗的面貌：

日历！日历！
　你这薄薄的一册，不过三百多页；
怎当得霍索！霍索！
　一天撕个不歇？
不多时你被撕完，
　又换一册，和你衔接。

---

① 魏寿镛、周侯于编辑：《儿童文学概论》，上海商务印书馆1923年版，第37—39页。
② 该教科书名实际上应为《新法国语教科书》，主要编校者有刘大绅、戴杰、庄俞、吕思勉、于人骥、王国元、吴俊升、廖珩和田广生，商务印书馆1920—1921年出版。其中第六册编校人为王国元，1921年第20次印刷。

一年一年，一册一册，
　　如此不住的更迭。
咳！人生能有几年，
　　撕的多少日历？
　　……①

《日历》明显与儿歌中所举例子"天上星，地下钉"不同，不仅在于其白话表达中的叙述式口吻，还在于它以儿童的视角发出疑问，强调日历背后儿童对时间生命意义的认识，即大部分类似魏寿镛、周侯于编辑的《儿童文学概论》的理论著作，都是从意义维度对儿歌和儿童诗进行文体界定，强调其儿童接受的一面。

其次，现代时期儿歌和儿童诗出现了文体交叉的特点。一方面是因为现代儿童诗作为白话新诗，在诞生之初向民间歌谣汲取韵律上的资源。这在上一节讨论的"拟儿歌"形式的白话新诗中体现极为明显。另一方面，现代儿童诗与儿歌共同追求进入儿童世界，以儿童为表现主体，追求奇、妙、趣和真的审美体验。共同的审美追求，使其虽然各自强调形式上的区别，但仍免不了在内容上采用儿童视角来表现新奇的体验。例如，周作人仿儿歌而作的《儿歌》（"小孩儿，你为什么哭？"），模拟儿歌的淳朴和儿童思维中的"拜物教"，不过于强调某种意义。但是《儿歌》中表现的儿童生活和感物的独特性，恰恰又属于诗的表现维度。作品采用对话的形式，不强调节奏的匀整，更适合读而非唱。因此，这首《儿歌》名为"儿歌"，却偏向于诗的文体范畴。又如胡怀琛1922年发表在《儿童世界》上的《雨来了》：

---

① 王国元、于人骥、戴杰等编纂：《新法国语教科书　六》，商务印书馆1921年版，第13—15页。

一片白云前头飞，
一片黑云后头追。
风来了！
雨来了！
鸟子躲到屋檐底下来了！①

显而易见，这首儿歌模仿了《帝京景物略》中记载的童谣"风来了，雨来了"。但是，儿歌前两句"一片白云前头飞，/一片黑云后头追"的描绘，有细节描写，且展开情境的铺设。

与此同时，现代儿童诗也会借鉴儿歌的节奏、对仗、押韵等形式，力图更贴近儿童尤其是低龄儿童的语言和心理特征。其中较有代表性的诗人是陶行知。20世纪20—40年代，陶行知出于教育需求，在借鉴传统童谣的形式特征的基础上写儿童诗。他的儿童诗明白如话，节奏清晰，可读可唱，被称为"行知体"。"行知体"具备了儿歌和儿童诗文体交叉的特征。以陶行知1928年创作的《风雨中开学》为例：

风来了！
雨来了！
谢老师捧着一颗心来了！

风来了！
雨来了！

---

① 胡怀琛:《雨来了》,《儿童世界》1922年第3期。

> 韩老师捧着一颗心来了！①

借鉴传统童谣"风来了，雨来了"的形式，但强调的是老师们的奉献精神。最后一句"谢老师捧着一颗心来了！""韩老师捧着一颗心来了！"，升华了全诗主旨。这与"风来了，雨来了"的节奏形式结合，构成了具有情境意义的诗。风雨无阻的老师们的奉献精神，是陶行知所歌颂和传递的意义。因此，在这首诗歌中，传统童谣"风来了，雨来了"，既有起兴的作用和节奏的意义，又呈现了情境。《风雨中开学》具有儿歌的形式特征，且意义明确、情境完备。这与胡怀琛的儿歌《雨来了》既相似，又在意义指向上有区别。

最后，这种基于儿童接受的文体区分和交叉特点，还表现在儿童诗歌的批评中。除却教材式的理论著作，现代时期关于儿童诗歌的理论研究多集中在文本介绍与批评中。以谢六逸的《童心》为例，开篇指出人生的时间不可逆，由此联想到赏月时听到邻居小孩"几句天真的歌声，便把我现在的心推返到童心的境地"②，回想起童年。这意味着童心、儿童和歌声共同唤起了成年人的童年记忆。这也应是现代儿童诗歌写作的重要动力。童年让人如此怀念，而童年又是不可再寻的，于是谢六逸试图凭借"文艺之力"，"使我们的童心再现"③。"我想艺术之中，恐怕没有再比儿童诗歌更纯粹的了！"④它是实现儿童的梦，是充溢儿童生活的重要艺术。在这段论述中，"儿歌"和"儿童诗歌"等词是混用的。基于童心表现与童年召唤，谢六逸介绍了斯蒂芬金的《一个孩子的诗园》、德拉麦尔（De La Mare）的儿童诗歌、英国的儿歌集《鹅

---

① 陶行知：《行知诗歌集》，大孚出版公司1947年版，第52页。
② 谢六逸：《童心》，《文学旬刊》1924年第147期。
③ 谢六逸：《童心》，《文学旬刊》1924年第147期。
④ 谢六逸：《童心》，《文学旬刊》1924年第147期。

妈妈的故事》、布莱克的《天真之歌》和北原白秋的《回忆》等。在介绍的过程中，谢六逸混用了儿歌、诗、儿童诗歌和童谣等概念，显示出儿童诗歌范畴下儿歌与儿童诗作为文体的交叉。最后，当谢六逸赞美斯蒂芬金等人时，强调："讴歌儿童心灵的诗人哟！我诚意的礼赞你们！因为你们的儿歌，使我们没有到幼稚园去的成人，也得窥儿童的乐土！"[①] 这里的儿歌，既包括英国传统儿歌如《鹅妈妈的故事》，又包括斯蒂芬金的《一个孩子的诗园》中的儿童诗。它们都被谢六逸统摄在童心表达下，构成"儿童的歌"。由此可见，基于儿童接受，现代时期儿童诗歌的理论强调童心的表达时，儿歌和儿童诗两种文体处于交叉、融合与借鉴的状态。这一特点至今仍然存在。

综上，"儿童本位"观对儿童接受的强调，构成了现代时期儿童诗歌理论研究中的文体共识。正是由于"儿童本位"审美观念中的奇、妙、趣和真的体验，现代儿童诗歌才成为主要表现童年和儿童的文学形式，呈现与晚清民初的作品截然不同的面貌。在这一前提下，儿歌剥离传统童谣占验、谶纬等色彩，以"重音轻义"的文体特征走向儿童世界；现代儿童诗确立了其以童心为本体的自由白话诗特征。现代时期的儿歌和儿童诗在各成其体的发展过程中，基于诗歌共源和儿童接受的特征，彼此之间文体交叉，共同构成儿童诗歌这一韵文体儿童文学的审美规范。

---

① 谢六逸：《童心》，《文学旬刊》1924年第147期。

第二节　基于"儿童本位"的内宇宙探索与童心浪漫风格

"儿童本位"观冲击了传统的儿童观,强调对儿童身心的关注和童年阶段独立价值的重视。因此,儿童要接受何种诗歌,或者说何种儿童诗歌更适合被儿童接受,成为一个重要论题。五四时期,为儿童创作的诗人们将目光聚集到儿童身心、童年价值和儿童话语经验上,努力尝试进入儿童的世界。这形成了以"儿童本位"观为核心的,强调从儿童的生命体验出发,捕捉儿童世界的真情、奇妙和乐趣等众多审美体验。这与高凤翰等前代诗人所表现的儿童扑蜂觅蛛、骑竹马、放风筝和闹荷塘等游戏生活情状,既类似,又有差异。差异在于以儿童为主体,表现趣味之外的好奇、美好、真淳、深情、勇敢等多种儿童的情感生活体验,突破单纯观察儿童快乐生活的视角,沉入儿童的内心世界。现代儿童诗诞生的本质,是破除传统将儿童作为风景的公共话语,以"奇""妙""趣"和"真"为审美体验,构成其诗歌张力的内核。因此,五四时期对儿童内宇宙的探索成为儿童诗歌的重要审美内容,并构成了童心浪漫的审美风格。

一、"儿童本位"观下童趣的真情与想象

关注儿童认识世界和认识自我,表现儿童与成人之间认知的差异构成的反生活逻辑,产生了独特的儿童情趣。儿童在认知的过程中,年龄越小,对主客体的界限认知越模糊,认为"万物有灵",富于想象;儿童所具有的"自我中心"思维,使其认识世界时带有强烈的主观色彩,赋予了一层天真烂漫

的光辉；儿童的无经验和未受社会规训的纯真，直接表现为追求真实的情感倾向。五四时期，儿童这一系列心理特征被作家们充分认识并理解。他们通过表现儿童的心理特征和儿童认识世界的特点，生成了儿童诗歌中新鲜、活泼的趣味。这种儿童情趣具体表现为真情的流露和想象内容的自由表达。

五四时期对儿童内宇宙的探索，首先表现在诗歌中着重抒写儿童的真实情感。作品通过成人与儿童、儿童与世界等的联系，表现出人世间多重关系下的真情。上一节指出，初期现代儿童诗的特征是，多写奶娘、父亲和母亲等看孩子，表现出成人的怜爱和尊重。"看儿童"，是将儿童作为表现对象或主体，成为一种普遍的表达方式。这与之前呼唤儿童看世界的书写略有不同，形成了尊重儿童、表现真情的倾向。刘半农的《题女儿小蕙周岁日造象》，描述一周岁的小蕙自在和真实的状态。他不看轻小蕙的幼小，也不试图去训导这"饿了便啼，饱了便嬉"的、看起来不太守规矩的女儿。他热诚地赞美女儿与一般人无异，甚至更加快活自在，饱含着慈父怜悯、亲爱和尊重的情感。与屈大均写儿女情趣的诗作相比，刘半农诗中表现的亲热和尊重，显然是一种对新生命的感受和理解。

除却《题女儿小蕙周岁日造象》这类充满感情"看孩子"的儿童诗歌，现代儿童诗歌中还有许多作品，以儿童的口吻表现属于儿童的认知思维、自然情感和生活/游戏乐趣，或以客观视角表现儿童与众不同的特有情趣。例如，胡适的《尝试集》和俞平伯的《忆》中的部分作品，还有刘半农、刘大白和汪静之的部分诗作，表现了这一充满真情的"儿童情趣"。胡适的《尝试集》被认为是中国现代文学史上第一部白话诗集，部分作品努力以直观、不加以掩饰的心和坦诚的态度，来传递认识世界的情感体验，饱含童趣。在《一颗星儿》中，胡适以儿童的口吻，从限制性视角认识星星，表现了儿童对于星星的喜爱和真诚的探索：

我喜欢你这颗顶大的星儿。
可惜我叫不出你的名字。
平日月明时，月光遮尽了满天星，总不能遮住你。
今天风雨后，沉闷闷的天气，
我望遍天边，寻不见一点半点光明，
回转头来，
只有你在那杨柳高头依旧亮晶晶地。[①]

开篇"我喜欢你这颗顶大的星儿"，真诚、直白。喜欢的理由暗含在形容词"顶大的"中，充满着儿童的稚气与率直。而月光遮不住的独特性和沉闷天气中"亮晶晶"的光明感，让这颗星儿充满了吸引力。整首诗不作伪，情感自然真诚，有通体光明之感。这种光明探寻的趣味、真诚的态度和明亮的星星结合，从内向外闪烁着光辉，构成了这首诗极富魅力之处。这种自然、快活的儿童思维与情感，在俞平伯的《忆》中更为突出。诗人回忆童年之事、满怀忆旧情绪，进入童年，重新唤起童年的体验。正是那幼年的眼光和真情，让一件件平凡的生活之事变得可爱有趣，饱含儿童日常情趣。《忆》的第一首便以儿童的认知和体验，书写与姐姐分橘子的情趣：

有了两个橘子，
一个是我底，
一个是我姐姐底。

[①] 胡适：《尝试集（第五版）》，亚东图书馆1923年版，第58页。

把有麻子的给了我，
把光脸的她自己有了。

"弟弟，你底好，
绣花的哦。"

真不错！
好橘子，我吃了你罢。
真正是个好橘子啊！①

图 1-1　1925 年版《忆》插图

　　童年分橘子的快乐不是"孔融让梨"般的谦让，而是姐姐的谦让中饱含着儿童反成人认知的纯真和另类审美。"麻脸"的水果常被成人视作差的、不好的和不美的。但是，在儿童眼里，"麻脸"橘子是"绣花的"，是真正的好橘子。审美认知的反差，使得这首儿童诗产生了浓烈的诗意。孩子们吃橘子的平凡事件，化作了姐弟相爱的快乐，也化作了审美反差下一种美的欣赏眼光，充满别致的乐趣。

　　《忆》的第十一首则充满了游戏的快乐：

爸爸有个顶大的斗篷。
天冷了，它张着大口欢迎我们进去。

---

① 俞平伯：《忆》，朴社 1925 年版。

谁都不知道我们在那里,
他们永远找不着这样一个好地方。

斗篷裹得漆黑的,
又在爸爸底腋窝下,
我们格格的笑:
"爸爸真个好,
怎么会有了这个又暖又大的斗篷呢?"①

以儿童口吻将其善于想象的天性融入日常生活中,将爱好游戏的心性展现得淋漓尽致,自然流畅。一幕幕生活如同剪影般在诗中展现。躲进斗篷的一瞬间变得有点长,有点神秘空间的安全感和趣味,更体现了父与子的真情真意。父亲对儿童游戏的包容,与儿童一同游戏的爱与耐心,都在"裹得漆黑"的动作中流露出来。值得一提的是,这本诗集出版时丰子恺为其作画。寥寥几笔,童稚的简单和纯真就勾勒出来了。这使得整部诗集更加生动形象,适合儿童阅读。

儿童情趣中浓郁的真情和儿童生活的反常规举动结合,还表现在儿童的天真无畏与同情心。叶圣陶的《拜菩萨》虽然是从成人视角描绘孩子模仿成人拜菩萨的场景,但是在模仿心性下突生转折,表现儿童的无畏无惧。

儿学拜菩萨,
拉爹上坐作菩萨。

---

① 俞平伯:《忆》,朴社 1925 年版。

他自己作种种姿势；
　　上了烛，
　　插了香，
　　合十深深膜拜。

　　菩萨拜过了，
　　他站起来，
　　拔去了香，
　　吹灭了烛，
　　更奋举小掌说：
　　"推倒你这菩萨！"①

　　结尾出乎意料，儿推倒了菩萨。这表现出儿童的勇敢无畏和独具慧心。而记录这一过程的成人，具有包容和欣赏的态度。诗中的爹爹既愿意配合孩子游戏，扮作菩萨，又在孩子举手推菩萨的时候保持缄默。当诗在孩子的"推倒你这菩萨！"中结束时，爹爹的反应看上去是一个谜。恰恰是结尾的缄默和出人意料表现出对儿童行为的欣赏，尤其是儿童敢于挑战作为成人和家庭双重权威的父亲时，这种宽容的真情与童心的勇毅并存，使得诗歌充溢着一种活泼和无畏的儿童精神。

　　刘半农的散文诗《雨》是对女儿小蕙日常生活片段的记录。整首诗完全是以小女孩第一人称的口吻，显示出儿童相信万物有灵的思维特征，表现了雨天里小女孩对雨和窗外其他动物的同情和担心，流露出纯真善良的童心。

---

① 叶圣陶:《拜菩萨》,《文学旬刊》1921年第9期。

恐惧、担忧、疑惑和同情等多种情绪，融合在小女孩与妈妈的对话中。妈妈的回复被省去了，因而整首散文诗纯是孩子的喃喃自语，洋溢着浓郁的儿童情感：

> 妈！我今天要睡了——要靠着我的妈早些睡了。听！后面草地上，更没有半点声音，是我的小朋友们，都靠着他们的妈早些去睡了。
>
> 听！后面草地上，更没有半点声音；只是墨也似的黑！只是墨也似的黑！怕啊！野狗野猫在远远地叫，可不要来啊！只是那叮叮咚咚的雨，为什么还在那里叮叮咚咚的响？
>
> 妈，我要睡了！那不怕野狗野猫的雨，还在墨黑的草地上叮叮咚咚的响。它为什么不回去呢？它为什么不靠着它的妈，早些睡呢？
>
> 妈！你为什么笑？你说它没有家么？——昨天不下雨的时候，草地上全是月光，它到那里去了呢？你说它没有妈么？——不是你前天说，天上的黑云，便是它的妈么？
>
> 妈！我要睡了！你就关上了窗，不要让雨来打湿了我们的床。你就把我的小雨衣借给雨，不要让雨打湿了雨的衣裳。①

这种以儿童思维表现儿童的天真话语，显现出与成人生活和思维迥然不同的情趣。这首诗与泰戈尔的《恶邮差》②在话语表达方式和儿童天真心性表现上是一致的。两首诗都呈现了晶莹剔透、不加掩饰的童心，进而激发了诗

---

① 朱自清编选：《中国新文学大系 第八集 诗集》，上海良友图书印刷公司1935年版，第16页。
② 刘半农曾翻译此诗，发表在1918年第5卷第2期的《新青年》上。

意，别有情趣。程菀的《镜中的小友》也有类似的表现。

现代儿童诗歌的情趣表现，强调真情流露，既有成人对儿童的爱、宽容和尊重，又有模拟儿童思维所产生的平等观念、自由状态、反常规认知、勇敢无畏精神和同情心。除此之外，五四时期的儿童诗歌还乐于赞赏儿童的想象。对想象的表现与赞赏，突破了中国重实际而排斥非现实因素的传统。例如，直到清末时，孙毓修编撰《童话》丛书，仍排斥纯粹想象。他认为，"鸟兽草木之奇，风雨水火之用，亦假伊索之体，以为稗官之料，此科学之用也。神话幽怪之谈，易启人疑，今皆不录"[①]。在孙毓修看来，拟人体的想象要基于教育和传递科学知识的目的才合法，而"神话幽怪"之类偏向于非教训的超现实幻想，则必须从儿童阅读教育中剔除。这显示了重实际之用的观念及其在早期儿童文学中的体现。五四时期，儿童诗歌对想象的态度发生了重要的变化。一方面，这一时期社会关注儿童，认识到儿童乐于想象和富于想象的特征，科学认识了儿童在主客观不分的思维中，以想象的方式认知世界；另一方面，儿童的想象是一种新鲜而诗性地看待世界的方式，能够打开一种新的生命体验空间，构成强烈而浪漫的诗意。早期白话诗人创作"拟儿歌"时，一方面学习儿歌美刺的功用及节奏等形式；另一方面则以儿童与自然世界对话的想象方式，来表现一种真淳的思想。五四时期，大部分儿童诗歌对儿童想象的关注，主要体现在模拟儿童思维呈现其想象的内容，赞赏其富于想象的特征，最终表现自由的精神世界。

首先，五四时期儿童诗歌表达了对儿童想象的赞赏。由于受"儿童本位"观念影响，天马行空的想象被看成儿童的特性，得到肯定。周作人在《儿童的文学：一九二〇年十月二十六日在北京孔德学校所讲》中指出，当儿童富

[①] 孙毓修：《童话序》，《东方杂志》1908 年第 12 期。

于幻想时，要满足儿童这一类需求，"儿童相信猫狗能说话的时候，我们便同他们讲猫狗说话的故事"①。这才能顺应儿童身心发展的转变。而沈定一则从"心境"的角度，表达了对诗中出现浪漫和夸张的想象时的欣赏态度。他认为刘大白的《"两个老鼠抬了一个梦"》是从绍兴图画中写实而来的诗，表现的是纯真的境界，"我们壮年人底思想境界中找不出这样的心境"②，即从诗歌的角度而言，想象为诗歌创造了一种新的、纯真的境界。徐景元的《儿啼》记叙了儿子因月亮位置变化和老鼠形状一样的乌云而发生的情绪变化。诗作反映了他对儿童万物有灵思维的理解、对儿童想象的宽容与爱。在五四时期的诗人们看来，儿童的想象会构成一种天真的世界，从而具有别致的儿童情趣。正如冰心的诗《回顾》"在满街尘土，/行人如织里，/他们已创造了自己的天真的世界"③，歌颂儿童用想象创造新的世界。

其次，五四时期儿童诗歌的想象会构成意料之外的刺激和新奇感。儿童的想象本就跳脱出成人思维的框架，对陈规旧俗的成人文化造成冲击。诗人在写作时捕捉到儿童思维的跳脱性、意料之外和反常规，借助想象的方式将其表现出来。他们将这种跳脱的想象放置于常规的书写之后，在结尾形成反差，从而生成强大的诗意张力。例如胡怀琛的《儿歌》第一首《星与萤火》：

  天上一颗星，
  地上一个萤；
  萤火飞到天上去，

---

① 周作人：《儿童的文学：一九二〇年十月二十六日在北京孔德学校所讲》，《新青年》1920年第4期。
② 大白：《"两个老鼠抬了一个梦"》，《民国日报·觉悟》1920年12月20日。
③ 冰心女士：《回顾》，《时事新报·学灯》1922年4月24日。

气死了星光不肯明。①

"天上一颗星，/地上一个萤"，是典型的传统儿歌开头，运用对偶的手法，节奏匀整、结构对称，颇为常见。但是，儿歌后两句真正使这篇作品产生了与众不同的情趣体验。"萤火飞到天上去"中，"萤火"有前文"萤火虫"之意。但更有意思的是，将儿歌观察的对象从萤火虫本身转移到萤火虫的光上。仿佛夜里飞的萤火虫变作一团萤火，只见"火光"而不见这小动物，颇有一种视觉的奇妙感。"气死了星光不肯明"，俚趣十足，充满了想象的快意和顽皮气。"气死"星光的想象与夸张，和前面飞上天的"萤火"相联系，凸显出萤火在夜空中光亮和闪烁的情景。正是这一"气死"的想象，让整首儿歌更活泼，得到一种意料之外的活气。这个转折构成了整首儿歌的精神气，体现出儿童情趣。程菀的《半个月》也是以最后意料之外的想象，与前面平铺直叙的诗句形成反差，生成了从现实到想象之间情理之中又意料之外的诗意。诗人望着天上的半个月亮，发出了疑问——另外一半月亮去哪儿了呢？若是合乎科学知识的回答，只会令这首诗歌落入平常的对话中。诗人偏偏在最后一句说，"原来落在亮晶晶的池里"②，想象另一半月儿落到了水池里，诗意顿生。半个月亮从天上落下来，仍然亮晶晶。天上半个月，地上半个月，多么富有意趣的想象啊，充满了发现的惊奇感。正是这种结尾转折式的想象，出乎意料，让五四时期的儿童诗歌充满惊奇感。

再次，五四时期儿童诗歌中的想象多借助拟人手法，表现动植物世界与儿童世界融合的欢欣与希望。儿童情趣表现为沿着儿童"万物有灵"的思维

---

① 胡怀琛:《儿歌》,《江苏省立第二师范学校校刊》1922 年第 16 期。
② 程菀:《儿歌：半个月》,《儿童世界（上海 1922）》1923 年第 9 期。

特征，以活的目光打量世界，感受多样生命带来的希望气息。诗人多会采用拟人的手法来书写动植物，表现儿童与动植物之间无隔膜的交流，从而想象其交流和游戏的快乐时光。例如，郑振铎的儿童诗《春之消息》，是以想象表现生命欢愉的典型之作：

> 杨柳醒了，
> 微微地张开倦眼。
> 和煦的春风，
> 把他披上绿裳。
> 好明亮的日光呀！
> 杨柳打开大门，
> 迎接这绚烂的朝阳。
> 快乐的孩子们笑道：
> "春天来了，来了，
> 杨柳出来了。"①

郑振铎写春天的消息，把目光集中到杨柳这一典型的物象上。但与传统古诗不同的是，他将杨柳拟人化，想象其在春风中如同睡醒般"张开倦眼"。贺知章的《咏柳》中的柳枝表现为人的情态，赋予其人的生命气质和

图 1-2　1925 年版《忆》的插图

---

① C.T.：《春之消息》，《儿童世界》1922 年第 9 期。

行动。当杨柳被想象为有生命的春天的使者时，他的"开门"与儿童的欢迎构成了生命相逢的想象，充满了生长的希望和气息。这正是《春之消息》表现的充满生命希望的想象。这种类型的儿童诗歌在表现儿童情趣时，多以想象不同生命的欢愉时光为主，表现生命到来的希望。儿童总是代表着生命的希望，代表着新生与生长。这就意味着儿童诗歌的情趣还强调对生命希望的表现。想象花草树木、鸟禽走兽与儿童的游戏、生活、对话，是隐含这种生命希望的重要手法和形式。

最后，五四时期儿童诗歌的想象与儿童的游戏天性融合，表达了自由的精神。想象与游戏融为一体，多显示出儿童活泼和善于寻求快乐的特征，充溢着一种与众不同的、微小又充满自由精神的生命体验。例如，俞平伯诗集《忆》的第四首：

> 骑着，就是马儿；
> 耍着，就是棒儿。
> 在草地上拖着琅琅的，
> 来的是我。①

以儿童口吻写其骑竹马玩耍时的经历，将这件玩具想象为不同的事物供他游戏。正是这"以假作真"的想象，赋予了儿童游戏的多样化、自由性和无穷的快乐。通过儿童口吻，想象游戏与现实融为一体，才能自得其乐，高声发出"来的是我"的宣言。"在草地上拖着琅琅的"，这充满声音和画面感的描述，让人感受到"我"沉浸于想象的游戏中的快乐。这也正是儿童生活

---

① 俞平伯：《忆》，朴社 1925 年版。

的趣味性，无拘无束。

并且，诗歌以想象编织故事，创造脱离日常生活的空间。本质上就是一种游戏，表现出自由自在、无拘无束的畅快感。胡怀琛的《大人国》《小人国》在纯粹的自由想象中放飞思绪，引领读者在神奇空间中自由往来。诗人由斯威夫特的《格列佛游记》中的"大人国"和"小人国"为基础，再度发挥想象：

小人国
门铃丁丁大门开，
黄衣邮差送信来。
信从那里来？
信从小人国里来。
接着信瞧一瞧。
大字还比蚂蚁小。
快拿显微镜子来照，
照一照，说得什么话？
托我找个鸽子笼，
他要到这里来过夏。①

大人国
门铃丁丁大门开，
绿衣邮差送信来。

---

① 胡怀琛：《小人国》，《儿童世界》1922年第10期。

> 信从那里来？
> 信从大人国里来。
> 信纸方方一丈四，
> 写了三十六个字。
> 约我去，去游玩。
> 算算路，多少远。
> 飞机要走一年半。①

两首诗的趣味在于将"小人国"和"大人国"的概念，用形象化的想象创造了一个极小/极大的空间。两首诗都以"门铃丁丁大门开，/绿（黄）衣邮差送信来"的形式开头，用一封信展开对神奇空间的描述。小人国的信是"大字还比蚂蚁小"，呈现了小人国"小"的状态。而信中的内容是，写信人想要用鸽子笼做夏天度假的房屋，颇为奇异。小人国的朋友是否夏天真的会来度假？如何用鸽子笼做度假屋？这些问题则留给读者想象。从展现小人国的"小"的想象描述与留下想象空间的余地，都显示了一种空间缩小带来的乐趣和自由。《大人国》的写作策略亦如此。而这种小或大的空间想象，给予了儿童读者充分想象和变化的自由，赋予诗歌无穷的魅力。

情感的表现和想象的刺激，让基于儿童思维特征的诗歌写作呈现了强烈的儿童情趣，表现出对儿童内心世界的探索及其与外在世界的碰撞。纯洁、天真、新奇和快乐的童心自然流露。五四时期，儿童诗歌中的童趣饱含真情与想象，生成了浓郁的诗意，并成为一种主流。这是"儿童本位"观最直观的冲击，确立了以追求纯真、真情和想象等审美特质，带来新生命体验的审

---

① 胡怀琛:《大人国》,《儿童世界》1922年第10期。

美感受。这一时期，除上文中提到的作品外，周作人的《儿歌》、郑振铎的《纸船》《儿童之笛声》、应修人的《小小儿的请求》、赵景深的《秋意》、杨骚的《两个小孩》、叶圣陶的《儿和影子》《成功的喜悦》、汪静之的《我们想》《疑问》、朱自清的《小草》、徐景元的《儿啼》、冰心的《可爱的》《回顾》《纪事》、陶行知的《放爆竹》、刘延陵的《姐弟之歌》、严既澄的《我的世界》《地球》等，都童趣盎然。此外，以《儿童世界》《小朋友》为代表的儿童文学期刊，刊出了许多富于儿童情趣的诗歌，具有较高的艺术水准，颇有可读性。

二、"儿童本位"观下自然物趣的奇妙体验

在"儿童本位"观主导下，现代儿童诗歌力求表现儿童的思维特征和生活经验，自然关注到儿童对于物的偏爱。儿童身边的世界，从一草一木到花鸟虫鱼，从玩具到自然现象，对他们而言既是认知的对象，也是观察世界并建立自我与世界关系的中介物。例如，心爱的玩具对儿童而言是玩伴，更重要的是通过对玩具的占有，儿童能确认自我的存在，获得安全感。他们通过玩具唤起与之相关的人事，例如赠予者，建立自我与他人之间的社会关系。因此，儿童诗歌所表现的物或从儿童眼中观察到的自然与社会物品，必然蕴含着一种发现的乐趣。这就是一种自然物趣。

当诗歌从儿童的视角/儿童的心去观察自然事物，获得一种审美的奇妙体验时，必然饱含着童心的情趣。但物趣与前一节所述儿童情趣中的真情与想象有所不同。物趣的获得会依赖于情感的表现与想象，还强调观察天地万物时所获得的微妙体验和发现事物时的欢愉与惊异感。因此，儿童诗歌中的自然物趣表现，既与儿童情趣交织在一起，又体现出强烈的发现意识和奇妙

感。这正是沉心于儿童的世界，聆听儿童的声音，才能获得对于整个世界的新体会。真正的审美则来自此，无关利益，只涉"惟江上之清风，与山间之明月"（苏轼《前赤壁赋》）和童心的相会。

　　基于"儿童本位"观捕捉物趣的儿童诗歌，多表现出三种特点：第一，用较为浅显的语言和较短的形制描绘自然事物的形象，突出其某种特征，适合儿童接受，例如胡适的《鸽子》。第二，用拟人／拟物或想象手法呈现自然风景或事物中的趣味，有意想不到的收获，饱含童心的天真与惊奇感，例如俞平伯的《忆》。第三，多以第一人称视角出现，借儿童之口娓娓道来，观察入微，处处洋溢着童心，跃动着欢愉之情，例如程菉的《白蝴蝶》。

　　首先，描述自然事物形象、突出其特征的诗歌，既包含五四时期专为儿童写作的诗歌，也包含新诗中适合儿童接受的诗歌。正如蒋风所言，"新诗一开始就与儿童诗歌有天然的联系"[①]。五四初期，许多现代新诗人开始从事白话诗写作时，尽量采用浅显的语言和较短的形制，从描绘自然事物入手。其中一部分较有艺术水准的诗歌，表现了活泼、愉悦和自由的氛围，适合儿童阅读。这一类作品对事物特征的把握与趣味性表现，使之多被选入当时的国文教材中。20世纪30年代陈鹤琴为小学生选取诗歌时，选入了刘大白、郭沫若、康白情、徐志摩等描写自然事物的诗歌。一方面，这类诗歌以浅显有味的方式进入儿童阅读视野，用一种新鲜和欣赏的目光表现自然事物，传递给儿童新的知识和对自然事物的体会。另一方面，这类诗歌多表现明朗积极的状态，呈现多样的自然事物，传递出物的亲切感和明朗意趣。例如，胡适的《鸽子》曾被选入商务印书馆编选的《复兴国语教学法》(1933)中：

---

① 蒋风主编：《中国儿童文学大系·诗歌（一）》，希望出版社2009年版，第8页。

> 云淡天高，好一片晚秋天气！
> 有一群鸽子，在空中游戏。
> 看他们三三两两，
> 回环来往，
> 夷犹如意，——
> 忽地里，翻身映日，白羽衬青天，十分鲜明！[①]

这首诗未完全脱离文言窠臼，但书写中极尽其能地表现具体场景，将晚秋时节群鸽嬉戏作为重点表现内容，明白易懂、活泼亲切。郭沫若捕捉到鸽子蓦然翻身飞翔的动作特征，将其翻飞一刻置于红日青天之间，更显出白鸽的灵动。"白羽衬青天"的色彩描绘，富有诗意，又明朗开阔、意趣十足。整首诗的描写集中在白鸽的行动与色彩特征，未加入过多的个人复杂情绪和人生体验，并未涉及复杂的文化和社会背景，在浅显中显示了自然事物本身的灵动构成的诗意。周作人的《慈姑的盆》也有类似的审美体验：

> 绿盆里种下几颗慈姑，
> 长出青青的小叶。
> 秋寒来了，叶都枯了，
> 只剩了一盆的水。
> 清冷的水里，荡漾著两三根
> 飘带似的暗绿的水草。
> 时常有可爱的黄雀，

[①] 胡适：《尝试集（第五版）》，亚东图书馆1923年版，第27页。

在落日里飞来，
蘸了水悄悄地洗澡。①

  这首诗呈现了周作人的诗歌追求——"有生命的东西"，真实、坦诚，无过多修饰，着重把握物的可爱。他将目光集中在绿盆里几棵小小的慈姑上，观察到慈姑们长青叶和叶枯了的时间过程。在细心观察中，诗歌表现了微小、平静的境界。而这清冷的慈姑盆却迎来了"可爱的黄雀"，迎着落日蘸水洗澡。最后，整首诗在黄雀的"洗澡"中，从清冷和孤寂走向了活泼，满是细小生命带来的感动。对黄雀在落日中飞来这一场景的细致描摹，为整首诗铺设了"月出惊山鸟，时鸣春涧中"（王维《鸟鸣涧》）中以动写静的意境，更显出自然中生命的可爱。

  这一类诗歌所饱含的物趣藏在具体又客观的场景描写中，突出某种色彩或动作特征，表现自然生命的可爱。这种写作方式及事物的意趣，在为儿童写作的诗歌中表现得更为明显，且是儿童诗歌的重要组成部分。徐应昶的儿童诗《谁看见过风》，抓住了风无形又"有形"的特征，写出了风之妙。

谁看见过风？
 你我都不会见过；
只觉得它时大时小，
 吹得枝叶舞动。
谁看见过风？
 不是你；也不是我；

---

① 周作人：《诗：慈姑的盆》，《新青年》1920年第4期。

> 只看那些枝叶低头时候，
> 　　便知是风走过。①

这首诗承接了古人写风"过江千尺浪"（李峤《风》）的特征，抓住物性，以有形表现无形，颇有意趣。通过"谁看见过风"的提问，进行描述性回答，将答案融入具体的场景中。化概念为景物，有捕捉生活之谜的趣味。这种写风的手法与形式影响较为深远，最典型的是台湾当代诗人赵天仪的《风》。由此可见，抓住物性特征，以场景描述写事物，带来的物趣对儿童读者有持续的吸引力。

无论是风还是其他事物，在儿童的世界里都充满了吸引力。儿童诗歌捕捉到物性的特征并表现出来，使得儿童诗歌写物的范围极其宽广。例如，朱仲琴的《玻璃窗》写建筑材料玻璃窗这一物件：

> 玻璃窗，
> 亮堂堂；
> 太阳一出放红光。
> 照在弟弟的脸上，
> 好像苹果样。②

抓住了玻璃窗"亮"的特征，以韵语开头，趁韵且节奏明晰。紧接着，诗歌抓住日出的一瞬间，借玻璃窗的亮营造出"放红光"的效果，颇有暖洋

---

① 昶：《谁看见过风》，《儿童世界》1923 年第 7 期。
② 朱仲琴：《玻璃窗》，《儿童世界》1924 年第 8 期。

洋的喜庆感。最后两句将玻璃窗与弟弟相联系,用比喻句写出玻璃窗的红光照在弟弟脸上像苹果一样的欢喜场景。从物性到物与人,建立了"亮堂堂"的玻璃窗与儿童之间的关系。最后两句又提示读者,为何会照到弟弟脸上呢?只有当玻璃窗透过红红的太阳光时,弟弟凑到玻璃窗旁边去看,这红光才会照到弟弟脸上。结尾的比喻与画面又隐含着儿童对玻璃窗这一物件好奇的场景。这首《玻璃窗》完全是儿童的和富含物趣的,与玄庐(沈定一)在《星期评论》上发表的诗歌《玻璃窗》(1920)差异较大。玄庐的《玻璃窗》写玻璃窗的明、冷和静,透过玻璃窗看到的内外景色。但是,最后一个诗节陡转,描述了鹦鹉撞在玻璃窗上血淋淋的情景。于是,这玻璃窗变成了冷酷而无形的禁地,是禁锢自由的枷锁,冰冷无情。朱仲琴的《玻璃窗》沿着玄庐的《玻璃窗》写其特性的道路,却转到关注玻璃窗与儿童好奇天性的关系上,显得明朗又有趣。这就表明,即使同一写作对象,儿童诗歌的物趣追求也会赋予其不同的气质与意蕴。这也表明"儿童本位"作为一种审美观念进入儿童诗歌时,会影响其写作的趣味与尺度。

五四时期,许多创作儿歌(或根据民间儿歌改写的儿歌)也热衷于表现物性及其带来的物趣。儿歌中的物趣,一方面源于其内容表达的新颖性,另一方面则源于其整齐的节奏和押韵的形式带来的声音愉悦感。这类儿歌多出现在专门面向儿童读者的儿童文学期刊中,例如《儿童世界》和《小朋友》。胡怀琛的《星》,将家乡儿童传唱的句子与个人匠心融合:

亮晶晶!
满天星。
好像青石板上钉铜钉。

注：第三行是吾乡小孩子唱的，一句现成的句子。[1]

这首儿歌很短，易唱易记，ing 的韵尾有上扬轻快的音调感觉。胡怀琛抓住星星"亮晶晶"的特点，将其布满星空的特性与"青石板上钉铜钉"的比喻相结合，巧妙又形象。因此，这类创作儿歌就其物性表现来看，既有物的特征，形象又贴切，又有声音的愉悦感，达到了形象与声音的双重趣味。吴研因的游戏儿歌《看红灯》与之类似：

（一）

看红灯，提红灯，我一盏，你一擎，满街满屋亮晶晶。
大家聚拢来，好像天上许多星。

（二）

红灯笼，绿灯笼，提到西，提到东，来来去去满天红。
大家接起来，好像一条小火龙。[2]

这首儿歌以较为整齐的节奏形式，通过相似结构形成重复，富于儿歌的声音节奏感。而"我""你""西""东"等语词的对称，凸显语言结构的整齐

---

[1] 胡怀琛：《星》，《儿童世界》1922 年第 6 期。
[2] 研因：《看红灯》，《儿童世界》1923 年第 1 期。

感。诗人抓住了灯笼在夜中的亮,将其物的特征与儿童游戏时的好动和好奇的特征相结合,比喻为"天上许多星""一条小火龙",写出了红灯和看红灯的热闹。除此之外,王世襄的《蜜蜂歌》和李方谟的《小皮球》等也是通过描写物性,将知识趣味与儿童生活、个性相契合,单纯明朗,又富有儿歌节奏的美感。

其次,五四时期的儿童诗歌多用拟人/拟物、想象手法来表现自然事物的趣味,将物性与儿童性紧密结合,表现出与生命世界相遇的天真和惊奇感。无论是诗歌中将动植物拟人,还是将人化作动植物,都突出了另一个视角对表现习以为常世界的惊异感,充满着物的稚趣与生命性特征。运用拟人或者拟物的修辞手法,多贯穿儿童奇异的想象,构成新奇感。这一时期较为典型的作品是俞平伯的《忆》:

第十五

小小一个桃核儿,
不多时,摇摇摆摆红过了墙头。

第三十四

竹榻夏着;
蒲扇拍着;
一阵冬青树的风,
把巷堂里两扇板门,

彭彭的响着。①

　　第十五首诗写桃核长成桃树,再开花,本是一段漫长而寂寞的时光,俞平伯却将其浓缩为短短的两行诗句,化长为短,凝练地表现出桃核生长开花的可爱一生。其中"摇摇摆摆"有拟人态,呼应上一诗行的"小小",表现出稚嫩与娇弱的情态。一个"红"字,既描绘了红灼灼一片的开花时节,又彰显其开花时蓬勃的生命力。拟人情态下的娇弱、稚嫩与"红"字背后的花开繁盛,构成奇异和反差的美感,诗意与诗境俱备。第三十四首与徐应昶《谁看见过风》类似,但表现和组织诗歌的方式迥然不同。前两行诗句用动宾词组描写风敲击和拍打竹榻、蒲扇,颇有声势。后三行诗句写风势头加大,把两扇板门拍得嘭嘭响。从竹榻、蒲扇到板门,写出了风的声势逐渐增大的过程。"把"字的使用,则将风拟人化,一路作响,颇为顽皮淘气,有了风的游戏乐趣之感。

　　另一类拟物的儿童诗,则将自身化为物的一部分,或者是自然事物本身,构成物的视角去叙述。例如,傅斯年的《咱们一伙儿》中将自我与物并列,表现团结的精神状态:

　　　　春天杏花开了,
　　　　一场大风吹光。
　　　　夏天荷花开了,
　　　　一阵大雨打光。
　　　　秋天栀子开了,

---

① 俞平伯:《忆》,朴社1925年版。

十几天的连阴雨把他淋光。
冬天梅花开了,
显他那又老又少的胜利在大雪地上。
杏花,荷花,栀子,梅花——
你败了,我开。
咱们的总名叫"花",
咱们一伙儿。

太阳出了,月亮落了。
星星出了,太阳落了。
月亮出了,星星落了。
阴天都不出,偏有鬼火照照。
太阳,月亮,星星,鬼火——
咱们轮流照着,
叫他大小有个光,
咱们一伙儿。①

这首诗的物趣在于将不同的事物归纳到同一类别下,呈现归纳的概念。在归纳的行动中,诗人将自我置身于物中,以"咱们一伙儿"的口吻表现出团结一致的精神状态。春夏秋冬各季节的花,日月星辰和鬼火的光,都在诗中各自表现出共同特征,进行了归类。物与人,人与物,融为一体,不分彼此。又如郑振铎的《雀子说的》,完全以一只小麻雀的口吻描述它的生长:

---

① 傅斯年:《咱们一伙儿》,《新潮》1919 年第 5 期。

我初时住在壳儿里，
不见天也不见地；
后来便破了壳儿，
落在巢中很欢喜。
那时候我不能行，
更不能到处飞。
我母亲拿她的翅膀儿，
盖着我的身体。
而今我长成了，
时时飞上树枝，
对着那青青的树叶儿，
整日唱歌不止。
我爱在云里飞行；
我爱在树林中游戏。
如果你也能够飞，
你便知道我心中的欢喜。
你不能随着我飞行，
我真可怜你！①

  拟物的手法，将诗人与小麻雀合为一体，从小麻雀的视角进行表达与沟通，呈现出对世界不同的认识与评判。最初，诗歌描述小麻雀在壳中的情形。然后，孵化成长。整个过程表现了麻雀生长的知识。小麻雀的口吻，使得这

---

① 郑振铎：《雀子说的》，《儿童世界》1922年第4期。

一过程富含情感，物的知识与物的情感融为一体。诗的后半段，则写"我"在云中飞行和在树林中游戏的快乐生活，体会到鸟儿自由飞翔的轻盈。最后两行"你不能随着我飞行，/我真可怜你"，从表达自我的欢喜转到对"你"的同情，更显示出鸟儿自由飞翔的快活。这里的"你"显然是本诗要对话的儿童读者，充满了强烈的对话性。在物同情人的反差思维中，更显示出小麻雀的自由自在。

最后，五四时期表现物趣的儿童诗歌还多用第一人称视角表现，借儿童之眼观察，直观呈现发现世界的乐趣。并且，这一类儿童诗歌因为聚焦于"我"（儿童）眼中的自然事物，所以具有强烈的儿童认知特征。不仅想象和联想丰富，还从语词到内容都充满跳跃性和反常规性，构成强烈的新奇感。程菀的《白蝴蝶》就是其中的典型：

太阳光，
照满墙。
一只蝴蝶飞过来，
忽然变成两只了：
一只穿的白衣裳，
一只穿的黑衣裳。

白粉墙，
照太阳；
一只蝴蝶飞过来，
忽然变成两只了：

> 白衣裳的飞近我，
>
> 黑衣裳的飞上墙。
>
> ——十一月十六日、南通女师①

作为叙述者的"我"，看见一只蝴蝶飞过来变成了两只。现实中实则只有一只蝴蝶，但蝴蝶飞到墙边，在阳光下把影子落在了墙上。从儿童的视角看，这是变成了两只蝴蝶。这一"变"呈现了儿童视角下对世界（这只蝴蝶）的诗意阐释，从影子跳跃到另一只黑蝴蝶的想象，与众不同又在情理之中。"白衣裳的飞近我，/黑衣裳的飞上墙"，一派天真，对蝴蝶这一事物的动态表现与儿童思维结合，意趣十足。将这首诗与胡怀琛1921年发表在《时事新报》上的《儿歌：蝴蝶》作比，就会发现观察到事物的变化带来的乐趣与拟人想象之间趣味的差别。胡怀琛的《儿歌：蝴蝶》直接写两只蝴蝶飞过墙，用对话表现对蝴蝶美丽的赞赏和舞会生活的绮丽想象。它停留在对其互动的童话想象中。程菀的《白蝴蝶》则是在对现实事物的观察中发现和体会蝴蝶带来的快乐，将观察的惊奇感与想象的内容有机结合，显出儿童的心性与童心的天真。

同时，作为儿童的"我"，会集中又强烈地表现对于自然事物的喜爱以及获得的快乐。吕伯攸的《小黄莺》以第一人称视角，表现"我"对小黄莺的喜爱：

> 小黄莺！

---

① 程菀：《儿童诗：白蝴蝶》，《晨报副刊》1922年12月14日。

我把这花园送你：
　　木槿篱儿给你做围屏，
　　紫藤架儿给你做客厅；
　　再把一座蔷薇架
　　给你做音乐亭。
　　你唱歌，你弹琴，
　　我都十分的爱听。①

"我"渴望送礼物给小黄莺的迫切与想象，编织成我对小黄莺的爱。每一件礼物都包含着"我"为小黄莺创造一个愉快和美丽环境的心愿。在"我"对礼物的表述中，儿童与动物的自然契合呈现了乐观积极的生命互动体验。王人路认为，吕伯攸的诗歌好在"适合儿童的心理，有很幽美的想象和曲折的情感"②。这首诗正表现了儿童热爱自然和动物的心理特征，极力呈现出适合小黄莺歌唱的美好世界，单纯可爱，想象优美。又如唐三鉴的儿歌《黄牛儿》，表现了儿童赶牛的快活：

　　黄牛儿，两角尖；
　　弟弟骑牛我执鞭。
　　风多凉，花多香！
　　牛儿牛儿快向前——
　　前边的草又嫩又甜。③

---

① 吕伯攸:《小黄莺》，《小朋友》1922年第14期。
② 王人路:《儿童读物的研究》，中华书局1933年版，第119页。
③ 唐三鉴:《黄牛儿》，《儿童世界》1923年第13期。

以"黄牛儿,两角尖"开篇,既是起兴,也是对黄牛儿的形象刻画。这与 1922 年严既澄刊登在《儿童世界》上的《黄牛儿》相似:

> 黄牛儿,
> 　两头尖。
> 我给你食物,
> 　你替我耕田。①

但唐三鉴的《黄牛儿》更强调了对黄牛儿这一动物的集中表现,将牛与放牛的快乐生活相联系。在"我"的眼中,"弟弟骑牛我执鞭"并无不公平或劳动的痛苦,反而充满了"执鞭"的快活感。儿童往往善于将生活游戏化,黄牛儿就是"我"观察和一同游戏的对象。"风多凉,花多香"的随意感慨,以触觉和嗅觉写出了"我"赶着黄牛儿时的快活心情,自由畅达。最后两句,对牛儿的鞭促更是将这种快活的情绪推向了高潮。在这一点上,严既澄的《黄牛儿》相对平淡,也缺乏了"我"看黄牛儿、和黄牛儿一起劳作游戏的快乐。周应星的《菜花》则是从植物的特征与自我的感受中,表现物的吸引力:

> 好看呵!
> 满园里都开着黄金花了!
> 暖洋洋的春风,
> 替他送一阵阵的香气,

---

① 严既澄:《黄牛儿》,《儿童世界》1922 年第 4 期。

送到蜜蜂的鼻子里去，
蜜蜂来采花了；
送到蝴蝶的鼻子里去，
蝴蝶也来采花了；
咦！暖洋洋春风，
也把香气来送给我了！
呵！好香呵！
黄金色的菜花！①

不过是寻常的菜花，在儿童的眼中浓缩为菜花的香气和金黄的色彩。菜花的两个特征被放大，呈现了这一微小事物对儿童的吸引力。暖洋洋的春风将菜花的香气送给蝴蝶和蜜蜂，也送给"我"，表现了我在自然中获得的馈赠和快乐。黄金色的菜花从视觉和嗅觉给予"我"一个强烈而立体的世界，充满着无限的希望和快乐。

如果说《菜花》中的自然物所给予的是与自然世界合二为一的快活感，那么沈志坚的《世界》则是从儿童与世界的对话中，表现儿童认识世界时那种令人欢呼的惊异感与奇特性：

大的，广的，美丽的，奇异的世界呀，
你周围有奇异的水波起伏；
你胸口有奇异的草做衣襟，
世界呀，你装饰得很美丽呀。

---

① 周应星：《儿童诗歌：菜花》，《江苏省立第二师范学校校刊》1922年第12期。

>奇异的空气包裹了一切,
>生出奇异的风来拂动树枝,
>风在水面迎送来去的船,
>有时在山顶呼呼的自语。
>可爱的大地呀,你究竟有多大呀?
>有无数的麦田,风吹成浪,有无数的江河徐徐流动。
>还有无数的城郭,山岩,群岛
>和亿万的百姓,统住在你的上头。①

诗歌将世界作为描写对象,以儿童的视角和口吻去表现看到的世界。水波、水草、空气和风等一切自然事物,充满了"奇异"特征,融入了儿童认知的想象,表现出满是生机和活力的世界,尤其是"可爱的大地呀,你究竟有多大呀?"的疑问,既有儿童面向广袤无际的大地发出的疑问,又有来自儿童内心对广阔世界的惊叹。无数的麦田和江河,无数的城郭和人民,统统住在这大地之上。对儿童而言,这是一个多么奇妙的大地。正因其广阔,构成了世界在儿童眼中奇异、惊叹的魅力。这首诗从儿童的世界走向整个地球空间,表现出儿童在认识世界这个大概念时获得的自我生命与存在的奇妙体验。如此大的世界,小小的我就在其间,这正是生命的奇妙之处。

正是在对自然事物的观察、体会和表达中,五四时期的儿童诗歌极力捕获自然物趣,与儿童喜好自然、喜欢事物和热爱观察世界的特征相吻合。物趣的表现受到"儿童本位"观念的影响,既着力捕捉儿童的经验,又进入儿童的世界,理解儿童与事物、世界之间的关系,凸显其非功利的一面。这种

---

① 志坚:《世界》,《儿童世界》1922年第12期。

从童心出发观察自然所获得的乐趣，必然是充满同情的、有灵性的和活泼的，显现生命事物美好品质的一面。这与儿童的真情、想象特质，共同构成了五四时期儿童诗歌奇、妙、真和趣的审美体验。

三、乐观浪漫的童心崇拜风格

五四时期，现代儿童诗歌着重表现儿童情趣，也强调对物的观察，从儿童视角挖掘物趣。这必然呈现出探索儿童内心世界的倾向，从而构成对天真、真诚和无遮掩童心的赞美。这种童心表达正因其与社会规训截然不同的反差，构成诗意的张力。同时，对童心的追求，对儿童内心世界不断探索，使诗歌中出现强烈的主观色彩。多表现为对童心的歌颂、对儿童的赞美，进而构成五四时期儿童诗歌乐观浪漫的童心崇拜风格。这种乐观浪漫的童心崇拜风格与五四时期高呼"人的问题"，发现人的价值，进而发现儿童有关，也与当时追求诗趣和理想等价值观念相应和。

1917年，胡适在《新青年》上发表《文学改良刍议》，第一要求是"言之有物"，强调文学的情感与思想，其中将情感视作"文学之灵魂"。[①] 而这情感是要求真情，强调作为人的真实感受。随后，陈独秀的《文学革命论》提出文学革命的"三大主义"："平易的抒情的国民文学""新鲜的立诚的写实文学""明了的通俗的社会文学"。[②] 无论是"抒情"还是"立诚"等关键词的提出，都指向了真实情感的表达。1918年，周作人发表《人的文学》，在胡适与陈独秀的论述基础上，从进化论的角度阐释了以严肃态度表现人性真实

---

① 胡适:《文学改良刍议》,《新青年》1917年第5期。
② 陈独秀:《文学革命论》,《新青年》1917年第6期。

性的文学的意义与必要性。他强调人的问题关涉妇女与儿童，指出人具有自然属性，但同时又有"改造生活的力量"①。《人的文学》的核心意义在于，认可了人性本能的正当性，并提出了人向善、向上发展和改造的可能性。从这个角度看，作为人的儿童所具有的"儿童性"，是正当合理的人性需求，其发展和生长的特点也是人的特点。因此，教育层面的"儿童中心论"与文艺层面的"人的发现"构成了本土的"儿童本位"观，强调了对儿童世界的认识、尊重。

《人的文学》中"人的文学"有两种表现形式："（一）是正面的，写这理想生活，或人间上达的可能性。（二）是侧面的，写人的平常生活，或非人的生活。"②正面表现理想生活，集中在儿童身上。童心的天真无邪、正直无私和率真活泼，成为一种理想人生的缩影。冰心这一时期的小说和诗歌创作就是典型的例证。其后，文学研究会提出"为人生"的主张，不仅在于揭示真实的人生，更重要的是在真实的人生中表现理想和希望。因此，儿童及童心的表现，既表达理想，又与现实人生构成对比。赵景深在《安徒生的人生观》中指出当时一种普遍的观念：

> 世间差不多是一个大悲剧场，令人悲伤忧愁的事，真不知有多少。……我们应该从烦闷中寻求安慰，从痛苦中寻求快乐；因为人生的烦闷和痛苦，全系在人的心灵上，不系在事实上。……安慰是人生幸福的源泉，烦闷和痛苦人们的明灯，转向奋斗的枢纽……③

---

① 周作人：《人的文学》，《新青年》1918年第6期。
② 周作人：《人的文学》，《新青年》1918年第6期。
③ 赵景深编辑：《安徒生童话集》，新文化书社1924年版，第1—2页。

这意味着"人的问题"或者说"人生的问题"在面对真实而苦难的现实时，五四时期的作家们仍抱以一种奋斗和乐观的精神。安徒生童话所代表的"安慰"，实际上是一种精神升华与拯救。这正是儿童文学或者"儿童"这个概念在当时的一种意义。正如王泉根指出："在苦难太多的时代，童心往往成了作家躲避社会风雨寻求精神解脱的港湾，而同时也是寻求超越尘世追索生命真谛的驿站。这是一种通过观照童心进而观照人生的生命关怀，是儿童文学的创作主体（成人作家）看取人生的一种哲学姿态。"[1] 从这个角度而言，五四时期儿童诗歌虽然样貌多元，但总体仍是基于童心的乐观浪漫，充满理想的气质，且与肯定人生的价值密切相关的。

另外，五四时期追求一种浪漫的诗性。这种浪漫诗性的追求，既与"人的问题"相关，也与时人从老成的封建文化中挣脱出来的境况相关。陈平原认为，五四时期的作家们把散文当作小说来读的分类混乱，呼应的是"五四作家对西方小说'诗趣'的寻求"。这种寻求"诗趣"的阅读，体现在他们"对童话的异乎寻常的热情"。[2] "五四作家有感兴趣于童话的民俗学、教育学价值的，但更多的是侧重其文学价值。尽管明白安徒生的童话更符合儿童的心智和趣味，但似乎更欣赏王尔德那'诗人的童话'。从文学角度把童话当小说或把小说当童话写，五四作家实际上着眼的正是其于天真纯洁的幻想中自然流露出来的'诗趣'。"[3] 这意味着，五四时期作家们对诗趣的追求呈现一种浪漫的倾向，强调天真纯洁的幻想。这种"天真纯洁的幻想"多被投射到世人所认为的未被污染的、纯洁的童心和儿童身上。与此同时，五四时期，作为一种异质文化的安徒生童话在中国本土化的过程中被聚焦为"诗性"和

---

[1] 王泉根：《现代中国儿童文学主潮（第2版）》，重庆出版社2018年版，第86页。
[2] 陈平原：《中国小说叙事模式的转变》，上海人民出版社1988年版，第238—239页。
[3] 陈平原：《中国小说叙事模式的转变》，上海人民出版社1988年版，第240页。

"儿童性"。这呼应着陈平原所说的"天真纯洁的幻想中自然流露出来的'诗趣'"。这一时期的安徒生童话"审美空间更为广袤,自由的、率性的、唯美的、温柔的、温情的……一言难尽,博大而亲切、浪漫而真实。这对中国新文化确实是一种诱惑,一种指引,甚至点化"[1]。从时人对童话的兴趣,尤其是对王尔德和安徒生的兴趣,可看出一种自由浪漫的诗性追求观念。这影响到叶圣陶[2]早期《芳儿的梦》《小白船》等诗意童话的创作,即使是被称为现实主义之作的《稻草人》,也在极致的痛苦中呈现出赤诚心灵的诗性与渴望拯救的温情。

时代的儿童观乃至对人的价值的认识,文艺创作中追求诗性诗趣的倾向,构成了整个五四时期儿童文学审美的大环境。儿童诗歌自然更倾向于表现乐观浪漫的风格,歌颂和赞美纯洁童心,理想主义与童心并举,进而呈现童心崇拜倾向。此时期,儿童诗歌乐观浪漫的审美风格具体表现为以下三点。

第一,单纯地歌颂童心,赞美以童心世界为代表的纯洁唯美。

这一时期儿童诗歌歌颂童心的纯洁和坦诚,表现儿童世界的真与善;强调从儿童的视角去观察和发现世界的美,展现真挚、真情和奇妙的诗歌内容。例如,应修人1922年出版了《春的歌集》。其中《温静的绿情》以儿童的视角描绘了一幅晨间宁静的乡野风景画:

---

[1] 张国龙、苏偳君:《安徒生童话的中国阐释问题及对异质文化传播的启示》,《中国现代文学研究丛刊》2022年第2期。
[2] 发表《芳儿的梦》《小白船》等童话时使用的名字是"叶绍钧"。现代时期,叶圣陶和叶绍钧两个名字在作品发表时会混用。《儿童世界》刊登的作品、编写《开明国语课本》和为同人作品作序时,多用"叶绍钧";而在其他刊物,例如《时事新报》上发表诗歌等作品,多用叶圣陶。为了统一,本书中统一使用"叶圣陶",但涉及引用等出处的文献时,仍按照实际情况标注。

也是染着温静的绿情的,
那绿树浓阴里流出来的鸟歌声。

鸟儿树里曼吟;
鸭儿水塘边徘徊;
狗儿在门口摸眼睛;
小猫儿窗门口打瞌睡。

人呢?——
还是去锄早田了,
还是在炊早饭呢?

蒲花架上绿叶里一闪一闪的,
原来是来偷露水吃的
红红的小蜻蜓![1]

诗中既有对各种动物自在生活的描绘,也有充满童趣的意外发现。结尾一只红红的小蜻蜓正在偷吃露水,渲染了顽皮的场景,饱含纯真童心的细微观察与欣赏之情。鸟儿、鸭儿、猫儿和狗儿,这些小动物的世界以往多被忽略。但在纯洁和天真的观察中,展现出宁静的美好,构成了温和、浪漫而又自由的氛围。

---

[1] 朱自清编选:《中国新文学大系 第八集 诗集》,上海良友图书印刷公司1935年版,第121页。

日常的物件、细微的琐事和动植物的微小生命世界，在儿童心中都显示出意义，展现美好的心灵状态。这正是以往儿童诗歌书写中并未表现出来的生命多样化，以及对美的发现，构成了五四时期儿童诗歌闪烁真心、真情和童趣的审美特质。例如，1923年《儿童世界》曾刊登了一首写日常小物件的诗《祖母的眼镜》：

祖母的眼镜，
并没有什么特别，
只有一点小小的奇怪。

大孙说：
"祖母，这东西多么笨，要它则甚？
我平常看见什么东西，
都很准确而美丽；
可是一戴上了它，
什么都变作飘摇的大海了！
好像我是晕了船的人。"
小孙说：
"祖母，我们的地板，本来是平的；
为什么戴上你的眼镜，
便同新犁过的麦田一样，
一脚高，一脚低，
这脚步都踏不稳呢？

这样无用的东西,
要它做甚?"
隔壁的老婆婆,
她也是奇怪的。
她说道:
"呵!这样精致而美丽的小东西,
我戴上它一切都光明,
什么事物都看得清楚了。"

祖母也说:
"我能看见一枚落在地板上的小针,
并且能够穿过一根很小的线在针眼里,
全靠这个小小的东西。"

"不懂,祖母,你们的话,怎样能够使我戴上你的眼镜时,
看得见一枚落在地板上的小针呢?"
两个孩子,
永远怀着这个不可解的疑问。①

  围绕祖母的眼镜这一物件,诗歌呈现了好奇的状态。大孙、小孙、邻居老太太和祖母的对话,展现出对眼镜这一家庭生活新物件的兴趣。儿童与老人戴眼镜的差异体验,构成了这首诗儿童经验与成人经验的反差。诗的最后,

---

① 陈宗芳:《祖母的眼镜》,《儿童世界》1923年第11期。

虽然说"两个孩子，/永远怀着这个不可解的疑问"，表现了儿童世界与成人世界的差别，但是并未对其进行消极的价值判断。而在儿童戴眼镜的体验中，书写了奇妙体验带来的趣味性和儿童的生活世界。

大部分儿童诗歌力图呈现儿童思维特征、儿童生活经验和闪闪发亮的童心世界。俞平伯的诗集《忆》、冰心的诗集《繁星》《春水》中的部分诗歌、刘大白的《"两个老鼠抬了一个梦"》《秋燕》、刘半农的《雨》、周作人的《儿歌》、郑振铎的《春之消息》《纸船》《儿童之笛声》、胡适的《一颗星儿》、胡怀琛的《大人国》《小人国》、应修人的《小小儿的请求》、赵景深的《秋意》、杨骚的《两个小孩》、叶圣陶的《儿和影子》《成功的喜悦》、汪静之的《我们想》《疑问》、朱自清的《睡吧，小小的人儿》《小草》、何植三的《儿童的诗句》《麦场上》《采野菜的女孩》、徐景元的《儿啼》、严既澄的《早晨》《我的世界》《地球》、程菀的《镜中的小友》、沈志坚的《世界》等，都是此类儿童诗歌的代表作。

第二，用儿童来表现人生的希望，寄托理想。

这一类诗歌与第一类相比，对童心的表现相对较弱，更强调将儿童作为某种人生希望和理想的化身。这与当时普遍将儿童作为生长的和充满希望的人的价值观念有关。鲁迅的《我们现在怎样做父亲》及其摘录翻译有岛武郎的《与幼者》，是这一价值观念的代表。一方面将儿童视作精神救赎和未来的希望，另一方面高声赞扬其精神与理想人格。周作人的《对于小孩的祈祷》，正是将儿童作为一种希望和理想的表现：

> 小孩呵，小孩呵，
> 我对你们祈祷了。
> 你们是我的赎罪者。

请你们赎我的罪,

和我所未能赎的先人的罪,

用了你们的笑,

你们的欢喜与幸福,

能够成了真正的"人"的荣誉。

你们的前面有美的花园,

平安的往那边去罢,

从我的头上跳过了,

而且替我赎了那个罪,——

我不能走到那边,

并且连那微影也容易望不见了的罪。

八月二十八日在西山①

这一组《病中的诗》是周作人患肋膜炎病中所作,其中的《小孩》曾在20世纪30年代被选入初中教参教辅。②第八首《对于小孩的祈祷》,"本为日本的杂志《生长的星之群》而作"③。这首诗处处都显示出和日本"白桦派"之间的紧密联系。日本"白桦派"倡导个性自由的人道主义思想,要求改良人生和社会。1943年,周作人在《关于日本画家》一文中承认自己受到《白桦》的理论主张的影响。张福贵指出,"从人生哲学、社会理想到艺术观念,

---

① 周作人:《八 对于小孩的祈祷》,《新青年》1921年第5期。
② 世界书局1933年出版了初级中学教本"世界活叶文选"《抒情诗》,由刘大白主编、朱剑芒和陈霭麓编辑。该教材选入了周作人的《小孩》,被应用到初级中学的国文教学中。
③ 周作人:《病中的诗》,《新青年》1921年第5期。

周作人的选择与建构在很大程度上是来自白桦派的"①。"白桦派"的幼者本位思想影响了周作人儿童观的形成。在《对于小孩的祈祷》中，罪与荣誉的对比展现了对儿童所饱含的生长理想的强烈表达。"你们的前面有美的花园，／平安的往那边去罢，／从我的头上跳过了"与鲁迅的"自己背着因袭的重担，肩住了黑暗的闸门，放他们到宽阔光明的地方去；此后幸福的度日，合理的做人"②有异曲同工之妙。张福贵认为，这是一种"献祭心理"，"这是长者为幼者的牺牲精神，表达了一种崭新的进化论人生哲学"③，显示出与"白桦派"有岛武郎的《与幼者》的联系。而这种牺牲精神的背后，是将儿童视作一种人生社会的理想，是一种更为虔诚的人的希望所在。这与清末民初将儿童视作政治公民的希望截然不同。周作人将儿童视作自然的人，强调其具有自由意志的完整的人的理想。因此，这首诗中的"小孩"所代表的是更完整和理想的人的希望所在。

郑振铎这一时期的儿童诗歌创作，亦将儿童视作一种新的精神理想的寄托。他与沈志坚合作创作的《催眠歌》，称呼孩子为"你就是我的圭冕和一切""我儿比一切更为可爱"，④高声赞美作为希望的孩子。刘半农的《题女儿小蕙周岁日造象》亦有类似表达。郑振铎的《我是少年》，则以宣言式的口吻表现出儿童的理想气质：

（一）

我是少年！我是少年！

---

① 张福贵、靳丛林：《中日近现代文学关系比较研究》，吉林大学出版社1999年版，第130页。
② 唐俟：《我们现在怎样做父亲》，《新青年》1919年第6期。
③ 张福贵、靳丛林：《中日近现代文学关系比较研究》，吉林大学出版社1999年版，第149页。
④ 志坚、振铎：《催眠歌》，《儿童世界》1922年第7期。

我有如炬的眼,
我有思想如泉。
我有牺牲的精神,
我有自由不可捐。
我过不惯偶像似的流年,
我看不惯奴隶的苟安。
我起!我起!
我欲打破一切的威权。

(二)

我是少年!我是少年!
我有奔腾的热血和活泼进取的气象。
我欲前进 前进!前进!
我有同胞的情感,
我有博爱的心田。
我看见前面的光明,
我欲驶破浪的大船,
满载可怜的同胞,
前进!前进!前进!
不管他浊浪排空,狂飙肆虐,
我只向光明的所在,前进!前进!前进![1]

---

① 郑振铎:《我是少年》,《新社会》1919年第1期。

与《对于小孩的祈祷》相比，《我是少年》采用儿童口吻，强调其生长所代表的蓬勃生命力、未来希望和自信力。如果说《对于小孩的祈祷》是父辈的爱护、牺牲与崇拜，那么《我是少年》就是子辈的承诺。二者虽然角度不同，但对于儿童都毫不吝惜理想意义的寄寓。诗中"前进"一词的反复，激越地表现出少年所代表的青春气息和光明希望。理想的寄寓，人生希望的表达，使得五四时期儿童诗歌中充满了力量和光明，书写着乐观积极的状态。

第三，以纯洁的童心映射、对比社会的苦难和黑暗。

童心被视作真诚无伪，从明代李贽的"童心说"中就显示出与社会的虚伪截然对立的立场。五四时期对于童心的认识，从儿童诗歌的角度而言，更强调的是对儿童思维经验的表现，从儿童的接受维度强调诗歌的生命体验表达。与此同时，诗人们在儿童身上看到了童心的无垢，抱着童心之真诚来映射、对比社会的苦难和黑暗。例如，本节提及王统照的《童心》控诉童心被玷污，在诅咒和控诉中呼唤童心归来。而一些诗歌因采用儿童视角或表现儿童的天真与环境的不相容，进而表现出强烈的童心向往和对社会的批判。这一类诗歌中多含鲜明的儿童形象或天真的儿童语言，有限制性地描述社会一角，童心认知与社会现实的矛盾的反差，构成了童心崇拜的诗风。尤以刘大白的《卖布谣》《田主来》、冯文炳的《洋车夫的儿子》、王统照的《铁道边的孩子》、冯至的《晚报》、杨骚的《两个孩子》、刘延陵的《姐弟之歌》、沈志坚的《做乞丐的女孩》等为代表。

洋车夫的儿子

（冯文炳）

"爸爸！你为什么不睬我呢？

只要一个铜子,
那个糖,阿五吃的那个糖。"
"拉去罢?拉去罢?"
"走了,走了,
也,也不睬你哩!"①

　　这首诗从一个洋车夫的儿子的视角出发,完全以"对话"的形式来构成。儿童的语言与成人的语言交织,构成一幅穷人生活图景下儿童的天真无知。纯真、不知人间艰辛的儿童,恰好映射出底层人民的辛劳。儿子与父亲对话,但父亲却在与主顾/旁人对话,哀求一趟生意。儿子的对话被父亲忽略了,最后只能生气地说"也不睬你哩"。儿童被忽略后产生的孩子气、无奈与成人的艰辛生活放在一处,更凸显出诗意的怜悯。对话语言的错位,儿童与成人交流的阻隔,恰恰构成这首诗的诗意核心。这种矛盾反差透出来的辛酸,在晶莹的童心下一览无余。这一类诗歌的表现很难再定位于"乐观浪漫",却展现出儿童视角中真实的生活与书写童心、崇拜童心所隐藏的一丝希望。而沈志坚的《做乞丐的女孩》则是借儿童之眼观察另一个儿童,从而展现贫富差距:

有一个苦恼的小乞丐走过,
我见他沿门央求,
她和我是仿佛一样的年纪,
不过她十分消瘦。
你看我有了华美的衣服,

---

① 冯文炳:《洋车夫的儿子》,《诗》1923年第2期。

又有炉火取暖，肉饭果腹，
　　还有那仁慈的母亲怎样的疼爱，
　　但是你呢？亲爱的小朋友呀！
　　小朋友呀你回转来，
　　张好了你的破的大帽，
　　我要放进一个铜元，
　　你好去买个小面包。①

　　"我"看见沿门乞讨的女孩，由此而生出了贫与富的对比意识，彰显了云巅之上的童心落入凡间时所看到的苦难。而"我"在想到自己美好的生活时，怜悯和同情弱小的心灵促使"我"叫回做乞丐的小女孩，给她一个铜元。诗歌最后的呼唤是"我"的心声，是童心面对社会苦难最纯粹的举动。诗人赋予了儿童一种自觉思考和拯救意识。这首诗以独白抒情的形式，展现出一个家庭宽裕的女孩的善良和纯真。而那个做乞丐的女孩，则唤起了儿童的怜悯之心。这正是童心最易打动人也最让世间感到温暖之处。做乞丐的女孩和"我"的生活对比，更突出了童心的可贵和善良。

　　总之，现代儿童诗歌在五四时期直面儿童观的转变和社会思潮的风起云涌，对人的价值探索和诗意的追求，与"儿童本位"观一起，促成了这一时期强调儿童生活和生命体验诗歌的诞生。儿童诗歌被再次发现的"童心"赋予了奇、妙、趣和真等品质，整体表现出乐观浪漫的童心崇拜风格。

---

① 志坚：《做乞丐的女孩》，《儿童世界》1922年第9期。

第二章

"儿童本位"观偏移与儿童诗歌多元旨趣的交织

1927年"四一二"反革命政变，国共第一次合作失败。这次政治性事件使得整个中国社会的政治形势发生了剧烈变动。文艺界的创作趋向也随之发生了变化。1928年1月，太阳社的《太阳月刊》和创造社的《文化批判》《创造月刊》倡导"革命文学"。1928年3月创刊的《新月》月刊倾向自由主义。"这互相对立的两种倾向的刊物的出版及理论宣言的公布，标志着现代文学在结束了'第一个十年'之后，经过仅一年的思想的酝酿准备，队伍的重新组合，又进入了新的历史发展时期，通常称之为'第二个十年'。"[1]文学主潮的"政治化"及左翼文学作家与自由主义作家的竞争，自然也会影响到整个儿童文学的发展。儿童观及儿童文学观随着社会形势和思潮的改变发生了变化，直接反映在这一时期儿童文学期刊、作品集、教材中选入的作品和评论中。五四时期，以儿童为本位，追求幻想、诗意和奇、妙、趣、真的审美旨趣受到了挑战，呈现出面向社会现实的教育实用性与斗争意识倾向。1948年，陈伯吹在《大公报》上发表《儿童读物的检讨与展望》，将现代时期的儿童读物分为四个阶段：

1919—1925，"文学风味的时期"；
1926—1931，"教育价值的时期"；

---

[1] 钱理群、温儒敏、吴福辉：《现代文学三十年（修订本）》，北京大学出版社2012年版，第147页。

1932—1937，"科学常识的时期"；

1938—今（指1948），"社会意义的时期"。[①]

  陈伯吹并未阐述如此分期的理由，却在每一个分期下指出了该时段儿童文学的价值评判与审美的差异。他重点指出，1926年到1931年"这时间从注重趣味转变到注重教训"[②]，是对两个时间段儿童文学审美经验的总结。从后续1932年到1937年注重科学常识来看，也与教育教训紧密相连，甚至科学常识成为教育的主要内容。这一时期，儿童文学期刊《儿童世界》刊登的不少儿童诗歌就反映了这一特点。从整个社会形势与思潮来看，20世纪30年代初的中国左翼作家联盟成立及其文艺思想，又对儿童文学整体的价值和旨趣造成了重要影响。"左翼文艺的新思想给儿童文学注入了新鲜血液，使中国现代儿童文学出现了新的面貌。"[③]这种"新的面貌"被普遍认为是"竭力配合一切'革命的斗争'"[④]。这被视作"左翼文艺运动在30年代上半期的特定历史背景下对儿童文学价值功能的一种必然选择，是对'五四'时期倡导的'儿童本位'的儿童文学观的一次重大调整，也是将儿童文学纳入政治斗争轨道的第一个路标"[⑤]。因此，"五四"之后至抗战全面爆发之前，这一时期儿童文学的审美旨趣，既有对五四时期"儿童本位"观下趣味的表现，又强调教育旨归和革命斗争。

  1928年至1937年这一时期的儿童诗歌整体的审美趣味也是如此。大量

[①] 陈伯吹：《儿童读物的检讨与展望》，《大公报》1948年4月1日。
[②] 陈伯吹：《儿童读物的检讨与展望》，《大公报》1948年4月1日。
[③] 蒋风主编：《中国现代儿童文学史》，河北少年儿童出版社1987年版，第105页。
[④] 王泉根：《现代中国儿童文学主潮（第2版）》，重庆出版社2018年版，第92页。
[⑤] 王泉根：《现代中国儿童文学主潮（第2版）》，重庆出版社2018年版，第92页。

高扬革命精神、教育理念以及表现苦难生活的作品纷纷涌现,与表现童心童趣的作品一起构成了这一时期儿童诗的多元发展方向,且离社会现实更近了。

第一节　童心表现的两极化:清新的审美旨趣与庸俗化的趋势

"五四"浪潮虽退,但这一时期所倡导的"儿童本位"在"第二个十年"中的儿童诗歌中仍然占据较为重要的地位。这不仅体现在收集的歌谣诗集的排版发行更为契合儿童的阅读特点,还体现在对儿童诗歌趣味的追求上。其中,儿童诗歌的趣味追求多为观察事物时发现物趣的快乐。冰心《繁星》《春水》式的小诗,在这一时期涌现,强调灵感的瞬间迸发,以及儿童单纯的活泼与乐趣。不过,也有部分诗歌对童心趣味的表现呈现出庸俗化的趋势,即为了娱乐儿童而故意表现出"丑态"以取笑,缺乏真情,显得无聊乏味。陈伯吹抨击这类作品是"把趣味纯娱乐化了,甚至于低级化了"[1]。因此,这一时期的儿童诗歌在童心的召唤下,既极力表现童趣,又夹杂了"伪童心"的乏味与无聊。

一、表现物趣,活泼而快乐

这一时期,注重儿童独立存在的价值及儿童身心发展已经成为文艺界和

---

[1] 陈伯吹:《儿童读物的检讨与展望》,《大公报》1948年4月1日。

教育界的共识。无论是教育方法的实施，还是儿童读物的选取，都强调与儿童的心理特点相契合。王人路的《儿童读物的研究》开篇便指出，"必须对于儿童有认识，才可以判断某种读物是否可以适合作儿童读物"[①]。而且，他认为儿童具有"1. 活动性，2. 求知心，3. 模仿心，4. 好奇心，5. 意志薄弱"[②]等特点。基于这些特性，他认为儿童读物需要"文学化"，触动儿童的感情，唤起儿童的好奇心，从而克服薄弱意志进行学习。他的核心观点指向了引导儿童学习知识的教育目的，也指出了时人普遍认可的观念——唤起儿童的兴趣对于儿童教育以及儿童文学的重要性。基于此，这一时期的儿童诗歌依旧强调用童趣吸引儿童。王人路评价吕伯攸的诗歌，既强调了合乎儿童心理，又指出了其表现"幽美的想象和曲折的情感"[③]中呈现的儿童趣味。茅盾1935年发表了《关于"儿童文学"》一文，借用马尔夏克的观点，指出这一时期儿童文学价值本质是"发展儿童们的趣味和志向的"[④]。因此，童趣的表现既是时人对儿童特征的理解，也是对整个儿童文学的一种审美经验和评判价值。

这一时期的儿童诗歌延续了五四时期对儿童趣味的追求，也强调情感、想象与纯洁天真的童心。但是，由于受时代形势和教育旨归的方向性的影响，儿童诗歌所蕴含的童趣更趋向于物趣的获得以及对物的联想。类似于胡怀琛的《大人国》般表现童话幻想世界，且表现儿童的真与反逻辑的诗趣等作品，相对较少。整体上，儿童诗歌所表现的童趣，从内宇宙的探索逐渐转向对外宇宙自然社会的发现。诗歌多描写观察事物的特征及其联想，将其作为儿童世界的一部分进行想象，表现发现的快乐和自由的情绪。这些诗歌多刊载在

---

① 王人路：《儿童读物的研究》，中华书局1933年版，第1页。
② 王人路：《儿童读物的研究》，中华书局1933年版，第1页。
③ 王人路：《儿童读物的研究》，中华书局1933年版，第119页。
④ 江：《关于"儿童文学"》，《文学》1935年第2期。

当时的国语教材及辅助读物和儿童文学期刊上。其中，叶圣陶（当时使用"叶绍钧"一名）主编的《开明国语课本》以清新、浅白的语词，描绘了一幅幅具有童心的有趣画面，为儿童构建了一个充满趣味的童真世界。陈伯吹的《小朋友诗歌》、陈鹤琴主编的《分年儿童诗歌》、马客谈主编的《儿童歌谣》（《小学生文库》丛书）、王人路主编的《儿童诗歌》（共七册）等儿童阅读辅助教材，结集出版了较多儿童诗歌，其中一些颇有儿童情趣。以《儿童世界》《小朋友》为代表的儿童文学期刊中也有不少清新之作，陈醉云、朱仲琴、沈百英、若华等诗人是其中的翘楚。

叶圣陶在五四时期就创作了许多生趣盎然的儿童诗歌，饱含对儿童的真情，如《拜菩萨》《蝴蝶歌》《儿和影子》等。王泉根认为，"他笔下的形象总是洋溢着活泼欢乐的童趣，富于形象美、童真美"[1]。为初小和高小学生编撰的《开明国语课本》中的儿童诗歌较多，生动活泼，展现了物的形象美与想象的快活。《蜗牛看花》《燕子飞》《小萤虫》《风》《好大的风呀》《柳树条》《满天的星》等诗歌，将目光集中到动物、植物或自然现象上，通过比喻、拟人和联想等手法表现物带来的乐趣。如《蜗牛看花》和《燕子飞》，细心观察蜗牛和燕子的动态，通过想象和比喻让蜗牛爬、燕子飞，妙趣横生。例如《蜗牛看花》：

墙顶开朵小红花，
墙下蜗牛去看花。
这条路程并不短，
背着壳儿向上爬。

---

[1] 王泉根:《现代儿童文学的先驱》，上海文艺出版社1987年版，第71页。

>   壳儿虽小好藏身，
>   不愁风吹和雨打。
>   爬得累了歇一会，
>   抬头不动好像傻。
>   爬爬歇歇三天半，
>   才到墙顶看到花——
>   无数花开朵朵红，
>   一齐笑脸欢迎它。①

以极其细致的笔触描写蜗牛看花的过程。"背着壳儿向上爬"，表现蜗牛的特征。而"爬爬歇歇三天半"，通过动作与时间写出了蜗牛爬行速度之慢，但坚持向上的状态。"无数花开朵朵红，/一齐笑脸欢迎它"，以花开和笑脸的乐观表现对小蜗牛的赞赏，将情感融于场景之中。同时，叶圣陶将蜗牛攀爬的行动想象为去"看花"这一浪漫、诗意的举动，赋予蜗牛爬行一种追求美的意义。而在《燕子飞》中，叶圣陶采取了类似的策略，通过比喻手法创造了燕子飞的灵动场景，充满生命的动态美：

>   燕子尾巴像剪刀，
>   不剪花朵和柳条。
>   忽然低飞向河面，
>   剪碎河波又飞高。

---

① 叶绍钧编，丰子恺绘：《小学初级学生用 开明国语课本 第四册》，开明书店1932年版，第41—42页。

> 燕子为何这般忙?
> 才进窗来又出窗。
> 一条黑影空中去,
> 闪过东家白粉墙。①

这首诗妙在以普通的比喻创造独特的场景。用剪刀比喻燕子尾巴,十分普通,却说"忽然低飞向河面,/剪碎河波又飞高"。用剪刀去"剪"河面,这是多么奇特又合理的场景。他抓住了燕子尾巴点过河面,平静的河面荡起涟漪这小小的动作和场景,将其称为剪刀剪破,别致又生动。而这一重比喻之后暗藏着将河面比喻为能够被剪开的"布面",显示出燕子点水之前的平静。比喻之中动静交织,将燕子飞的场景写得活泼灵动,富有物趣。而这种画面感和场景,恰恰传递了叶圣陶关于儿童诗歌的观念。他认为,"诗歌是把作者从环境方面得到真实的影象来表达的"②,因此强调一种真实的场景表现。他指出给低龄儿童选择创作诗歌时,内容"须具体而有真切印象的(非概念)"③,强调用场景和形象展现具体内容。即叶圣陶认为,儿童诗歌的内容表现关键在于建设场景和形象,用具体的形象和行动构成场景,完成诗歌概念的传递。为高小学生编写的诗歌《风》,就诠释了叶圣陶对儿童诗歌具体形象感的审美标准:

---

① 叶绍钧编,丰子恺绘:《小学初级学生用 开明国语课本 第四册》,开明书店1932年版,第28—29页。
② 叶绍钧讲,王修和记:《儿童文学:第三届暑期学校演讲》,《大上海教育》1933年第5期。
③ 叶绍钧讲,王修和记:《儿童文学:第三届暑期学校演讲》,《大上海教育》1933年第5期。

看见风的是谁呢？
　　不是我也不是你。
　　但是树叶颤动的时候，
　　我们知道风在那里了。

　　看见风的是谁呢？
　　不是你也不是我。
　　但是林木点头的时候，
　　我们知道风正走过了。①

　　风是无影无形的，对于儿童来说是看不见的抽象概念。叶圣陶将风和与之相关的树叶颤动、林木点头的现象联系起来，描摹了有风的具体场景。这与李峤的《风》以及五四时期徐应昶《谁看见风》的思路一脉相承，以诗歌吟咏具体的场景来表现抽象的概念。而这种具体感和形象性赋予了自然事物动态与形象化的特征，进而传递出自然活泼的乐趣。

　　在具体形象的物趣表现中，儿童诗歌仍然强调想象之于物趣表达的重要性。诗歌中多以拟人手法，想象动植物和自然事物的活动，将其与之本性特征相联系。例如，给初小学生使用的《开明国语课本》中第三册的《小萤虫》：

　　　　小萤虫，点灯笼，

---

① 叶绍钧编，丰子恺绘：《小学高级学生用　开明国语课本　第二册》，开明书店 1934 年版，第 27 页。

飞到西,飞到东。

飞到河旁边,小鱼正做梦。

飞到树林里,小鸟睡得浓。

飞过张家墙,张家姊姊忙裁缝。

飞过李家墙,李家哥哥做夜工。

小萤虫,小萤虫,

何不飞上天,做颗星儿住天空?①

抓住萤火虫"飞"和"亮"的物性特点,将其尾部在夜中亮起来的自然特性比拟为"点灯笼"。借助"飞"的动态特征,组织每一行诗句,想象小萤火虫点着灯笼所看到的美妙世界,场面较为开阔。最后一句的想象与反问,与五四时期胡怀琛的《星与萤火》类似,将发光的萤火虫与神秘遥远的星星联系在一起,具有一种浪漫的诗意与想象之趣。不过,这种基于物性所展现的想象也多停留在对场景的展现中,较少探索儿童内在经验世界的情感体验与跳跃性、反逻辑的思维状态。

与此同时,陈伯吹在《小朋友诗歌》的例言中指出,诗集按照春夏秋冬顺序排列,希望通过季节景物的呈现,让儿童阅读时"如能即景生情,按时施教,趣味当益浓厚"②。他与叶圣陶的观点类似,希望通过具体的场景表现来呈现浓厚的童趣,吸引儿童。陈伯吹的《问问雁儿》《一年四季都好看》《摇摇摇》《自然的歌声》等作品,都表现了这一审美特点。

在以《儿童世界》《小朋友》为代表的儿童文学期刊中,大量以物为观察

---

① 叶绍钧编,丰子恺绘:《小学初级学生用　开明国语课本　第三册》,开明书店1932年版,第5—6页。

② 陈伯吹:《小朋友诗歌》,北新书局1932年版,第1页。

对象，围绕物性特征及其联想表现趣味的儿童诗歌亦如此。一方面，这些儿童诗歌抓住儿童身边的自然事物进行特征描述；另一方面，则将儿童爱玩和爱闹的特性赋予诗歌之上，使之生动活泼。比如，《小朋友》杂志刊登的陈醉云的《小小蜻蜓》、诗农的《春鸟》、景朴的《我的图画》、朱仲琴的《月亮》等；《儿童世界》杂志上刊载的若华的《河》、马静轩的《喷水壶》、沈百英的《麻雀躲在电线上》、沈重威的《杨柳枝》《秋天到了》、郑正的《飞艇》《小窗外》等，都是这一时期物趣浓厚、活泼感十足的佳作。这些作品多从身边的自然景物出发，加以想象，幻化成为有趣的事物，荡漾起单纯、美好的童心、童趣。试以陈醉云的《小小蜻蜓》为例，分析其所表现的物趣：

> 小小蜻蜓，
> 爱在水上飞行。
> 小虾儿蹦蹦跳跳，
> 见了非常高兴，说：
> "来啊，来啊，
> 快来看这个水上的小飞艇！"[①]

与教材中尽力展现物性特征来表现趣味的儿童诗歌有所不同，《小小蜻蜓》的物趣更集中表现为与物的互动游戏带来的活泼感。教材中的儿童诗歌在表现物趣的同时，兼顾物性认知的隐性工具性观念。因此，《风》《燕子飞》《蜗牛看花》等，强调形象化地表现物性特征，展现某种意义。而《小小蜻蜓》则纯粹以蜻蜓和小虾儿的互动，来表现游戏和交流的场景。这首诗最妙

---

① 陈醉云：《小小蜻蜓》，《小朋友》1932年第514期。

的是小虾儿看见蜻蜓飞,直言"快来看这个水上的小飞艇",既写出了小蜻蜓的形态特征,又以较为独特的比喻展现了一种跳跃性想象。

整体而言,此时期,以表现物趣为重点的儿童诗因契合儿童天性占据了重要地位。虽然这一时期"教育""革命"等观念已经成为儿童诗歌的重要表现主题,但"童心童趣"类的作品依旧有一片属于自己的广阔领域,为儿童提供丰富养料,滋养着童心,呵护着美好与纯真。

二、"伪童心"与低级趣味

此时期,儿童诗歌对趣味的追求,是基于时人对儿童的认识。自"儿童本位"观深入人心后,文艺界和教育界都强调通过契合儿童的心理特征唤起儿童的兴趣。进入"第二个十年",随着形势的变化,教育与革命构成了儿童文学书写的主流价值观念,但仍强调趣味之于儿童文学的重要意义。不过,在强调趣味的同时,儿童诗歌中出现了"伪童心"书写,竟然把无聊、庸常和乏味等当作"趣味"。所谓"伪童心",指的是看上去是从儿童视角出发,表现儿童爱好游戏和热闹等个性,实际上却表现的是成人化的玩笑和故意以扮丑相来逗乐。这种娱乐化倾向实则是一种低级趣味。陈伯吹在《儿童读物的检讨与展望》(1948)一文中曾指出,这一时期"只因为太热心于趣味,把趣味纯娱乐化了,甚至于低级化了"[①]。鲁迅也曾数次表达对这一时期儿童读物(包括儿童文学)的不满。1936年,他在《致颜黎明》的信件中提及,当前儿童文学的读物虽然多,但质量不高,"据看见过的说起来,看了无害的就

---

① 陈伯吹:《儿童读物的检讨与展望》,《大公报》1948年4月1日。

算好,有些却简直是讲昏话"①。同年,他在《致杨晋豪》中指出,当前专为少年的读物"都没有生气"②,即缺乏活泼感。鲁迅对当时儿童读物(包括儿童文学)的不满,侧面反映出当时儿童文学存在质量不高的问题。而从儿童诗歌的表现来看,一个比较大的问题是对趣味的过度娱乐化和"伪童心"表达。

一方面,这一时期儿童诗歌中出现不少吵闹的情境表达,看似有趣,实际上却将吵闹和对不幸者的讥讽当作一种乐趣。以丑为乐,甚至以取笑弱者和不幸者为乐。这不但不能增加诗歌的诗意,反而会让诗歌陷入低级的趣味中。例如《小兔儿》:

小兔儿,
当街卧,
小车过来碾死我,
哎唷唷!哎唷唷!③

这首儿歌表现兔子横卧街头、呼喊小车碾轧的场景。看上去甚为热闹,画面感强烈,节奏上也较为明晰、朗朗上口。但是,描述"小兔儿,/当街卧"与"小车过来碾死我",分明是不同的人物口吻,展现出旁观者的冷静与当事者小兔子的呼喊。"哎唷唷"的呼喊颇为心酸,但与前面当街卧的旁观者描述相对照,造成一种令人诧异的情感错位——到底是冷静描述行动,还是可怜其被碾轧的痛,作者并没有作答,而是仅仅停留在小兔子被碾轧这一血腥的事故中。

---

① 《鲁迅全集 书信(第十四卷)》,人民文学出版社2005年版,第66页。
② 《鲁迅全集 书信(第十四卷)》,人民文学出版社2005年版,第43—44页。
③ 佚名:《小兔儿》,《儿童世界》1927年第11期。

除了对不幸者表现出错位的情感以外，儿童诗歌还片面追求娱乐化，甚至以不幸和闹剧为乐，失去了童心本真。例如《月光豪豪》：

> 月光豪豪，贼古偷桃。
> 瞎子看得，跛子赶到。
> 疯子捉到，扯根灯芯吊到。①

这是王人路主编的《儿童诗歌》中的一首。王人路认为，要"增加儿童们的文学兴趣"②，让儿童多读诗歌。但儿歌《月光豪豪》写月光下贼偷桃和月光下捉贼，穿起"瞎子""跛子"和"疯子"的不可能行动。看起来是一种夸张的趣味，却充满了对身体残疾者的嘲讽。与之类似的还有钱克敌的故事诗《黄莺妹妹》。描写黄莺妹妹与喜鹊先生做伴，邀请他去黄莺妹妹家里，最后却说："两人一齐飞，/飞到黄莺妹妹的屋子里。/那知黄莺妹妹的屋又小又不牢，/喜鹊先生一站便塌倒！"③诗歌写到这里就结束了，似乎想表现喜鹊过大的体积压垮黄莺妹妹的房屋，以达到意想不到的笑点。但房屋坍塌的不幸与开头"黄莺妹妹没有侣，/就和喜鹊先生做朋友"的孤单对照起来，更显出其糟糕的状态。写到房屋坍塌为止，强调黄莺妹妹的房屋破烂不堪，显然含有嘲笑的意味。这不但消解了孤单与不幸带来的同情，反而试图构成反差的笑点，不得不说是一种恶趣味。

儿童诗歌中也出现了生活闹剧的场景，蓄意生成"趣"的效果。例如《遗忘的毛围领》：

---

① 王人路编绘：《儿童诗歌（第五集）》，大众书局 1933 年版，第 23 页。
② 王人路编绘：《儿童诗歌（第一集）》，大众书局 1933 年版，第 20 页。
③ 钱克敌：《黄莺妹妹》，《儿童世界》1928 年第 20 期。

>　　张太太，爱新装，跑到店家做衣裳，
>　　把个毛围领，遗忘店家柜台上。
>　　等到回来拿，店主说她买货未交洋。
>　　因此他们俩，大大争论闹一场。①

　　这首儿歌描述了买卖双方发生的激烈争吵。但是，从内容和形式来说，皆与儿童经验和儿童生活相去甚远。然而，《儿童世界》在这首诗所在页标注了"趣歌"，认为这是一首有趣味的诗歌。如果趣味是忘性与争执本身，这趣味显而易见太庸俗了。与之类似的还有石非的《王士晶先生》(1927)、卓笑仙的《睡仙的活剧》(1929)，都是以"忘性"为出发点，写成人生活中的闹剧。试图用闹剧表现儿童诗歌的"趣"，实则只有"闹"而没有了"趣"。

　　另一方面，这一时期也出现不少表现"伪童心"的儿童诗歌。这类作品试图以浅显直白的语言，模拟动物角色或儿童口吻，实际上却是为了讽刺时事和成人社会嫌贫爱富等。诗歌缺少诗意和美的表现，尽是教育和教训的口吻，相当无趣。就连《儿童世界》《小朋友》等颇受欢迎的儿童文学期刊中也有不少这样的作品。例如，1928年，发表在《小朋友》上的故事诗《谁说鸡犬不惊》：

>　　鸡先生和鸭夫人做完了工作，
>　　一同到外面去散步。
>　　忽然听得一阵喇叭呜呜，
>　　接着看见一群人马，

---

① 志：《遗忘的毛围领》，《儿童世界》1929年第3期。

无纪律的奔驰满途,
鸡先生失声惊呼,
鸭夫人暗暗叫苦:
"可怕呀,这些兵,
谁说:'鸡犬不惊!'"
果然,不幸得很,
鸡先生和鸭夫人,
就被这次的乱兵丧了性命!①

整首诗看似以童心去反观成见和社会规则,表现认知反差,又融入了"鸡先生""鸭太太"这些拟人的动物角色,实际上,整首诗中的拟人角色只是一个工具符号,突出乱兵过街鸡犬不宁,连无辜的动物都惨遭毒害。现代时期,国民党党政机关的报刊多以"鸡犬不惊",美化政治功绩和军队。例如,南京国民政府国民党中央机关报《中央日报》,在1932年发表通讯《第一师进驻舒城》,称之"沿途民众欢迎鸡犬不惊 赤匪闻风远窜地方安宁"②,污蔑共产党部队,美化国民党军队。而其他报刊则多以"鸡犬"暗讽时事,嘲讽政治。《谁说鸡犬不惊》以故事诗的名义暗讽国民党军队,将对成人社会现象的讥讽与暗嘲的机锋置入儿童世界,试图表达的趣味显然就不是儿童之趣了。成人世界和儿童世界并非截然对立的,五四时期的文学研究会的儿童文学观就引导儿童关注社会和现实人生。实际上,儿童关注社会人生,应当是从儿童的生活实际出发,从儿童的经验出发,而不是将成人暗讽的机锋强

---

① 新吾:《谁说鸡犬不惊》,《小朋友》1928年第297期。
② 《第一师进驻舒城》,《中央日报》1932年7月14日。

行作为儿童的乐趣。此外,《小朋友》《儿童世界》等期刊发表了不少"国货论"的儿童诗歌。例如《警告》:

国亡家破,
谁之过?
谁之过?
你也得认一份错!

从今以后呵,
请你不要卖洋货!
从今以后呵,
请你不要买洋货!①

国货运动贯穿了整个现代文学时期,从 1911 年辛亥革命开始,一直持续到 20 世纪三四十年代。购买、使用国货往往和救亡图存的观念联系在一起,诸如"欲振兴国货则不得不以专用国货表示吾国民之爱国心"②的报刊论述颇为常见。因此,儿童文学报刊中也多以诗歌的形式向儿童宣传使用国货,试图以诗歌的趣味来引起儿童的爱国心。这首《警告》看似用浅白的语言,明白易懂,但仍是图解时政概念,直叙"国亡家破"与"错"。同时,将成人社会的责任与时代命题完全转移到儿童世界,将国破家亡的民族命题抛给儿童,"你也得认一份错"。诗歌的韵律和语言碰撞的趣味,消弭在成人的指责中,

---

① 壮飞:《警告》,《小朋友》1932 年第 509 期。
② 丁钟山:《劝用国货》,《申报》1925 年 2 月 10 日。

根本谈不上儿童之趣。

与之类似的还有借典故和故事书写成人社会经验教训的儿童诗歌，例如《星宿子》：

> 星宿子，密又稀，莫笑穷人穿破衣。十个指头有长短，山林树木有高低。苏家嫂，朱家妻，爱富嫌贫后悔迟。

> 注：苏家嫂就是战国时苏秦的嫂嫂，苏秦贫困时，嫂嫂不烧饭给他吃；后来苏秦拜了六国宰相，路过家乡，他的嫂嫂去迎接他，向他跪拜谢罪。朱家妻是汉朝朱买臣的妻子，朱买臣家贫，他的妻提出离婚，另嫁了他人；后来买臣做了太守（官名），他的妻去求买臣收留，买臣不收。[1]

借传统儿歌的起兴手法，用典故教训儿童不要嫌贫爱富。典故虽然做了注解，但是"苏家嫂，朱家妻"两个典故的连用，对儿童而言增加了阅读难度。同时，"莫笑穷人穿破衣"的中心主张，是第三人称的成人规训。这种规训以儿童故事等形式可以较为生动地展现，而进入儿歌中虽然有节奏齐整、音韵和谐的乐趣，但显得苦大仇深，满是成人的训导。作品既不出色，也不低级，但整体显得庸常而略带无趣。王人路编绘的《儿童诗歌（第四集）》中也有类似看上去有趣，实际上颇为庸常的儿歌。例如《小花猫》：

> 小花猫，掉下桥，

---

[1] 选：《星宿子》，《儿童世界》1928年第14期。

>　　有人看，没人捞，
>
>　　我问人："怎么不捞？"
>
>　　人人说："它是个没用猫，淹死也罢了。"①

　　这首儿歌的结构工整，节奏轻快，看上去颇有戏剧张力——"小花猫，掉下桥"，交代了花猫落入水中，表现事故的波折与围观的热闹，但结尾处人人回答，"它是个没用猫，淹死也罢了"。在"淹死也罢了"这司空见惯的回答中，带有残忍、冷酷的口吻，趣味也就消失在冷漠中。

　　因此，一些儿童诗歌看上去有趣，实际上是为了趣而生成的闹剧，或隐含着成人规训中较为隔膜甚至冷酷的态度。对趣味化的追求就走向了"闹"与逗弄，矫揉造作，自然偏离了"儿童本位"。

　　整体而言，因为对趣味的追求，着意展现童心的天真、清新与温暖。在自然物趣中获得发现的快乐，利用物的联想表现对想象世界的自由向往构成了这一时期儿童诗歌的审美旨趣。其中，虽然夹杂着低级趣味甚至是恶趣味，但亦有颇多清新可人之作。

第二节　教育旨归与儿童诗审美的实用价值倾向

　　强调教育的实用价值，是现代时期"第二个十年"儿童诗歌的审美倾向之一。一方面，诗歌被广泛用于儿童课堂教育和生活教育中；另一方面，涌

---

① 王人路编绘：《儿童诗歌（第四集）》，大众书局1933年版，第20页。

现了大量表现教育观念和教育知识（主要是科学知识）的儿童诗歌。对儿童诗歌的教育内容与教育性的关注，使得儿童诗歌从注重"儿童本位"的奇、妙、真和趣的内宇宙探索，逐渐转向了以成人社会规范为目的的训导，尤其强调儿童诗歌在游戏和娱乐中的认识价值和教育价值。

这种审美价值取向与整个儿童文学的发展特点及时代大背景紧密相关。1927年4月18日，南京国民政府成立，进入较长的执政时期。南京国民政府要求通过教育塑造儿童，加强了对教科书的审核与控制力度。例如，《小学课程标准国语》（1932）中明确要求：

> 依据本党的主义，尽量使教材富有牺牲及互助的精神。凡含有自私、自利、掠夺、斗争、消极、退缩、悲观、束缚、封建思想、贵族化、资本主义化等的教材，一律避免。①

强调对儿童进行国民党党义的道德教育与公民教育。又如，1935年，大张旗鼓庆祝、推行"儿童年"。陶行知还曾为儿童年创作儿童诗歌《儿童年献歌》。对教育控制的加强和对儿童的规训，使得整个社会"教育"儿童的氛围浓烈。教科书作为出版盈利的重点和儿童教育的排头兵，吸引了当时大部分出版社竞相出版。鲁迅在1931年9月15日《致孙用》的信件中指出：

> 近来出版界很销沉，许多书店都争做教科书生意，文艺遂没有什么好东西了，而出版也难，一不小心，便不得了……②

---

① 吴履平主编：《20世纪中国中小学课程标准·教学大纲汇编 语文卷》，人民教育出版社2001年版，第26页。
② 《鲁迅全集 书信（第十二卷）》，人民文学出版社2005年版，第273—274页。

由此可见，这一时期教科书在出版业中所占比重较大，以及整个社会的教育氛围相当浓烈。而这种倾向势必直接影响儿童文学的发展。教科书强调用儿童文学培养儿童的阅读兴趣，引导儿童欣赏文学。陈伯吹在《儿童读物的检讨与展望》中认为，1926年至1931年是儿童文学"教育价值的时期"，1932年至1937年是儿童文学"科学常识的时期"[1]。实际上，"科学常识"也是为教育儿童成为具有科学知识的国民而服务的，同样具有强烈的教育倾向和规训色彩。针对这一时期儿童文学的教育价值倾向，鲁迅曾数次发表看法。他在署名"何干"的《难答的问题》一文中，针对各种儿童文学刊物，指出"这几年来，向儿童说话的刊物多得很，教训呀，指导呀，鼓励呀，劝谕呀，七嘴八舌，如果精力的旺盛不及儿童的人，是看了要头昏的"[2]。这篇文章的矛头直指1936年2月9日《申报》"儿童专刊"发表的《武训先生》一文。他对通过这种故事让儿童谈感想的做法极其反感，认为是没有什么意义的。鲁迅又在同期另一篇《登错的文章》中认为，当下给儿童的刊物多描写岳飞、文天祥的故事，但这类故事人物并不适宜作为少年儿童的模范，而是应该拿给大人来读读。"不过这两位，却确可以励现任的文官武将，愧前任的降将逃官，我疑心那些故事，原是办给大人老爷们看的刊物而作的文字，不知怎么一来，却错登在少年读物上面了，要不然，作者是绝不至于如此低能的。"[3]可见，鲁迅仍然坚持儿童自然生长的教育理念，反对当时的儿童文学和儿童读物鼓励学生为国牺牲，讽刺本应承担救国重任的"文官武将"将保家卫国的责任过早推卸到少年儿童身上。

在此背景下，儿童诗歌表现出强烈的教育实用价值倾向，以规训儿童

---

[1] 陈伯吹：《儿童读物的检讨与展望》，《大公报》1948年4月1日。
[2] 《鲁迅全集 附集（第六卷）》，人民文学出版社2005年版，第589页。
[3] 《鲁迅全集 附集（第六卷）》，人民文学出版社2005年版，第591页。

养成道德文明、学习习惯和掌握科学知识等为诗歌的主题或意义所在。为了引起儿童的兴趣，完成教育观念与教育内容的传递，强调以儿歌的形式和唱的方式建设儿童诗歌。这就与五四时期既有散文式的读，又有儿歌式的唱的儿童诗歌审美形式有一定差异。陶行知的"行知体"诗歌是这种审美经验最直接的体现（这种清唱倾向的审美形式将放在第四部分解读）。除却形式的变化，儿童诗歌还强调表现道德修养、劝学上进和爱国自强等主题，以及传达科学知识（包括卫生健康知识）。当时的儿童文学刊物《儿童世界》和《小朋友》、国文教材、诗歌集《小学生可读的诗》《小朋友谣曲》《小朋友诗歌》《分年儿童图画诗歌》等，多涉及表现教育实用价值倾向的儿童诗歌。

首先，儿童诗歌以"趣味"来阐释教育观念，传递教育主旨。前面曾指出，这一时期儿童诗歌极其追求"趣味"，既与对儿童好奇和喜爱游戏等天性的认知紧密相关，又试图通过"趣味"表现引导儿童学习和理解教育观念，实现教育主旨的表达。通过趣味性的内容、充满节奏与韵律的语言以及多种形式的结构，呈现这一时期强调的公民训练的美德，例如忍耐、勤劳、节俭、卫生和爱国等。其中，比较引人注意的是，通过故事叙事的形式传递教育观念的儿童诗歌，在当时被称作"故事诗"。

五四时期，儿童文学期刊《小朋友》《儿童世界》中就刊载了"故事诗"，主要指以故事的形式叙述某个历史、生活故事或者呈现某个场景的诗。这种类型的儿童诗歌，强调由叙事引起儿童的兴趣，达到在叙事中获得启示的目的。儿童天然对故事感兴趣。史密斯在《欢欣岁月》中探讨儿童文学的起源与发展时认为，在没有专为儿童创作的时代里，儿童们将《天路历程》等纳入阅读范围，这是因为该书"故事本身的戏剧性使它超越了一切，取得了胜利"①，赢得了孩子们的欢心。欧洲早期的儿童歌谣，例如《鹅妈妈的故事》，也多是叙事诗。用诗歌讲故事，因故事本身的曲折情节与趣味性吸引儿童的注意力。对这一时期的儿童诗歌作者或教育者而言，借助故事诗来有趣地表现教育观念与公民美德，是当时对儿童诗歌娱乐性与教育性相结合的审美认知。刘汝兰在《尘埃下的似锦繁花——中国现代儿童诗史论》一文中认为，这一时期的故事诗"不要求故事情节的完整，追求用有韵律的语言诗意地讲述故事、抒发感情"②。故事诗存在两种实践倾向，即追求完整故事、曲折情节的历史/生活故事诗和注重片段、场景叙述的故事诗。其中，陈伯吹和沈百英的创作颇多，各代表这两种倾向。

陈伯吹曾任上海幼稚师范学校教师，1927年开始文学创作。教师经历让其作品带有较强的教育色彩。他分别于1931年和1932年出版了《小朋友谣曲》和《小朋友诗歌》。《小朋友谣曲》中的诗歌形式多样，既有根据历史故事改编、蕴藏新理的故事诗，也有根据现代生活创作的全新诗篇。试看《小朋友谣曲》的"例言"，可大概了解其内容和创作意图：

一、本书系以韵语述说故事，体制略如西洋之谣曲（ballad），我国之弹词，在儿童读物中，尚为别开生面之作。

二、本书凡二十篇，前十篇系敷陈史事，后十篇系传摹现代。取材半为国语教科书中所习见，但旧瓶盛新酒，实较寻常散文为生色。且音韵铿锵，文字活泼；以之作为教材或补助读物，儿童必能循环讽

---

① ［加拿大］李利安·H. 史密斯：《欢欣岁月》，梅思繁译，湖南少年儿童出版社2014年版，第17页。
② 刘汝兰：《尘埃下的似锦繁花——中国现代儿童诗史论》，博士学位论文，湖南师范大学，2011年。

诵,爱不忍释。

三、本书在教育的立场上,亦极有价值,恒示人以忍耐,勇敢,忏悔,勤奋,正直,独立,恻隐,自立,利他诸德。

四、本书用韵颇多变化,趣味复杂,非诗式不变,使人读之重复生厌者可比。①

"例言"中简要介绍了故事诗的定义及其教育用意,强调作者的教育意图。诗歌中蕴含的"忍耐""勇敢"和"勤奋"等优良品质,是作者希望小读者们可以从中学习获得的。《小朋友谣曲》第一篇《钓不着》,是陈伯吹据姜太公钓鱼的故事改编的故事诗。在《钓不着》中,他将姜太公作为反面教材,认为其"愿者上钩"的态度不应是孩子们学习的榜样。因此,故事诗的结尾强调姜太公一条鱼也没钓上来,只得饿着肚子空手回家。这首故事诗强调了做事的进取心和认真态度,显然对历史故事中的姜太公形象有不同的理解,强调历史故事为现实教育目的服务。除此之外,陈伯吹的《周处改过》《一个小学生的想》《骗自己》《救人要救急》《警告》《请你记牢两句话》《忍耐—忍耐》等,皆将故事诗的叙事吸引力与诗歌结合,表现教育观念,旨在塑造有公民美德的儿童形象。

周处改过

(陈伯吹)

周处心里闷,带剑走出门。行行重行行,不觉进了城。

---

① 陈伯吹:《小朋友谣曲》,北新书局1931年版,例言。

到街上：街上行人全跑光。进酒店：酒店客人尽走散。这不由得他不诧异！又不由得他不生气！他想："我不是深山野怪要吃人！我不是荒岛妖精会迷魂！为甚他们逃的逃来奔的奔？"

一老人：佝了身，走路慢腾腾。周处上前问：

"喂，老伯伯，休怕哩！有劳你，借问一件事体。我周处不曾长着三头六臂，不曾生得红绿眼鼻，有什么可怕？惊吓了大家！这是究竟为什么？请你老伯告诉我！"

老者挺直背，咳了一声嗽，吐出一口痰，侃侃的说：

"实告你，别生气。此地不好住，为着有周处！还有那南山的猛虎，吃小孩！还有那北海的恶蛟，酿成洪水真可骇！你们三：是三害！今天你忽进城来，大家岂不要吓坏？"

周处听，真伤心！伤心他自己这样不长进！伤心他连累大家不安宁！他决计，鼓勇气，上山斩大虫，入海杀蛟龙，再把自己来改好，待人恭敬有礼貌。除去三害，快乐世界！①

故事诗《周处改过》有明显的文言与白话夹杂的成分，如"行行重行行，不觉进了城"，强调了尾句的押韵。同时，通过对仗的形式构成故事诗回环、重复的效果，例如"到街上""进酒店"。这首诗中周处的遭遇与改过，构成了故事的节奏感，使其富有一定趣味。最后一个诗行，简短写周处改过的过程，强调"再把自己来改好，待人恭敬有礼貌"。通过具体的历史故事去表现知错就改这一品德。陈伯吹的另一首故事诗《忍耐一忍耐》，讲述韩信忍胯下之辱的故事，最后一个诗节点出教育主旨：

---

① 陈伯吹：《周处改过》，《儿童世界》1929 年第 18 期。

大丈夫能屈能伸，不妨是暂时伏倒，今朝钻着裤子裆，他年打仗立功劳。谁不知道？三杰中韩信英豪！谁不知道？淮阴侯韩信封号！①

这首故事诗重点描写了韩信忍胯下之辱的心理与行动，略写了相关的后续，点出韩信最终成才的结果。与《周处改过》类似，故事诗对原本的历史故事进行了详略处理，或过程剪接，突出道德、能力教育主题及与之相关的内容。

沈百英的故事诗《蚁报仇》《上学》《青草》等，则更关注对场景的表现和片段的描绘。例如《青草》：

我是草儿我姓草，我的朋友多多少。我们生在荒野里，靠着自己的力量，发芽抽条。

我们不爱穿红着绿，打扮娟俏，只有淡淡的装束，穿一件青色的外套。

我们不愿为人点缀园墅，不愿为人装饰堂奥，只喜欢在荒野里，逍遥自在，自在逍遥。

我们不喜欢叫蜂儿传信，跟蝶儿打扰，只喜欢听黄莺一曲歌声，趁着微风，向他点头微笑，还做一次窈窕的舞蹈。②

这首故事诗完全打破了讲故事的模式，采用自我表白的方式营造抒情性氛围，展现了青草自由快乐的状态。例如，"只有淡淡的装束，穿一件青色

---

① 陈伯吹：《忍耐一忍耐》，《儿童世界》1929 年第 11 期。
② 百英：《青草》，《儿童世界》1931 年第 20 期。

的外套",显示青草的颜色,以拟人口吻表现出青草此刻的"心情"。这种不完整的叙述(被定义为"故事诗"),展现出另一种可能——关注场景、片段的描绘。这类叙述中的抒情倾向,最终也影响着故事诗在叙述过程中注重描写细节。例如《苏武牧羊》中的"只见大雪飘,零丁孤又寂。// 既饿且寒冷,嚼雪聊充饥"[1],增加了对苏武困守情景的描绘,改变了讲故事时以情节为重忽视环境等,进而引导儿童读者关注苏武牧羊的艰难与坚持。

与之类似,《小朋友》登载的故事诗,多较短,且关注事件的概括或场景的描写,进而引出与公民道德相关的主题,传递教育观念。例如《螳臂当车》就是一首较为概括的故事诗:

> 有虫有虫,
> 名叫螳螂;
> 看见车来,
> 曾用臂当。
> 虫尚如此,
> 守土的人有兵有枪,
> 坐视国破城亡,
> 那真太没心肠![2]

对螳臂当车这个典故,作者只用了两个诗行来概述。而由此生发的更多内容,是激励儿童爱国、批评守卫丧国。"虫尚如此",连接了前部分螳螂用

---

[1] 顾缉明:《苏武牧羊》,《儿童世界》1935年第1期。
[2] 载耘:《螳臂当车》,《小朋友》1933年第579期。

手臂挡车的"不自量力",也引出了后文人比螳螂有力量却不敢阻挡外国人的侵略的懦弱。最后,批评"那真太没心肠"。这首故事诗的情节较淡,更偏向于将螳螂作为起兴和对比之物,叙述性较弱。而《收检过失的老人》,则以想象的场景表现出劝诫儿童节约、不犯错的教育目的:

> 阿珍独自个点着灯,
> 夜半更深还没有困。
> 忽地闯进了一个奇怪的老人,
> 吓得他毛发森森。
> 那老人对着阿珍说:
> "我是收检过失的人,
> 你现在点着灯不困,
> 假使遭了火灾,
> 你的过失就不轻,
> 所以我要把你戒惩!"
>
> 阿珍连忙再三哀恳,
> 允许以后做一个没有过失的人,
> 决不再如此愚昧拙笨。
> 于是那个老人,
> 也就十分和蔼可亲,
> 倏忽儿便不见他的踪影。①

---

① 君素:《收检过失的老人》,《小朋友》1929年第350期。

这首诗通过一个"奇怪老人"的前后态度变化来呈现教育目的。第一节批评阿珍浪费,第二节赞赏阿珍改过后"和蔼可亲"。在想象场景的叙述与态度对比中,希望能够引起儿童的兴趣,"做一个没有过失的人"。而恰恰是"做一个没有过失的人",将这些诗歌所表现的教育观念和教育改造的目的表现得明确又直白。包裹在故事趣味中的诗歌,所表现出的审美尺度并非故事趣味本身,而指向对儿童的道德塑造。

其次,儿童诗歌多展现与道德、卫生、爱国等主题相关的具体行动或场景,褒贬态度分明,以实现诗歌引导儿童遵守教育规范的目的。与前者强调趣味来阐释较为抽象的公民美德观念相比,这一类儿童诗歌强调具体的行动或场景,以规范、引导儿童的行为。因此,尽力追求字句浅显、直白,强调教育行动的规范与引领性,显示出更强的教育实用价值倾向。从儿童文学期刊与儿童诗歌选集中的诗歌来看,部分儿童诗歌显示出类似倾向,表现出时人对儿童诗歌的选择和评价更倾向于其如何展现教育性,引导、规范儿童的行为。例如,儿童文学期刊《儿童世界》中的许多儿童诗歌多是倡导如何做好卫生、强身健体、参与活动等内容。比如,志坚的儿歌《夏季卫生歌》:

夏季里,卫生最要紧,讲卫生、三事要当心:
第一件事是食物,食物必要拣鲜新,——
腐鱼败肉不可吃,烂果生瓜莫乱吞!
第二件事是穿衣,穿衣要把冷暖分,——
夜眠早起宜多着,不可贪凉赤着身。
第三件事是居室,居室必要扫洒勤,——
常行消毒保清洁,勿使微菌半点存。

朋友们倘能照着上面做，保你康健且欢欣！①

开篇便是"夏季里，卫生最要紧"，直白地点明这首诗歌的用意。整首诗歌以讲卫生的三件事为明确的规范对象，指引儿童关注食物、穿衣和起居室三个方面。每个方面的内容描述得极为细致，具体而明确。最后一行"朋友们倘能照着上面做，保你康健且欢欣！"，显示出这类儿童诗歌对规范行为、教育引导行为的明确指向，尤其是"保你"，带有强烈的肯定语气，更像是某类药物、用具的说明书、宣传单。与之类似的还有《每天应该》之类的作品：

每天应该怎样好？
早晨应该起身早。
白天只有工作好，
运动身体也重要。
晚上睡觉总要早。②

以每天应该做什么为内容，具体到每一个重要的时间点——"早晨""白天""晚上"。这些时间点则构成了儿童生活的一天。这意味着，这首儿童诗歌以尾字押韵的形式，用诗歌来规范和指导儿童一天的生活。诗歌中每一个行动都是明确的指示，具体可操作，但诗歌本身的语言和内容意趣，以及儿童思维、经验与社会规范碰撞的情趣和诗意都消失了，但其作为王人路所说的"非常有益"③而言，其规范的内容与明确的指导确实是有益的。而如《夏

---

① 志坚：《夏季卫生歌》，《儿童世界》1928 年第 23 期。
② 王人路编绘：《儿童诗歌（第三集）》，人众书局 1933 年版，第 3 页。
③ 王人路编绘：《儿童诗歌（第三集）》，大众书局 1933 年版，卷头语。

季卫生歌》《每天应该》之类的儿童诗歌,恰恰符合当时教育实用价值倾向下"具体而明确的"[①]审美需求与评价。陈伯吹在《儿童读物的检讨与展望》一文中提及,这一时期《爱的教育》《孩子的心》《苦儿努力记》,"因了具有教育的价值,销售很不坏,并且隐隐地成为儿童读物出版界的一种趋势"[②]。在这种偏好教育价值的大背景下,具体表现儿童生活规范,明确地指导儿童行为的儿童诗歌,构成一种不同于五四时期的审美经验与评判标准。

虽然儿童诗歌呈现出以规范教育行为为审美特质的倾向,但也有一部分儿童诗歌通过对具体对象/场景的创造性表现,使得自身富有一定的诗意。例如玉成的《麦之歌》:

> 五月麦熟,
> 麦浪随风起又伏。
> 它们娑娑的响着,
> 低了头儿在唱歌:
> "小朋友,我靠了——
> 勤力的农夫来种我,
> 温暖的阳光来照我,
> 肥沃的泥土来养我,
> 滋润的雨露来沐我,
> 才得长成这么的一科科。
> 小朋友,你吃馒头的时候,

[①] 陈伯吹:《儿童读物的检讨与展望》,《大公报》1948年4月1日。
[②] 陈伯吹:《儿童读物的检讨与展望》,《大公报》1948年4月1日。

不必感谢我,

请你谢谢他们四个!"①

诗歌大篇幅地表现麦熟的场景,通过麦子唱歌这一拟人手法来表现麦子成长过程中农夫、阳光、泥土和雨露的滋养。虽仍然难逃程式化的叙述,但形容词和动词随着名词的变化,构成了麦子的成长过程,较有画面感和生动性。最后,"小朋友,你吃馒头的时候,/不必感谢我,/请你谢谢他们四个!"这样的告知就顺理成章了。当然,诗歌最后的告知有明确的教育指向,强调儿童获得了食物应向谁感恩。感恩的指向与感恩的必要性,显示出其仍然遵循以教育为重的审美评价标准。与之类似的是陈伯吹的《问问雁儿》:

……

雁呀雁!

你们高飞在天边。

排个一字一条线,

排个人字两行聊。

雁呀雁!

你们相敬相爱飞并肩,

好比哥哥弟弟可艳美,

最可赞的是:团体生活结得坚!②

---

① 玉成:《麦之歌》,《儿童世界》1930年第23期。
② 陈伯吹:《小朋友诗歌》,北新书局1932年版,第80—81页。

《问问雁儿》最初发表在《儿童世界》1929年24卷19期，名为《雁呀雁》，后收录在《小朋友诗歌》中。《小朋友诗歌》收录了陈伯吹许多较有名的儿童诗歌。他善于将自然万物化身为儿童的朋友，通过日常亲切的交流或描述，自然而然地将教育理念传达出来。《问问雁儿》以小朋友对北迁大雁发问的口吻，介绍了大雁春回大地时一路北迁所见到的秀丽风光，与燕子习性不同而引发的联想，最后不忘教育和赞颂。结尾描述雁儿高飞的场景，明确指向了相亲相爱的团体生活美德。"最可赞的是：团体生活结得坚！"其中以"最可赞"，表明了陈伯吹的教育价值指向和评价态度，结合大雁群飞的景象和团体的联系，构成了对集体生活的引导倾向。

　　这种体现明确的教育价值倾向的创作还有陶行知的儿童诗歌。1917年，陶行知从哥伦比亚大学回国后积极投身教育，组织中华平民教育促进会，推进平民教育。在儿童诗歌方面，他做出了历史性贡献，提倡"诗歌下嫁"，即诗歌的民族化和大众化，主张"为大众写""为小孩写"，所创作的诗歌大部分是为儿童创作的。从20世纪30年代初开始，他就用诗歌作为教育的武器，并从歌谣中汲取营养，尤其是从儿歌中学习表现手法，形成了一种独特的风格，被称之为"行知体"。通俗、短小、押韵和口语化，是"行知体"儿童诗歌的特征。代表作有《风雨中开学》《小先生歌》《自立歌》《人的体操》等，强调具体而明确地表现教育性。例如，1928年，他创作的《风雨中开学》，借鉴北方山歌的"风来了，雨来了"，运用了民间童谣中反复的手法，简洁地描绘风雨中小学开学时两位老师忠诚于教育事业、热情地迎接孩子上学的感人情景：

　　　　风来了！

雨来了！
谢老师捧着一颗心来了！

风来了！
雨来了！
韩老师捧着一颗心来了！①

风雨中捧着心来的教师形象是如此生动，显示出对教育和教育者的赞美，又饱含着情与景融合的诗意。而《自立歌》则更为浅显具体地表现自立自强的精神：

滴自己的汗，
吃自己的饭，
自己的事自己干，
靠人，靠天，靠祖上，
不算是好汉！②

这首诗歌被收入《行知诗歌集》时取名为《自立歌》。陶行知用最直白的"滴自己的汗，/吃自己的饭"，展现"自己的事，/自己干"的自立意义。这将他"生活即教育"的教育观念融入具体的生活行动中，引导儿童学会自立自强。与同时期那种充满强烈规训的儿童诗歌相比，陶行知的《自立歌》虽

---

① 陶行知：《行知诗歌集》，人孚出版公司1947年版，第52页。
② 陶行知：《行知诗歌集》，大孚出版公司1947年版，第41页。

然也呈现了具体的行动及行动规范,但歌谣式构成的旋律与"靠人,靠天,靠祖上,/不算是好汉"的谚语融入诗歌中,既生成一种大众通俗化的趣味,又朗朗上口。明确的教育指向通过"好汉"的暗示表现出来,不过分直白而颇有思索的余地。

整体而言,这时期儿童诗歌的教育实用价值倾向构成了儿童诗歌的主要审美标准,强调对教育相关内容的具体表现,从而规范儿童行为和展现教育示范内容。这必然导致儿童诗歌逐渐成为传递教育理念和教育内容的工具,逐渐失去独立的文学艺术价值。

最后,儿童诗歌强调表现科学内容,传达客观知识。正如陈伯吹所谈及,"这一时期的儿童读物是从'想象'跃进'现实'"[1],强调科学常识。实际上,五四时期以《儿童世界》为代表的儿童刊物就注重向儿童介绍科学常识。九一八事变、淞沪会战后,全国掀起了"科学救国"的浪潮,对科学知识的需求更为迫切。1931年,陶行知在上海开展了著名的"科学下嫁运动",董纯才积极参与其中,并编写出版了《儿童科学丛书》等,翻译伊林和法布尔的作品。茅盾在1933年呼吁多出科学的、历史的读物,认为当下"尤以关于科学的及历史的读物最为缺乏"[2]。茅盾在《论儿童读物》中呼吁的科学和历史的读物,包括人体构造、食物卫生、宇宙起源、自然奇观、地球人民的生活状况、科学新发明、太平天国、义和团、鸦片战争和孔子周游列国等。由此可见,当时的科学常识是一个包含自然、生物、社会和历史的广泛科学范畴。对科学常识的知识性强调,是因为"我们这时代的特点是和时间赛跑。我们落后得太厉害了!"[3],是时局"落后"心态下对科学知识和技术的追求。茅

---

[1] 陈伯吹:《儿童读物的检讨与展望》,《大公报》1948年4月1日。
[2] 珠:《论儿童读物》,《申报》1933年6月17日。
[3] 江:《关于"儿童文学"》,《文学》1935年第2期。

盾在《关于"儿童文学"》(1935)一文中指出,当前的儿童文学"由单纯的'儿童文学(小说、故事、诗歌、寓言)扩充到'史地',到自然科学'"[1],表现出了这一时期重科学常识的儿童文学观。1936年,鲁迅在《致颜黎明》这封信中谈到给儿童读的书,"但我的意思,是以为你们不要专门看文学,关于科学的书(自然是写得有趣而人容易懂的)以及游记之类,也应该看看的"[2],也强调学习科学常识。由此可见,对科学常识的强调已经构成了时代的共识,而要求儿童学习科学知识,并发展成为具有现代科学常识的人,也是一种教育的儿童观。

在此背景下,儿童诗歌自然强调传达科学常识。知识性的呈现构成了儿童诗歌教育实用价值倾向。这些表现科学常识的儿童诗歌,多采用儿童发问,或独白,或一问一答的形式来融入科学常识。例如,陈伯吹的《问问雁儿》[3]:

雁呀雁!
好久不见,又是半年;
半年里头你们可健康?可平安?
惹得我,朝朝暮暮好挂念!

雁呀雁!
想你们去时正当暖洋洋的春天,
千红万紫百花鲜;
如今你们归来在秋天,

---

[1] 江:《关于"儿童文学"》,《文学》1935年第2期。
[2] 《鲁迅全集 书信(第十四卷)》,人民文学出版社2005年版,第66页。
[3] 陈伯吹:《小朋友诗歌》,北新书局1932年版,第77—81页。

却是稻粱熟满田。

雁呀雁！
我又想起你们向北飞去路迢远，
可曾瞧见那雄壮险要的山海关？
可曾瞧见那万里长城曲曲蜿蜒？

雁呀雁！
可曾瞧见那蒙古的雪地冰天？
可曾瞧见那成群的骆驼，在沙漠里走得缓缓？
可还曾瞧见那戴着白雪帽子的天山？
……

借南归北飞的大雁与北归南飞的传统视角，构成季节差异。创作者站在南方的视角，询问大雁北方的风物，由此构成了对北方地域知识的把握。如果说陈伯吹的《问问雁儿》中对北方地域常识的介绍还是一种概括性的知识传递，那么叶绍钧的《北边冷地方》则是抓住"冷"这一特点进行具体描摹：

听，听，听，听我唱，
听我唱那北边冷地方。
那边的房子很别致，
只有一个门，没有半扇窗。

木头泥砖都不用，
雪砖做顶雪砖墙，
靠墙铺着兽皮床。
日也点，夜也点，
一盏油灯在中央。
外面的风吹不进，
灯火不动灯光黄。
听，听，听，听我唱，
夜里梦到北边冷地方。

听，听，听，听我唱，
听我唱那北边冷地方。
那边的人穿什么？
不穿棉布不穿绸衣裳。
里外衣服都用兽皮做，
兽皮帽子遮到了耳旁。
出门去，坐雪车，
手拉缰绳长又长。
前面拉车的是几只狗，
着地的车底滑又光。
车儿前进飞一样快，
四围一片白茫茫。
听，听，听，听我唱，

夜里梦到北边冷地方。①

诗歌以"听，听，听，听我唱，/听我唱那北边冷地方"起头，在两个诗节的头尾不断重复，构成强烈的独白表达形式，增强了诗歌的趣味性。诗节内则是对北边冷地方的"冷"的表现，通过问句来引出内容。例如"那边的人穿什么？"引出北方人的服饰特征。这旨在强调北方地域常识，试图构建北方地域的科学概念。而这种询问的方式还被运用于表现自然现象，描摹自然物的特征。计剑华的《我要问问你》分别对风、月、雨和水进行询问：

（一）风

风呀风！我要问问你！
你在空中到处吹，好像很得意。
我要看你看不见，究竟隐藏在那里？
你有时声音响，有时声音低，
发的是什么脾气？

（二）月

月呀月！我要问问你！

---

① 叶绍钧编，丰子恺绘：《小学初级学生用　开明国语课本　第三册》，开明书店1932年版，第47—50页。

你在空中四面照，好像很得意。
白天你在那里住，为甚我们不见你？
你有时形儿圆，有时形儿缺，
弄的是什么把戏？

（三）雨

雨呀雨！我要问问你！
你在天空向下落，好像很得意。
晴天你在那里住，为甚我们不见你？
你有时点儿大，有时点儿小，
为的是什么道理？

（四）水

水呀水！我要问问你！
你在河里不停流，好像很得意。
我要阻你阻不住，究竟去路到那里？
你有时势儿涨，有时势儿落，
为的是什么事体？[1]

诗歌关注的并非情感或者儿童生活经验，而是借助儿童"经验缺乏"来

---

[1] 计剑华：《我要问问你》，《儿童世界》1928年第20期。

发问，通过相似的结构构成诗歌的节奏。诗歌的"发问"，虽然是借助儿童思考的过程，但是思考停留在物的变化上，并未再进一步。一问一答式的儿童诗歌也如此，对事物的描述仅为抓住特征。例如，采用传统儿歌形式"问答歌"的《四样圆》：

什么圆圆在高天？
什么圆圆浮水面？
什么圆圆街前卖？
什么圆圆手中拈？

太阳圆圆在高天。
荷叶圆圆浮水面。
馒头圆圆街前卖。
皮球圆圆手中拈。①

一问一答，抓住事物的特征"圆"组织诗歌，节奏轻快，押韵流畅。儿童唱这类儿歌时，自然关注太阳、荷叶、馒头、皮球"圆"的特征，完成了知识的输入。

除了运用独白发问和一问一答的常见形式来构建有科学常识的儿童诗歌以外，这一时期诗人们还积极通过较为客观的描写，来表现自然事物和科技发明等。以《儿童世界》为代表的儿童文学刊物，刊载了较多表现科学常识的诗歌，如问庭的《珊瑚》、解冬官的《路灯》、玉成的《无线电的收音机》、

---

① 王人路编绘：《儿童诗歌（第三集）》，大众书局1933年版，第1—2页。

守一的《玻璃窗》、若华的《花和蛙》、赵夐的《北斗星》、赵景源的《游泳》、俞着先的《飞机的研究》、魏志澄的《我是蝌蚪》等。一方面是时代的需求，另一方面则和《儿童世界》等刊物的办刊宗旨有关。例如，《儿童世界》在"一·二八事变"中受损严重，需要重办。徐应昶作为主编仍重申"知识"的重要性，强调"在这些栏里，我们将尽量地供给各位人生宝贵的知识"①。儿童文学刊物上发表的诗歌，有一些较好地融入了儿童的生活经验与情感，显得清新动人，例如若华的《花和蛙》：

> 树上的蓓蕾，
> 都已开了美的花。
> 池里的蝌蚪，
> 都已变成小蛙。
> 呀，好一个春天，
> 暗暗地变成了夏天！②

关注季节的变化，却不似其他诗歌般直言春夏秋冬的转变。诗人将目光放到树上的花蕾和池塘里的蝌蚪，写花蕾变成花朵、蝌蚪变成青蛙的物序变化，进而暗指时间的发展。最后感慨"呀，好一个春天，/暗暗地变成了夏天！"，饱含着在物序中发现时间变化的惊奇感。而"暗暗地"一词，生动地抓住了春季转入夏季的悄然变化，表现出自然流转的可爱。季节转换的时间常识与物趣的表现融为一体，构成了一首颇为清新和奇妙的儿童诗歌。不过，

---

① 徐应昶：《编辑者话》，《儿童世界》1932年第29卷新1期。
② 若华：《花和蛙》，《儿童世界》1930年第17期。

更多的诗歌着意去表现知识，强调每一个知识的细节，而失去了对儿童诗歌本身抒情性、趣味性与儿童经验的关注。例如守一的《玻璃窗》：

> 薄薄的玻璃窗，
> 洁白而且晶莹：
> 可以透视屋外的东西，
> 也可以窥见屋内的情形。
> 可以挡住狂风暴雨，
> 但是挡不住太阳的射进！①

"可以""也可以"的句式构成了较为连贯的语气。但是，随后对玻璃窗特征和功能的表现是冷冰冰的，缺乏艺术感染力。既看不到儿童发现世界的特点，也看不到诗歌是如何抒情、叙事和思索的。《玻璃窗》直接将其特征罗列，除了理解玻璃窗的特点，并无生动形象之感。与1924年朱仲琴发表在《儿童世界》的《玻璃窗》相比，情感的温度与发现的雀跃感相形见绌。与之类似的还有赵景源的《游泳》：

> 游泳池边真热闹，男男女女老和小。
> 　短衫短裤上下连，有的头戴小花帽。
> 初学游泳在浅处，手握长杆两腿跳。
> 　时时练习技术高，仰游蛙泳姿势巧。
> 切忌游前冷水淋，游后干布摩擦到。

---

① 守一：《玻璃窗》，《儿童世界》1931年第13期。

池水清冷好避暑，全身运动身体好。①

极力表现游泳的场景和游泳的技术细节，力图传递游泳的科学知识。但语言与结构皆缺乏诗歌的意趣。例如，"切忌游前冷水淋，游后干布摩擦到"，分明就是技术细节提示语，而不是儿童诗歌强调的情感、思考和趣味。而此类表现科学常识的诗歌较多。可见，这一时期知识的传递构成的教育性倾向，取代了儿童诗歌的独立存在价值，试图将其作为一种工具。

值得注意的是，当时这种类型的诗歌还颇受儿童欢迎。《儿童世界》刊载了不少儿童创作的诗歌，认为这可以满足他们对知识的渴求。例如，1929年第23卷第9期中李阶青的诗《儿童世界好》的第二个关键点，就是"内容丰富；增我知识真不少"②；1931年第27卷第15期马友德的《谢谢你》，则是谢谢《儿童世界》使他知识增加……在新年祝福中，孩子们的祝福语也是祝知识高涨，例如1932年第29卷第1期发表的温济直小朋友的作品《新》，祝各位小朋友"思想灵巧知识高"③。民国时期的一个社会调查颇能说明这一问题。1924—1925年，广州中大实验学校的吴福元、薛人仰印制2000余份调查问卷，分发到南京实验小学、苏州女师附小、福州师范第一附小等八所小学的五、六年级进行兴趣调查，共计989名五、六年级学生参与调查，最终形成了《小学五六年级学生兴趣调查报告》。在报告中，五、六年级学生喜欢各种书籍的理由里，"其最前三名的等第为'内容有趣''能增智识''文章可

---

① 赵景源:《游泳》，《儿童世界》1933年第1期。
② 李阶青:《儿童世界好》，《儿童世界》1929年第9期。
③ 温济直:《新》，《儿童世界》1932年第1期。

欣赏'"①。由此社会调查可看出，当时小学生十分看重增长知识，有着很强的求知欲。对儿童而言，了解世界，渴望知识，是天然的心理欲求。从这个角度看，儿童颇为喜爱表现科学常识的诗歌是有一定的心理期待基础的。

因此，就儿童诗歌而言，科学常识在诗歌中的表现是对儿童渴求知识的满足，但同时也需要注意其诗歌的独立艺术价值。这一时期倾向于表达教育观念，追求浅显、直白的诗风的儿童诗歌，显然存在着过于偏重教育性，而忽视了儿童性和诗歌的抒情性等问题。

第三节 儿童诗歌的革命话语与求真、写实的精神追求

这一时期的儿童诗歌，除了追求童心感应到的物趣和强调教育价值，还崇尚"革命"话语，努力彰显"革命"所蕴藉的求真、求实和努力奋进的精神气质。而且，诗歌中的革命声音是复杂的，涉及不同诗歌群体对于革命的理解。直面复杂的革命现实积极发声，书写积极奋进的革命话语，亦是此时段儿童诗歌共同的审美取向之一。

1930 年 3 月，中国左翼作家联盟成立，宣告"我们的艺术是反封建阶级的，反资产阶级的"②，强调"阶级斗争，以求人类澈底的解放"②。"左翼文艺的新思想给儿童文学注入了新鲜血液，使中国现代儿童文学出现了新的面

---

① 吴福元：《小学五六年级学生兴趣调查报告》，载李文海主编，夏明方、黄兴涛副主编《民国时期社会调查丛编：文教事业卷四 二编》，福建教育出版社 2014 年版，第 630 页。
② 《左翼作家联盟成立了！》，《大众文艺》1930 年第 4 期。
② 《左翼作家联盟成立了！》，《大众文艺》1930 年第 4 期。

貌。"① 儿童文学涉及题材更广，既有揭露社会阴暗面的作品，又有反帝爱国的作品，还有表现解放区火热斗争生活和少年英雄事迹的作品。这些构成了革命文学的一部分，强调了儿童文学的现实真实与艺术真实的统一。左翼刊物《大众文艺》开设《少年大众》专栏，在发刊词《给新时代的弟妹们》一文中强调少年与左翼的"亲缘"，强调对革命儿童的未来展望。正是基于这一目的，所以给少年儿童讲的必须是"真的事情"——"我们要告诉你们，过去是怎样，现在是怎样，将来又是怎样"②。因此，求真写实、为儿童揭示历史与现实的真相成为左翼儿童文学的审美特质。求真写实的审美追求，自然构成了这一时期革命儿童诗歌的核心。在革命思潮中，中国诗歌会强调诗歌大众化，创作了不少儿童诗歌。中国诗歌会的活跃成员蒲风，曾为儿童写下不少革命的儿童诗歌，强调在"九一八"之后"再不容你伤春悲秋或作童年的回忆了。……现今唯一的道路是'写实'，把大时代及他的动向活生生的反映出来"③。基于革命的人生观和写实求真的精神追求，儿童诗歌的革命性表现为对现实苦难、帝国主义压迫和阶级剥削的反抗，强调用革命的声音唤醒儿童。

同时，表现革命倾向的情绪也出现在商务印书馆、中华书局等出版发行的国文教材、儿童文学刊物中。但是，因教育出版受南京国民政府的管控越来越严格，其革命的倾向表现为激发儿童的爱国热情，鼓励儿童救国雪耻、继承守节爱国的民族精神等。吴研因在《清末以来我国小学教科书概观》中指出，"革命"气氛在这一时期小学教科书中的变化可见一斑。

> 民国十六年以后，革命空气弥漫了全国，小学教科书，例如商务

---

① 蒋风主编：《中国现代儿童文学史》，河北少年儿童出版社1987年版，第105页。
② 《给新时代的弟妹们》，《大众文艺》1930年第4期。
③ 蒲风：《五四到现在的中国诗坛鸟瞰》，《诗歌季刊》1935年第2期。

《新时代》，中华的《新中华》，世界的《新主义》等就充满了许多国民革命跟三民主义等的教材。不过那时的教科书，文字既很草率，内容又未免多了些叫口号式的叫嚣。民国二十年以后的教科书，例如商务的《复兴》，中华的《新小学》，世界的《新标准》，开明的《开明》，大东的《新生活》等，叫嚣的气焰低了些，目的也逐渐正确了。各科教科书，大概都能依照部定的各科课程标准编辑。国语教科书，也能把民族精神做骨干，特别注重救国雪耻等的教材，而以发明故事，科学故事，读书方法指导等掺杂其间。[①]

吴研因指出，1927年以后，小学教科书所倡导的"革命"是国民和三民主义，强调反封建、反帝国主义和民主生活，但将其视为"口号式叫嚣"，评价并非积极的。1931年以后，教科书的"革命"倾向弱化，指出其注重继承民族精神而实现救国雪耻的爱国精神培育。这也与南京国民政府对民间教科书的控制力度加强有关，"官方机构给予民间出版机构的空间越来越小"[②]。因此，这一时期儿童文学刊物和教科书上指向革命精神的儿童诗歌多与三民主义精神有关，强调爱国和奋斗。例如，陶行知的《锄头歌》原是为歌曲《锄头歌》作词，发表在1928年《儿童世界》第22卷第6期，后又单独作为诗歌发表在1929年第21期的《南通民众》上。诗歌借助农人使用锄头锄地这一动作，利用民歌形式，表现革命与奋斗的精神指向。

---

① 吴研因：《清末以来我国小学教科书概观》，《江苏省小学教师半月刊》1936年第21期。
② 董丽敏等：《商务印书馆与中国文化的"现代"转型（1902—1932）》，商务印书馆2017年版，第345页。

（一）

　　手把锄头锄野草，锄去野草好长苗，衣雅海，雅荷海（助辞），锄去野草好长苗。

（二）

　　五千年来古国要出头，锄头底下有自由，衣雅海，雅荷海，锄头底下有自由。

（三）

　　天生孙公做救星，唤醒锄头来革命，衣雅海，雅荷海，唤醒锄头来革命。

（四）

　　革命成功靠锄头，锄头锄头要奋斗，衣雅海，雅荷海，锄头锄头要奋斗！①

　　"天生孙公做救星"，是对孙中山的歌颂，强调追求自由的革命奋斗精神。但相对于左翼儿童诗歌而言，"革命"强调的是反抗帝国主义和封建主义，以

---

① 陶知行：《锄头歌》，《南通民众》1929年第21期。

及个体努力奋斗的爱国精神,缺少阶级反抗的尖锐性。值得注意的是,这些儿童诗歌所追求的,也多是从中国遭受帝国主义的现实压迫出发,让儿童做时代中的儿童。吴研因在《清末以来我国小学教科书概观》中指出,这种争取独立自由的民族思想被日本人"以为民族思想太浓了,认为是'仇日教育'"[1]。日本人的"抗议"对南京国民政府的影响,直接影响到教科书中对反帝反封建和爱国救亡的革命书写,进而只能以"岳飞拒金""苏武牧羊"等历史来隐喻现实,激发儿童的爱国奋进之心。

最后,还需要注意的是这一时期苏区的革命红色儿歌。1927 年"四一二"反革命政变后,中国共产党在东南、中部、西北等多个地区成立了苏维埃政权,进行土地革命,被统称为"苏区"。直到 1937 年抗日战争全面爆发,国共谈判,苏区才退出历史舞台。这一时期,为了宣传中国共产党的革命政策,开展反帝反封建和土地运动,与国民党反动派做斗争,苏区积极发展戏剧、歌谣等文艺形式。1929 年,毛泽东在《中国共产党红军第四军第九次代表大会决议案》中指出,"红军之打仗不是为打仗而打仗,乃是为了宣传群众,组织群众,武装群众,帮助群众建设政权才去打仗的"[2]。其中,"红色儿歌"因其朗朗上口、简明易懂、易记易诵,便作为富有政治宣传色彩的有力工具。它强调面向人民群众,面向大众儿童,建设和保卫政权。因此,在表现现实和追求真实的基础上,红色儿歌强调通俗明快,呈现出一种明朗、朝气蓬勃的气质。

可以说,这一时期的儿童诗歌因受国内国外的政治局势和文艺思想的影响,表现革命和发出革命的声音,呈现出差异性。但是,这些具有革命倾向

---

[1] 吴研因:《清末以来我国小学教科书概观》,《江苏省小学教师半月刊》1936 年第 21 期。
[2] 李德芳、李辽宁、杨素稳主编:《中国共产党思想政治教育史料选编》,武汉大学出版社 2009 年版,第 48 页。

的儿童诗歌皆强调通俗、浅易的大众化，强调表现现实苦难与求真、写实的爱国精神，发出有力量的斗争声音，昂扬乐观。当然，这种崇尚革命的审美倾向，暗含着强烈的非儿童经验，要求儿童的视野从内在个体拓展到社会群体，关注家国社会与历史革命斗争，从而成为国家民族和时代的儿童。这就与五四时期"儿童本位"观所追求的奇、妙、真和趣的审美观念迥异。

一、爱国奋进与苦难表现中的求真、写实

在复杂多样的革命声音中，儿童诗歌首先表现为对求真、写实精神的审美表达。革命必须面向现实，而在危难的现实中尤其是九一八事变和淞沪会战后，日本对中国肆无忌惮的侵略让社会各界都感受到了危机，强调民族救亡、反帝爱国的革命气氛愈加强烈。时代的变化，自然让成人的儿童观和儿童文学观发生改变，让儿童认识到现实国家的危机，激发儿童的爱国情怀和努力奋进，萌发民族斗志。赵夐在《儿童世界》一文中努力呼唤："……准备起来，并且要常常准备着做一个'时代的儿童'，做一个'社会的儿童'，'世界的儿童'，创造中国的、全人类的'黄金洞'和'安乐之乡'！"[①] 带有乐观的情绪色彩，将孩子看作未来的希望，强调儿童努力能创造"安乐之乡"。赵夐指向的是做"时代的儿童"，要求爱国奋进、积极前进。这一时期，《儿童世界》上刊登的多首儿童诗中出现了"奋斗""努力"等词语，如玉成的《国旗》，把南京国民政府的国旗当作革命勇气的代表，表明心迹"四万万的同胞，都愿为你努力奋斗哩"[②]。诗歌将"努力奋斗"的目标指向国旗，也就指向

---

① 赵夐：《实用文：我国的儿童应有的认识》，《儿童世界》1934年第7期。
② 玉成：《国旗》，《儿童世界》1928年第19期。

国家，表现爱国奋进。赵景源的儿童诗歌《"和平"、"奋斗"、"救中国"》将"奋斗""救国"等词语放入儿童诗歌的题目中，直接明了，充满了口号式的激情。

需要注意的是，这一时期商务印书馆、中华书局等出版社出版的儿童文学刊物上刊登的儿童诗歌，将革命的呼声融入对祖国的爱和抵抗之中，但并未明确抵抗的对象。这也与当时南京国民政府对出版的管辖及商务印书馆等相对不激进的态度有关。赵夐的儿童诗歌如《战歌》《我们的音乐谱》《鸿雁》《风雨中的飞机》《黄浦江》，以爱国奋进的激情婉转唤醒儿童的抵抗之心，呼吁让儿童直面危机的现实。试以《我们的音乐谱》为例：

在街道边电杆线上，
歇着小鸟无数。
一条条的长线，
一只只的小鸟，
写成我们的音乐谱。
这个谱是平和，
还是急速？
这个调是快乐，
还是悲苦？
小鸟不回答，
却唱个不住：
"只有抵抗，
才是生路。

火烧眉毛,

别再糊涂!"①

诗歌以街边电线杆上常见的鸟儿栖息场景开头,将其比喻为乐谱,显得颇为平静。但中间插入了成人强势的疑问,将其平静的氛围转入对乐谱旋律、节奏的"聆听"。而"唱个不住"的小鸟,显然是一种激烈的回答。诗人没有正面回应,却借助小鸟发出"只有抵抗,/才是生路"的奋斗之声。这声音恰恰呼应的是形势紧急的当下,势要将儿童从甜蜜的梦中唤醒。小鸟的声音看似务虚,实则是以拟人手法写实,将现实的危急与唤醒儿童的迫切相结合。这也与赵夐将儿童看作"时代的儿童",能创造未来的"安乐之乡"的观念有关。正是因为儿童关系着充满希望的未来,才需要让儿童面对现实。

这种求真、写实的审美观念,不仅表现在爱国奋进的呼唤和激励中,还表现在要求儿童具体认识现实的苦难中。在国内阶级矛盾和国际民族矛盾的双重压迫下,人民生活日益困苦,儿童们的生活状况更不容乐观。从事儿童文学写作的成人也认识到了这个问题,例如 1933 年《儿童世界》第 31 卷第 7 期的《卷头语》,虽然仍在强调儿童文学表现孩子天性,挖掘儿童内在的精神宇宙,但"最使我们惊异的,全国大部分儿童的心灵已经深深地感受到经济压迫和社会不景气的痛苦"②。在经济衰败、外患压迫的情况下,儿童并非不解世事,他们同样感知到压力和痛苦。这就意味着要求儿童走向现实社会是大势所趋。于是,这一时期涌现了大量的展现苦难现实生活的儿童诗歌,诗人们怀着同情和无奈的心情描绘了一个又一个苦难儿童生活的剪影。其中,

---

① 赵夐:《我们的音乐谱》,《儿童世界》1933 年第 9 期。
② 徐应昶:《卷头语》,《儿童世界》1933 年第 7 期。

中国诗歌会的诗人们的创作尤为动人,描摹儿童的天真、不解与战争、贫穷、剥削带来的苦难,强烈、直接地表现出儿童之苦和社会之苦。试以发表在中国诗歌会刊物《新诗歌》上的《雪花》为例:

> 雪花!雪花!
> 飘飘地下。
> 我当白米拿它,
> 送给烧饭的妈妈。
>
> 雪花!雪花!
> 沙沙地撒。
> 我拿它做白银,
> 赠给我没钱的爸爸。
>
> 雪花!雪花!
> 纷纷的飞。
> 我拿它做白絮,
> 铺上我寒冷的家。
>
> 爸见了将我打。
> 妈见了将我骂。
> 雪花!雪花!

这年头雪花白得真可怕！①

这是一首极有张力又富含儿童思维特征的诗歌，通过对雪花的认识写出了儿童的天真、善良与困境，在懵懂中表现穷人家庭儿童的境遇。诗中并无哭诉，却通过从喜悦到可怕的情绪感知，表现出悲惨生活对儿童心灵的伤害。当雪花落下来时，"我"以富有诗意和体贴的心将其作为白米、白银送给父母，既写出"我"的天真和富有想象力，又暗示儿童已经察觉家庭缺衣少食。第三个诗节进一步写"我"将这丰盈的白雪视作棉絮铺到家中。这些富有儿童思维的认知特征，充满了童心的轻盈可爱。但最后一个诗节笔触一转，分别写"爸见了将我打。/妈见了将我骂"，与"我"的体贴构成了截然不同的态度。这对孩子来说，悲惨的结局仍是未知的，但在成人读来则感受到了贫穷父母的辛酸、愤怒和无助，才将怒气撒到孩子身上。同样的悲苦，在诗句中被儿童和成人读者实现了不同的解读，完成了情感上的连通。最后，"这年头雪花白得真可怕"，一语双关。对孩子来说，原本可爱的雪花因父母的打骂而变得可憎、可厌、可怕，在未知中以身体和情感的伤害呈现了一种儿童强烈的委屈和痛苦。对成人来说，儿童的委屈和背后隐藏的父母艰辛的生活，同样让人感受到辛酸和悲痛。雪花落得越大，对穷人来说，这个冬天就越难熬。诗歌到最后，饱含辛酸和痛苦的情感隐匿在"这年头雪花白得真可怕"中，言已尽而意无穷。在指向真实的审美观念中，这首诗歌以情感的转折和"儿童—成人"话语双关的情感连通，呈现了饱满的诗意，于趣味中显悲哀，更见悲哀。

柳倩的儿歌《雪花飞》与蕾嘉的《雪花》，虽同是通过描写雪花来表现儿

---

① 蕾嘉：《雪花》，《新诗歌》1934 年第 6—7 期。

童及其家庭的苦难,但在诗意的张力与情感的表现中略逊一筹。诗歌以儿童视角的第一人称方式,急呼雪花"莫飞上了娘的衣""莫打湿了爷的背"[①]等,表现儿童迫切的心理。对着雪花的呼唤与呵止,显示出诗人把握住儿童万物有灵思维中喝令自然和祈求自然的激愤与哀求,更显示出现实生活中一家人的"无衣加""无火炉烧"的穷困。而一个爱护父母、早熟的贫穷儿童形象跃然纸上。而三部分诗节结尾从"雪花,雪花!/你缓缓些儿下!"到"雪花,雪花!/留着罢,不要下!",展示出雪花不断落下的过程中儿童的心情变得更加焦急和痛苦,情绪逐步变得强烈。这首儿歌的表述是直白呼吁式的,加以细节的渲染,情绪逐步递进。与《雪花》相比,前后的反差较小,转折构成的诗意和含蓄度较弱,但仍然是一首在情感表现和语言表达上抵达真实之境的优秀儿童诗歌。两首诗书写同样的题材和相似的主题,以不同的书写方式构成了同样突出的哀婉动人的审美效果。

中国诗歌会的诗人们在表现经济贫穷和境况凄楚的儿童时,善于将儿童形象与天气等自然环境结合在一起,融情于景、情景交融,更显出苦难中哀婉又不忿的艺术效果。蓬白的《北风吹》,在呼啸的北风中以儿童的口吻控诉"泥巴拿来当饭吃,/谷米拿来缴军粮"[②],这不合常理、没有常情的现实境遇让人潸然泪下。而诗歌在寒冷和呼啸的北风中,以这极其不合理的现象控诉了严苛、高压的税制下穷苦人民的悲惨境遇。儿歌《天未明》(白曙)以儿童视角写黎明未至,爸妈舀不出米的凄惨景象和老爷催租的刻薄场景:"'老爷,老爷,请开恩!'/妈妈跪倒马跟前;/爸到狗窝去躲避;/老爷凶狠狠,/唧唧哝哝好威风。/拉高码头向桥东,/不管你哭怎悲痛,/马蹄溅雪溜了风。"[③]

---

① 柳倩:《雪花飞》,《新诗歌》1933 年第 1 期。
② 蓬白:《北风吹》,《新诗歌》1934 年第 1 期。
③ 白曙:《天未明》,《新诗歌》1934 年第 1 期。

这在空间上形成催租的老爷坐在大马上高高在上的样子，而对比凄惨的是妈妈的跪和爸爸躲狗窝，以极低的姿态展示出穷苦农民的卑微无助。除了以景写人表现情感外，这类儿童诗歌在求真、写实的精神下还擅长以叙述事件的方式，通过情感的对比，来表现出儿童的苦难。蒲风的《牧童的歌》，借牧童的口描述大灾荒时平民家庭不得不卖儿鬻女的悲惨境遇。牧童的"不怨我的爹，不怨我的妈"①的懂事、体贴，与怨恨人贩子、地主的残忍折磨，构成情感的冲击。在怨与不怨之间生成了强大的张力，更显示出苦难的深重。

除了表现经济困窘、命运波折和遭受盘剥的苦难儿童形象外，表现帝国主义战争对儿童身心造成伤害的儿童诗歌也不少。大部分以儿童视角，进行经验遮蔽叙述，但更切中要害，触动人心。杜谈的《思母谣》，以帝国主义侵略战争带给孩子身体和心灵的双重创伤，书写苦难深重的儿童：

一

飞机飞，炮弹舞，
　　我们在战争底下过日子。
房屋被打塌，
　　妈妈被压死，
爸爸跛着脚，
　　带着我逃走。

---

① 蒲风：《牧童的歌》，《新诗歌》1934年第1期。

二

　　逃到上海来，
　　　　整整已三年，
　　三年晨光好难挨，
　　　　爸爸残废了。
　　厂里进弗去，
　　　　自己年纪小！
　　没人收学徒，
　　　　前走后退都无路！

三

　　想起了妈妈，
　　　　饿火暂时煞！
　　哭也不敢哭，
　　未曾出声爸爸泪先流。
　　要哭那能够。

四

　　一年一次"一二八"，
　　　　妈妈只能死一次！

爸爸残废了，
　　自己太年幼！
不敢怨人怨"天数"？

憧憧高洋楼，
　　打塌重新筑，
妈妈只能死一次！
　　爸爸残废了，
自己太年幼！
　　不敢怨人怨"天数"！①

一句"一年一次'一二八'，/妈妈只能死一次！"振聋发聩。"一·二八事变"中，日本帝国主义侵略者惨无人道地轰炸上海的学校、公司和居民住宅等，造成了成千上万家庭家破人亡、分崩离析。诗歌以儿童的口吻，开篇描述轰炸中房屋倒塌、母亲身亡和父亲跛足的悲惨"结局"，又以此灾难的结局继续叙述战争灾难之后更持续、更长久的伤痛。背井离乡，忍饥挨饿，无路可走，思母无门。从身体到心灵，从家园到个体，作为一个单独的"我"是千万个流离失所的儿童的缩影。正是儿童经验的遮蔽，使得诗中的叙事者并不知道是谁让他失去了家园和母亲，饱受折磨，只记得一个时间标志"一二八"。在儿童视角和儿童读者视野中，"一二八"的时间符号代表着可怕和悲痛的战争灾难，在"我"的时代重复上演。而诗歌中"妈妈只能死一次！"的绝望与呼号，则显示了极大的悲痛。在无数次的战争灾难与侵略和只有一

---

① 杜谈：《思母谣》，《新诗歌》1934年第1期。

次的生命、只有一个妈妈的现实中，构成情感的强烈撞击。苦难不只是身体的痛楚，还让儿童的心灵饱受折磨。而当"一二八"进入成人视野则又构成了新的意义，在确认了历史事件和日本侵略者的身份后，进一步激起情感的怜悯与憎恨。《思母谣》最后"不敢怨人怨'天数'!"，看似一种封建意识的回归，但实际上正是以"怨'天数'"写出了经验有限的儿童，面对巨大的痛苦与灾难而茫然、悲伤。

在表现儿童对时间节点的记忆和灾难的哭诉上，胡楣的《哥哥》与杜谈的《思母谣》类似。他用小弟弟的口吻，写出了哥哥和爸爸为日本老板做工得不到报酬反被打死的荒谬结局。诗歌结尾反复控诉，"哥哥被打死，/五月三十号。/我记着，/五月三十号；/我要讨偿命！/我要吃得饱"[①]，点出了哥哥死亡的时间。而这个时间恰恰影射了1925年的"五卅惨案"，表现出对帝国主义与军阀的仇恨，唤醒"五卅惨案"的悲痛记忆。

从真实的历史到诗歌的时间记忆，从现实苦难的儿童到诗歌中的苦难形象与情感冲击，这类儿童诗歌从题材到手法完成了对现实的书写，表现了现实主义精神，饱含着哀婉、悲伤和不忿的情感。正如胡楣介绍苏联作家布哈林关于诗的报告里对诗求真写实的现实主义精神的理解，"诗，也和其他的艺术一样，是离不开以人类社会，客观的现实作背景的；同时，也和其他的艺术一样，负了一种渗透到社会变革的动力中，推动历史的发展和人类生活的前进的积极的任务"[②]。这种求真、写实的审美观念及书写苦难的哀婉、悲伤和不忿的审美氛围，构成了儿童诗歌对时代儿童的映照，又以一种积极的力量激发儿童成长，认识苦难，冲破苦难，成为革命历史前进的新动力。而这

---

① 胡楣：《哥哥》，《新诗歌》1934年第1期。
② 胡楣：《用什么方法去写诗》，《新诗歌》1934年第4期。

种表现底层儿童的苦难、哀婉、不忿的情感,在五四时期的儿童诗歌中虽有涉猎,但远远不够。恰好在这一时期,苦难儿童形象书写大规模出现,一举革新了儿童诗歌形象史。除此之外,温流的《卖菜的孩子》、蒲风的《挨打的小阿莲》、王文川的《牛吃草》、周而复的《刈草的孩子》、于赓虞的《盲童》等,皆生动形象地刻画了一个个在苦难年代艰难生存的孩子。虽然这一类作品没有直接的反抗,没有十分激昂的斗争,只有孩子们对于现实的无奈和叹息,但是,这才是这一时期大多数底层苦难孩子的真实写照,在苦难生活中挣扎却不知何时才能满足卑微的愿望。与此同时,苦难的儿童形象及其生活成为一种新的诗歌经验进入读者视野,为理解坚决斗争和反抗的儿童诗歌实现了可能。而这类诗歌的情感冲击与形象共情,则是求真、写实审美情感的外在表现。

二、昂扬的革命斗争精神和蓬勃生长的力量

受革命风潮和左翼文学的影响,儿童诗歌一方面揭露时代儿童身体和心灵遭受的苦难,表现真实的世界;另一方面则从现实出发,强调昂扬的革命斗争精神,旗帜鲜明地反帝国主义和资产阶级,要求创造一个新世界。诗歌从现实出发,看到现实的不公和耻辱,发出反抗的声音,充满了激烈的情感和反抗的力量。这种力量既来自对现实的控诉和反抗,又来自通过革命建设一个新的世界的美好呼唤。中国诗歌会的创作正是表现这种昂扬革命斗争精神的典范,如穆木天在中国诗歌会刊物《新诗歌》的《发刊诗》中所表明:

  压迫,剥削,帝国主义的屠杀,

>反帝，抗日，那一切民众的高涨的情绪，
>
>我们要歌唱这种矛盾和他的意义，
>
>从这种矛盾中去创造伟大的世纪。①

怀着昂扬的斗志和创造的精神，将新诗走向大众作为使命的中国诗歌会于1932年9月成立，发起人有杨骚、穆木天、任钧和蒲风等。中国诗歌会强调新诗歌要用走向大众的形式——歌谣，来写作与时代、大众相关的内容，表现出积极的进取和斗争精神。穆木天认为，新诗已经发展到一定阶段，但是仍无法到民间，与现实的大众脱离。②蒲风在《五四到现在的中国诗坛鸟瞰》一文中，梳理从"五四"到1935年的新诗历史，尖锐地批评了新月派与现代派，认为"现今唯一的道路是'写实'，把大时代及他的动向活生生的反映出来"③。写实的目的是反抗和斗争，鼓舞更多的民众歌唱新的世纪。对中国诗歌会的成员们来说，批评新月派和现代派正是基于诗歌是革命斗争和大众力量观念的必然：

>新月派的诗，在本质上，可以说是没落的，丧失了革命性的市民层的意识之反映，它是唯美的，颓废的。……至于现代派，则在本质上，乃是十足的小市民层的有气无力的情绪和思想的表现。……显然地，这两种流派的诗人都是逃避现实，粉饰现实，甚至歪曲现

---

① 中国诗歌会主编：《发刊诗》，《新诗歌》1933年第1期。
② 参见木天《关于歌谣之制作》，《新诗歌》1934年第1期。
③ 蒲风：《五四到现在的中国诗坛鸟瞰》，《诗歌季刊》1935年第2期。

实的；……①

任钧对新月派"丧失了革命性"、现代派"有气无力"的情绪和思想的判断，正是当时这些诗人普遍的判断。由此，从诗歌的观念和目标出发，这些诗人的创作讲求一种力量的美感，既包括对现实的逼真写实和反抗压迫的力量，也包括激荡的情绪感染力。正是这种昂扬革命斗争精神中的力量感，构成了这类诗歌的审美效果。

较早在儿童诗歌中表现儿童昂扬的革命斗争精神，充满无穷力量感的是冯宪章创作的《劳动童子的呼声》(1928)。诗歌以儿童作为叙述者，用第一人称的方式喊出前进的口号，奏响激情的号角。诗歌开篇以反抗的姿态高喊："不要以为我们现在年轻，/还不应该过问一切国政；/可知我们是未来的主人！/我们有创造历史的使命！"②"不要以为我们现在年轻"的反抗姿态，率先表达出"劳动童子"的不满。他们不满成人大众以儿童年幼为名排斥儿童参与时代斗争的观点，要做"未来的主人"去肩负"创造历史的使命"。开篇的反抗、不满和自我价值赋予，展现了劳动童子们全新的、生长的和具有能量的自我定位，强调儿童在时代的能动性，反抗弱化儿童的倾向。诗歌中间部分叙述劳动童子们的身世，表现贫富、剥削和压迫，要继承劳动的父母的使命，最终"我们要挽救一切被压迫的人们"③这无比自信的口吻，充满力量的儿童话语，呈现了这首诗的昂扬斗志与颇具力量的美感。冯宪章在诗集《梦后》的《后记》中，叙述自己对革命的热忱和迸发跳动的情绪的一段话，

---

① 任钧：《关于中国诗歌会》，载谢冕总主编，吴晓东本卷主编《中国新诗总论2 1938—1949》，宁夏人民教育出版社2019年版，第441—447页。
② 冯宪章：《梦后》，紫藤出版部1928年版，第73页。
③ 冯宪章：《梦后》，紫藤出版部1928年版，第76页。

与《劳动童子的呼声》颇有呼应之感：

> 布洛克先生说："用你全身，全心，全力静听革命呵！"
> 蒋光慈先生说："用你全身，全心，全力高歌革命呵！"
> 我这穷小子说："用你全身，全心，全力努力革命呵！"①

"努力革命"的个人情感如同大江奔流，带着强烈的情绪力量，构成了《劳动童子的呼声》中振聋发聩的呼喊声。而陈正道的《少年先锋》有异曲同工之妙。1930 年，陈正道在《新地》上发表了《少年先锋》，开篇以劳动儿童为第一人称喊出"我们从铁和血里生长起来"②，奠定了全诗高昂的气势。铁和血中的生长，既表现出两个词代表的斗争状态，又洋溢着蓬勃的儿童生命力。诗歌以富有力量的词句带动喷薄而出的激情，讴歌革命，表达了为革命勇往直前的信念和热情。

中国诗歌会的诗人，如蒲风、杨骚、温流、萧三、王亚平等，也写作儿童诗歌，继承了冯宪章、陈正道等左翼诗人的革命斗争精神气质，表现了儿童"站在被压迫的立场"③，反对一切压迫的决心与激情。儿童是被压迫的大众的一员，也必然要认识现实，以激越的情感去反抗和斗争。中国诗歌会的诗人继承左翼文学的传统，认识到儿童所代表的未来性与革命的前进方向是一致的。这代表着新生的力量，代表着未来可能实现的新世纪的一切。因此，儿童诗歌以激荡的情感去表现现实、反抗压迫和歌唱未来，体现了来自底层劳工儿童的力量。杨骚于 1932 年创作《小兄弟的歌》，运用象征、隐喻的手

---

① 冯宪章：《梦后》，紫藤出版部 1928 年版，第 100 页。
② 蒋风主编：《中国儿童文学大系·诗歌（一）》，希望出版社 2009 年版，第 122 页。
③ 中国诗歌会主编：《关于写作新诗歌的一点意见》，《新诗歌》1933 年第 1 期。

法，以暴风雨到来的前夜象征革命斗争前的紧张、肃穆氛围：

一　前夜

狗在吠，匪！匪！匪匪匪！
发脾气的云在天上堆，
怒冲冲的云在天上飞，
月在战栗，星在流泪……

妈妈说：怕明天风雨大，
会把我们的屋顶打碎；
爸爸说：管它七代妈的，
这破屋只好给它摧毁，
哥哥笑：他说，对了呵，
我们重新建一座干脆！①

诗歌中家人的对话内容，表现了打破当前混乱局势、重建一切的决心和勇气。待到斗争已然来临，面对咆哮的大风和密集的雨滴，积淀的情绪喷涌而出。"我跟哥哥跑了出去，/ 暴风吹开我们勇敢的短衣"，表现出了少年人无所畏惧的勇气和迎接暴风雨的革命行动。最后，在哥哥的牺牲这一悲伤的事实中，迎来了胜利的消息，胜利的兴奋与亲人牺牲的悲伤两种情感交织。"我"意识到还需将哥哥的事业继续，只得在悲伤中拾起前行的信心和希望。

---

① 杨骚:《小兄弟的歌》,《文学月报》1932 年第 4 期。

啊，这是怎样悲痛的一阵暴风雨，
但这是怎样有意义的一阵暴风雨！
现在洋楼酒馆钱庄银楼全都毁灭，
整千整万的死尸被暴涨的洪水飘了去；
那尽是苍白，朽旧，残酷，而淫荡恶毒的。
现在是，对你说，哥哥和许多的兄弟，
现在是，现在是你们应该欢喜。
因为太阳已从糊模的地平线升起，
红的光赶走了一切的黑暗和阴霾。
你们虽然死了，但你们勇敢的牺牲，
将建设起来我们就是你们的新天地，
你们虽然死了，虽然还要多大的苦斗，
但还有我，有无数和你们一样的，
勇敢耐劳的活着的兄弟！[1]

诗歌中的"太阳"象征着光明和革命的胜利。而哥哥们的牺牲铸就了这胜利，哥哥们的革命精神将被无数弟弟继承。诗中最后"但还有我，有无数和你们一样的，/勇敢耐劳的活着的兄弟！"，显示出前仆后继的革命精神与延续不断的革命力量，也展示了纵向、线性的革命前进方向。"小兄弟"的手足之情构成了更广泛意义上的革命手足之情。

杨骚所表现的少年的成长与革命的前进互动的蓬勃力量，在蒲风和白曙那里化作更幼小的儿童所代表的革命希望。白曙的《小宝宝的歌》，借小宝宝

---

[1] 杨骚：《小兄弟的歌》，《文学月报》1932年第4期。

看见母亲和姐姐的劳作,听爸爸讲工厂的悲惨事件和工人们的反抗,发出反问:"难道工人就没有父母与妻子?/难道工人的身家性命不值钱?"[1] 随着爸爸讲述工厂故事的慷慨愤怒,儿童的情绪也高涨,"我也扎紧了小拳头"[2]。诗歌的结尾用爸爸的期待发出了对儿童的呼吁:"'好孩子,我底宝宝!/快点儿长大呀!协力报仇'!"小宝宝的有限人生经验与父母、家庭所遭受的无穷的苦痛和悲惨构成对比,而对小宝宝成长的期待正是对革命的期待。传统"报仇"观念中蕴含着一种新生的革命力量。将儿童与革命融为一体,更富有未来期待和雄壮的激情的,还要数蒲风的《摇篮歌》:

孩子,你快长快大吧!
　空气是无量,
　土地是阔广;
你的保姆是无数,
　褴褛群里,
　摇篮歌为你歌唱;
孩子,歌声是雄壮!

孩子,你快长快大吧!
　妈妈是铁,
　爸爸是钢;
两肩担起一切艰巨,

---

[1] 白曙:《小宝宝的歌》,《新诗歌》1933 年第 4 期。
[2] 白曙:《小宝宝的歌》,《新诗歌》1933 年第 4 期。

污秽里迈步，
　　　危难中挺身；
前方，新的明珠在辉煌！

　　没有足够的奶，
　　　没有充分的教养；
饥饿，寒冻，疾病中，
孩子，你该当生长！
　　我们是保姆，
远开吧，远开吧，
你魔鬼的手掌！

　　不要贵妇人的抚慰，
　　　不要大肚皮的相帮，
嘲笑，欺凌，压迫中，
孩子，你更该当生长！
　　我们是保姆，
　　粉碎吧，粉碎吧，
你妖怪们的伎俩！

　　跳入火坑，
　　　投入巨浪；
孩子，共着你生存，

共着你死亡!
火坑中有金光照眼,
巨浪里有战鼓擂唱;
孩子,你快大快长!

吃尽风霜,
历尽战场;
孩子,共着你生存,
共着你死亡!
风霜里孕育着新春,
战境上我们的旗帜飘扬;
孩子,你要快大快长!①

与《少年先锋》《小兄弟的歌》相比,蒲风的《摇篮歌》看上去并不带有决绝的激情和勇猛的气魄,却在柔和的声音中饱含着宽广而坚定的力量。他要为幼小的儿童唱歌,借"摇篮曲"的催眠形式,在年幼的儿童心中种下赞美、希望和力量。因此,整首诗看上去是柔和的,充满着成年人的呼唤和期待。但进入诗歌内部,无量的空气和宽广的土地,都显示了孕育儿童的伟大和坚定。在饥饿、疾病和痛苦中,"保姆"有力地护佑孩子,共着生存和死亡,呼唤着:"孩子,你快长快大吧!""孩子,你要快大快长!"正是这"快长快大"、正是这无私的"保姆"才在痛苦与疾病中生出了永恒的生的力量,充满了革命的希望。

---

① 蒲风:《摇篮歌》,《诗歌生活》1936年第1期。

还有温流的《打砖歌》、王亚平的《孩子的疑问》、萧三的《三个（上海的）摇篮歌》、田间的《明天》《坏傻瓜》等，无不高扬着激昂的革命热情，迸发着生命的力量。它们或以儿童的口吻发出疑问，或以孩子作为未来和希望的寄托抒发情感，或通过参加革命斗争的儿童呼喊口号……都洋溢着必胜的信念和不灭的希望。正是这一涌动的革命热情，灌注了这一时期儿童诗歌的力量，成为一面崭新而又鲜红的旗帜在高地上迎风飘荡。

三、"红色儿歌"的通俗明快

苏区的"红色儿歌"被视作现代时期"第二个十年"中儿童文学的重要形式之一，也是中国现代儿童诗歌从追求内宇宙的童心探索走向外宇宙时代社会的转折，奠定了此后30多年儿童诗歌强调时代社会声音与儿童责任的审美基调。"红色"意味着，苏区的儿童诗歌是以书写土地革命、推翻剥削阶级为目的的；"儿歌"则意味着偏向歌谣的诗歌形式，强调通俗易懂和可唱可记。田海燕的《苏区儿童歌谣》一文，从阶级立场和阶级观点来研究这一时期的儿童诗歌，认为其延续了民间儿歌一直以来表现被剥削者和被压迫者的反抗声音的本质。[①] 中国古代的童谣（民间儿歌）多富于复杂的政治色彩，被赋予多种观念。但是先秦乃至两汉时期的童谣在天命、阴阳五行的神秘主义观念之外，还存在一个重要的功能——批评，主要是民间对暴政和乱序等社会现象的严厉批评。童谣的批评意义和功能，被视作民间反抗的声音，表现被统治者的不屈服。到了现代，尤其是苏区土地革命时期，儿歌所具有的

[①] 田海燕：《苏区儿童歌谣》，载《儿童文学研究》编辑室编《儿童文学研究．第一辑》，中国少年儿童出版社、少年儿童出版社1959年版，第22—35页。

批评功能，自然被运用到反对剥削阶级的宣传中。毛泽东在井冈山时期采用小调的形式，确定了《三大纪律 八项注意》，要求将革命宣传内容与群众喜闻乐见、易于理解的形式相结合。海陆丰农民运动的领导者彭湃曾创作儿歌《田仔骂田公》，号召革命团结，打倒剥削的地主阶级，重新分土地。因此，苏区的"红色儿歌"，一方面是基于苏维埃政权建设的巩固和宣传的需要，表现苏区的幸福生活和对红军、苏维埃政权的拥护；另一方面则根植于土地革命反对剥削压迫的使命，强调斗争和反抗，延续了儿歌的批评功能和观念。

纵览苏区的"红色儿歌"，基于鲜明的目的性，通过通俗的语词和明快的语调丰富了苏区儿童的文艺生活，为苏区的政治建设做出了贡献。由于当时对儿歌的理解和建设、巩固现实政权的目的，"红色儿歌"按题材多表现为如《哥哥弟弟》和《快乐呀》等歌颂苏区幸福、平等的生活，充满无限乐观和欢快的气息；如《小公鸡》《月光光》《三月三》《黄牛》《好爸爸》等拥护红军和苏维埃政权的儿歌，以儿童对红军"盒子炮""小马号""小红旗"的爱不释手欢迎红军的到来，以对父亲、哥哥等参军的自豪之情表达儿童对红军的拥护和向往之情，如《哥哥哥》《少年先锋队歌》《儿童团歌》《上前线去》等，以激昂的语调和口号式的句子，呼吁大家积极反抗地主剥削，与敌人斗争到底。试看《儿童团歌》：

来来来，儿童们，
一齐来，共创造共产主义社会。
几多好，
红孩儿，
来！你们努力读书本，

红孩儿来实行共产主义社会,
打土豪,分田地。

红孩儿,跑跑跑,
跑到共产主义几多好,
红孩儿,跑跑跑,
跑到共产主义社会,
打土豪,分田地。①

"打土豪,分田地"和"共产主义"的反复出现,表明了这首儿歌强烈的政策宣传性和反压迫、剥削的土地革命内容。这种斗争性常常作为反抗剥削压迫和追求美好生活的前提,在苏区的儿童诗歌中出现。例如,1933年福建省劳动感化院印制的《儿童唱歌集》中有一首类似的儿歌:

小弟弟,年纪小,常恨自己力气小。
他说土豪又高又肥胖,小小拳头怎么打得了?
我说弟弟莫心焦,不怕拳头小,只怕拳头少,千千万万的拳头团结起来,要把土豪打成泥!②

两首红色儿歌所表现的"来来来,儿童们""小弟弟"等显示出一种成人对儿童的召唤,强调引导儿童的社会生活和个人学习都服务于苏维埃政权的

---

① 《中央苏区文艺丛书》编委会编:《中央苏区歌谣集》,长江文艺出版社2017年版,第597页。
② 张挚、张玉龙主编:《中央苏区教育史料汇编》,南京大学出版社2016年版,第717页。

巩固和反抗地主阶级的剥削。在后来的研究者看来,"强烈的战斗性是苏区红色儿童歌谣最突出的特点"[1]。这种战斗性,一方面根植于现实,直接服务于土地革命战争;另一方面则饱含着昂扬的追求和明快的气质。在一些研究者看来,这正是苏区儿童诗歌革命精神的审美气质所在,"积极反映了在红色政权下少年儿童的崭新生活,表现了他们的追求和欢乐"[2]。而"红色儿歌"整体的通俗明快,恰恰是和苏区的儿童生活和儿童观紧密联系起来的。张香还认为,"在江西苏区,儿童歌谣处于一个非常突出的地位,它常常和苏区儿童生活、儿童工作紧密地结合在一起"[3]。

苏区儿童在紧张的战斗生活中,既在学校学习,又在党团组织带领下参与社会劳动和战争中的辅助工作。例如,1933年,胡耀邦的《共产青年团领导之下的苏区共产儿童团三个月来的活跃情形》一文,从拥护红军和苏维埃、发展了一个儿童团组织以及儿童阶级教育与日常生活三个方面,报告了目前共产儿童团的发展情况。他重点指出苏区儿童在宣传革命、辅助战争、慰问红军等方面的具体工作:

> 在创造少共国际师,工人师,皮安尼儿以很大的力量帮助动员,为组织宣传队,组织突击队,帮助新战士家属秋收砍柴,组织调查队督促逃兵归队等等,特别是在长汀、兴国、万太、博生、瑞金、永丰有许多儿童团员能一人鼓励七八名甚至十多名青年个个去当红军……在一小部分地方慰劳红军工作中发明了新的方式,如建立了"红军宿营"处,给红军住宿和休息,组织了"扇子队",替红军打扇,写信

---

[1] 蒋风主编:《中国现代儿童文学史》,河北少年儿童出版社1987年版,第202页。
[2] 徐南铁:《试论苏区儿童文学的政治色彩》,《赣南师范学院学报》1987年第1期。
[3] 张香还:《中国儿童文学史(现代部分)》,浙江少年儿童出版社1988年版,第325页。

给红军哥哥，与红军建立联系制度，组织慰劳团、歌舞团到前方去慰劳等……①

儿童参与苏维埃政权的政策宣传和红军后方稳固工作等，显示出儿童的能动性与力量，同时也意味着苏区将儿童视作革命工作的一部分。他们不仅是未来的红军种子，还是当下参与革命的重要力量。1933年10月20日发布的《中央文化教育建设大会决议案》中指出，"苏维埃的教育应当是共产主义的教育"，要设立劳动小学校，"培养共产主义的新后代"②。这正表现出苏区儿童观的差异性：不仅将儿童视作未来的可发展的力量，更将儿童视作共产主义的当下建设者和未来接班人。因此，苏区儿童参与社会劳动、政策宣传和参与斗争是写实的表现，也是苏区儿童诗歌写作的必然选择。

既然儿童是强有力的革命有生力量，积极参与革命斗争中，那么反映现实的红色儿歌必然要将大声歌唱儿童个人能力与革命活动相结合，赞美红色儿童的力量。"红色儿歌"通俗明快的审美体验，既来自儿童诗歌与民间歌谣形式的结合，又来自对苏区儿童生活的写实精神，从而肯定苏区儿童的能力。例如儿歌《月光光》：

  月光光，照四方，
  四方肥，好种梨，
  梨打花，好种瓜，
  瓜儿黄，摘到尝，

---

① 张挚、张玉龙主编：《中央苏区教育史料汇编》，南京大学出版社2016年版，第244页。
② 张挚、张玉龙主编：《中央苏区教育史料汇编》，南京大学出版社2016年版，第26页。

味道好，莫吃了，

瓜儿多，

送给红军妈妈李婆婆。①

《月光光》是南方地区流传较广的民间童谣，有"月光光，照地塘""月光光，秀才郎"等多种同中带异的内容。"月光光"所构成的大众儿童熟悉的结构形式和节奏感，有助于这首儿歌被牢记和广泛歌唱。在原有的民间形式中，《月光光》融入了种梨的劳动内容，与苏区教育、文艺重视儿童的社会劳动观念一脉相承。这首儿歌在轻快的节奏中，表现出收获劳动果实的愉悦。结尾处，内容陡转"送给红军妈妈李婆婆"，表现出儿童们自觉将劳动的果实用于军属慰问，既是一种策略——稳固红军军队建设的大后方，又表现出苏区儿童的赤诚和奉献精神。整体轻快明朗，纯净、热切。

《喜鹊鸟子檐前飞》与《月光光》一样，采用起兴手法，表现儿童参与苏区的政治建设和拥护新政权的工作：

三月三，春风吹，

喜鹊鸟子檐前飞，

大哥进入"红一连"，

阿叔当了"担架队"，

妈坐门下做军鞋，

我在水口守岗位，

村村红了家家红，

---

① 《中央苏区文艺丛书》编委会编：《中央苏区歌谣集》，长江文艺出版社 2017 年版，第 576 页。

人人都来闹革命。①

"三月三,春风吹",这充满希望的自然时序景象拉开序幕,一一细数红军到来后,家中成员分别参与的革命工作。这种"一一细数"的形式,不但具体地展现了"闹革命"的场景和行动,还构成相似的结构,形成儿歌的自然旋律。"村村红了家家红,／人人都来闹革命"中的"红"与"闹",不仅是对前面家庭成员参与革命行动的总结,更形象地表现出苏区如火如荼的革命形势。场景的铺开与热烈形势的概述,共同构成这首儿歌颇具匠心的内容,表现出对红军到来的热烈欢迎。

苏区紧密结合民间歌谣形式所形成的红色儿歌,一方面借助歌唱的形式便于传播,具有极强的感染力;另一方面则在短促的形式中融入具体的儿童生活和工作中,使之充满真情实感,昂扬蓬勃。与左翼诗人们的儿童诗歌相比,在歌唱革命方面,红色儿歌更为直接、明确,显示出蓬勃的生命力和红色革命的感染力。与此同时,由于苏区为经济较为落后的农村地区,大众和儿童的文化程度较低,通俗的儿歌形式和直白的内容更适合传播。这也与后来解放区时期的儿童诗歌将歌谣融入诗的创作特征形成差异。因此,将苏区红色儿歌视作"一种有力的政治鼓动力量,自然也是最好的群众艺术力量"②是极为有道理的。红色儿歌的艺术形式来源于民间群众,其直白、朴素的内容则根植于苏区文化、教育和政治现实。其中也不乏口号式的呼喊,但整体而言表现昂扬的革命生活和书写革命儿童的能动性,通俗明快,构成审美的重要特质。

---

① 《中央苏区文艺丛书》编委会编:《中央苏区歌谣集》,长江文艺出版社2017年版,第528页。
② 田海燕:《苏区儿童歌谣》,载《儿童文学研究》编辑室编《儿童文学研究 第一辑》,中国少年儿童出版社、少年儿童出版社1959年版,第35页。

现代时期的"第二个十年",中国社会形势和政治思潮等带来的是高涨的"革命"声音。但这一时期"革命"并不是统一的发声筒,而是隐含着多种革命倾向与复杂现实。多样交织的革命话语,一方面必然会影响到儿童诗歌中所表现的革命内容的差异性,另一方面则显示出儿童诗歌审美旨趣和价值评判的变化。正如王泉根指出,"竭力配合'一切革命的斗争',这是左翼文艺运动在30年代上半期的特定历史背景下对儿童文学价值功能的一种必然选择,是对'五四'时期倡导的'儿童本位'的儿童文学观的一次重大调整,也是将儿童文学纳入政治斗争轨道的第一个路标"[①]。不仅是左翼文艺运动带给儿童诗歌关于其自身的价值评判变化,苏区的红色儿歌同样显示了革命作为一种奋进的声音,是如何促使儿童诗歌从内宇宙的经验探索转向外宇宙的生活表现的。现代时期"第一个十年"的"儿童本位"观构成的奇、妙、趣和真的审美观念,逐渐向求真写实的观念转移,表现出反抗、昂扬、蓬勃奋进的审美气质。

第四节 儿童诗歌注重"唱"的形式之美

在诗歌的发展历程中,"歌诗"一直是诗歌阅读的重要形式之一,是旨在教育儿童的诗歌,将诗歌唱出来往往被视作激发儿童兴趣的重要方式。王阳明在《教约》中将"歌诗"作为重要的教学内容之一[②],在《训蒙大意示教读

[①] 王泉根:《现代中国儿童文学主潮(第2版)》,重庆出版社2018年版,第92页。

[②] (明)王守仁撰,吴光、钱明、董平等编校:《王阳明全集》,上海古籍出版社1992年版,第89页。

刘伯颂等》中认为，教育儿童"宜诱之诗歌以发其志意"[①]，强调诗歌在激发儿童兴趣、诱发儿童的心志与情意时的重要作用。晚清民初时期，梁启超、黄遵宪等人创作的新式儿童诗歌，一方面强调以杂歌谣的形式感染儿童，起到社会教育的功用；另一方面赞赏学堂乐歌的"乐歌"形式，强调音乐的歌唱诱发情志，尤其是"学堂乐歌"作为课堂教育的内容与形式，从晚清至民国时期影响深远。老舍上小学时学校就有"唱歌"一科，20世纪30年代他写作《小坡的生日》时仍强调"唱歌"之于儿童教育的重要作用。唱歌的歌词内容虽然与儿童诗歌不能完全等同，但其结合音乐曲调、强调节奏的"唱"的形式，对儿童诗歌影响较大，被视为能够激发儿童（尤其是低龄儿童）兴趣的重要形式之一。五四时期，周作人、刘半农等提倡"歌谣""儿歌"的搜集整理，在一定程度上推动了具有"唱"倾向的儿童诗创作。但必须指出的是，周作人、刘半农等的"拟歌谣"倾向肯定民间歌谣歌唱中真情实感的价值追求，否认音乐性与强烈直观的教育启蒙。王子健在《近代"拟歌谣"的音乐倾向与启蒙立场——兼谈其与"五四"歌谣的差异》一文中指出，五四时期"对歌谣音乐性的忽视以及对歌谣'诗教启蒙'功能的否定有着共同的根源，即对'自然歌谣'之'真实性'的追求"[②]。但在儿童教育和儿童文学阅读中，如《儿童世界》《小朋友》等依然刊载强调音乐性和教育启蒙的儿童诗歌，但相对较为弱势。到了20世纪30年代，中国诗歌会模仿歌谣形式创作了大量的歌谣体新诗，形成了注重"唱"之形式的审美趋向。这种"唱"的形式，既包含根据民间儿歌和民间歌谣创作的文人儿歌，也包含强调节奏、

[①] （明）王守仁撰，吴光、钱明、董平等编校：《王阳明全集》，上海古籍出版社1992年版，第87页。
[②] 王子健：《近代"拟歌谣"的音乐倾向与启蒙立场——兼谈其与"五四"歌谣的差异》，《文艺研究》2022年第5期。

押韵、重复形式和俗语的儿童诗。儿歌、儿童诗、儿童歌曲等文体在这一时期呈现出明显的互涉现象，显示出对"唱"的形式之美的追求。

一、注重"唱"的形式与儿童诗歌文体互涉

在现代儿童诗歌的发展中，把儿童诗歌唱出来的阅读方式与对儿童的认知和教育紧密相连。早在五四时期，儿童诗歌便强调对儿童的启发性，以及让儿童获得愉悦感。1922年，《儿童世界》就曾写道：

> 附：商务印书馆《儿童故事》《儿童诗歌》出版了的消息
> 什么叫"儿童文学丛书"？就是儿童爱读，儿童能读的文学书。这丛书分为好几种；现在已经出版的，有"儿童故事"4册，"儿童诗歌"2册。那些故事都是很有趣味的；那些诗歌都是唱起来很好听的。又附有许多图画，可以唤起儿童的兴趣。这书中所使用的文字又浅显又活泼，总叫儿童自己读得来。这真是一种很好的儿童用书。请大家快来买罢！[①]

儿童诗歌要"唱起来很好听"才具有吸引力。"好听"，强调的是音乐的和谐性，重视其偏向于音乐的形式，从而突出其"唱"的阅读方式。这种"唱"的阅读方式与儿童（尤其是低龄儿童）乐于听声音的特征紧密相关，也与听觉带来的愉悦性相连接。《儿童世界》曾刊登郑振铎的《风之歌》、百川的《菊花姑娘》，在文中提示让学生分角色唱。由此可知，现代儿童诗歌本就

---

① 《儿童世界》1922年第2期。

具有"唱"的阅读形式。

到了"第二个十年"时期,儿童诗歌受到转向现实、大众和教育儿童等观念的影响,"唱"的倾向更为突出,表现为儿歌和儿童诗文体互涉,强调儿童诗歌创作的音乐性。由是,儿童诗歌从声音的角度获得整齐和朗朗上口的美的体验,既具有游戏的愉悦性,又具有现实的力量感。

首先,注重"唱"倾向的诗歌创作与儿童诗歌强调教育和用于教材等功用密不可分。

1928—1937年,唱歌仍旧被视为儿童教育的重要形式,强调通过易记会诵的歌谣优势,帮助儿童理解教育内容。不少歌曲的歌词来源,仍然是晚清民国时期的新式儿童诗歌,或者现代儿童诗歌中较为押韵和有节奏之作。叶圣陶在1933年第三期暑期学校演讲时曾指出诗歌与歌词不同,即"诗歌是把作者从环境方面得到真实的影象来表达的,歌诀则为记忆便利而产生"[1]。叶圣陶强调的目的与功能区分了诗歌与歌词这两种文体,但他在这一时期用于教材的儿童诗歌创作体现出二者的合流,即以音乐性的形式来表现画面感和真实性,使之便于儿童欣赏、背诵。叶圣陶的《蜗牛看花》《燕子飞》等,恰如王泉根所说,写出一种"形象美"[2],极富活泼趣味。与此同时,诗歌中融入了儿歌的形式,使得《蜗牛看花》与《燕子飞》结构整齐、节奏统一,强调押韵和音乐性,有注重"唱"的倾向。"这类儿童诗基于循环重复、押韵和节拍的整齐变化使得诗歌本身洋溢着旋律的声音。在阅读中自然会以有旋律的阅读方式,也就是偏向于'唱'的阅读方式去读诗。"[3] 唱是表现声音,以声

---

[1] 叶绍钧讲,王修和记:《儿童文学:第三期暑期学校演讲》,《大上海教育》1933年第5期。
[2] 王泉根:《现代儿童文学的先驱》,上海文艺出版社1987年版,第71页。
[3] 江雪:《阅读方式视野下早期儿童诗建设的探索——以〈儿童世界〉(1922—1941)为例》,《昆明学院学报》2022年第2期。

音的和谐与活泼感传递愉悦感，吸引儿童注意，召唤儿童全方位对美的感受。此外，陈伯吹、陶行知在这一时期的儿童诗歌创作亦如叶圣陶一般，强调以"唱"的形式引起儿童的兴趣，便于欣赏和记忆，从而实现教育内容的传递与教育观念的启发。陈伯吹注重用诗歌实现对儿童的教育启发，而陶行知的诗歌创作则是其教育思想的体现。关注教育，强调启发式教育，将其融入儿童诗歌创作中，必然使诗歌创作形式更贴近儿童的认知特征。例如，陈伯吹创作的一系列历史故事诗如《钓不着》《周处改过》《忍耐—忍耐》，多押韵，诗行结构相似，突出节奏感和声调的和谐。因此，在阅读此类较长的故事诗时，倾向于"唱"形式的阅读体验能够带来音韵的愉悦感，帮助儿童记忆故事、理解内容。陈伯吹的《小朋友诗歌》例言中指出，该书的特点在于"音韵铿锵，诗心甜蜜，且于歌中灌输常识"[1]，显示出教育与"唱歌"的审美倾向。陶行知的《风雨中开学》，直接借用北方民间儿歌的形式，将教师的无私奉献融入形式中，使其富于徒口唱的音乐性，又饱含教育深意。由此，在"唱"的倾向下，儿歌与儿童诗这两种文体互鉴、融合。沈百英的《幼童唱歌应多用儿歌的商榷》一文，从歌曲陶冶性情的功能目的论出发，指出当时教育界强调的唱歌改革应重点使用儿歌，才能最适合儿童。"儿歌是用儿童的口语，儿童的感情，写述儿童生活的东西。……所以将儿歌给儿童吟唱，当然适合无疑了。"[2] 其中，儿歌具有音韵的自然活泼、句法自由、语句简短和神秘趣味的优势，成为沈百英将儿歌用于儿童唱歌的理由。其大部分指向的是儿歌形式所自带的音乐性，但又不同于歌曲曲调的复杂。他以沈秉廉《甜歌七七曲》中的第50首《摇摇船》为例：

---

[1] 陈伯吹：《小朋友诗歌》，北新书局1932年版。
[2] 沈百英：《幼童唱歌应多用儿歌的商榷》，《儿童教育》1930年第4期。

摇摇船，摇到姨母家。表兄拉拉，表妹扯扯。请我吃饭，留我住夜。（应读一个）园里看好花，灯下听笑话。（歌中可以表现亲爱活泼，快乐等竞趣）①

括号中的"歌中可以表现亲爱活泼，快乐等竞趣"，为沈百英添加，显示其应用于教育的目的。而他所赞赏的《摇摇船》运用儿歌清唱的形式，将当时儿童诗所强调的直观画面、具体形象与教育主题相结合。这也为当时著名的音乐教育家刘质平、计志中所赞赏。他们认为，沈秉廉将音乐与诗歌结合，开展了活泼的教育。在这一时期，不少儿童唱歌集和诗歌集基于教育目的，都表现出"唱"的倾向，从而让儿歌与儿童诗这两种文体互涉。例如，1932年，钱君匋和陈啸空合编《小学生唱歌集》，由上海北新书局印行；1934年，蔡雁宾主编《体育教材（唱歌游戏）》，由上海大东书局出版；1937年，沈心工精选、汇编出版了《心工唱歌集》。在苏区，1933年，福建省劳动感化院印制的《儿童唱歌集》，也强调以唱歌的阅读形式来宣传儿童诗中劳动教育和政治教育的内容。除此之外，陈伯吹的《小朋友诗歌》、陶行知的《知行诗歌集》（三册）、陈鹤琴主编的《分年儿童图画诗歌集》、马客谈主编的《儿童歌谣》等，都显示出"唱"的阅读形式和教育紧密结合的特征。

其次，在诗歌大众化观念下，儿童诗歌注重声音的表达与形式的建设。1935年，蒲风发表《五四到现在的中国诗坛鸟瞰》一文，将1922—1935年的诗歌分为四个阶段：

1923—1925年，诗歌潮流是"为人生的自然主义"和"为艺术的

---

① 沈百英：《幼童唱歌应多用儿歌的商榷》，《儿童教育》1930年第4期。

浪漫主义",代表人物是郭沫若和徐志摩;

1925(下)—1927年,骤盛期或呐喊期,代表人物是蒋光慈;

1928—1931年,中落期,"许多文艺杂志拒刊载诗歌";

1931—1934年,复兴期,中国诗歌会的创作。[1]

在蒲风看来,1927年以后,中国诗歌会的出现"打开了一条诗歌大众化的生路"[2]。"这生路,就是批判的采用时调歌谣的长处,而创造大众所能听或容易阅读的东西。"[3]这是源于反革命政变后沉寂的现实与"九一八"之后尖锐的国内外矛盾,需要用大众能够听懂的话语去反映现实。后来,任钧在介绍中国诗歌会的"大众化道路"时指出,这一观念一方面强调以通俗的方式反映现实矛盾,激发反抗的激情,"歌唱在十字街头"[4];另一方面注重听觉的传递,要将诗歌"还原为听觉艺术""非常注意到诗歌的朗诵"。[5]诗歌既注重通俗易懂,又强调声音的表达,突出其易于传播的特点。穆木天认为,这是新诗突破之前只在精英阶层流行而未被大众接受的关键。他指出,歌谣化是具体的操作形式。虽然不能要求每个诗人都把诗歌歌谣化,但为着大众化的目标,诗歌歌谣化是有必要的。"歌唱,是民众的本能,民众在渴望地要求着歌谣。"[6]诗歌歌谣化所承载的民众的声音,是革命的强大推动力。这一时期,

---

[1] 蒲风:《五四到现在的中国诗坛鸟瞰》,《诗歌季刊》1935年第2期。

[2] 蒲风:《五四到现在的中国诗坛鸟瞰》,《诗歌季刊》1935年第2期。

[3] 蒲风:《五四到现在的中国诗坛鸟瞰》,《诗歌季刊》1935年第2期。

[4] 任钧:《关于中国诗歌会》,载谢冕总主编,吴晓东本卷主编《中国新诗总论2 1938—1949》,宁夏人民教育出版社2019年版,第445页。

[5] 任钧:《关于中国诗歌会》,载谢冕总主编,吴晓东本卷主编《中国新诗总论2 1938—1949》,宁夏人民教育出版社2019年版,第445页。

[6] 木天:《关于歌谣之制作》,《新诗歌》1934年第1期。

鲁迅也曾就声音、诗歌及其阅读形式发表过类似的意见：

> 诗歌虽有眼看的和嘴唱的两种，也究以后一种为好，可惜中国的新诗大概是前一种。没有节调，没有韵，它唱不来；唱不来，就记不住，记不住，就不能在人们的脑子里将旧诗挤出占了它的地位。许多人也唱《毛毛雨》，但这是因为黎锦晖唱了的缘故，大家在唱黎锦晖之所唱并非唱新诗本身，新诗直到现在，还是在交倒楣运。①

他将新诗发展未能进入民间大众的核心视为不能唱。能唱的诗歌才能被记住，才能被更广泛的大众接受。因此，"嘴唱的"诗歌在当时是与大众化的诗歌观念紧密联系在一起的，构成了现实和革命的诗歌观念。蒲风被视为这一时期"最热心，最活跃的新诗运动者"②，也是这一时期儿童诗歌歌谣化的倡导者之一。他与陈伯吹、沈百英的不同之处在于，他是基于现实的、革命的和大众化诗歌观念来强调儿童诗歌中"唱"的阅读形式。1937年，蒲风出版了诗集《摇篮歌》，其序言《自然歌鼓手》则是强调声音表达的典范。诗中以两只青蛙的合唱，唱出诗歌大众化的目的——"我们是自然的歌鼓手，/我们是时代季节的喇叭"，要以一种浅显的词语和易唱的形式来反映现实。在"穷孩子的歌"部分，蒲风模拟儿童与母亲对话的口吻，大声呐喊：

妈妈，
我爱小青蛙！

---

① 鲁迅：《来信摘录：对于诗歌的一点意见》，《新诗歌》1934年第4期。
② 任钧：《关于中国诗歌会》，载谢冕总主编，吴晓东本卷主编《中国新诗总论 2 1938—1949》，宁夏人民教育出版社2019年版，第447页。

粗俗的调子，
粗俗的歌，
她共着我们日到夜！

我们没有留声机，
我们没有蓄音器。
妈妈，——
你不要讨厌小青蛙，
吃过晚饭你也来听听吧！①

"我爱"的宣言，表明了作者对小青蛙所代表的歌谣化诗歌的赞赏与喜爱，强调其与现实的紧密连接。"我们没有留声机，/我们没有蓄音器"暗含之意是，小青蛙的歌是留声机，是蓄音器，是反映民众心声和歌唱革命力量的伟大声音。强调声音的形式与表现革命现实，形式中短促的诗行与重复的诗句，感叹号的反复使用都凸显出一种歌唱的激情。对现实的关注，尤其是对民族国家命运的关注，成为歌谣化诗歌的主要内容。这也反映在《小朋友》《儿童世界》等儿童文学刊物刊载的诗歌中。汤伯英的《月》以儿歌的形式，在长短句的自由交织中唱出东北沦陷的悲伤：

月儿圆，月儿明，月儿照着东北境。东北境中敌人在横行，东北境中同胞泪盈盈。②

---

① 蒲风：《摇篮歌》，诗歌出版社1937年版，第5—6页。
② 汤伯英：《月》，《小朋友》1936年第739期。

以"月儿"起兴,在反复书写月儿的诗句中引出沦陷的东北大地。月亮自古与思乡怀人紧密相连,因此,前三句的起兴与景物描写已经笼罩着一种深切的思念。后两句中,东北大地上敌人横行、同胞落泪的对比场景,则进一步勾动读者的同情心。重复构成了这首诗歌悠长、缓慢又沉重的节奏感;"ing"韵尾的押韵,则从声音的角度来说有鼻腔的共鸣,更勾起深重的感觉。重复、循环与押韵,让这首诗具备了唱的可能性;而浅显的、与现实贴近的内容则与时代紧密相关。而"歌唱"的诗歌不一定非有固定的曲调,也可以是注重声音表现与形式建设的具有清唱倾向的诗歌。这便是在诗歌大众化观念下,儿童诗歌从形式表现与声音传达中所构成的"唱"的审美特征。

最后,在"唱"的形式下诗歌结集呈现出文体互涉倾向,便于儿童接受。

在"唱"的阅读倾向与紧密联系教育的讨论中,指出儿童唱歌集、儿童诗歌集结集出版中有突出的文体互涉现象,且不仅限于唱歌与儿童诗、儿歌之间。从"第二个十年"儿童诗歌的出版情况来看,儿童歌曲、儿童诗、儿歌、歌谣被分为不同的文体[1],但实际上无论是"诗歌"分类下陈伯吹编《小朋友诗歌》,还是"歌曲"分类下沈秉廉编《甜歌七七曲》,或者是"儿歌"分类下黎锦晖编《桃花开》,都显示出对音韵和谐、声音整齐的"唱"的形式的青睐,以及对具体内容、画面感与形象性表现主题的诗歌文体的借鉴。在此倾向下,诗歌集从选择到出版都更加注重儿童的阅读接受。例如,陈鹤琴的《小学生读的诗》选择的原则是"适合儿童心理与教育原理,可为小学生背诵的"[2]。这是从儿童认知接受与儿童诵读诗歌的角度去考虑,兼顾诗歌本身的韵律和歌谣化的形式。这意味着能"唱"的儿童诗歌,成为这一时期诗

---

[1] 平心编:《民国丛书 第三编 100 综合类 全国总书目》,上海书店1990年版,第53—56页。

[2] 陈鹤琴:《小学生读的诗》,《儿童教育》1930年第2期。

歌集挑选和出版的前提。潘伯英编《儿童歌谣》、林兰编《小朋友山歌》、凌善清编《儿童歌谣》、马客谈编《儿童歌谣》、陈伯吹编《小朋友诗歌》《小朋友谣曲》、朱天民编《各省童谣集》、葛承训辑《儿童谣百首》等，都强调了"唱"的倾向与儿童认知接受的挑选标准。1934 年，商务印书馆出版马客谈编写的《儿童歌谣》。集子中儿歌的选择标准，从文字难度、整体篇幅以及意趣深浅上，都充分考虑了儿童的阅读能力。在内容编排上，该集子不再采用以地方划分的方式，而是选择由浅入深、由易到难、由短及长的渐进式编排方式，契合了儿童的渐进式学习能力状貌。这体现的是以儿童认知接受为标准，而非民俗学中以地域为标准的编排。在字体大小和插图上，该集子字号较大，配有生动有趣的插图，也更契合儿童的阅读习惯。这也是这一时期歌谣诗集的普遍特点。

二、儿童诗歌中"唱"的游戏愉悦感

因为注重"唱"的阅读形式，这一时期的儿童诗歌往往由于清唱本身所带有的游戏性和声音趁韵、节奏、循环带来的和谐，构成了愉悦、活泼的审美风格。将儿童诗歌"唱起来"，本身带有游戏性的内外两面。向外的一面是，儿童诗歌中如何唱其游戏形式带来的愉悦感；向内的一面是，儿童诗歌放声唱的声音表达中所迸发的"释放"审美机制，构成内在快感。二者在儿童诗歌的歌唱与游戏中共同生成审美的愉悦感。

一方面，歌唱本身就是一种游戏形态。儿童诗歌注重"唱"，表现出较强的音乐性，具体体现为循环与节奏感。节奏中整齐的铿锵、长短的交错，循环中重复的字词句，构成一种游戏规则，提示着清唱的儿童一个重要节点的到来。例如，陈伯吹的《问问雁儿》中每一个诗节的开始都是"雁呀雁"，以咏叹的声调不断重复，表现出对雁的询问和喜爱，也提示儿童一个诗节内容的开端。儿童在阅读中依据这种循环标志，把握诗歌游戏规则，迅速进入下一个诗节。这一时期有的儿童诗歌结合互动的游戏形式，表现出唱诗的游戏对话。百川的儿童诗《菊花姑娘》通过"××唱"的形式，提示儿童阅读该诗时模拟不同的角色进行对唱，以菊花和秋风、冷雨、严霜、小朋友歌唱对话，表现菊花的高洁与美丽。具体形式如下：

二　菊花和秋风

（秋风唱）呼，呼，呼，我的力量大如虎。无论走到那里，人人都恐怖。美丽的花，高大的树，他们遇到我，再也支不住。不是叶落满地，便是花飞处处。喂，你是谁家的小姑娘，胆敢挡我的路？

（菊花唱）我是菊花小女孩，原在南山日日开。亲爱的小朋友来访我，请我移到园内栽，我在园内更可爱。秋风先生今天来，这样无礼太不该！①

第二节是菊花和秋风对唱。诗歌中分别标注"秋风唱""菊花唱"，表现秋风的凛冽、猖狂和菊花的可爱、礼貌。这种分角色对唱的形式，构成了儿童诗歌"唱"的游戏形式，增添了游戏性的愉悦感。

另一方面，从游戏产生的审美效果而言，儿童诗歌中的"唱"的阅读形式带来了内在的释放快感。班马在讨论热闹派童话时曾指出，游戏精神中儿童"释放"是一种审美机制，强调儿童由内向外完成一种压抑的释放。而这

---

① 百川：《菊花姑娘》，《儿童世界》1932 年新 4 号。

种"释放"强调的是与儿童身体、器官以及心理的紧密联系:

> 我认为,童年的身体对人的情感发生和审美心理建构具有特殊的意义,感官与器官其实正是审美活动得以发生、发展和实现的通道,也是心理能量的原生命冲动和后天社会性内化的器质性体现,而所谓儿童期的精神压抑现象,其实恰恰就是指向儿童的身体、感官和器官,所有的禁忌以及压制的形式,细究起来统统是针对儿童的手、脚、嘴巴,针对不许动、不许去、不许讲和不许看的内容。于是,"释放"的功能,又潜形地起到唤醒和训练儿童的审美技能基础的作用。①

儿童诗歌"唱"的阅读形式,强调声音的释放,突破闭口不言的失语状态,让诗歌进入听觉本质的艺术理念之中。这恰恰是释放儿童被压抑的口,让其开口发出声音,在诗歌的朗读和清唱中获得对诗歌的理解和体会。儿童内在的声音通过儿童诗歌"唱"的形式被诱导,并有意高声、有节奏、有情感地表达出来。这释放了儿童内在对于诗歌和语言的体会,表现出快感的获得,而快感正是审美愉悦的基础。

此外,儿童诗歌"唱"的形式之中蕴藉着活泼的审美。一方面与游戏的愉悦感联系紧密,表现出歌唱形式带来的快乐与趣味;另一方面则重点表现为在声音中轻快的内容与情感。正如《儿童世界》曾提及的"那些诗歌都是唱起来很好听的"②,"好听"代表着声音的和谐性,构成了一种轻快、自在的

---

① 班马:《游戏精神与儿童中国》,青岛出版社 2017 年版,第 59 页。
② 《儿童世界》1922 年第 2 期。

听觉基调。这一时期的不少儿童诗歌表现轻快活泼的内容，实现了内容与声音的统一。《小朋友》曾刊载过一首《春鸟》，便是代表：

  白鸟飞，黄鸟飞，
  飞入树阴里，
  不见白鸟头，
  不见黄鸟尾，
  但见绿叶如翡翠！①

  从声音的角度来说，有一种对称的和谐美感。"白鸟飞""黄鸟飞"构成一组对称的声音，轻快、简洁，如蜻蜓点水般迅捷，最后落入"飞入树阴里"相对较长的诗行中。"飞"串起了前两个诗行的节奏，连贯又轻快。而"不见白鸟头""不见黄鸟尾"，通过词语"不见"构成新一组声音的对称，最后落入"但见绿叶如翡翠"这较长的诗行中。"不见""不见"与"但见"从词组、声音的角度构成一种猜谜式的跳跃，从相似的声音转向差异的声音，亦不失活泼之感。《春鸟》一诗重在表现鸟儿飞入树荫这一动态场景，强调表现物趣的动态美。诗中那轻松的、自在的观察内容与跳跃、轻快的声音形式相匹配，共同表现一种活泼、自由的美感。而诸如此类活泼的形式与内容统一的审美体验，多出现在表现儿童游戏、交往和观察自然等内容的儿童诗歌中。

---

① 诗农:《春鸟》,《小朋友》1934 年第 596 期。

三、歌唱中的记忆、力量与儿童诗歌的民间转向

前面曾谈及儿童诗歌"唱"的形式,强调循环重复,既与当时强调诗歌欣赏背诵的教育理念相关,也与诗歌大众化观念下追求民众的理解和记忆相关。"记忆"一词与儿童诗歌"唱"的形式联系在一起,构成这一时期儿童诗歌及其阅读的重要形式特征。便于记忆、有利于记忆,成为诗歌创作的重要准则。诗歌记忆,既包含着利用重复循环的形式记住诗歌,也包含着借此形式书写现实中大众的历史记忆。这两点本质上指向的是,一种面向大众和民间的儿童诗歌创作,而非精英的诗歌创作。儿童是大众的一员,成为象征民间的重要符号。

儿童诗歌的"唱"的形式,是为了记忆和理解诗歌,帮助大众乃至像儿童这种经验有限的人,在记忆和理解中被诗歌感染、鼓舞。因此,这一时期儿童诗歌往往是在趁韵中尽可能使其简短、形式简单、强调重复。学校教材、儿童文学期刊上的儿童诗歌和苏区流传的儿童诗歌,大多形制简短。前者强调在画面表现中彰显教育主题,后者强调表现苏区儿童的生活。例如,计剑华的《我要问问你》,不过五个诗行,通过质问—描述—询问—描述—反问构成了一个诗节,传达有关风的科学知识。而苏区儿童诗歌《月光光》,则引入民间儿歌"月光光"的节奏和苏区劳动生活场景,最后在丰收的快乐中"送给红军妈妈李婆婆",进而宣传儿童团劳军、照顾红军家属等政治事件。整首诗歌也只有七个诗行,诗句短小,便于在清唱中记忆。但这种便于记忆的短小形式诗歌在中国诗歌会的创作中却碰壁了。虽然同样是强调"歌唱",但是,中国诗歌会的儿童诗歌强调以歌谣的形式帮助大众理解、记忆诗歌内容,激发内在情感,表现民众的历史记忆。他们采取"唱"的策略,不在于背诵和传播,而在于表现民众的历史记忆,并通过这历史记忆激发阅读者内在的情

感。因此，其形制多以较长的叙事诗或反复的抒情表现现实，进行具体的描写。陈正道的《少年先锋》共五个诗节，每一个诗节反复以"我们"作为诗行的开端，表现出一种声嘶力竭的呐喊和歌唱的激动。而对"我们"的陈述，则表现出"我们"作为无产阶级少年的骄傲、自豪与历史血脉的传承。这一首诗的"唱"的形式落入"我们"的现实历史的反复抒情中，以期感染读者。

这种记忆是有力量的，既表现为吸引注意、帮助记忆而强调诗歌洪亮的声音（例如拟声词的使用和大场面的夸张表现），又表现为现实与历史交织中构成的革命声音带来的反抗力量。杨骚的《小兄弟的歌》非常善于使用拟声词来表现昏暗的现实与紧张的氛围，用洪亮的声音表现出紧张感。第一部分"前夜"中写"狗在吠，匪！匪！匪匪匪"[①]，"匪"模拟狗叫声，从单字到三字的连续使用，从声音上表现出渐进、连续、越来越严峻的形势。第二部分"暴风雨"中"呼呼呼""哒哒哒"表现狂风落叶，增加了环境的威慑力。杨骚采用更加夸张和激烈的词语来表现对严峻形势的反抗，表现出反抗的力度和激情。试看"暴风雨"部分：

　　二　暴风雨

　　呼呼呼——大树倒，房子在摇动，
　　妈妈说：是盘古以来所没有的暴风。
　　哒哒哒——树叶落，屋顶穿了洞，
　　爸爸说：好像石块掉落从天空。
　　但哥哥说：那里，那是云的怒吼，

[①] 杨骚：《小兄弟的歌》，《文学月报》1932年第4期。

是云的子弹，云的机关枪队在冲锋。
我跟哥哥跑了出去，
暴风吹开我们勇敢的短衣。

啊，这是怎样愉快的一阵暴风雨！

咆哮，冲锋，飞沫，大浪：
是雷，电，风的愤怒和云的骚动：
呼喊，乱冲，狼嚎，狗叫：
是这个天地最后的挣扎和无能的抵抗。
显然，新的天地在苦战的开辟中，
显然，这个天地在总的崩溃中。

我跟哥哥冲了上去，
大雨洒落我们胸中的恶气。
……①

"ong"韵与"eng"韵交替结尾，既响亮又表现出声音的震动与摇摆。而"盘古以来所没有的暴风"的夸张，与"云的怒吼"的拟人相结合，进一步显示出环境的压力与恶劣。"咆哮，冲锋，飞沫，大浪"和"呼喊，乱冲，狼嚎，狗叫"，短促的词组连成诗句构成紧密、快速的节奏，使其在表现现实的黑暗时更有力量，对历史记忆的书写更有铿锵之感。

① 杨骚：《小兄弟的歌》，《文学月报》1932年第4期。

值得注意的是，虽然《少年先锋》《小兄弟的歌》等都强调"歌唱"的形式，但实际上其趁韵、循环重复等形式构成的力量感，呈现了与《我要问问你》《月光光》的清唱截然不同的阅读方式。词语的密集使用、环境的描摹与抒情的反复，强调的是朗读的阅读形式。在蒲风等看来，朗读的阅读形式也是一种歌唱，是一种声音洪亮、具有力度的歌唱。因此，诗歌强调的不是轻快、流畅，而是密集词语构成的激烈情绪。在朗读的形式中，完成对诗歌表现激烈的情绪歌唱。正如中国诗歌会的《关于写作新诗歌的一点意见》一文指出：

> 有价值的诗歌，应该拿到大众里头朗读起来。
> 朗读一方面可以助长新诗歌的发展，一方面也可以加速完成新诗歌的任务。[①]

中国诗歌会写作的儿童诗歌歌唱的是民众的情绪，但最终在阅读中是以朗读的形式表现出来的，声音的力度在朗读中展现情绪的美感。如蒲风反复强调，这也是一种"歌唱"的倾向、一种形式之美的表现。在这种形式之美的表达中，儿童成为接受诗歌的大众，也成为诗歌中理解大众的中介。诗人们往往借儿童之眼来看，借儿童之口来歌唱，从小中迸发大的激情，彰显小与大对比中的力度与激情。

总体而言，儿童诗歌因注重"歌唱"，形式上呈现为循环重复、趁韵和节奏，强调音乐性。对音乐性的强调呈现出儿童诗歌文体互涉的现象，最终指向其形式带来的声音力度之美与声音中潜藏的游戏愉悦感。这正是这一时期儿童诗歌歌谣化所表现出的审美特征。

---

① 中国诗歌会主编：《关于写作新诗歌的一点意见》，《新诗歌》1933年第1期。

第三章

"救亡"中的"现实之美"与童心想象

第三章 "救亡"中的"现实之美"与童心想象

1937年7月7日,卢沟桥事变,中国进入了全面抗战,举国同心投入了这场生死攸关的家国保卫战。1938年3月27日,中华全国文艺界抗敌协会在汉口成立,号召文艺界团结起来形成统一战线共同抗敌。文学被视作宣传抗日救亡、鼓舞人心的重要工具。与此同时,全国因政治局势被分为边区、国统区、沦陷区和上海孤岛,以抗日救亡为主题的文学艺术呈现出区域性特征。

顺应时代洪流,儿童文学亦以民族救亡为目标。"不同地域的作家共同讴歌民族未来一代的觉醒和奋起,讴歌抗战大时代中成长的小英雄、小战士和新的民族性格,呈现出一种少有的昂扬激越气氛与慷慨悲壮的英雄主义色彩。"[1]儿童诗歌充当了反映现实、歌颂英雄、鼓舞斗志的小号角,同全国人民一起抗争呼喊、守望光明,谱写血与火的战歌。这意味着上一时期多元旨趣的儿童诗歌审美逐渐统一为慷慨激昂的反抗之声。

由此,儿童诗歌强调表现儿童的现实生活,将儿童经验的表达与时代社会生活结合,从对儿童内在精神世界的探索转向儿童在时代社会中的成长,突出抗日救亡的政治教育性。加上受上一个十年诗歌大众化思潮的影响,歌谣化被视作民族的、大众的形式,且与叙事相结合,重在书写"抗战建国",强调集体主义,在童心与救亡的反差中表现英雄主义之美。而对自然与童心的歌颂被隐藏在童话诗中,追求想象与趣味,尤以蒲风和郭风的儿童诗歌为代表。

---

[1] 王泉根:《现代中国儿童文学主潮(第2版)》,重庆出版社2018年版,第107页。

第一节　抗日之声与儿童的社会生活

全面抗战使诗歌获得了大发展。"当长期受着束缚的作家一旦投身战时生活后，他所感到的为战争所引起的一切可歌可泣的事实，无不激发他的兴奋的情绪，他要把这种关闭不住的热情歌唱出来，这就促成了诗的蓬勃现象。"[①] 诗歌为战争服务，鼓动大众积极参与抗战、控诉日本帝国主义的侵略，成为表现的主题。许霆认为，由此构成的抗战诗歌总纲是"为抗战服务的功利观"[②]。为抗战服务，诗歌自然需要鼓动人心，强化情绪的表达，表现对战争胜利的渴望。诚如朱自清在《抗战与诗》中的总结，"抗战以来的新诗的另一个趋势是胜利的展望。这是全民族的情绪"，在情绪表现中"发现大众的力量的强大"[③]。由是，以抗日为目标的功利诗歌观形成，并发出激昂慷慨、向往胜利的反抗之声。

这一时期的儿童诗歌也不例外，主要表现儿童对日本帝国主义侵略的控诉和反抗，显示出与前一个十年不同的、时代公共生活中儿童的生活经验与情感。来自儿童的抗日救亡之声，一方面表现了全民抗日的情形和情绪，另一方面则更为突出地表现了儿童在国家民族建设中的重要意义。"'儿童'在战时中国被当时的知识分子视为国家、家庭及学校的一个连接点，是对中国普通民众与家庭妇女进行抗战宣传的一个有效中介，并因此成为战时教育的

[①] 王瑶：《中国新文学史稿（下）》，上海文艺出版社1982年版，第392页。
[②] 许霆：《中国现代诗学核心观念演进论》，江苏凤凰教育出版社2018年版，第136页。
[③] 朱自清：《新诗杂话》，江苏文艺出版社2010年版，第31页。

核心部分。"① 抗战时期,战区妇女儿童考察团团长陈波儿在考察晋察冀的儿童时,也曾指出这些参与抗战的儿童"还有给他们家庭的影响也是很大的,他们能够以自己的认识去影响感动他们家庭中的人","这等于帮助我们的干部工作"。② 基于儿童的战时作用观,儿童诗歌的意义,一方面指向抗战宣传,另一方面则强调对未来民族建设者的形象塑造。抗战期间,国民政府提出的"抗战建国"口号及相关诗歌实践,被徐兰君认为是一种新的国家建设的机会。"战争被看作难得的机会——使中国有一个彻底改变:新社会、新人、新中国。"③ 同样,解放区亦有此倾向,在保护儿童的观念中又强调儿童在抗战和边区建设中的重要作用,将儿童与国家直接联系在一起。1938 年 6 月,毛泽东应董纯才的请求为陕甘宁边区儿童刊物《边区儿童》创刊号题词:

> 儿童们起来,学习做一个自由解放的中国国民,学习从日本帝国主义压迫下争取自由解放的方法,把自己变成新时代的主人翁。④

题词中强调"学习",显示了抗战时期解放区对儿童教育的重视,而学习内容则是,"做一个自由解放的中国国民""从日本帝国主义压迫下争取自由解放的方法,把自己变成新时代的主人翁"。两个内容指向的都是,民族独立、国家建设与儿童成长的关系。其中,"新时代的主人翁",直接显示出对儿童能动性的赞赏和对未来民族建设者的价值导向,强调在儿童群体中唤醒

---

① 徐兰君:《儿童与战争:国族、教育及大众文化》,北京大学出版社 2015 年版,第 8 页。
② 晋察冀日报史研究会编:《1938—1948〈晋察冀日报〉通讯全集》,中共党史出版社 2012 年版,第 158 页。
③ 徐兰君:《儿童与战争:国族、教育及大众文化》,北京大学出版社 2015 年版,第 4 页。
④ 《毛泽东同志论教育工作》,人民教育出版社 1958 年版,第 45 页。

民族意识。与此同时，毛泽东在《论新阶段》(1938年10月)、《青年运动的方向》(1939年5月4日)和《论政策》(1940年12月25日)中，反复强调儿童教育与民族独立、民族自尊心之间的联系，要求把抗日斗争与解放区的劳动实践、劳动教育和学校学习紧密结合。"以民族精神教育新后代"[1]，文化教育要以"提高和普及人民大众的抗日的知识技能和民族自尊心为中心"[2]。由此可知，抗战时期的儿童观已经转向"国家的儿童"，将儿童视为民族的未来建设者与抗日的有生力量。儿童诗歌观自然也转向表现有能力反抗、控诉的儿童。如何表现抗战中的儿童生活，如何在儿童诗歌中完成抗战宣传与民族意识的塑造，进而激发儿童的情绪，成为儿童诗歌的审美核心。

这种将儿童与时代结合，让儿童诗歌进入公共生活表达范畴的观念，既与抗日现状、儿童观紧密相连，又与世界诗歌潮流中诗与公共生活的观念彼此呼应。1939年6月，美国诗人阿奇保德·麦克里希（Archibald Macleish）在《大西洋月刊》上发表了《诗与公众世界》，认为原本诗所代表的强烈的私人生活与政治改革代表的公众生活的矛盾在这个时代发生了变化，诗也成为公众世界的一部分。在阿奇保德看来，以诗为代表的艺术是"处理我们现世界的经验的"[3]，是一种强烈经验，也包括时代的改变所构成的剧烈变化的公众生活的经验。他认为，两次世界大战全面地改变了全世界所有人的生活状态，将私人的生活空间卷入战争的公共空间中：

的确，和我们同在的公众世界已经"变成"私有世界，私有世界

---

[1] 《毛泽东同志论教育工作》，人民教育出版社1958年版，第33页。
[2] 《毛泽东同志论教育工作》，人民教育出版社1958年版，第34页。
[3] [美]阿奇保德·麦克里希：《诗与公众世界》，载朱自清《新诗杂话》，江苏文艺出版社2010年版，第88页。

已经变成公众的了。……这就是说,我们是生活在一个革命的时代。在这时代,公众生活冲过了私有的生命的堤防,像春潮时海水冲进了淡水池塘将一切都弄咸了一样。私有经验的世界已经变成了群众、街市、都会、军队、暴众的世界。……单独的个人,不管他愿意与否,已经变成了包括奥地利、捷克斯拉夫、中国、西班牙的世界的一部分。一半儿世界里专制魔王的胜利和民众的抵抗,在他是近在眼前,像炉台儿上钟声的嘀嗒一般。他的早报里所见的事情,成天在他的血液里搅着。马德里、南京、布拉格这些名字,他都熟悉得像他亡故的亲友的名字一般。①

时代与现实生活的改变让政治生活进入私人生活空间,引起私人情感的强烈波动。诗歌可以使人认识这种强烈波动的情感,并处理公众世界带来的情感波动的经验。公众的生活——当下的反法西斯战争,已经构成了诗的经验表达与诗歌创作的重要内容。艾青在《抗战以来的中国新诗》一文中也表达了类似的观点,认为"抗战变动了中国人民的生活,抗战的生活丰富了中国的文学艺术"②。因此,儿童诗歌表现抗日战争中的政治生活和儿童对政治生活、战争事件的介入,构成了儿童公共生活的重要经验,并以此来处理儿童的情感、情绪问题。这也可以视作对儿童诗歌内容的丰富。1939 年 6 月 20 日,蒲风在《中国诗坛·岭东刊》上发表《关于儿童诗歌》,认为儿童文艺是抗战中不能忽视的对象。蒲风在《抗战诗歌讲话》中一以贯之的观点是,"没

---

① [美]阿奇保德·麦克里希:《诗与公众世界》,载朱自清《新诗杂话》,江苏文艺出版社 2010 年版,第 91 页。
② 《艾青选集 第 3 卷 诗论 文论》,四川文艺出版社 1986 年版,第 98 页。

有真实的生活写不出真实的诗"①，新时代的诗人要"讴歌或鼓荡现实，咒诅或愤恨现实，鞭打或毁灭现实里"②。综观，蒲风的《关于儿童诗歌》，本质上仍然要求儿童诗歌创作与现实同频。他从"今日的儿童即是异日新世界的主人翁"③的观点出发，强调用与时代脉搏共跳动的儿童诗歌满足儿童的精神需求，塑造未来新世界具有民族意识的儿童。这从本质上看，也是强调儿童当下所遭遇的公众生活经验在儿童诗歌中被表现出来的迫切需求。

从理论上看，儿童诗歌对儿童的时代公共经验的表现构成了抗日战争时期普遍的特征，超越了政治区域，进到儿童外宇宙的探索，并且在实际的创作中，各个区域的作家创作上皆殊途同归。解放区的代表作品有刘御的《这小鬼》《边区少先队进行曲》、冯玉祥的《小娃娃》《孩子团》、方冰的《歌唱二小放牛郎》、郭小川的《滹沱河上的儿童团员》、田间的《儿童节——为儿童节大会的歌颂而作》、贺敬之的《牛》、孙犁的《儿童团长》、田工的《孩子哨兵》、邵子南的《中国儿童团》、史轮的《歌谣》、姚远方的《边区儿童团》《小木枪》、陈陇的《金星星》、柯岗的《红高粱》、卞之琳的《放哨的儿童》、陈辉的《妈妈和孩子》《姑娘》《到柳沱去望望》、袁勃的《母鸡与小孩》、商展思的《游击队里的小鬼》等；国统区的有蒲风的儿童诗歌集《儿童亲卫队》、陶行知的《行知诗歌集》、吕漠野的《燕子》、绿原的《读〈最后一课〉》、鸥外鸥的《童话诗帖：时事演讲》、胡明树的《母·子》《利市》、梅志的《小面人求仙记》、老舍的《她记得》《为小朋友们作歌》、雷石榆的《小蛮牛》、安娥的《难儿进行曲》、高敏夫的《哥哥骑马打东洋》、戈矛的《小哨兵》《给幼小者》、张高峰的《儿童哨》、王亚平的《小白马》；孤岛时期有乐

---

① 蒲风：《抗战诗歌讲话》，诗歌出版社1938年版，第4—5页。
② 蒲风：《抗战诗歌讲话》，诗歌出版社1938年版，第2页。
③ 王泉根评选：《中国现代儿童文学文论选》，广西人民出版社1989年版，第607页。

观的儿童诗集《晨钟之歌》等。这些儿童诗歌皆显示出战争时代儿童介入公共生活，并表现其处理公共生活的能力和强烈的情感。诗歌中的儿童遭受战争伤害、家破人亡，声嘶力竭地表现对帝国主义的仇恨与唾骂；或者积极参与抗日斗争，担任哨兵站岗或侦察敌情、传递消息，以劳动实践支持建设，捐款捐粮支持中国军队；或者在学习、生活中表现对帝国主义入侵的认知，发出反抗的怒号，鼓舞大众……这些诗歌的内容与主题，都显示出抗战时代的儿童已经介入成人的社会生活中。也就是说，这一时期的儿童诗歌需要处理的问题是抗日战争、革命时代所共有的经验。

一、控诉和反抗，在战争创伤中构建民族意识

战争彻底颠覆了儿童生活，家园毁损，亲人死亡，颠沛流离。例如，陈辉的《到柳沱去望望》，以哀伤和痛苦的口吻，表现日寇侵略造成的苦难与创伤，不仅是身体上的伤害，还是精神上的重创。战争将儿童推向了失控的社会，儿童找不到安全感，甚至流离失所，食不果腹。儿童一方面需要克服对战争的恐惧，躲避战争的伤害，确保能够安全生存；另一方面必须坚强独立，追随成年人的反抗行动，以控诉个体受到的伤害来表达愤怒，尤其是通过控诉表达愤怒，为成年人所肯定。儿童仇恨战争和侵略者，进而产生家国意识和民族意识。"知识分子要求儿童在情感心理上有一种重要的转化：依附家庭的怯弱感情需要被引向'憎恨敌人的心理'。在此基础上，炮火中创伤性的战争体验将成为构建民族主义的基础，'升华'成儿童'民族意识'的一部分，而年轻的一代也成长为'民族解放的生力军'。"[①] 王亚平在创作童话诗《小白

---

① 徐兰君：《儿童与战争：国族、教育及大众文化》，北京大学出版社2015年版，第28页。

马》时指出,"我深深地费过一番心思,依据儿童心理及时代的要求,我决定在《小白马》中叫儿童明了'爱','憎'的道理"①。这"爱""憎"的道理,其实是王亚平希望从战争创伤的经验中将儿童情感引向爱与憎,从而建立起吾国吾民的民族意识,建立起反抗帝国主义侵略的民族意识。杨骚的儿童诗《摇篮歌——为难童们作》就在儿童受难—成人安慰—成人鼓舞的结构中,控诉日本帝国主义侵略战争的残酷,通过情感体验与认知引导儿童:

孩子们哟,酣睡着吧,
烟火虽是这么弥漫,炮火虽是这么巨大,
但有无数的我们在前面还击,一些也不要怕!

孩子们哟,且住着哭吧,
不要惦念你炮火中的家,也不要哭着你死去的爹妈,
有朝我们挺胸膛走时,把那日本鬼子打得流水落花!
牢记住,谁是你们最大的冤家,
孩子们哟!②

这首为难童而作的《摇篮歌》,在"孩子们哟"的反复呼唤声中,不断慰藉儿童。第一个诗节以成年人担当的姿态站在炮火前,给予呼唤对象——儿童在战争中的安全感,慰藉其受伤的心灵。又从当下的慰藉中唤起儿童过往所遭受的战争创伤记忆,以"不要""也不要"的连词再度唤起儿童对家园和

---

① 王亚平:《小白马》,建国书店1945年版,第5页。
② 蒋风主编:《中国儿童文学大系 诗歌(一)》,希望出版社2009年版,第188页。

亲人被摧毁的记忆。诗人以鼓舞的姿态，试图将儿童过往的创伤记忆转化为对日本侵略者的仇恨，鼓舞其反抗，"把那日本鬼子打得流水落花"。战争创伤的体验和记忆构成了儿童抵抗日本侵略者的勇气和决心，从而在反帝斗争中唤起儿童的民族意识。最后两句"牢记住，谁是你们最大的冤家，/孩子们哟"，再次强调仇恨敌人，突出"我"和"孩子们"乃至千千万中国人与日本侵略者的仇恨，在仇恨中唤起民族救亡的决心。

在控诉与反抗之中，儿童诗歌除将战争的创伤体验转化为反抗的决心，唤起儿童的民族意识以外，还强调在反抗中赞美和肯定儿童，进而强化其国家主人翁的身份意识，尤其是对身份意识的强化，是这一时期儿童诗歌以政治教育性为主的表征，也是塑造儿童民族意识最直接的手段。刘御的《边区少先队进行曲》以儿童第一人称口吻，反复以"我们"自居，表现边区少年在抗战中劳动建设和参与斗争的情形，最后强调"我们是新中国的主人"[1]。这首儿童诗无疑是一种宣言：将边区视作全国的典范，试图确立统一抗战的领导权。强调儿童是能动的有生力量，表现了对儿童的尊重、夸赞，强化其未来的"主人"身份。基于荣誉感、自豪感与责任感，诗歌以"主人"赋予儿童民族国家的身份意识。国统区和孤岛时期的上海也有类似的表达。雷石榆的《小蛮牛》叙述川王村战争胜利后，郭连长鼓励小蛮牛，也采用了主人翁话语。"你还要去报那无数／同胞的爸妈的仇！／你更勇敢地战斗，／你是我们民族的小主人！"[2]以"民族的小主人"的身份赋予小蛮牛抗战的责任，鼓励其勇敢地斗争。这强化了小蛮牛的民族意识，将其从为父母报仇与日本人斗争的个体目标，引向为全民族复仇的宏愿。小蛮牛自然将自我与国家相联系，

---

[1] 刘御：《延安短歌》，上海文艺出版社1959年版，第71页。
[2] 《雷石榆全集 卷一》，河北教育出版社2018年版，第248页。

认可自己与国家民族一体的关系。"你帮我 / 做个救国的英雄; / 你是我的宝贝, / 我是民族的主人翁。"[①] 这是小蛮牛与坐骑小黄马的对话。这匹马是小蛮牛参与战斗缴获而来,象征着小蛮牛反抗的决心与勇气。而"我是民族的主人翁",恰恰是小蛮牛在反帝战斗中一种自我的民族身份认同,呼应了郭连长对他的期待。乐观的《新时代的儿童》,同样强调儿童作为国家未来主人翁的身份意识,呼吁儿童劳动、运动、团结、爱国,"共谋祖国的荣光"[②]。

这种主人翁意识不仅强化了儿童认知中的民族意识,实现了政治教育的目标,还使儿童诗歌在控诉和反抗中充满了明朗、昂扬和自信的基调。这种积极的基调呼应了对战争胜利的期待,对整个社会完成民族救亡的迫切心情。例如,老舍的《为小朋友们作歌》竭力彰显主人翁意识,表现出明朗和自信的气质:

  一群小英雄
  生长战争中
  看惯了飞机——不害怕
  长大也去学航空
  听惯了枪炮——不害怕
  为国报仇有心胸
  打倒东洋鬼子
  中华有好儿童
  大中华 好儿童

[①] 《雷石榆全集 卷一》,河北教育出版社2018年版,第273页。
[②] 乐观:《晨钟之歌》,少年出版社1940年版,第29页。

爱国的小英雄

谁是小英雄
爱国挺起胸
哪怕年纪小——志气大
长大拿枪把敌攻
谁说拳头小——志气大
打败日本立奇功
中华多么可爱
我是中华儿童
大中华　好儿童
爱国的小英雄①

"大中华　好儿童""我是中华儿童""爱国的小英雄"等反复出现，具有强烈的身份意识，塑造爱国的、反抗的和民族的儿童形象。赋予这首诗昂扬自信基调的，不仅是这些口号式的词句，还来自采用了"小—大"对比的方式，以反差的对比构成儿童的强烈自信。诗歌中"哪怕年纪小——志气大""谁说拳头小——志气大"，表现出身体弱小的儿童强烈的民族自信心和自尊心，使得"志气大"更为慷慨动人。与之类似，蒲风的《小小儿童》、萧三的《抗战剧团团歌》、乐观的《莫说小孩小》等，都是在儿童身体小、年龄小的状态下表现志气不小、参与抗日救亡的大行动，进而在反差中凸显儿童的自信。因此，基于抗日救亡的时代主题，儿童诗歌在控诉和反抗中展现出

---

① 蒋风主编：《中国儿童文学大系　诗歌（一）》，希望出版社2009年版，第194—195页。

自信、昂扬的基调,试图将战争的创伤经验转化为儿童的爱憎情感,进而完成塑造儿童的民族意识,强化其主人翁的身份,将儿童与国家连接为一体。

二、儿童在抗日救亡的公共生活中发挥能动性

在儿童诗歌的历史上,此前从未有过如这一时期一般涌现出大量表现儿童家庭之外的社会活动的作品。在"五四"的"儿童本位"观影响下,家庭与学校生活中的儿童经验和儿童共性成为主要表现对象。例如,叶圣陶早期的儿童诗歌《拜菩萨》,在儿童性的表现中突出对封建迷信的批判主题,但仍表现家庭中的儿童。当儿童走出家庭/学校,走向广阔的社会时,儿童的天真、好奇和有限经验等儿童性与复杂多样的社会生活碰撞,表现其在社会中的成长性与发展性。必然要求他们直面时代生活的丑恶、暴力和苦难等,要求他们与社会生产、经济、政治等发生联系。因此,在这一时期的儿童诗歌中出现了许多遭受战争伤害的苦难的儿童、积极参与社会劳动的儿童和直接参加抗日斗争的儿童,指向对儿童能力的肯定和儿童介入社会公共生活的表现。

走出家庭的儿童,参与社会公共事务,多表现为一种集体的形象,展现儿童群体生活和儿童群体工作等。例如,1935年从淮安出发的新安旅行团,17年间行程五万多里,宣传抗日救亡,被誉为"中国少年儿童的一面旗帜"[①]。他们曾带领武汉的少年儿童给战争一线的将士写慰问信,在桂林开展"砍柴献金"的活动,带动了桂林的儿童支援抗日。新安旅行团儿童们的各种抗日救亡活动,在当时的儿童乃至社会中产生了重要影响,带动了一大批儿童团体。据张杰介绍:

---

① 罗存康:《少年儿童与抗日战争》,团结出版社2015年版,第122页。

在三年多中，我们和四百多万的民众见过了面，他们了解了抗战意义，积极的参加后方或前方的各种抗战工作。五六十万的小朋友和我们作了最亲爱的同志，他们有了自己组织的团体，在东南，在西北，在西南各地，干着抗战工作。统计起来，在我们影响和直接组织起来的儿童团体有五十多个。[①]

陶行知曾写作儿童诗歌，赞赏新安旅行团的壮举，也记录了这群儿童走出家庭和学校在广阔的天地中进行抗日救亡活动。

新安小学儿童自动旅行团小影

（陶行知）

（一）
一群小光棍，
数数是七根，
小的十二岁，
大的未结婚。

（二）
没有父母带，
先生也不在。
谁说小孩小，

[①] 中国革命博物馆编：《民族小号手——新安旅行团史料选》，春秋出版社1989年版，第251页。

割分新时代。①

这首儿童诗显示了走出家庭、独自成长的儿童，依靠群体的力量参与社会活动，赞颂他们能力突出，"谁说小孩小，/割分新时代"。反问与夸张的语言表现出这一时期儿童的独立性及在集体中成长的状态，赞赏了儿童的能力。《三万歌》是陶行知纪念新安旅行团成立三周年的一篇祝贺之作。这首诗一共五节，分别从"看一看""想一想""玩一玩""谈一谈""干一干"几个方面展开，以旅行团小团员的第一人称口吻，既对这一团体进行了大致介绍，又赞美了新安旅行团这一群年轻的力量为抗战做出的巨大贡献：

（五）干一干

我们是一群穷光蛋呀！
要把双手儿拿出来干呀！
在城里干干，
在乡下干干，
在战场干干。
干一干，
大家的事大家干。
干一干，
团结起来勇敢干；
干一干，

---

① 陶行知：《行知诗歌集》，大孚出版公司1947年版，第137页。

只有汉奸才假干。
你不信吧？
三万里路跑回来呀！
保卫大武汉！
打倒小东洋！
打倒小东洋！①

又如冯玉祥于1938年创作了一首赞美孩子剧团的儿童诗歌《孩子团》，以押韵的语词和轻快的节奏表现了孩子剧团的儿童们在广播电台和收容所进行的抗日宣传活动，表达了对抗战时期儿童剧团的赞美和喜爱。除此之外，这一时期的边区儿童团、广州少年抗日先锋队、厦门儿童救亡剧团、内江孩子剧团等无数儿童团体，参与抗日救亡活动。"以抗日儿童团为主要描写对象的热情洋溢的儿童诗歌，几乎构成了整个抗日儿童诗歌的主流。"②这些抗日儿童团由于各个根据地的情况差异，名称也各不相同，有的叫儿童团，有的叫抗日少年先锋队等。据资料记载，"抗日儿童团有自己的章程"③，也有层层的领导系统。这显示了儿童团强烈的政治性。孙犁的《儿童团长》、邵子南的《中国儿童团》、郭小川的《滹沱河上的儿童团员》、姚远方的《边区儿童团》、卞之琳的《放哨的儿童》、刘御的《这小鬼》《礼拜六》、商展思的《游击队里的小鬼》、田工的《孩子哨兵》、高光的《小侦察员》等，表现了在解放区儿童组织——儿童团的带领下，少先队员或普通儿童所参与的社会工作。他们

---

① 华中师范学院教育科学研究所主编：《陶行知全集　第6卷》，湖南教育出版社1985年版，第815—817页。
② 吴欢章主编：《中国现代分体诗歌史》，上海大学出版社2008年版，第199页。
③ 罗存康：《少年儿童与抗日战争》，团结出版社2015年版，第3页。

积极参加抗日斗争，从力所能及的小事做起，或查路条、或放哨站岗、或慰问抗属、或学习吹号……埃德加·斯诺的《西行漫记》中较为详细地记录了有组织地参与战斗的儿童团：

> 少年先锋队员在红军里当通信员、勤务员、号手、侦察员、无线电报务员、挑水员、宣传员、演员、马夫、护士、秘书甚至教员！有一次，我看见这样的一个少年在一张大地图前，向一班新兵讲解世界地理。我生平所见到的两个最优美的儿童舞蹈家，是军团剧社的少年先锋队员，他们是从江西长征过来的。[①]

他的记录充分赞美了少先队员们在集体组织下各司其职，完成任务，展现出超越一般儿童的能力，尤其是"我生平所见到的两个最优美的儿童舞蹈家"，显示了斯诺对儿童团员们能力的高度赞赏。这些承担了成人社会工作、展现出非凡能力与经验的儿童群体，充分显示了儿童进入社会公共生活时带给成年人的震撼。1942年，萧三在《解放日报》上发表《略谈儿童文学》，表达了要书写儿童团群体抗日的迫切性：

> 八路军的"小鬼"（这个亲昵的称呼！）在前方和后方作过、作着不少英勇的动人的抗战建国的事业。他们有的直接在军队里、火线上，在敌后甚至在敌占区工作的；有的在无数的剧团里演戏、唱歌、跳舞作宣传鼓动工作的，和工农兵大众真的打成一片，因为他们自己就是工农兵的儿女子弟。……你抱抱他们的小身子，看看他们的活泼、

[①] [美]埃德加·斯诺：《西行漫记》，董乐山译，解放军文艺出版社2002年版，第268页。

天真、聪明、能干、耐苦、懂事如成年人……你能不感动么?! 你不愿意叫他们为子侄弟妹么?

写吧,作家、诗人们! 写他们,为他们写吧! 希望我们的作家、诗人们在下决心面向工农兵大众的时候,不忘掉这一年少的读者层。……

为了后一代,为了孩子……①

"小鬼"的称呼显示了儿童的集体性,是一种无名群体的指向。以"小鬼"为代表的无名群体,积极参与抗日斗争中,发挥了重要作用,令萧三感到为他们写作的迫切性。一方面是出于现实主义的写作和民族救亡鼓舞人心的需要,另一方面则表现出儿童群体高度自觉的行动与强大的能力所带来的情感触动。由此,这一时期儿童诗歌表现儿童在集体中生长,并在集体指导下展现出的能动性与能力。例如,邵子南的《中国儿童团》,以简短、明快的语句表现了儿童贴标语的英勇无畏和灵活机敏:

这里,
我们农村的小鬼,
当夜深如海的时候,
把标语贴到
临近的
敌人的据点去:
——城是我们的!

---

① 王泉根编著:《民国儿童文学文论辑评 上》,希望出版社2016年版,第171—172页。

下面大署着：
——中国儿童团！①

邵子南以宣言式的方式，表现儿童团所具备的承担战争宣传的能力。整首诗并没有用口号式的赞美表现儿童团成员的力量，却通过标语的内容"城是我们的！""中国儿童团"，直观地呈现出儿童团成员的工作内容和豪情，与其作为儿童的身份形成反差。值得注意的是，集体的形象、价值和理念除了通过"儿童团"这一名词表现出来，更通过"我们"这个集体的自称得以强化。以"我们"取代"我"，显示了儿童诗歌从"小我"抒情走向集体的"大我"。刘御的《礼拜六》亦如此：

一二三，
一二三，
一走走到王家滩。
王家滩有个王大娘，
儿子抗战在前方。
叫一声，
王大娘：
今天又是礼拜六，
我们给你来帮忙。
要挑水，
挑得满瓮又满缸。

---

① 蒋风主编：《中国儿童文学大系　诗歌（一）》，希望出版社2009年版，第189页。

又推磨,
磨儿推得呼呼响。
要写信,
我们带着笔墨和纸张。
要听前方好消息,
我们个个都会讲。①

《礼拜六》中"我们"帮王大娘干家务活,"我们"帮王大娘写信,"我们"个个都会讲前方的好消息。这塑造了在儿童团里儿童参与抗战事务的形象,强调集体行动的价值理念。这首诗颇有深意的是,王大娘的儿子在前方抗战,而无数幼小的、还未成年的"王大娘的儿子"在后方支援抗战。前方与后方相呼应,显示出儿童是抗战中重要的有生力量。而刘御的另一首儿童诗《这小鬼》,则从成人视角展示了儿童的迅速成长:

这小鬼总喜欢把裤腿卷得高高的,
大号军衣下,裸露着紫檀色的双膝。
你说:"小鬼,你为啥不穿裤子呢?"
他向你瞪一瞪眼,不搭理你。

这小鬼的军帽老是戴得歪歪的,
有一只红铜的喇叭,常和他形影不离。
你说:"小鬼,你的号吹得怎么样啦?"

---

① 刘御:《延安短歌》,上海文艺出版社 1959 年版,第 72—73 页。

他回过头来,向你笑眯眯。

这小鬼的工作,本来是打水打饭和扫地,
此外每天两点钟——学认字,学拿笔。
谁也不曾叫他学吹号,
吹号,是他自己的心意。

这小鬼为什么学吹号呢?
他有个憧憬十分美丽——
冲锋号一吹:"杀敌!杀敌!"
兄弟们踏着血迹,把鬼子赶出中国去。

这小鬼每天早晚总站在延水边,
立正的姿势,一只手插在口袋里。
口里吹:"达底,达底!"
心里想:"杀敌!杀敌!"

这小鬼天天练习,进步也的确快呢!
还不到一百天,就能把几个音联成一气——
"底达底达底达——杀他狗命的!"
"底底达达底——打回老家去!"

曾经有一天,这小鬼正式把意见提:

> "我已经会吹号，我还有好身体，
> 让我到前线，参战去杀敌！
> 我是河北人，我要打回老家去！"①

一个本来只需打饭、打水、扫地和学习的孩子，自己悄悄学习吹号，只为有一天可以跟随部队去前线杀敌，杀回自己的家乡去。诗歌表现了被战火摧毁了家园的孩子，在军营中倔强地成长。他努力练习吹号的过程，就是他在战火中迅速成长的过程。"这小鬼"的起头带着亲昵，饱含着成年人对未成年人的爱护。但诗歌的内容又极力表现小鬼努力挣脱这种保护，试图迅速成长（学会吹号）保卫家国。"这小鬼"看似指向具体的学吹号的儿童，但无名状态下的"这小鬼"，又指向了千千万万参与抗日战争的儿童。"我是河北人，我要打回老家去"，更显示出强烈的地域性和集体价值归属感，最终构成民族国家的空间意识与反侵略意识。

以"小鬼"为代表的融入抗战的儿童，代表的是边区学习和劳动的儿童团成员进入战争队伍的情形。他们是走出家庭走向社会的突出代表。譬如《这小鬼》中饱含着一种复杂的情感价值：成年人对儿童的保护与儿童渴望参与正面战场的需求，两方面构成了儿童与成人二元话语之间交错的局面。斯诺在《西行漫记》中对"小鬼"的描述进一步佐证了这一点：

> 他们的来历往往弄不清楚：许多人记不清自己的父母是谁，许多人是逃出来的学徒，有些曾经做过奴婢，大多数是从人口多、生活困难的人家来的。他们全都是自己做主参加红军的。有时，有成群的少

---

① 刘御：《延安短歌》，上海文艺出版社1959年版，第49—50页。

年逃去当红军。①

进入集体空间的小鬼们已经弄不清自我的来历。这意味着走出家庭之后，家庭所代表的身份在儿童成长中缺失。与此同时，红军这一集体又提供给这些"小鬼"新的空间和身份，让他们成为抗日战争中的新的一员。他们在集体中获得了新的身份。而本该在这个集体中受保护的儿童，展现出承担成人责任的行动，例如"自己做主参加红军"，或者在红军队伍里承担勤务兵等工作，既是对儿童独立性与能力的肯定，但又会模糊儿童与成人的界限，淹没儿童个体的话语与情感体验。徐兰君曾讨论这一个问题，指出"在延安边区儿童的成长经历中，家庭的位置似乎被忽略了，而儿童的情感价值、经济价值和政治价值在抗战时期交织重合的现象尤为突出，令人深思"②。这种现象恰恰是与儿童处于一种集体的空间中，呈现集体的状态紧密相关。

三、儿童的未来生长性与公共生活的新气象交织，构成前进的节奏

全面抗战，让公众生活介入私人领域，儿童也卷入成年社会的公共行动中。介入公共生活，在一定程度上模糊了儿童与成年人的界限，但因儿童对公共生活的深度参与而表现出新现象。前面谈及的战争创伤转化为民族意识和儿童走出家庭进入集体空间，都属新现象。与此同时，这一时期的儿童诗歌以追求参与现实的态度，表现新人形象与新文化气象，并将儿童的生长性

---

① [美]埃德加·斯诺：《西行漫记》，董乐山译，解放军文艺出版社2002年版，第268页。
② 徐兰君：《儿童与战争：国族、教育及大众文化》，北京大学出版社2015年版，第72页。

与昂扬的抗日斗争公共生活相结合，从而构成诗歌中鲜明的"前进"节奏。儿童诗歌所表现的新人，不仅是上文谈及的有能力、独立性强的"红小鬼"和新安旅行团所代表的"小先生"，还有对农村儿童的表现，农村的无产阶级儿童便广泛出现在诗歌中。前二十年时期，现代儿童诗歌乃至儿童文学，多关注城市中产阶级家庭中的儿童，以其学校、家庭生活为中心，强调科学知识和世界观念等方面的启蒙。而作家与评论家们所讨论的探索儿童的内宇宙及"儿童本位"观，亦以之为对象，对农村儿童关注较少。即使涉及农村儿童，也多表现其在灾难中的悲苦，表现对其的同情，进而控诉时代。这既与儿童文学发展的商业性有关（例如，当时以报刊为主要阵地的儿童文学作品，需要以具有一定购买能力的家庭为基础），又与整个时代的形势、思想文化的潮流紧密相关。"现代国家的建立，民主制度的建立，地方自治与民主政治的实施均有赖于广大民众受教育的程度。"[1]而当时的乡村，文盲占绝大多数。仅有的私塾教育，传达的多是旧式观念。而新式教育之于乡村来说，无异于天方夜谭。吴然在访问刘御时也曾谈到生长在云南临沧清华乡的刘御直到12岁时（1924），"五四运动的影响才开始扩散到他所居住的乡村"[2]。由此可见，前二十年间在整个社会文化视野中，乡村在一定程度上不过是存在于进城的知识分子的回忆之中，整体受到现代思潮的洗礼较为迟缓。随着战争形势和社会思潮的发展，乡村成为重要的反抗空间，也成为现代教育和思想启蒙的所在，与国家民族的命运紧密相连。"30年代战争的爆发真正使得'乡村儿童'成为想象中国革命和民族救亡的重要概念与象征符号。"[3]一方面，乡村儿童

---

[1] 丛小平：《师范学校与中国的现代化：民族国家的形成与社会转型（1897—1937）》，商务印书馆2014年版，第156页。
[2] 吴然：《刘御和儿童文学》，《云南师范大学学报（哲学社会科学版）》1985年第4期。
[3] 徐兰君：《儿童与战争：国族、教育及大众文化》，北京大学出版社2015年版，第58页。

切实地承担着抗日救亡的工作，尤其是参与根据地建设中的辅助工作；另一方面，缺少知识、文化、经验的乡村儿童同样具有未来生长性，在知识学习、劳动实践与抗日救亡中自然被视为一种新的、可把握的国家民族建设者。斯诺在《西行漫记》中描述"红小鬼"时谈道：

> 他们精神极好。我觉得，大人看到了他们，就往往会忘掉自己的悲观情绪，想到自己正是为这些少年的将来而战斗，就会感到鼓舞。他们总是愉快而乐观，不管整天行军的疲乏，一碰到人问他们好不好就回答"好！"，他们耐心、勤劳、聪明、努力学习，因此看到他们，就会使你感到中国不是没有希望的，就会感到任何国家有了青少年就不会没有希望。在少年先锋队员身上寄托着中国的将来，只要这些少年能够得到解放，得到发展，得到启发，在建设新世界中得到起应有的作用的机会。[①]

成人为儿童的将来而战斗，进而鼓舞当下反抗的士气，儿童身上寄托着将来的希望。儿童的未来生长性与反帝国主义侵略的民族战争和民族国家意识紧密联系在一起。这被广泛地表现在儿童诗歌中，歌颂以乡村儿童为代表的新人，在"抗战""建国"中发挥重要作用。也就是说，在抗日斗争的时代热潮中，儿童参与社会建设所呈现出的革命热情与坚定的信念，构成了新的文化空间。

表现新人和新文化，在"前进"的节奏中彰显蓬勃的生长希望，尤以解

[①] [美]埃德加·斯诺：《西行漫记》，董乐山译，解放军文艺出版社2002年版，第272—273页。

放区的儿童诗歌为代表：

> 解放区儿童文学根植于解放了的土地上，描写的是新的人，新的世界，充满了欢快明朗的情调，反映出解放区人民生气勃勃，奋发向上的生活气息和精神面貌，反映着边区儿童的茁壮成长。[1]
>
> 根据地儿童文学根植于解放了的土地，体现出与同时期的大后方、沦陷区儿童文学明显不同的特色：注重描写新的人、新的世界、新的儿童精神，充满明朗向上的色调，同时也受苏联社会主义儿童文学的影响。[2]

一方面，与"解放了的土地"这一全新的政治空间紧密相关；另一方面，也与苏联社会主义儿童文学的影响密切相关。《中国现代儿童文学史》认为，这一时期在儿童中流传的苏联儿童文学《小夏伯阳》《帖木儿及其伙伴》等作品中的主人公，"是和国家、社会、战争紧密相关，并且能为自己国家的人民战斗的新型的少年儿童"[3]，显示出"教育儿童成为未来的勇敢战士，新社会的建设者"[4]的教育方向性。儿童诗歌也不例外，例如解放区具有代表性的儿童诗人刘御的儿童诗歌，在乡村儿童生活书写中突出了革命成长和活泼友爱的建设者形象。其《礼拜六》，是较为典型的将乡村儿童的知识学习、劳动实践和抗日互助融为一体，表现成长中的乡村革命者。

新人和新文化构成了解放区儿童诗歌的"前进"节奏，显示出战火年代

---

[1] 蒋风主编：《中国现代儿童文学史》，河北少年儿童出版社1987年版，第244页。
[2] 王泉根：《现代中国儿童文学主潮（第2版）》，重庆出版社2018年版，第117页。
[3] 蒋风主编：《中国现代儿童文学史》，河北少年儿童出版社1987年版，第311页。
[4] 蒋风主编：《中国现代儿童文学史》，河北少年儿童出版社1987年版，第313页。

旺盛生长的生命美感。首先，这些乡村儿童英勇活泼、积极能干，往往与解放区的自然和人文环境相结合，表现其在公共生活空间中的重要性。例如，柯岗的《红高粱》以庄稼成熟引入乡村儿童的行动：

山里高粱红了，
山里稻米也黄了呀！

看哪！成队的兵——
咱们自己的兵呀，
他们都跳上马了，
为了保卫稻米高粱，
他们要出发打仗。

我要回家跟爹娘闹！
叫他给我买把小刀一尺长，
冬天我用它杀那花脸羊，
秋天我用它插在山头上，
就像八路军在那儿站岗，
看谁敢来，谁敢来抢
咱们的红高粱！

山里的高粱红了，

山里的稻米也黄了呀！①

"山里高粱红了，/山里稻米也黄了呀"，既是起兴，又为表现士兵们为保卫稻米、高粱而打仗做了铺垫。"我"作为一个儿童，并未直接参与到保卫稻米和高粱的斗争中，却连接了社会公共事务与普通的家庭。"我"回家闹着父母买小刀，将家庭空间与革命斗争的社会空间连在一起，把保卫红高粱与保卫家国联系在一起。最后一段，"山里的高粱红了，/山里的稻米也黄了呀"既呼应开篇，又象征着儿童积极联系社会与家庭，构成统一战线，保卫着粮食。与之类似的还有郭小川的《滹沱河上的儿童团员》。诗歌讲述了儿童站岗时对八路军的致敬等事件，记叙了日本鬼子枪杀平山城的历史事件，表现了对日本人的恨和抗敌的英勇、自信。其中，滹沱河既是空间地点，又是自然景物，还是一种象征，被比喻成"大姑姑""大姨娘"，表现儿童与滹沱河这片土地的亲密关系，构成了国土意识。作为儿童团员的"你"守卫着滹沱河，就是守卫着土地，表现乡村儿童与环境紧密融为一体，进入社会公共空间的状态。

其次，诗歌中儿童的劳动与识字学习，构成了儿童成长与革命事业的重要一环，被反复书写。这一时期表现乡村儿童，一方面展现其劳动价值，尤其是进入成人工作领域的干练；另一方面注重对儿童的识字教育的训练。前者主要与乡村儿童所处的实际环境和传统相关。乡村中大部分儿童必须承担家庭劳动工作。这与前二十年的"儿童本位"观有较为明显的区别。从某种意义上说，"儿童本位"观强调将儿童从成人经济价值中剥离出来，给予其独立的童年。但乡村农业发展的现实，很难让儿童如同城市工业发展一般与成

---

① 蒋风主编：《中国儿童文学大系　诗歌（一）》，希望出版社2009年版，第288—289页。

人区别开。在漫长的农业文明中,儿童需要辅助家庭完成种植和收割等劳动。因此,乡村儿童的劳动与城市家庭/学校提倡的劳动有差异。前者强调参与经济生产,后者不带有经济生产属性。例如陈陇的《金星星》,就表现了儿童参与劳动建设支持抗战:

> 三
>
> 金星星,
> 银星星,
> 金栓银栓都能行,
> 金栓纺线线,
> 银栓搓麻绳,
> 放牛放羊的好把式,
> 打柴拾粪的好劳动。
> 上冬学,
> 下苦功,
> 黑板上写字认个清,
> 国家的大事摸个清,
> 一斗谷子一斗米,
> 金子银子也不能比。①

纺织、放牛羊、打柴等,既是传统乡村儿童承担的经济工作,也是解放

---

① 蒋风主编:《中国儿童文学大系　诗歌(一)》,希望出版社2009年版,第295—296页。

区生产建设的重要内容。儿童在参与劳动建设的同时,兼带完成侦察和传递消息等直接服务于战斗的工作。解放区开展儿童教育,施行学校教育,也考虑到适应乡村劳动生产的时间。《金星星》中的"上冬学",就记录了这一内容。儿童上学,接受识字教育,也纳入了儿童与革命事业共成长的一部分。"黑板上写字认个清,/国家的大事摸个清",将识字与参与国家事务直接联系起来。而田工的《孩子哨兵》,则以叙事的方式表现了识字与儿童成长、国家公共事务之间的关系:

> 一个背着大刀的孩子,
> 那刀似乎长过了他的身体;
> 在村头,
> 在树下,
> 他机警地走来走去。
>
> 东边来了一个陌生的汉子,
> 他
> 马上睁圆小眼睛:
> "同志到哪里去?
> (小手把刀握得更加紧)
>
> 把路条拿给坐在门口
> 做针线的妈妈看过,
> 然后说声——

"对不起，

耽误你。"

过路的人

走远了，

小孩子还在想：

——我要加紧

多识几个字才行。①

  这首诗表现了孩子作为战士，放哨、站岗，拦住陌生人，最后在妈妈的帮助下读懂路条而后放行。诗歌的张力在于，"一个背着大刀的孩子，/那刀似乎长过了他的身体"，表现一种不匹配的状态。刀作为武器，象征着战争，竟然与儿童如影随形。但是，儿童并不因这"不匹配"而玩忽职守，而是十分严肃、认真地完成自己的工作。诗歌的另一重张力则在于，儿童必须要依靠妈妈才能读懂字条，显示出从事革命事业与不识字之间的矛盾。于是，"小孩子还在想：/——我要加紧/多识几个字才行"，将儿童识字与更好地完成革命事业相连接。劳动和识字学习是乡村儿童的日常生活，也是其参与公共生活的重要方式，表现出他们强大的适应力和成长的过程。这是一种蓬勃向上的力量，与诗歌所表现的儿童参与革命事业和进行反侵略斗争紧密相连。

  最后，为了表现乡村儿童在斗争中的昂扬斗志，儿童诗歌多以重复的手法表现其前进、向上的状态。蒲风的《儿童亲卫队》，描述十余岁的儿童亲卫队成员们打探敌情、捉汉奸等。在诗歌的结尾，"给大人帮忙啦，/做工，做

---

① 蒋风主编：《中国儿童文学大系 诗歌（一）》，希望出版社2009年版，第226—227页。

工,做工!/给大人安慰啦,/歌唱,歌唱,歌唱"①,显示出强烈的节奏性,催人奋进。最后,诗人采用直接引语的形式,高呼"我们是前进儿童,/前进儿童!"。词组的重复构成密集的节奏,从声音和内容上都表现出一种前进的状态,写出了乡村儿童的昂扬、自信。刘御的《边区少先队进行曲》,"我们天天锻炼,/天天前进",层层递进,在重复的结构中强化儿童昂扬的声音。

正如何其芳在《我为少男少女们歌唱》中高声赞美,"我歌唱那些属于未来的事物,/我歌唱那些正在生长的力量"②。乡村儿童积极参与抗日救亡斗争,作为生长的力量被不断地歌颂。儿童诗歌将乡村儿童的成长纳入了书写视野,在革命事业和反帝斗争中表现有能力的儿童,又以儿童旺盛的生命力表现革命的希望。二者交织成这一时期儿童诗歌蓬勃的气质与前进的节奏。

四、强烈的政治热情蕴藉于生活之中,情绪单纯,爱憎分明

抗战救亡的时代主题必然使社会生活与政治生活联系紧密。儿童亦进入广阔社会,面对时代洪流,必然与政治生活发生关联。儿童诗歌表现了儿童参与社会政治生活的状态,并在儿童日常生活中表现积极的政治热情。例如,前文谈及儿童团等儿童组织,其实就是儿童进行政治生活的重要表现。儿童诗歌在表现这种强烈的政治热情时,常借儿童之口进行标语式宣言或者呼喊。例如,刘御的《边区少先队进行曲》中的反复手法的运用:

我们在边区生,

---

① 蒲风:《六月流火》,花城出版社 1983 年版,第 273 页。
② 何其芳:《我为少男少女们歌唱》,《力报副刊·半月文艺》1942 年第 17—18 期。

我们在边区长,
边区是全国的模范,
我们是边区的少年。
边区的少年有组织,
边区的少年有武装。
我们天天学习,
我们努力生产,
锄奸优抗,
巩固抗日的后方。
坚决勇敢,
站在斗争的岗位上。
我们天天锻炼,
天天前进。
我们是边区的少年先锋队。
我们是新中国的主人。①

"我们"的口号式宣言,表现出参与政治生活的热情与意愿,极力突出儿童生活与公共事件的紧密关系。除此之外,一些儿童诗歌在散步和家常谈话中表现抗日救亡,表达美好的心愿。乐观的《界路漫步偶感》,写散步到租界附近,以上海割裂的租界表现遭受战争的苦痛和不灭的斗志和希望,高呼"我们终要在那瓦砾堆上,/建筑起我们的自由之邦"②。陈辉诗歌中的政治热

---

① 刘御:《延安短歌》,上海文艺出版社 1959 年版,第 70—71 页。
② 乐观:《晨钟之歌》,少年出版社 1940 年版,第 45 页。

情相对含蓄，但同样炽烈。《妈妈和孩子》记录了孩子与母亲在夜晚给前方战线上的父亲写信的故事。诗歌通过孩子的口吻，表达了对抗战胜利的信心和希望：

夜啊已经很深，
小房子里，
还没有熄灯。

孩子解着袄，
妈妈啊，
在给爸爸写信。

孩子颠着小脑瓜，
轻轻地摇着妈妈：
——告诉爸爸啊，
多杀几个敌人吧！

灯熄了，
妈妈和孩子，
都有了梦啦；
梦里，
爸爸扛着一挺歪把子，

> 爬在一株松树下……①

这是日常的一夜，宁静而美好。在孩子求着妈妈写信的话语中，表现出在抗战中一个普通家庭期待战争胜利的愿望。前线的父亲与后方的妻儿构成两个空间，显示出其对战争胜利的美好期待。诗歌在平静的儿童生活中饱含着热烈的情感。"此诗结尾虽只寥寥三行，但它沟通了梦境和现实，连接着前线和后方，凝聚着妈妈和孩子的其实也是全国人民的热烈期待，是格外动人的一笔。"②此外，袁勃的《母鸡与小孩》从侧面写抗日战争，记叙根据地儿童听到晋察冀粉碎敌人进攻的好消息后的天真之举。他喂鸡，捉鸡，与妈妈对话，放开鸡。一系列行动表现出以儿童为代表的民众，对敌人的仇恨和对战士们的爱。"我们边区又打胜仗啦，/阿部中将被我们打死啦！/儿童团要慰劳军队，/你看——/让母鸡下一个蛋送去"③。一个小小的鸡蛋，饱含着天真儿童的抗战热情。

社会生活深入儿童日常生活，与儿童爱憎分明的性格交融，使得诗歌情绪单纯，集中表现为愤怒，或明朗，或充满希望。在袁勃的《母鸡与小孩》中对敌将死亡的欢快呼喊，想要将鸡蛋送给军队的积极行动，无一不表现出儿童鲜明的爱憎情感。高敏夫的《哥哥骑马打东洋》，直呼日本侵略者"鬼子"。诗歌请读者"用本地小调唱唱看"④的建议，透露出欢快的气息，表现对哥哥骑马打日本侵略者的畅快之感。更为典型的是张克夫的《谁杀死了妈妈》：

---

① 公木主编：《新诗鉴赏辞典》，上海辞书出版社1991年版，第543—544页。
② 公木主编：《新诗鉴赏辞典》，上海辞书出版社1991年版，第545页。
③ 《袁勃诗文选》，云南人民出版社1981年版，第91页。
④ 高敏夫：《哥哥骑马打东洋》，《抗建副刊》1938年第5期。

血,
留在地上。
妈妈的眼睛
闭上了,
永远闭上了。

孩子!
谁杀死了妈妈?①

抓住两个特写——留在地上的血和闭眼的妈妈,构成直接而强烈的视觉冲击。结尾用直接的反问"谁杀死了妈妈",表现对侵略者的愤怒和仇恨。这种仇恨的感情较为单一,但层层推进,从场景到反问,情绪逐渐激烈。正因其单一、激烈和爱憎分明,所以能直接表现儿童遭遇战争和死亡等大事件的情感经验,具有强烈的鼓动性,更能激励大众反抗。在爱与憎的激烈情感体验和表达中,儿童诗歌完成了从创伤到反抗意识觉醒的书写,表现出强烈的民族意识。

因此,抗日救亡的时代主题进入儿童世界,发出统一的反抗之声。诗人借助儿童的声音,表现卷入时代公共生活中的儿童经验,表现儿童的未来生长性与国家民族建设的蓬勃生机,引导儿童的民族国家意识的觉醒。这一时期的儿童诗歌塑造了进入广阔社会的儿童形象,展现了与以往不同的独立的儿童的世界,尤其是解放区的儿童诗歌,集中表现了乡村儿童的抗日救亡,表达了新的儿童生活经验与情感,呈现出儿童与革命事业共同成长的景象。

---

① 蒋风主编:《中国儿童文学大系 诗歌(一)》,希望出版社 2009 年版,第 225 页。

第二节 现实之美：儿童叙事诗的审美追求

叙事诗是抗战时期诗歌发展最突出的现象之一，尤其是长篇叙事诗。1939 年，蒲风在《抗战以来的新诗歌运动观》一文中敏锐地发现了这一现象，指出抗战以来的诗歌逐渐"着重于史实，抗战人物表现，——日趋于故事，诗叙事诗化的"[①]。新中国成立后，臧克家为《中国抗日战争时期大后方文学书系·诗歌编》作序，总结抗日战争时期诗歌发展特点，指出"长篇叙事诗多起来了"[②]成为值得重视的现象。许霆讨论中国现代诗学的演进时强调，抗日战争时期，"叙事诗的创作成了诗人们追求的一种风尚，诗人们试图在广阔的背景上全景式地反映生活，铸造时代的史诗"[③]。叙事诗的发展是抗战时重要的诗歌现象，成为不同时期研究者的共识。

抗战时期的儿童诗歌也不例外，出现了大量叙事诗歌。作品追求描摹事件的真实性和形象化，表现具体场景，反映儿童的社会生活，多富有现实主义精神。这些叙事诗歌主要分为两类：第一类是直接反映现实，记述儿童在战争时代参与社会生活，例如刘御的《这小鬼》、郭小川的《滹沱河上的儿童团员》、方冰的《歌唱二小放牛郎》、孙犁的《儿童团长》、雷石榆的《小蛮牛》、贺敬之的《牛》、卞之琳的《放哨的儿童》、老舍的《她记得》、袁勃的《母鸡与小孩》、许幸之的《卖血的人》、芦芒的《贫农儿子和富农儿子的谈话》、鸥外鸥的《童话诗帖：时事演讲》、胡明树的《母·子》《利市》等；第

[①] 黄安榕、陈松溪编选：《蒲风选集》，海峡文艺出版社 1985 年版，第 751 页。
[②] 刘增人编：《臧克家序跋选》，青岛出版社 1989 年版，第 326 页。
[③] 许霆：《中国现代诗学核心观念演进论》，江苏凤凰教育出版社 2018 年版，第 138 页。

二类是借助童话的想象叙事和象征结构，间接反映社会历史，例如，梅志的《小面人求仙记》、王亚平的《小白马》、绿原的《星的童话——给白蓝那孩子讲的》等。无论是哪类艺术手法，儿童叙事诗的艺术构思都主要通过对事件的叙述、故事的讲述和场景的表现，来反映以儿童为代表的中国人民的抗战现实和反抗精神。儿童叙事诗的出现及其对现实的表现目的，构成了这一时期儿童诗歌追求现实之美的倾向。所谓"现实之美"，是指诗歌以抗战现实为出发点，具有强烈的写实倾向。主要是通过对事件和场景的叙述来表现典型且直观可感的形象，在客观的故事和形象塑造中蕴含感情，以现实感冲击读者的心灵。

一、"现实之美"的表现

追求具体的"现实之美"的书写，成为这一时期儿童叙事诗的审美旨趣。叙事诗要求以多种艺术手法叙述儿童在抗战中的经历和精神，营造诗歌叙事的真实感，激发读者的抗战之心。

首先，儿童叙事诗注重描摹事件，再现真实场景，追求形象化和典型人物塑造。叙事时以现实的场景刺激读者的情感，激起反抗精神。其中，方冰的《歌唱二小放牛郎》就是典范之作：

> 牛儿还在山坡吃草，
> 放牛的却不知哪儿去了，
> 不是他贪玩耍丢了牛，
> 放牛的孩子王二小。

九月十六日的那天早上,
敌人向一条山沟"扫荡",
山沟里掩护着后方机关,
掩护着几千老乡。

正在那危急的时候,
敌人快要走到山口,
昏头昏脑地迷失了方向,
抓住了二小要他带路。

二小他顺从地走在前面,
把敌人引进我们的埋伏圈,
四下里砰砰嘭嘭响起了枪炮,
敌人才知道受了骗。

敌人把二小挑起在枪尖,
摔死在大石头的旁边。
我们的十三岁的王二小,
可怜他死得这么惨!

干部和老乡得到了安全,
他却睡在冰冷的山巅,

他的脸上含着微笑，
他的血映照着蓝的天。

秋风走遍了每个村庄，
它把这动人的故事传扬；
每一个村庄都含着眼泪，
歌唱二小放牛郎！①

1940年秋季反扫荡后，方冰在晋察冀边区目睹了群众的抗战事迹，写下了这首带有强烈情感的叙事诗。诗中儿童王二小的死亡带有悲壮色彩，凸显了抗战的危险性和为群众、国家牺牲的伟大形象。诗人尽量以第三人称的口吻来冷静、客观地叙述王二小牺牲的过程。在客观叙述中，诗人融入了形象化和场面化表现手法，使之更加刺激人心。例如，"他却睡在冰冷的山巅，/他的脸上含着微笑，/他的血映照着蓝的天"。叙述至王二小牺牲时，叙事时间暂停了，画面定格在王二小身上。三个"他"的连续使用，构成排比的气势，从远至近又到远地表现了王二小牺牲时的模样。首先，远看睡在冰冷山巅的王二小，伟岸高大，却再也无法站起来在山上放羊。其次，画面拉近，表现了王二小脸上的微笑。微笑与死亡形成的反差，更凸显其英勇和死得其所。最后，画面又变远，描写血迹和蓝天。在两种刺眼的颜色对比下，无声表现王二小的死亡，书写其死亡的恒久意义——与天空同在。在诗人精心叙述下，"每一个村庄都含着眼泪"，以物写人，侧面烘托了王二小的英勇，感人至深。

---

① 蒋风主编：《中国儿童文学大系　诗歌（一）》，希望出版社2009年版，第228—229页。

来自现实生活的事件经过诗人的艺术加工，再以诗的形式重新叙述，更强有力地冲击了读者的心灵。除了对战场上小英雄的事迹和反抗斗争的故事进行叙述外，这一时期的儿童叙事诗还叙述了儿童日常生活与抗战相关的事件。鸥外鸥的《怕羞的鼻巾》以鼻巾写人，表现了战争年代儿童的个体卫生道德与社会道德之间的矛盾：

好孩子
鼻涕不要流出来
两条虫一样的伸伸缩缩
让苍蝇伏在鼻子上舐
用鼻巾把鼻涕抹干净

因为战争
布鼻巾贵买不起
同学们都用纸鼻巾
抹那"两条虫"的鼻涕
爸爸买给我一条布鼻巾
价值几十块钱
他们都笑我的爸爸"有钱"
"有钱呵！""有钱呵！"不良的笑声包围了我
使我的脸红了耳朵红了

我的鼻涕

> 两条虫一样的一伸一缩的
> 在鼻孔内在鼻孔外
> 布鼻巾在衣袋里缩作一团①

诗作借用对话,引出了小学生在学校被同学嘲笑的事件。第一个诗节中成人对儿童的教导,欲培养儿童擦鼻涕的卫生习惯。后两个诗节是儿童对成人的回答,讲述了他在学校因为用布鼻巾擦鼻涕被同学嘲笑一事。战争时期,物价飞升,布匹更加昂贵。当时中小学里常开展爱国抗战活动,捐赠物资和金钱。诗中的儿童用着昂贵的布做的鼻巾,在这样的环境下显得格格不入,甚至隐含着浪费和不支持抗战之意。这构成了儿童社会生活中的公共道德问题。用鼻巾擦鼻涕是对个体卫生道德的维护,却在此时"违背"了战争时代的公共道德。道德的矛盾冲突使得儿童无法理解,只能任由鼻涕流下。这种不解,隐含着对侵略者的批判和战争年代儿童面临的道德冲突。这首叙事诗使用鼻巾和鼻涕两个具体的物质形象,表现逼真的场面。最后,鼻涕"一伸一缩",布鼻巾"缩作一团",形象生动地描摹出儿童的畏缩和不解的状态。据鸥外鸥描述,"这是一个在小学念书的小学生在学校生活中的遭遇"②,显示了作品创作的真实来源与现实指向。他认为,"儿童们也有儿童们的社会观念"③,一方面表现了鸥外鸥对儿童生活的关注,另一方面传递了儿童叙事诗重返真实现场的意图。

其次,儿童叙事诗常以儿童的个人经历重述家国历史,以儿童之口铸造"时代的史诗"。儿童个体的遭遇即是国家和民族的遭遇。即使如王亚平《小

---

① 鸥外鸥:《童话诗帖:怕羞的鼻巾》,《诗》1943年第6期。
② 鸥外鸥:《童话诗帖:怕羞的鼻巾》,《诗》1943年第6期。
③ 鸥外鸥:《童话诗帖:怕羞的鼻巾》,《诗》1943年第6期。

白马》一类的童话叙事诗，也通过象征手法写李洪和小白马的家园被狼国侵占，影射日本侵略者。在这些作品中，雷石榆的《小蛮牛》颇为典型。小蛮牛的村庄惨遭日寇扫荡，家破人亡，不得不逃出家乡，四处流浪。他遇到了游击队，得到了锻炼，在游击队中成长为一个"成熟"的儿童，积极参与反抗日本侵略者的斗争。最后，小蛮牛跟着部队打回了老家川王村，期待彻底打垮日本侵略者。全诗一共十三部分，书写了小蛮牛的成长史，也是无数抗战儿童的成长史。诗的开篇，就以"小史的开端"命名，显示出诗人将小蛮牛的成长史视作一种家国历史的宏伟书写目的：

一 小史的开端

小蛮牛，年纪小，
今年十三还不够。
两年前，他是陈超的孩子，
但现在他是民族的英雄。[1]

从"陈超的孩子"到"民族的英雄"，是一种成长的完成状态。儿童脱离附属于父母的状态，成为独立的、能够实现民族救亡的依靠者。能力的改变与小蛮牛小小的年龄形成鲜明的对比，构成少年英雄的强大魅力。小蛮牛进入游击队后，通过识字、唱歌、学会作战方法、认识社会现实和获得民族国家意识等，写实性地叙述其在集体中的成长。

---

[1]《雷石榆全集 卷一》，河北教育出版社2018年版，第229页。

从前小蛮牛一个字也不懂，
但在那里他不但学会
认字、写字，
更学会唱许多救亡歌曲；
他懂得什么叫作
帝国主义，法西斯蒂，
日本军阀，中国汉奸；
他懂得什么叫作
民族解放
民族统一战线；
他懂得怎样
防奸和捉奸；
他懂得许多
战术和战略；
他学会了使用
短矛和手枪；
他学会了
守望、侦探和攻击。
总之，两年来的锻炼，
他成了民族的小英雄。[1]

从"不懂"到"懂得"的历程，详细地叙述了小蛮牛在游击队中的成长，

---

[1] 《雷石榆全集 卷一》，河北教育出版社2018年版，第241页。

是一种线性的成长历史。既坚定了抗战必胜的信念，又从过去、现在的成长中呈现出对未来的美好期待。结尾点出了这种期待，"但我希望'飞龙'/真的有那么一天：/小蛮牛给它在鸭绿江边/铸造一个铜像"[1]。小蛮牛曾对自己的战马"飞龙"许下诺言，"等我们打到鸭绿江边，/给你铸一个铜像"[2]。结尾再提铜像，一是呼应了小蛮牛的承诺，二是表现对打倒侵略者、收复祖国大地的美好期待与坚定信念。小蛮牛的未来就是中国的未来。将儿童的个体经历隐喻为国家抗战历史的经历，显示出儿童叙事诗中追求历史真实的倾向。这种合二为一的叙述手法，一方面增强了儿童叙事诗的恢宏和开阔之感，另一方面又容易陷入结构相似、缺乏创意的困境。这正是这一时期许多儿童叙事诗的书写困境。

再次，儿童叙事诗常采用对话的方式，通过多种声音的交织，返回儿童生活的现场，构成现实感。全面抗战时期的儿童诗，常将抗战的现实融入对话的氛围中，通过对话来呈现儿童如何认识抗战及其反抗的意义。鸥外鸥的《童话诗帖：时事演讲》、胡明树的《好，不好？》和芦芒的《贫农儿子和富农儿子的谈话》等，是代表之作。其中，鸥外鸥的《童话诗帖：时事演讲》极为精彩：

　　你爱吃的
　　巧格力面包
　　没有卖了
　　"多人买，卖完了么？爸爸："

---

[1]《雷石榆全集 卷一》，河北教育出版社2018年版，第274页。
[2]《雷石榆全集 卷一》，河北教育出版社2018年版，第272页。

你爱吃的

金山桔子

没有卖了

"多人买，卖完了么？爸爸："

你爱吃的

鱼肝油

没有卖了

"多人买，卖完了么？爸爸："

不对，不对

你听：

屋外的炮声

天空的飞机声

你来，爸爸告诉你

巧格力面包的面粉

从加拿大来的

从加拿大座船来的

经过太平洋

"它为什么不来？懒起床赶不到船么？"

金山桔子

在美国加州出产的

从加州搭船来的

经过太平洋

"它为什么不来？买不到船票么？"

鱼肝油

在挪威制造的

从挪威座船来的

经过太西洋，地中海

"它为什么不来？船主怕它的身体臭腥么？"

不对，不对

你听：

屋外的炮声，

天空的飞机声

太平洋上已经有战争了

从加拿大来的

面粉乘的船不能通过

从加州来的

金山桔子座的船不能通过

日本的飞机和潜水艇耍枪劫它

太西洋，地中海也都有战争了

从挪威座船来的鱼肝油也不能通过

希特勒的飞机和潜水艇也要轰炸它呢[①]

这首儿童叙事诗的主要形式是爸爸和孩子的对话。对话从没买到巧克力面包的事实切入，显示出一种日常的生活状态。紧接着，儿童对食物的渴望促使他问出"多人买，卖完了么？爸爸"，表现出天真的情态。一切都是生活常态的表现，但是，诗人以爸爸的口吻，陆续说出巧格力面包、金山桔子和鱼肝油都没有卖的了。这引起了读者的注意，呈现了生活的异常。儿童重复说出，"多人买，卖完了么？爸爸"，加强了怀疑，将诗的叙述推向了高潮。然后，爸爸以权威的声音解释，将太平洋、地中海等现实空间呈现在诗中。这建构起世界与家庭生活的一种关联。而儿童天真的猜测，如"它为什么不来？懒起床赶不到船么"，增加了叙述的趣味和家庭生活的日常气息。在儿童的猜测中，爸爸进一步解释，"不对，不对/你听：/屋外的炮声，/天空的飞机声/太平洋上已经有战争了"。这将全球的反法西斯战争，纳入儿童的日常生活中。鸥外鸥在叙事时，格外关注儿童如何去感知和认识这场战争。诗的对话形式呈现了父亲所代表的成人视野与孩子所代表的儿童视野的碰撞，显示出战争的无情和冷酷，饱含对日本侵略者的鞭挞。这首诗刊出时附上了鸥外鸥的感想：

> 1941年12月5日上午我们的不良的邻人向英美挑战了，太平洋的炮火与地中海的欧洲的炮火互相响应。爱儿李朗、李奥每天吃的巧格力面包、鱼肝油、自那一天起没有得吃了、她们跟我们都一餐稀饭一餐马豆的过着日子，可怜的孩子们不晓得闹的什么鬼，过着这样的

[①] 鸥外鸥：《童话诗帖：时事演讲》，《诗》1943年第6期。

"东亚新秩序"。[1]

战争和全球历史大事件，通过父与子的对话进入儿童生活中，是对现实的描摹。正如前文所谈，儿童的私人生活已经变成公共生活，诗歌所表现的正是一种公共生活经验。

最后，儿童叙事诗为了突出形象，强调现实感，多采用复沓的艺术形式，具有民间艺术特征。复沓，一方面有助于在叙事过程中强调人和事，另一方面为叙事诗赋予了诗的形式特征。与此同时，民间艺术多使用的复沓手法，显示出语言的通俗化，易于被大众接受。许霆指出，新诗歌派在进行诗歌大众化实践时"尝试了长篇叙事诗、讽刺诗、儿童诗、合唱诗、朗诵诗、明信片诗等"[2]。这意味着儿童叙事诗采用复沓手法，是诗歌大众化的必然，又是基于现实接受的考量，还与叙事如何构成诗的形式紧密相关。例如，孙犁的《儿童团长》记叙了百花湾儿童团团长小金子安排工作时的成熟、勇敢和细心，又表现其作为儿童走夜路去找小拐五时的担忧、恐惧，与小拐五在站岗时的小小玩闹，以及听到胜利消息时的兴奋。诗歌在情绪变化中一波三折，塑造了一个在战争中富有责任感和童心的儿童形象。小金子走夜路去找小拐五时，"他加速地前进，/忘记了雷，/忘记了闪，/忘记了打寒战，/忘记了跌脚，/忘记了脚被石子刺破了……/"[3]。连续五个"忘记了"，显示出环境的恶劣与小金子走夜路遭受的磨难。而小金子一律都忘记了，反复出现，凸显他的坚毅和勇敢。在叙事诗中，复沓的手法有助于塑造小金子的丰满形象，通过形式的循环和内容的变化使之更加突出。而这种诗行的重复带来的节奏感，

---

[1] 鸥外鸥：《童话诗帖：时事演讲》，《诗》1943年第6期。
[2] 许霆：《中国现代诗学核心观念演进论》，江苏凤凰教育出版社2018年版，第143页。
[3] 蒋风主编：《中国儿童文学大系 诗歌（一）》，希望出版社2009年版，第222页。

也增强了叙事诗的抒情特质。

二、追求"现实之美"的根源

儿童诗歌中大量叙事诗的出现及其对"现实之美"的追求，与时代诗歌理论的发展及儿童诗歌自身的特点紧密相连。

首先，战争将中华大地卷入共同的反抗洪流之中，地无南北、人无老幼，皆要奋起反抗。正如臧克家所言，在这样的时代背景之下，诗歌"向着一个伟大目标并肩前进"[1]，"让诗歌普及于大众，向众多读者宣传抗日救亡"[2]。一方面，表现抗日战争的现状构成了诗歌创作的中心，必然要求诗歌对现实进行深度描摹。臧克家指出，在抗战初期昂扬的情绪之后，抗战中期相对稳定的状态中"诗人有时间、有心情，回忆、整理、消化蓄积下来的生活经验，酝酿较大的诗篇。有的为英雄烈士作传；有的记述抗战的行迹和个人感受，名符其实的长诗产生了"[3]。描摹抗战的行迹，书写抗战英雄的故事，要求以叙事的方式完成诗歌对现实的反映。例如，1940年，方冰在晋察冀边区经历秋季"大扫荡"后，创作了儿童诗歌《歌唱二小放牛郎》。另一方面，为了向大众普及诗歌，让诗歌到人民中去鼓舞民众，诗歌大众化成为这一时期的主导。前一个十年，诗歌观念中的"纯诗化"和"大众化"是两种趋势，但进入全面抗战后"大众化与民族化、政治化结合，形成了新诗社会政治模式"[4]。1942年，解放区开展整风运动。《在延安文艺座谈会上的讲话》强调，文艺

---

[1] 刘增人编：《臧克家序跋选》，青岛出版社1989年版，第322页。
[2] 刘增人编：《臧克家序跋选》，青岛出版社1989年版，第324页。
[3] 刘增人编：《臧克家序跋选》，青岛出版社1989年版，第326页。
[4] 许霆：《中国现代诗学核心观念演进论》，江苏凤凰教育出版社2018年版，第127页。

工作者要"到群众中去"①，和工农兵大众"打成一片"②；提出"普及与提高"的问题，形成了完整的文艺大众化理论。这使得"诗歌大众化运动在1942年前后的解放区，发展到了极致的地步"③。诗歌大众化的核心在于面向大众，力求通俗化和大众参与，强调诗歌的语言和诗歌的内容更易被大众解读，从而激发其抗战建国的热情。从前一个十年诗歌大众化的有力倡导者蒲风处，可进一步理解"大众化"与儿童叙事诗追求"现实之美"之间的关系。

蒲风将诗歌大众化的工作视为诗歌产生力量的关键，认为"我们的任务要大众都清醒，奋勇前进，踏着时代的潮流的"④。而要实现"大众化"，诗歌就必须以多样化的形式来书写具体的内容，抒发单纯的感情。"我们要表现，歌唱某一现象，某一现实故事，对于真实的发掘，典型人物的把握，典型人物的个性的探求，却不能不力求其周到具体。"⑤"周到具体"是诗歌把握现实的具体方法，也是诗歌大众化强调现实感带来的审美冲击的关键。蒲风在《抗战以来的新诗歌运动观》中再次指出，"新现实主义加强倾向性——走向抗战建国为目的，其手法首重于表现现实，歌唱现实，尤其是注重现实的深刻发掘与形象化"⑥。由此，追求具体的叙事与场景表现，强调通过形象化来把握现实，构成了诗歌大众化的实践方法。

与此同时，叙事诗的大量出现，与这一时期"主观抒情"和"客观抒情"的诗歌本质论紧密相连。抒情性一贯被视作诗歌的本质，但叙事诗的出现挑战了这一传统。蒲风在第二个十年曾猛烈抨击新月派等的个人情绪的诗歌抒

---

① 《毛泽东选集　第3卷》，人民出版社1991年版，第850页。
② 《毛泽东选集　第3卷》，人民出版社1991年版，第851页。
③ 许霆：《中国现代诗学核心观念演进论》，江苏凤凰教育出版社2018年版，第138页。
④ 蒲风：《抗战诗歌讲话》，诗歌出版社1938年版，第19页。
⑤ 蒲风：《抗战诗歌讲话》，诗歌出版社1938年版，第22页。
⑥ 黄安榕、陈松溪编：《蒲风选集》，海峡文艺出版社1985年版，第751页。

情。徐迟在《抒情的放逐》中借助艾略特的诗歌理论，认为改造世界不能依靠带有感伤的诗歌的抒情。战时的现实必须让人重新考量以个体感伤情绪为主的抒情，要求面对现实寻找出路。"这次战争的范围与程度之广大而猛烈，再三再四地逼死了我们的抒情的兴致。"①当时在桂林地区进行儿童诗歌创作的胡明树和鸥外鸥都赞同徐迟的观点，强调通过诗歌叙事来具体地把握现实。胡明树认为，抒情诗和叙事诗都是诗歌的类型，但叙事诗强调的"理智底、智慧底、想象底、感觉底、历史地理底、风俗习惯底、政治底、社会底、科学观底、世界观底"②，更切合当下的实际，表现社会历史。例如，胡明树的儿童诗歌《利市》便实践了这一观念：

> 舅舅送给小弟弟
> 一个大红"封包"："来，来
> 舅舅送你个大利市！"
>
> 小弟弟走去问哥哥：
> "舅舅为什么叫封包
> 做大利市？"
>
> 哥哥说：
> "舅舅是生意人，大财主
> 市，就是商场交易

---

① 徐迟：《诗的意见：抒情的放逐》，《顶点》1939年第1期。
② 胡明树：《诗之创作上的诸问题》，《诗》1942年第2期。

利，就是顺利
利市，就是好生意……"

小弟弟再去见舅舅：
"好舅舅，利市还给你
我没有意思做生意
我只想跟哥哥打回老家去……"①

从儿童视角表现"打回老家去"的抗战意志。借助红包这一具体形象的含义，诗歌生动地呈现了舅舅给弟弟红包，弟弟了解红包被称作"利市"后将其还给舅舅。借弟弟之口表达的"我没有意思做生意"，既有字面意义上儿童对做生意的无感，又隐藏着诗人无心生意和渴望参与抗日的心声。具体的物象红包与儿童的行动，都被诗人以详细的笔触表现出来，呈现动态的画面感，具有强烈的生活感。最后"打回老家去"的宣言，既顺理成章地表现了儿童的心愿，又点出了抗战的现实和以儿童为代表的群众的态度。这首叙事诗于行动和事件中书写现实的追求，实践了胡明树提倡的"理智底""智慧底""感觉底""风俗习惯底"的诗歌对生活经验的处理。在这首看似平静的诗中，"打回老家去"的浓烈心愿构成涌动的抗战热情。这体现出叙事诗所追求的不是反对抒情，而是在抒情表现上有差异。胡明树将其分为"内烧底"和"外烁底"：

所谓"内烧底诗"，我是指诗人为了内心底燃烧而用笔表现出其

---

① 胡明树：《童话诗帖：利市》，《诗》1942年第2期。

内心现象的诗,写那种诗时是可以闭着耳朵和眼睛,关在房里想出来的。"外烁底诗"则正与此相反,必须用耳与眼去观感外界底一切,于是有一些事物刺激了诗人的心灵,而且那些事物再三使诗人有所感受,于是通过了诗人的主观而表现了出来的诗。总之,前者是属于主观底,后者是属于客观底是无疑了。①

"内烧底诗"和"外烁底诗"讨论的是诗歌主观抒情与客观抒情的问题。他强调不能情感泛滥,要在具体的感受中生成经验,再通过诗歌具体地表现出来。胡明树以胡拓的《擦皮鞋的人》和艾青的《雪落在中国的土地上》为例,呈现诗歌对事件和场景的描摹及对现实的反映,从而"给予读者一种'实感'"②。这种"实感"是具体的现实书写带来的叙事诗歌的本质之美。这也为他所创作的儿童叙事诗乃至这类叙事诗,提供了其作为诗的本质依据——叙事诗在叙事中仍然传递情感。

其次,歌谣化的传统被视作这一时期叙事诗大量涌现且追求现实性表达的重要原因。

歌谣化是中国现代诗歌重要的创作趋势,在各个时期被赋予不同的内涵。但歌谣化对"真"的追求,要求对现实生活和人生进行表现。全面抗战时期,诗歌大众化要求进入普通大众之中,建立文艺上的统一战线。歌谣正是最有效的民族形式之一。因此,歌谣化的趋势中更加重视对现实生活和人生的真实表达。"注重对具体行为、具体事件的叙述、表现"③,是歌谣化"真"的艺

---

① 胡明树:《诗之创作上的诸问题》,《诗》1942年第2期。
② 胡明树:《诗之创作上的诸问题》,《诗》1942年第2期。
③ 李怡:《中国现代新诗与古典诗歌传统(增订三版)》,中国人民大学出版社2015年版,第102页。

术追求。这种艺术特征必然将诗歌引向对事件的表现。李怡认为，正是这种歌谣化传统"带来了中国新诗史上一个十分重要的诗学现象：叙事诗特别是长篇叙事诗急遽增多，一时蔚为大观，让人目不暇接"①。朱自清在《抗战与诗》一文中也有类似的看法，认为民间文艺中的歌谣为了明白易懂和引起大众注意，多强调"详尽的铺叙"②。"详尽的铺叙"恰是对事件、人物、场景等的具体描摹，极力表现一种真实感。

在前一个十年中，儿童诗歌形式上具有"唱"的倾向，儿歌和儿童诗文体互涉，走向歌谣化。在这种趋势中，儿童诗歌一方面强调节奏、音韵和"唱"的阅读形式；另一方面强调以歌谣的节奏感帮助记忆，实现对现实的把握。因此，如陈伯吹的《周处改过》《钓不着》、杨骚的《小兄弟的歌》等在歌谣的形式中呈现具体的场景，完成事件的叙述，增强主题表现。进入全面抗战时期，面向抗战现实的儿童叙事诗延续了这一传统，并进一步强调在声音的和谐中表现画面，尽可能以一种直观的诗歌表现手法处理儿童的社会生活经验。例如，儿童叙事诗《滹沱河上的儿童团员》注重声音的节奏，以押韵构成歌唱的气势，开篇富有民间歌谣的特色：

> 咕噜噜，咕噜噜，
> 滹沱河水在歌唱，
> 滹沱河皮放金光，
> 屹立在河岸的儿童团员呀，
> ——滹沱河的儿子，

---

① 李怡：《中国现代新诗与古典诗歌传统（增订三版）》，中国人民大学出版社2015年版，第101页。
② 朱自清：《新诗杂话》，江苏文艺出版社2010年版，第31页。

你闹什么够当？

看你是多末不调和！
高高的红缨枪，
插在你这矮小的孩子身上，
可是，你会说：
"别瞧我小呀，
我把守着晋冀察的哨岗。"
当你那小眼睛闪光，
枪刃闪光，
河皮闪光，
你那铜铃般的声响，
打向路上的对方：
"路条！"
那人就得赶快递给你
你，这晋察冀的臂膀。①

借助"你"这对话式的称呼，通过对话方式叙述了滹沱河河边站岗儿童的工作，记叙日本鬼子枪杀平山城的历史事件，表现儿童团员的坚定、负责和忠诚。诗歌开篇是"咕噜噜，咕噜噜"，从声音到场景对滹沱河进行描写，引出滹沱河河边的儿童。结尾仍是以之作结，强调声音的呼应。"滹沱河水在歌唱，/滹沱河皮放金光"，结构上的重复既构成复沓的效果，又以歌谣的方

---

① 郭小川:《滹沱河上的儿童团员》,《文艺阵地》1940年第11期。

式从不同角度对场景进行详尽表现。第二个诗段表现儿童团员的坚定与明朗，使用同样的铺叙手法，"当你那小眼睛闪光，/枪刃闪光，/河皮闪光"。由此可见，在歌谣化倾向下，叙事诗歌力求对叙述对象进行更为直观的呈现，强调明白易懂。那么，现实成为模仿的对象，也构成了儿童叙事诗中美感的来源。而那些口号式的诗歌虽然在抗战时期富于动员的激情，但在此审美追求下仍然被同时代诗人警惕。乐观批评自己的诗集中有一些"千篇一律的标语式口号式文字"，认为这是"一年来抗战文艺的普遍的缺点"。[①]这正是过分追求充实、具体的现实感的瑕疵。

最后，追求"现实之美"既来源于儿童故事诗创作的传统，又与这一时期儿童文学强调儿童的特性和引起儿童的兴趣的观念相关。

现代儿童诗歌诞生后，《儿童世界》《小朋友》等期刊曾刊登出不少以历史人物和生活人物为主角的故事诗。陈伯吹的《周处改过》《钓不着》是典型代表。前期的儿童故事诗存在着两种实践倾向，追求完整故事、曲折情节的历史/生活故事诗和注重片段、场景叙述的故事诗。第一种故事诗强调对曲折过程的呈现，以连贯的故事吸引儿童的注意，例如《周处改过》；第二种则淡化事件的过程，描摹场景和形象，例如沈百英的《青草》。在叙事上，前期儿童故事诗虽然认识到儿童对故事的兴趣，但是叙事过程较为粗糙，场景的描摹抒情化，二者常难以在同一首诗中兼容。同时，诗中人物的形象化和环境、事件的具体化程度较低，多数作品急切指向教训意义。

进入全面抗战时期，在儿童故事诗的叙事传统下，作品的技法及诗体的结构有了进步。叙事既注重叙述过程，又通过反复的场景、情节和环境描摹突出形象，激发情感。儿童叙事诗集中呈现完整的故事，制造一波三折的冲

---

① 乐观:《晨钟之歌》,少年出版社 1940 年版,第 3 页。

突，追求具体的环境表现，细描人物行动，刻画人物形象。梅志的《小面人求仙记》以双重事件的结构进行叙事，是其中的优秀代表。这首童话诗是在妈妈给孩子讲故事的事件之下展开的，共五个诗节。在妈妈讲故事的过程中，童话故事被完整呈现。小面人诞生后，为了外出求仙，在野外分别遇见了大狗、野猪和兔子，惊险逃脱后，却在老狐狸的诱骗下失去了警惕之心，被吃掉了。其中，小面人被狐狸诱骗的情节，通过狐狸给糖、装老弱者、赞美、指路和伪装听不清歌声等多个小情节，构成了精彩的故事篇章，在具体、形象的写作中给予儿童一种"真实"的感觉。

　　——咿咿咿，呀呀呀，
　　　我是一个小面人儿呀！
　　　为了要变成一个真的人：
　　　我匆匆的离了家。
　　　但我从来没有打过狗，
　　　也没有骂过猪呀，
　　　为什么它们都把我当做仇人，
　　　要吃掉我呢？
　　　兔子我也从来没有得罪过，
　　　长耳朵它总是长耳朵呀！
　　　这只怪他自己听多了闲话。

　　远远的有一个老狐狸，
　　　大尾巴，
　　　尖脸孔，

绿油油眼睛骨碌碌的转,
一步一步的在后面跟着走来了。

这时候,
小面人正走到了一个三叉路口,
那里竖着一块指路牌,
小面人摇头摆脚的,
把石碑看了好一会。
——真是讨厌得很,
　不作兴写草字的,
　我认不出来了,
　到仙人国去找仙女,
　该走哪一条路呢?

小面人翘着嘴,跺着脚,
不知道该顺着哪一条路走。

——哈啰,
　小朋友!
　你要找那奇异的仙人国吗?
干嘛你不问我?

——问你?

——是呀——
（它用手很神气的捻着胡须。）

——你是谁？
　这么尖嘴尖脸的？

——我呀，
　你叫我狐先生吧！
　我是顶喜小朋友不过的。
　我说小弟弟，
　你想吃点糖吗？
　来，来，来，
　快来到我面前，
　我口袋里似乎还有几颗糖花生。

——不，我不要你的，
　你两颗门牙，
　看上去又老又可怕，
　我看你不怀好意。

——唉！
　你别冤枉我吧！
　我老得很呢！

你看我连眼睛都不行了，
我的牙齿连灰面饼儿也吃不动了。
唉！
好孩子呀？
到我面前来吧，
扶我一扶吧！
你看我老得没一点气力，
路也走不稳了。

——不，
你这毛茸茸的身体，
我总有点不放心。
请你快点告诉我，
哪一条路可以到仙人国呢？
现在天就要黑了，
我是要赶快去找仙女的。
……
——真好，真好，
简直好极了！
可惜的是我的老耳朵，
实在，实在太不行了。
（说到这里，他悲哀的打他的双耳）
不能做你的一个知音。

假如你肯站在我舌尖上唱一个,
我想我一定完全听得清,
完全听得懂——

——好,好!
行,行,
我愿意世界上有一个真正的知音!

小面人,
高高兴兴的从头上跳到了舌尖,
他以为再也没有比这舌尖——
　更好一面唱,一面跳的光滑滑的地板了。

咿——

只这么的一声叫,
像琴弦忽然断了似的,
就什么也没有了!

狐狸囫囵的一声吞了以后,
舔舔嘴唇,
摸摸胡须,
打了一个饱嗝,

就倒头睡在指路碑上面，
呼呼的打起鼾声来了。
……①

初见老狐狸时，小面人十分警惕，"你两颗门牙，/ 看上去又老又可怕"。被夸奖时，小面人得意忘形，忘记了历险时的经验，最终掉进老狐狸的陷阱。最后，在老狐狸的一点点诱骗中，小面人"高高兴兴的从头上跳到了舌尖"，自动跳进了老狐狸的嘴里。这一段情节层层递进，情绪趋向紧张。同时，反复呈现具体的细节，使故事的"真实感"毕现。例如，老狐狸为了骗小面人，一点点描绘自己身体的病弱状态，夸张"我的牙齿连灰面饼儿也吃不动了"。这种童话的"真实感"让《小面人求仙记》出版后大受儿童喜爱，1943年和1947年，"两个版次共印6500册，这个印数在当时已经相当惊人"②。从梅志的创作目的来说，对这首童话诗"真实感"的表现，隐喻着对现实的考量。战乱年代，不少儿童被迫与父母分开，既遭遇了无情战火的威胁，又面临复杂社会对涉世不深的儿童的威胁。怀着这种担忧，梅志创作了这首儿童诗，并在扉页上写"给——/ 远离了我的我的小女儿，/ 和一切远离了父母的孩子们"③，隐喻现实对儿童的考验。当时，胡明树读完《小面人求仙记》后立即发表了《读小面人求仙记》，指出这首童话诗"很有寓意"④。

这一时期的儿童经历战争、遭受创伤，承担属于成年人的一定社会工作，

---

① 梅志：《小面人求仙记（续）》，《青年文艺》1943年第3期。
② 张泽贤：《中国现代文学诗歌版本闻见录：1920—1949》，上海远东出版社2008年版，第501页。
③ 梅志：《小面人求仙记》，希望社1947年版，扉页。
④ 胡明树：《读小面人求仙记》，《青年文艺》1943年第5期。

表现出独立的能力。但是，整个社会仍然强调对儿童好奇心、爱动和活泼等天性的认识，要求顺应儿童的天性、引起儿童的兴趣，对儿童进行抗战建国的社会现实教育。在解放区，儿童文学受到苏联社会主义儿童文学的影响，十分注意儿童的上述特点。这一时期，苏联的儿童小说《小夏伯阳》《帖木儿及其伙伴》等在国内广泛传播，树立了战斗的少年儿童形象。而以马尔夏克为代表的苏联儿童诗人的诗作，也备受推崇。"马尔夏克认为教育的意义是必须强调的，但为了达到教育的效果，又必须重视教育方法，要写得幽默有趣。"[①] 这种在诗歌中讲述故事，表现儿童的英雄事迹，是儿童叙事诗趣味性表达和满足儿童好奇心的重要方式。在国统区，对儿童及儿童文学的认知观念亦颇为相似。王亚平在重庆创作长篇童话诗《小白马》时，要求以故事吸引儿童的注意、引起兴趣：

> 首先就决定了写一篇有故事性，有童话性的诗，因为有故事性，才能在作品的发展中给儿童一个明确的印象，焕发起追求生活的情绪，有童话性，才能合于儿童的想象，引起阅读的兴趣。唯有这样的作品，才或者能够代替那些有毒素的儿童读物。
>
> 其次，我决定写一个"小白马"的故事，根据儿童的心理，多是好奇，勇敢，爱小动物。"小白马"乃是一个在儿童生活中最习见，最能叫他们喜爱，最容易唤起明确形象的东西。[②]

"焕发起追求生活的情绪"，意味着对生活事实的把握，要在儿童诗歌中

---

① 蒋风主编：《中国现代儿童文学史》，河北少年儿童出版社1987年版，第313页。
② 王亚平：《小白马》，建国书店1945年版，第5页。

给予一种"真实"。而"真实"的生成往往与形象的塑造和环境的描摹等具体内容的表达相关。"最容易唤起明确形象的东西",则进一步强调了明确的形象,要求其即使在童话诗中也能唤起真实感。在《小白马》的开篇中以两个诗段来表现马群出现时的壮阔:

> 来啦,来啦!
> 马蹄子破天响。
> 　从远远的天边,
> 　从绿色的海峰,
> 　从广阔的平原。
>
> 　一条红线,
> 　一条黄线,
> 　一条黑线,
> 　一条白线,
> 　千万条马的影子,
> 　在大地上出现了。①

重复的诗句与并列的诗行,既表现出马群由远及近时那壮阔和宏伟的景象,又增强了空间现实感。从天边到海峰,从海峰到平原,马群不断靠近;诗歌则不断构建出马群奔跑的广阔天地。这种对现实的具体描摹,能够吸引儿童的注意力,引其进入儿童叙事诗创造的审美氛围。

---

① 王亚平:《小白马》,建国书店1945年版,第10页。

综上，儿童叙事诗的大量出现及追求"现实之美"，是时代与儿童诗歌发展的必然。它超越了抗战时期区域性文学的特征，表现出儿童诗歌的共性及其与时代社会密切的互动。

第三节 别具一格的童心想象

全面抗战时期的儿童诗歌，被视作反抗日本帝国主义侵略的血火战歌，表现了战火之下社会公共生活进入儿童的经验与情感世界。但是，这一时期郭风的童话诗创作及诗集《木偶戏》，则创造了一个纯洁、天真和宁静的童话想象世界，看起来与时代的战火格格不入。正是这样一本诗集，却被看作现代中国儿童诗歌的重要收获。蒋风在梳理中国儿童诗歌的历史时指出：

> 今天从历史的角度看，要是说郭沫若的《女神》是真正中国现代新诗的开始的话，那么郭风的《木偶戏》则是中国现代儿童新诗的开始，也不算太过分。它在诗艺上所取得的成就，标志着中国儿童诗走向成熟、形成自己独特风格的一个新起点。……因此，我认为《木偶戏》在我国儿童诗发展史上是本不可忽视的诗集。①

蒋风将《木偶戏》的地位与《女神》并列，强调其所形成的独特风格是儿童诗创作的新起点。张香还也认为，"他的童话诗为儿童诗歌打开了一扇新

---

① 蒋风主编：《中国儿童文学大系 诗歌（一）》，希望出版社2009年版，第22页。

的窗子"①。《木偶戏》的美学风格明显倾向于童心世界的想象之美，与当时的时代战火相隔绝。将这种风格视作中国儿童诗的一种新标志，一方面意味着蒋风是站在探索儿童内宇宙的角度去评价儿童诗的，另一方面"新"的评价意味着郭风及《木偶戏》对后来儿童诗歌发展的影响。这种童心想象的传统构成了新中国成立后"十七年时期"儿童诗歌在苏联社会主义儿童文学影响下的本土抒情特色，也形成了大陆与台湾两地儿童诗歌的共鸣。关于这一点，本书将在第四章详细展开讨论。因此，童话诗集《木偶戏》与当时儿童诗歌整体创作之间是什么关系？郭风及其创作如何处理战火时代想象与现实之间的关系？这些问题构成了本书对全面抗战时期儿童诗歌审美风格与审美经验再审视的出发点。

一、童心与美的世界：战时郭风的童话诗创作

1945 年 7 月，郭风的童话诗集《木偶戏》作为改进出版社"现代文艺丛刊"之一出版。诗集收录了郭风的 11 首童话诗，以幻想手法表现了儿童与自然万物为友的美好世界。他在后记中指出，这本书是"小孩子们底点心的制作"②，明确地表示是为儿童创作。为儿童的创作目的和呈现儿童万物有灵的童话幻想，二者构成了这本诗集"儿童本位"的审美特征。在这本诗集出版之前，黎烈文为其写的宣传语就明确意识到了这点：

郭风先生的童话诗，给中国新诗开拓一个新境界，成为新诗坛的

---

① 张香还：《中国儿童文学史（现代部分）》，浙江少年儿童出版社 1988 年版，第 479 页。
② 郭风：《木偶戏》，改进出版社 1945 年版，第 101 页。

一朵新花；以一颗可贵的童稚心灵，给我们眼目所见的万事万物，一草一木，赋予了一种纯真的生命，写来自然而亲切，充满着蓬勃的清新气息。《木偶戏》是作者第一个诗集，所收集的是最好一部分童话诗。成年人读了，可以重获已失的童真；儿童们读了，可以得到有益的启发。①

"新境界"无疑指的是郭风以童话方式创造的天真、自然和美好的诗歌世界。郭风"以一颗可贵的童稚心灵，给我们眼目所见的万事万物，一草一木，赋予了一种纯真的生命"，是从儿童视角和体验的维度，为习见的万物创造新的诗意，表现生命的纯真、质朴与清新。这正是郭风这本童话诗集在当时的独特艺术特征。1947年，《浙赣路讯》上刊登了一篇读后感，也指出郭风的诗"题材""新鲜"，符合"诗更是赤子之心底"②的本质。因此，郭风的《木偶戏》及其儿童诗创作，在当时是以表现自然和儿童生命体验的主题而占有一席之地的。

但是，《木偶戏》中创造的美好童话世界，并不意味着郭风完全远离抗战的社会现实，与时代隔绝。恰恰相反，郭风是通过童话诗的方式为儿童创作诗意和天真的世界，反抗侵略的战火，慰藉战争的创伤。1940年，郭风在莆田县担任教育会秘书并主编刊物《教育之路》时，也兼任着"伤兵之友社莆田分社"宣慰股干事。1944年，他大学毕业后在莆田县做中学语文教师时，不仅与闽中游击队有联系，还给予游击队一定的经济支持。郭风在《致亡妇——秋声逝世五年祭》中回忆，"我在莆田一个中学教书时，已与校中几

---

① 郭风：《〈木偶戏〉即出》，《改进》1945年第3期。
② 海洋：《不失其赤子之心：评郭风童话诗集"木偶戏"》，《浙赣路讯》1947年第41期。

位同事开始与闽中游击队的一些同志有所联系"①，显示出他积极参与反抗斗争的行动。与此同时，这一时期郭风的诗作一贯关注自然、田园等景物，通过对景物的书写来表现对战争的反抗和对胜利的期待。例如，1940年，郭风发表《收获》，描绘秋日农人收割稻谷、播种冬小麦的田园风景，意图表现保卫家乡的主旨。"原野的每根草／每一点泥土／都和我们发生了爱恋"②，表明了景物与家国情怀之间的紧密联系。《公路》(1941)描摹了崇山峻岭中的公路与飞速奔跑的、破旧的中国汽车，显示了诗人反抗侵略战争的决心和对胜利的期待。"汽车呵／猛勇地飞驰着／抱着自负的信心／以永不能摇撼的坚强的意志／疾驰过悬临着万丈深的险谷的边沿／疾驰过那割据在两边的／凶恶的岩石之间……"③郭风诗中的景物都与他向往光明、期待美好，书写爱和理想的信念紧密相关。他在《花·果和雨伞》(1943)中如此抒情，"但是，我们的手里有镰刀和斧斤，／我们的心里有爱，信念和理想……"④。从这个角度来看，郭风的儿童诗表现童心天真和自然万物的欢愉，创造了一个奇异、美好的世界。一方面理解了儿童的思维特点与富有想象力的创造性，另一方面则与其通过书写自然等景物来表现爱和对美好世界的期待的诗歌观念相关联。"爱与美是构筑他的独特艺术世界的两根支柱。"⑤《木偶戏》及这一时期的童话诗创作，以无邪的童心书写呈现了郭风所追求的爱和美的世界。

首先，饱含天真的童心，富于幻想，表现明朗、欢愉的审美基调。郭风这一时期的创作多关注自然风景与社会景观，表现自然美和人情美。因此，

---

① 郭风：《致亡妇——秋声逝世五年祭》，载王玉芝编《郭风研究专辑》，海峡文艺出版社1990年版，第73页。
② 郭风：《收获》，《现代文艺》1940年第4期。
③ 郭风：《公路》，《现代文艺》1941年第6期。
④ 郭风：《花·果和雨伞》，《文艺丛刊》1943年第1期。
⑤ 浦漫汀主编，张美妮等编写：《儿童文学教程》，山东文艺出版社1991年版，第358页。

他的童话诗创作也表现儿童是如何理解和感受自然的,并充分发挥童心富于想象的梦幻色彩。《苔藓》将不起眼的苔藓,想象成坐在土阶旁怯怯的、可爱的小姑娘。土阶上的苔藓姑娘与屋顶上的狗尾巴草哥哥,视野高与低的组合构成了诗的广阔童话空间。当苔藓姑娘沿着龙眼树伯伯的树干爬上屋顶时,由低到高的空间上升感和"屋顶上另外的许多朋友,/瓦松和斑鸠们,不久就要开一个欢迎会……"①,构成了欢乐、幸福的诗歌世界。《菌的旅行》将松菌和红菇看作两个撑着伞、在林中旅行的小孩。林中的世界是如此美丽,"三月来了。/很亮的太阳。/那太阳像金毡的碎片,/在林叶间欢笑"②,连草莓也愉快地在门前放一束花。菌们一边自在前行、随意走走停停,另一边感受迷人的春日森林。在童话诗中,郭风是如此热爱春天,把春日、森林和植物融为一体,创造性地想象出欢乐的童话世界。《油菜花的童话》开篇即是"春天点亮了,春天亮得像一支花烛"③,淋漓地表现了春天明亮和温暖的感觉。这也正是郭风这一时期童话诗创作的审美基调。除此之外,郭风的童话诗"是一颗童心在感受,象孩子一样设身处地地想、看、做"④,体现了儿童诗的本质特征。师范生的教育背景和多年从事中小学教育的经历,让郭风对儿童颇为了解,能够用诗捕捉到跳动的、不稳定的儿童思维。例如,《油菜花的童话》中油菜花和蜜蜂互相夸赞成为朋友。蜜蜂误认为朋友就是结婚对象,向油菜花求婚。油菜花不愿意,两人发生了争吵:

---

① 郭风:《苔藓》,《改进》1945 年第 1 期。
② 郭风:《木偶戏》,改进出版社 1945 年版,第 18 页。
③ 郭风:《木偶戏》,改进出版社 1945 年版,第 1 页。
④ 谢冕:《北京书简——关于儿童诗》,载榕树文学丛刊编辑部编《1979 年第二辑 儿童文学专辑》,福建人民出版社 1979 年版,第 396 页。

好在这时豌豆花来了,
"你们为什么吵闹呢?"豌豆花问道。

"我们不是吵闹,"油菜花说,
"可是蜜蜂要和我结婚!"

"结婚,不,
那是大人们的事!"豌豆花想了一下说。

"真的吗?"蜜蜂马上问道,
"那么,我们不要结婚了!"

这时,田野的风,
吹着风笛走过了。

"多么好听的音乐!"大家都赞美起来,
"我们来跳舞吧!"①

原本吵闹的蜜蜂,听到豌豆花说结婚"那是大人们的事"时,一下子同意不结婚了。从结婚到不结婚,从吵闹到跳舞,转折很快,极为跳跃。细品之下,儿童的随意性和容易转移注意力的特征被赋予到油菜花和蜜蜂身上,呈现了童真的美好。郭风认为,"儿童生活与童话世界、与诗之间,在我看

---

① 郭风:《木偶戏》,改进出版社 1945 年版,第 5—6 页。

来，格外亲近，甚至几乎没有区别"①。这意味着，他将儿童的本真生活经验，尤其是儿童的天真与幻想，视作诗的本质。

其次，精心雕琢细节，发现儿童日常生活的诗意。这一时期，郭风的童话诗不以离奇曲折的情节取胜，而是善于抓住特点，把握细节，以幻想的方式从儿童的日常生活中捕捉诗意。谈到自己的创作，郭风曾指出"我主要着力于捕捉、洞察某种社会生活或某种自然生活（景象）中的'特点'，从人文、民俗、历史渊源以至地理环境等诸多方面去考察'特点'"②。《小郭在林中写生》记叙了小郭三兄妹去林中写生的故事。颇有诗意的是，小郭画野花时，它们老是东倒西歪，扭来扭去。"'这样子在课堂里，'小郭回忆地说，/'要给老师骂的！'"③小学生的课堂生活细节进入童话诗中，显示出浓郁的学生生活气息。"'可是，这样地坐着很不快乐的，/你有没有讲故事……'"④野花们的回应，不仅显示其顽皮、天真的一面，还是儿童生活的真实映射。小小的对话细节十分平常，却在小郭画野花们顽皮样子的决定中显得宽容和自在，充满了自由诗意的气息。《初次的拜访》描绘了儿童和土蜂一起去拜访野菊的场景：

我们和土蜂们，
一起来拜访野菊的小屋。

---

① 郭风：《孙悟空在我们村里》"前言"，福建少年儿童出版社1991年版，第3页。
② 郭风：《漫谈我的创作情况》，载王玉芝编《郭风研究专辑》，海峡文艺出版社1990年版，第60页。
③ 郭风：《木偶戏》，改进出版社1945年版，第73页。
④ 郭风：《木偶戏》，改进出版社1945年版，第74页。

我们的小主人，
穿了绿色的便服，
站在门口欢迎，他的鞠躬多么稚气呵。
大家说了几句寒暄，就脸红了，
土蜂便开始唱歌：

我们开始把袋子里的小书拿出来，
坐在地上，各人轮流朗读了一节。①

拜访朋友、唱歌和朗读，这些都是儿童生活中平常的事情。郭风正是从这些平凡的事入手，将野菊设为拜访的对象，建立起奇妙的幻想世界。而"脸红了"的野菊，写出了这次拜访中双方彬彬有礼和稚气天真的样子。在歌声中轮流朗读的想象，让这次拜访充满诗意和温情。这些都是郭风把儿童日常生活与想象结合，对细节进行描摹，呈现的富有幻想和诗意的世界。正如郭风在《鸟羽》一诗中所写，"我常常对着／蓝天，作种种奇异的默想"②。奇异的默想与儿童的生活细节结合，使得他的童话诗富有儿童生活的细腻感和诗意气质。

最后，捕捉细微的情绪，创造具体的形象美。郭风创作中对"特点"的捕捉，还来自他"在作品中将用以表达某种特定情绪或创造某种特定的、具体的环境之形象的特点"③。即郭风的童话诗善于捕捉某种细微情绪，并通过

---

① 郭风:《初次的拜访》,《小朋友》1948 年第 920 期。
② 郭风:《鸟羽》,《改进》1945 年第 4 期。
③ 郭风:《漫谈我的创作情况》,载王玉芝编《郭风研究专辑》,海峡文艺出版社 1990 年版,第 60 页。

具体的形象表现出来。例如,《初次的拜访》中那寒暄中红脸的野菊,表现出初次相遇时客气、羞怯又热情的状态。这种具体的形象塑造,使其童话诗富有诗意的图画美。谢冕曾回忆,"在那本用土纸印刷的、装帧简朴的诗集里,你把天真的幻想、诗意的图画、纯洁的情操、美丽的憧憬送给了当时还是少年的我"[1]。其中,"诗意的图画"就是对郭风童话诗形象美的准确评价。《小野花的茶会》中描写小野花们和"我们"开茶会,用三个诗段写茶会中酒杯的美丽形象。通过写五颜六色的酒杯,表现野花们的茶会那缤纷、快活的彩色世界。《豌豆的三姐妹》中捕捉到一种"奇异"的情绪体验:

  小小的豌豆。
  睡在绿水晶般的豆荚里。

  那豆荚里面,铺着很柔软的天鹅绒。
  它的四周装饰着许多绿叶。

  我们的小豌豆,不知道睡在那里
  多久了:在那奇异的小床里。

  我们不知道,她们做了多少甜蜜的梦了,
  那位梦的老人,向她们说了多少故事。
  ……[2]

---

[1] 谢冕:《北京书简——关于儿童诗》,载榕树文学丛刊编辑部编辑《1979年第二辑 儿童文学专辑》,福建人民出版社1979年版,第395页。
[2] 郭风:《木偶戏》,改进出版社1945年版,第51—52页。

把豆荚形容为"绿水晶般的",开篇就创造了一个奇妙的空间。而豆荚里面装饰的绿叶和铺着的天鹅绒显示出梦幻的美,唤起了奇异的感受。"我们的小豌豆,不知道睡在那里/多久了:在那奇异的小床里",对时间漫长的夸张和对豆荚空间的奇妙描述,创造了神奇的童话世界。郭风将这种奇异的情绪体验和意趣带入具体的环境和故事中,赋予了《豌豆的三姐妹》诗意。三姐妹对开花、蜜蜂和农民阿婶等的回忆又进一步增强了时光漫长、旧事美好的奇趣体验。小学生到来,为豌豆三姊妹讲《豌豆公主》的故事,增加了三姊妹生活的传奇性。随处可见的豌豆被创造性地想象成经历时间、享用美好空间的人,充满了童话的传奇色彩,意趣浓厚。这首诗的情节很淡,但是豌豆三姊妹好奇和快活的形象与豆荚里奇异的世界构成了浓郁的童话气息。正如郭风所言,"自己较于能够从客观世界捕捉某种情绪、意趣,而不善抓住情节","甚至喜欢把世界的某些事物注入儿童趣味和幻想"。[①]

这种情绪和意趣往往呈现奇异、无功利的审美感受,表现为善良、明朗构成的清净、纯洁之美。例如,《野花的上课》并未表现意义重大的事情:

我们比小野花们懂事,
现在,便让我们来担任一次教师。

"你们都到齐了吗?"
野花们都举起小手来,"到齐了!"

"那么,我来问一个问题,

---

① 郭风:《孙悟空在我们村里》"前言",福建少年儿童出版社 1991 年版,第 2 页。

一个农夫是可爱的吗?"

野花们都举起小手来,"很可爱!"

"对了,很可爱!"

于是,大家都笑了,

我们便开始听一个童话……①

一个小小的没有任何深意的问题,却惹得"我们"和野花们一起笑了。野花们上课,虽是上课的形式,例如"到齐了吗"中的问答,却充满儿童随意的趣味,消解了上课的严肃性,显得活泼明朗。"很可爱"的回答中,回答是否准确不重要,重要的是大家在一起感受到愉悦,觉得一切都值得爱。这与周作人评价安徒生《小意达的花儿》"无意思之意思"②相似,"这并不因为它讲花的跳舞会,灌输讯神的思想,实在只因他那非教训的无意思,空灵的幻想与快活的嬉笑,比那些老成的文字更与儿童世界接近了"③。

郭风通过想象表现童心与美的审美追求,与其受安徒生影响也有关。他年少时很喜欢读书,阅读了大量中外文学作品,包括安徒生的童话。他曾坦言,"大约在三十年代,我似乎就从安徒生的作品中得到一种印象……这便是,安徒生的相当一部分作品,其实是一种诗和散文之无间的、独特的融化……以致我在四十年代开始写作一些童话直到如今仍然写作一些童话,似乎一直受到这种文学印象或认识的指引"④。实际上,这种诗与散文文体之间的"融化"代表着二者共有的爱与美的诗意,追求无功利的愉悦感。郭风在

---

① 叶于浩:《野花的上课》,《小朋友》1948 年第 915 期。
② 周作人:《儿童的书》,《无锡新报》1923 年 8 月 25 日。
③ 周作人:《儿童的书》,《无锡新报》1923 年 8 月 25 日。
④ 郭风:《孙悟空在我们村里》"前言",福建少年儿童出版社 1991 年版,第 1 页。

《孙悟空在我们村里》的序言中提到了安徒生的《小意达的花儿》《雏菊》《豌豆公主》等作品，显示其无功利的审美愉悦感。童话诗《豌豆的三姐妹》中听小学生讲《豌豆公主》的故事；《苔藓》中苔藓姑娘和狗尾巴草哥哥，带有牧羊女和扫烟囱的人的痕迹；《野菊的小屋》《初次的拜访》中可爱的小野菊，与《雏菊》中不起眼但有爱的雏菊一脉相承；《油菜花的春天》《小野花的茶会》等作品中花儿们对舞蹈和歌唱的热爱，暗合了《小意达的花儿》中狂欢的花朵们……郭风的童话诗与安徒生的童话风格类似，以自然物为表现对象，通过儿童的眼睛和心灵去体验，创造了一个明朗、天真的爱的艺术世界。

这种在对自然的观察和想象中表现童心，创造爱与美的诗歌世界，对后来的儿童诗审美影响较大。台湾儿童诗人杨唤的《水果们的晚会》，想象水果们的聚会，表现了无邪、天真的想象世界，与这种创作传统有一致性。1982年，圣野发表《诗的世界——重读郭风的〈木偶戏〉》，直言自己受到郭风童话诗的影响：

> 从40年代，我读到《木偶戏》的那天起，郭风诗中那些打扮得很好看的油菜花和带着一把小伞的松菌和红菇，还有成了很要好的朋友的蒲公英和小野菊……早已成了我生活中的一部分。[①]

1948年，初入儿童诗坛不久的圣野发表了《欢迎小雨点》，显示了以郭风为代表的童心想象书写传统对其创作的影响。由此可见，在战火纷飞的全面抗战时代，郭风的童心想象书写对中国儿童诗而言是非常重要的一部分。

---

① 圣野：《诗的世界——重读郭风的〈木偶戏〉》，载王玉芝编《郭风研究专辑》，海峡文艺出版社1990年版，第345页。

二、从蒲风到郭风：一条隐匿的童心想象线索

在这一时期，郭风的《木偶戏》及其童话诗创作，所呈现的童心想象中爱与美的世界，并非偶然的。虽然血与火的战歌是时代的主潮，但是儿童诗歌对童心想象的审美追求从未中断，只是在主潮之下以更为分散的书写构成一条隐匿的审美线索。

1939年，蒲风出版了儿童诗集《儿童亲卫队》，收录了30首儿童诗，既有表现儿童参与反抗斗争、鼓舞斗志的《儿童亲卫队》《小打铁》等，又有以自然景物表现童心的作品，如《雨点》《春天》《星星》，或在自然中寄予希望的诗歌，如《朝霞》《新阳》《五月的阳光》《早鸟》，还有寓言诗《诱惑》《露珠》等。蒲风收录此诗集的标准是"通俗而于儿童无害"和"合于儿童的情趣"，[1] 表现了对儿童接受的认识，强调儿童的感情与趣味。在蒲风看来，"惟其童子话，童子的意趣，因之成为最有力的武器"[2]。即蒲风把儿童诗歌的童趣与鼓舞儿童抗战相结合，从而建构左翼的、革命的、富有童心特征的儿童诗歌理论。基于此种理论，蒲风认为"童话诗，寓言诗很可以写"，"优良的童话，常能更加引他们走向前进的方向"。[3] 因此，蒲风的儿童诗歌创作在追求写实和抗日的同时，仍然面向儿童，强调符合儿童情趣，运用想象创造童话般的诗歌世界。例如《雨点》：

---

[1] 蒲风：《〈儿童亲卫队〉后记》，载王泉根评选《中国现代儿童文学文论选》，广西人民出版社1989年版，第857页。
[2] 蒲风：《〈儿童亲卫队〉后记》，载王泉根评选《中国现代儿童文学文论选》，广西人民出版社1989年版，第858页。
[3] 蒲风：《〈儿童亲卫队〉后记》，载王泉根评选《中国现代儿童文学文论选》，广西人民出版社1989年版，第858页。

雨点，雨点！
　　大雨点，小雨点！
　　大大小小都不怕！
雨水中
我们来把晴天侦探！
　　晴天在圆圈里，
　　晴天在草场上；
我们手牵手的走
我们不怕
　　大雨点，
　　小雨点。[1]

这首诗以第一人称口吻，描绘儿童视角下雨中游戏的欢乐场景，"表现儿童们的天真活泼性的一方面"[2]。"我们来把晴天侦探"，充满寻找晴天的乐观诗意和模拟侦探活动的游戏趣味。又如《春天》，将桃花、李花和太阳拟人化，创造了一个温暖、明亮的春日世界，富有快活的气息。诗的结尾写"我们快活着，/太阳也在东山上微笑了！"[3]，将儿童的欢乐与拟人的自然景物相融合，突出了儿童诗歌的儿童情趣与想象色彩。"对于现实的自然美的赞赏"[4]，也是其儿童诗歌艺术的特征之一。采用童话的方式，一方面表现儿童的趣味，另

---

[1] 蒲风：《六月流火》，花城出版社1983年版，第274页。
[2] 蒲风：《关于儿童诗歌》，载王泉根评选《中国现代儿童文学文论选》，广西人民出版社1989年版，第611页。
[3] 蒲风：《六月流火》，花城出版社1983年版，第275页。
[4] 蒲风：《关于儿童诗歌》，载王泉根评选《中国现代儿童文学文论选》，广西人民出版社1989年版，第611页。

一方面也能让儿童在童话故事中经历冒险,养成儿童的德行。由此,无论是强调儿童的情趣,还是追求故事与德行养成的童话诗,蒲风都将童心想象视作重要的审美特征。

除了蒲风的创作外,这一时期出现了许多以"童话诗"为名的儿童诗歌作品,例如胡明树、鸥外鸥主持的儿童诗专栏《童话诗帖》里刊登的诗歌,邹荻帆的《给哥哥的信:一篇童话诗》、绿原的《星的童话——给白蓝那孩子讲的》、鸥外鸥的《持伞的菌》、梅志的《小面人求仙记》、王亚平的《小白马》、胡谱承的《胜利的微笑》等。另有采用拟人手法,在自然与想象世界中穿梭,充满童话般诗意的作品。例如绿原的《小时候》《弟弟呵,弟弟》、杜谷的《当春天来得时候——给一个孩子》、吕漠野的《燕子》、山莓的《绿色的春天》组诗等。这些作品一部分以"童话诗"之名,表现天真无邪的童心,呈现儿童对社会生活和自然世界的体验,追求童趣;另一部分则以想象创造奇异的世界,富有童话书写的趣味性和诗意,意味深长。

对儿童的关注和童心的追求构成了诗歌的本质。例如,胡明树、鸥外鸥主持的《童话诗帖》专栏上的儿童诗歌,虽有"童话诗"之名,但集中表现的是童心与社会生活的碰撞,凸显童心的天真之美。专栏中的儿童诗歌,如《好,不好?》《母·子》《利市》《肚饿的鼠》《时事演讲》《怕羞的鼻巾》,描绘的都是现实生活中的儿童,反映抗战时代的社会生活,但二人将这些作品称为"童话诗",是想要表现无邪的童心,突出儿童诗歌真善美的本质。试看鸥外鸥的《肚饿的鼠》:

老鼠 偷东西吃
猫 捉老鼠

你做猫，做老鼠？

做老鼠

做老鼠？猫要捉你了，老鼠

岂有此理

我，不怕猫的老鼠

肚子饿要吃东西①

这首诗以对话的形式，出人意料地表现出想做老鼠的儿童那单纯和直率的心。在成人文化中，老鼠破坏家中物品传染疾病是坏东西。猫捉老鼠，理所当然。诗却通过对话捕捉到儿童观察世界的独特性，指出"我，不怕猫的老鼠／肚子饿要吃东西"，显示出儿童的同情心。在诗末，鸥外鸥叙述了该诗源于朋友家5岁的儿子读课文《捕老鼠》一事：

> 大概幼儿的心理会那样想：肚子饿当然要吃东西，要吃东西的肚子饿的老鼠，为什么要给猫凶狠的追捕呢，一面读着课本的文字，一面读着猫捕鼠的插画，那样凶狠的穷追着鼠的暴戾的猫，无邪气的儿童的心，自然痛恨那匹不让老鼠找食物吃的猫了吧，自然同情那肚子饿找食物吃而遭捕捉的鼠的吧。在儿童的世界观里面，有我们成人所不及见到的地方，有成人经已变了本质的，在儿童的心里尚作完好无

---

① 鸥外鸥：《童话诗帖：肚饿的鼠》，《诗》1942年第5期。

羞的"真·善·美"。①

儿童世界的真善美,是鸥外鸥的"童话诗"所想要追寻的审美特质。对儿童心理和童心世界的关注,冲击了沉重的现实,生成了趣味。陈国球指出,鸥外鸥的《鸥外诗集》"即使是第六类'童话诗'中的《父的感想:给女儿的诗》《童话诗帖:时事演讲》《怕羞的鼻巾》《肚饿的鼠》《乘车的马》,在童趣之间,也弥漫着战乱的阴霾"②。一方面指出鸥外鸥诗作对现实的关切,另一方面蕴含着鸥外鸥"童话诗"在反映现实时突出童趣,在文化冲突中凸显童心的诗意。胡明树的《好,不好》与之相似:

医生给叔父察了舌
把了脉,后
问:大便好,不好?
叔父答:好。

叔父向医生报告
一个消息,道:
小学里的某先生
赚了大钱,当了汉奸。
他——医生问——这个人
好,不好?

---

① 鸥外鸥:《童话诗帖:肚饿的鼠》,《诗》1942年第5期。
② 陈国球:《左翼诗学与感官世界:重读"失踪诗人"鸥外鸥的三四十年代诗作》,《汉语言文学研究》2018年第1期。

叔父答：待人很有礼
是的，还好……

他们明明说了鬼话，
不坏不成大便！
不坏不当汉奸！
还有什么"好，不好？好！"
的说法呢，嗯？①

  这首诗通过儿童的天真和经验有限等特征，反讽叔父、医生和以某先生为代表的成年人在抗战时叛变的猥琐形象。这首诗极为巧妙的是，将叔父看病时大便的"好"和做了汉奸的某先生"待人很有礼"的"好"相结合。从儿童的朴素认知出发，指出"不坏不成大便！／不坏不当汉奸！"，暗骂汉奸如大便一般臭不可闻，又以儿童的天真和直率反讽了成年人的虚伪。
  对童心的关注构成了鸥外鸥和胡明树"童话诗"的诗意。他们的诗歌把儿童的社会公共生活体验如实表现出来，使诗歌更富于创造性、时代性和儿童性。在这一时期，对儿童喜爱游戏、生活经验有限和天真勇敢等特征的关注，也出现在表现儿童战斗生活的诗歌当中，使之富有儿童世界的生活气息。例如，卞之琳的《放哨的儿童》描写儿童站岗放哨，在学百灵叫、地上画画和比手劲等轻快游戏与"严查"之间摇摆，刻画出处于轻松游戏与工作（实际上可能对儿童来说是另一种形式的游戏）之间的儿童形象。孙犁的《儿童团长》既写百花湾儿童团团长小金子安排侦察工作的成熟和细心，又表现他

---

① 胡明树：《童话诗帖：好，不好》，《诗》1942年第5期。

走夜路去找同伴时的恐惧，真实生动。袁勃的《母鸡与小孩》记叙后方根据地儿童听到晋察冀粉碎敌人进攻的好消息后，急忙要让母鸡下蛋的故事。在限制视角下，儿童缺乏认知鸡下蛋的生活经验与要求鸡下蛋的现实之间形成冲突，表现出儿童的单纯天真。对真实儿童的关注，对童心世界的表现，本质上是追求儿童诗歌的天真之美。

用想象的手法创造奇异的世界，既关注现实社会，又关注自然世界，进而呈现了欢乐、纯真的理想世界。大部分童话诗通过想象的故事影射现实，创造性表现童话空间，表达对美好未来的期待。王亚平的《小白马》、邹荻帆的《给哥哥的信：一篇童话诗》、绿原的《星的童话——给白蓝那孩子讲的》、胡谱承的《胜利的微笑》等，通过叙述想象世界的故事，影射现实中日本侵略者的残暴和中国人民的反抗。例如，王亚平的《小白马》描写李洪救下小白马后，一起在黄河边劳动，享受着丰收的快乐。但是，西方不爱工作的黑熊、南方懒惰的猪猡和东方狠毒的狼国，都觊觎李洪和小白马的村庄。这三者分明隐喻着帝国主义侵略者对中国广阔土地的垂涎，尤其是东方的狼国，处处指明是日本侵略者，如"他们的土地狭小，/宽荡的海洋，/包围着小小的岛屿"[①]。面对狼国的抢夺，小白马向李洪倡议，"我们要动员/一切的力量，/捍卫这可爱的土地，/保卫生物的幸福"[②]，重现了团结一致抗战的历史。故事的最后，战斗取得了胜利，但小白马却牺牲了。这首童话诗几乎是对中国抗战现实的转写，利用童话的想象空间与故事性，再现抗战的历史。胡谱承的《胜利的微笑》与《小白马》类似，写"眼红了东邻的豺狼"[③]侵略小草们的家园，被小草们打倒在地上打滚。诗歌用草来象征中国，用狼来隐喻日

---

① 王亚平:《小白马》,建国书店 1945 年版,第 26 页。
② 王亚平:《小白马》,建国书店 1945 年版,第 26 页。
③ 胡谱承:《辞赋：胜利的微笑：童话诗》,《金中学生》1941 年第 7/8 期。

本；以狼吃草的贪婪，影射日本对中国的侵略，最后用胜利的微笑象征反抗成功。一首隐喻、象征的童话诗，再现历史，强调对胜利的美好期待。美好的心愿与胜利的期待，恰恰与童话展现理想世界的观念一脉相承。因此，这一时期的儿童诗歌整体追求写实，强调现实之美，但也有表现想象的、童话世界的理想之美。在王亚平看来，这种童话诗中"有童话性，才能合于儿童的想象，引起阅读的兴趣"[①]。梅志的《小面人求仙记》想象小面人求仙的波折历程，叙述其最后被狐狸吃掉的悲惨结局，在童话世界中激发了儿童的同情心和警惕心。而这些童话诗中最富于想象力和新奇性的是鸥外鸥的《持伞的菌》：

第一首

下了雨，一群矮人国国民的菌

在雨下面

持着伞

避雨

日出了

那一群矮人国国民的菌

在太阳下面

又持着伞

---

① 王亚平：《小白马》，建国书店1945年版，第5页。

避太阳
他们的足（菌的：根）
都没入泥土的内面
太深，太深，太深了

爱弄伞的一群菌儿们
被他们的恶先生！罚立正
不能够走避开去呢
且：
雨淋得他们的伞
雨水淋漓了
太阳照得他们的伞
流汗如雨了

第二首

忽笑忽泣的
乍晴乍雨的天气
忽然日出又忽然下雨

桔红菌持着
有许多白点的图案的桔红色的伞
大大的粗伞柄

枯蕈菌持着

残旧了的枯败的伞

他的伞是他的吝惜的祖父遗传下来的

贫寒的遗产

香蕈菌持着

薄薄的纸制的伞

伞柄湾得快要折了

掩蔽得背后，掩蔽不得前头

又是穷汉的子孙

雨水渗漏下来

弄湿他的衣服和身体

瓢菌持着的

一柄高高的瘦瘦的伞

全部伞骨都是钢铁炼成的

非常直

非常精致完美

因为他的爸爸是高高的绅士

竹荪菌持着

他年轻的母亲的透明的伞
短短的伞柄
最流行最漂亮
布满了图案花纹的伞上，又有一层伞顶
别的菌的伞
所没有的伞顶

可惜竹荪是一个男儿的菌了
握了一柄女用的伞
我们常常取笑他：
"哈！哈！女人的伞！"
"女人！女人！"

毒蝇菌所持的
一样是有图案花的女用的伞
但并不漂亮
形式已经过时了
圆圆扁扁又平顶

许多的菌儿都持着伞
在雨下面
在太阳下面
一群爱伞的孩子

都把父母们的伞举着玩耍

其中有一个白帽菌
他的伞给风翻起来了
因为不谨慎
开伞时不当心
雨水都盛满了
在翻转的伞上面
不知如何应付

在太阳下的
在雨下的一群的菌
都"格、格、格、格、格、格!"的笑得
湾腰湾肚子了①

  这两首诗以菌类为想象对象,第一首将菌称为"矮人国国民",在雨中撑着伞的菌是被先生罚站的小孩,活泼、稚气;第二首叙述不同菌的"伞"的历史,写他们在太阳底下玩伞的快乐游戏。与同时期的大部分童话诗相比,《持伞的菌》的想象不再只是对现实的转写,而是彻底创造了一个自由、奇异的菌的童话世界,饱含儿童游戏之趣。想象的对象不再只停留在前二十年常出现的桃树、小草、柳树等自然物上,而是新颖地表现了菌类的世界,建构了新的童话天地,让人耳目一新。郭风在《菌的小伞队》中对菌类世界的表

---

① 鸥外鸥:《持伞的菌:诗歌二首》,《新儿童》1943年第6期。

现要晚一些，但与之对照阅读，构成了这一时期清新、奇异的童话想象空间：

> 菌们组织的
> 小伞队，出来旅行了
>
> 我们从土阜的下面，便可以看到
> 他们的，精美的小伞。
>
> 那小伞，有各色的花纹，
> 都是天真的，小小画家设计的图案。
>
> 喜欢带伞的，快活的小旅行队，
> 呵，是这渐湿的林中，三月的过客。①

在鸥外鸥的菌类童话世界中，他们是爱玩的孩子，是被罚站的学生。郭风的菌类世界里也关注它们的"小伞"，不同的是将其想象为带着伞的旅行队在森林里冒险。对菌类世界的想象，拓展了童话诗的想象空间，展现出更为多样的自然世界之美。后来的儿童诗人们沿着菌类世界的想象，又诞生了许多经典之作，如圣野的《欢迎小雨点》、林良的《蘑菇》、林焕彰的《放音乐给蘑菇听》、谢采筏的《蘑菇》等。

由此可知，郭风的《木偶戏》及童话诗创作，植根于这一时期相对隐匿的、追求童心与想象之美的儿童诗歌创作大环境。即使是在全面抗战年代血

---

① 郭风：《菌的小伞队》，《改进》1944 年第 5 期。

与火的战歌主潮中，对童心和自然的赞美，对理想和诗意的追求，依旧是儿童诗歌审美的重要维度。这既联系着五四时期的儿童本位审美观，又影响着战后的儿童诗歌的审美取向。

三、传统的延续与新感觉的捕捉

郭风的《木偶戏》及其童话诗所代表的童心想象审美，并非无源之水、无本之木。一方面，这根植于郭风个人的经历和诗歌观念；另一方面，紧密联系着中国的童心审美传统和时代的诗歌观念。

首先，在这一时期，童心审美传统中对儿童天性的认识与"真"的审美观念相联系，仍被继承。从老子的"赤子之心"到李贽的"童心"，到明清时期的"天籁"观，再到周作人提出的"真的生命"，童心代表着"真"的人生审美追求，构成了一种有生命力的中国审美理念。五四时期，将儿童身心的科学认识与童心中"真"的审美理念相结合，构成了"儿童本位"观映照下的童心内涵：童心是表现儿童的天真无畏，表现童年的真实生活和经验，传递属于儿童的情感和主体意识。在儿童诗歌中表现童心、追求童心成为艺术创作的共识。因此，即使是战火纷飞的年代，儿童诗歌奏起了血与火的战歌，诗人们仍然不曾忘记真的儿童和天真无畏的童心，尤其是在写实的时代诗歌观念下，天真无邪的童心与残酷的侵略战争相碰撞，产生了更强大的诗歌冲击力。例如，老舍的《她记得》以对话的场景引出儿童悲惨命运的自述，表现残酷战争下孩童单纯的追问中悲惨的命运，令人潸然泪下。"很远，很远的方家巷，/有树，有房，还有老黄，/老黄是长毛的大狗，/爱和我玩耍，不爱汪汪。/呼隆！就都没了，/房子，妈妈，老黄，/树上的红枣，/多么甜，也都掉光。"[①] 以小女孩的口吻回答"从哪里来的",蔓生出与问题关系不大的记忆,如"老黄是长毛的大狗,/爱和我玩耍,不爱汪汪"。这显示出儿童回忆、表达的随意性特征,又书写了和老黄一起玩耍时欢乐、宁和的时光。而"呼隆!"一声的突转,打断了美好时光,家破人亡的惨烈感更具有冲击力。对树上红枣的留念,是在儿童天真的话语中刻画出战争带来的破坏。

此外,童心的审美传统也蕴含着求真的诗性浪漫,即天真纯洁的幻想流露出诗趣。

五四时期,文人们寻求诗趣,对童话尤其是王尔德的童话十分感兴趣。他们把这种"天真纯洁的幻想"投射到世人所认为的未被污染的、纯洁的童心和儿童身上,构成诗意的张力。而在这一时期,对童心和童年的追求也构成了诗的本质精神。例如,绿原的诗集《童话》,书写童年、儿童和童话梦境,以儿童的纯真构成诗歌的精神内核。诗集中的《小时候》呈现了未经尘世污染的童年:

> 小时候
> 我不认识字
> 妈妈就是图书馆
>
> 我读着妈妈——
>
> 有一天
> 这世界太平了

[①] 老舍:《她记得》,《今日儿童》1939 年创刊号。

人会飞……
小麦从雪地里出来……
钱都没有用……

金子用来做房屋底砖
钞票用来糊纸鹞
银币用来漂水纹……

我要做一个流浪的少年
带着一只镀金的苹果
  一只银发的蜡烛
  和一只从埃及国飞来的红鹤
旅行童话
去向糖果城的公主求婚……

但是
妈妈说
现在你必须工作 [1]

  在金子做砖、银币打水漂的想象中隐藏着童年的价值观——与金钱无关，追求纯粹的快乐。镀金的苹果、银发的蜡烛和埃及飞来的红鹤，充满童话故事的神奇感和坚定的信念。这些构成了"小时候"纯真、自由的时光，凝聚

---

[1] 绿原:《童话》，南天出版社1943年版，第28—30页。

成诗歌的精神力量。而最后的"现在你必须工作",造成了现实与想象的尖锐反差,显示出在艰难的现实中造梦的愿望,"寻求安慰和寄托希望"①。这种造梦的希望和希望背后冰冷的现实,构成了《童话》的特征。《弟弟呵,弟弟》也不例外,通篇是对失去的弟弟的梦幻想象,夹杂着呼唤弟弟归来的渴望与心碎。"让星星流落在梦边 / 你躺在潮湿的水草地上睡着觉呢"②,想象着弟弟迟迟不肯归来的童话生活,但"也该回来了"③的呼唤中透露着不曾回来的失落与渴望。《童话》对儿童和童年所代表的纯真世界充满梦幻想象,有着"一种透视的力量和求真的信心"④,构成了童心书写的诗意追求。痖弦、林文宝、张如法等研究者认为,这种追求影响了杨唤的儿童诗创作。同时期,还有不少诗人将儿童视作某种人生希望和理想的化身。例如,1945年,丁景唐以笔名"歌青春"出版的《星底梦》:

> 晶莹的是满天的星星,
> 纯真的是无邪的童心。
> 黑夜中的孩子伸手向天:
> "——星星,给我!"
> 惹得母亲笑:
> "宝宝睡觉,妈摘给你!"

---

① 张如法:《论绿原的〈童话〉》,载张如法编《绿原研究资料》,河南大学出版社1991年版,第376页。
② 绿原:《童话》,南天出版社1943年版,第51页。
③ 绿原:《童话》,南天出版社1943年版,第54页。
④ 亦门:《绿原片论》,载张如法编《绿原研究资料》,河南大学出版社1991年版,第177页。

孩子的脸
漾浮着笑靥,
喜悦满天的星粒跌落胸兜里,
学姊姊栽花把来撒在黑土地:
"星星——开花!"

"愿孩子,你多福!
星光下的梦,
会在未来的日子中开花!"
于是母亲关上窗,
便也有一个星光的梦,
依偎作长夜的温存。①

　　将满天星星与孩子的童心并列,表现童心的璀璨、晶莹,充满辽远和闪烁的诗意。孩子的天真代表着未来的希望,"星光下的梦,/会在未来的日子中开花",满含着诗人对儿童的爱怜及对光明和美好的向往。星夜与儿童,童心与未来,交织在一起,筑造了诗意的世界。又如徐迟的《童年》,总想着"一头扑进我母亲的胸怀里去/躺在全世界最温暖柔软的地方"②,将童年与母亲两个最有安全感的词语融合,构成了儿童时代必需的安全、温暖与希望。邹荻帆的《给哥哥的信:一篇童话诗》以儿童在园子里玩耍的想象自叙,写出了对哥哥胜利归来的期待。杜谷的《当春天来得时候——给一个孩子》,向

---

① 歌青春:《星底梦》,载《中国新文学大系1937—1949 第十四集　诗卷》,上海文艺出版社1990年版,第8页。
② 徐迟:《童年》,《诗垦地丛刊》1941年第5期。

儿童描绘南方春天到来的景象,在回忆与想象中显示出故乡的美好,暗示当下战乱、远离家乡的悲伤。儿童与故乡成为诗人思念并寄托希望与美好的远方。童年和儿童书写中蕴藏的天真童心,是构成这类诗歌充满想象、富有诗意的内核。

其次,诗人在面对新的现实和抗战的需求,在儿童诗歌中需要以新的形式和内容,去处理现实中获得的新感觉。朱自清在抗战时写作的《诗与感觉》中指出,"诗要依靠想象,也来自于生活。关键在于是否以敏感的感觉捕捉到生活的灵感,利用想象组织起来,完成一首诗的建设"[①]。全面抗战的时代,大部分诗人受战乱影响,不断迁徙、流亡,一方面增加了诗人的激愤、悲痛之感,另一方面则让世人认识到更广阔的现实和更真实的社会。他们更近距离地认识儿童、接触儿童,甚至感受到儿童的天真、勇敢和同情等在抗战时代的珍贵。因此,儿童诗歌如何面向广阔的现实,去处理童心所代表的美的事实,依靠想象去捕捉生活的灵感,成为这一时期必须处理的儿童诗歌经验问题。诗人们的处理方式各不相同:有的极力表现天真童心与残酷战争,唤起大众的反抗之心,例如鸥外鸥的《童话诗帖:时事演讲》、老舍的《她记得》;有的表现儿童投身抗战,捕捉童心的正直、勇敢和活泼,给予人们收复失地的信心,如刘御的《这小鬼》;有的则展现现实中更广阔的自然、社会风景,以想象的方式期待美好的未来,给予慰藉,如郭风的《油菜花的童话》、杜谷的《当春天到来得时候——给一个孩子》。儿童诗歌直面新时代书写新经验,而以郭风为代表的对童心想象之美的书写,正是这种新感觉经验的表现。

最后,这一时期童话诗数量的增加与童话诗具有象征、隐喻和理想寄托的传统有关,拓展了儿童诗歌的表现形式,提供了新的现实书写经验。1927

---

① 朱自清:《新诗杂话》,江苏文艺出版社2010年版,第12页。

年，鲁迅翻译童话《小约翰》指出，其是一篇"象征写实底童话诗"[1]，强调自然万物的想象与实际生活的结合，构成童心书写对现实的象征。这表明，童话这种幻想的文学样式中象征的功能能够指向现实，构成强有力的诗意。1931年，鲁迅评价孙用翻译的童话诗《勇敢的约翰》"充满着儿童的天真"[2]。而裴多菲的这篇童话诗，写牧羊人约翰历经磨难获得成功，展现出朴实、正直的劳动人民获得幸福生活的历程。民间的愿望与童话的理想世界相结合，构成了对现实的象征与隐喻。童话诗对童心代表的理想世界的书写，一定意义上是对现实的召唤。因此，童话诗的象征、隐喻功能与理想世界的美好等特征，使其在战火纷飞的年代深受诗人喜爱。一方面，诗人们可以通过想象的方式来隐喻现实，例如王亚平的《小白马》；另一方面，童话的美好期待与理想世界，既慰藉着战争中人们的心，又预示着战争胜利的美好，具有很强的诗意，例如郭风的《油菜花的童话》。胡明树读了梅志的《小面人求仙记》后，认为"由'童话'的本身给以了这'诗'的助力，使这'诗'的成分浓厚了。我认为一篇好的童话就是一首诗，童话的理想世界常常是与诗的意境相同的"[3]，指出了童话诗创作中童话的理想世界与诗意的一致性。

同时，这一时期，以普希金的创作为代表的苏联童话诗，为诗人们提供了写作的参照。1937年，生活书店出版了茅盾等译的《普式庚研究》，包括童话诗《渔夫和鱼的故事》。1939年，由普希金的童话诗改编的电影《鲁斯兰与柳德米拉》在中国上映，更扩大了普希金童话诗的影响。他以童话诗表现理想和愿望，为中国儿童诗歌处理儿童经验和社会现实提供了参照。蒲风

---

[1] 鲁迅：《〈小约翰〉序》，《语丝》1927年第137期。
[2] 鲁迅：《校后记》，载［匈］裴多菲·山大《勇敢的约翰》，孙用译，湖风书局1931年版，第112页。
[3] 胡明树：《读小面人求仙记》，《青年文艺》1943年第5期。

是深受普希金影响的人之一,他说,"对于普式庚,对于玛耶阔夫斯基,我们尤其需要学习,学习普式庚之热情的和为自己相关联的社会现实而歌唱,学习玛耶阔夫斯基之为经济社会的动态而燃起歌唱的热情"[①]。普希金热情歌唱现实的方式之一就是进行童话诗创作。而蒲风在《儿童亲卫队》的后记中,也赞同童话诗的创作,并认为是激发抗战热情的艺术形式之一。

---

① 蒲风:《打起热情来"动"的努力——谨致一切新诗运动工作者》,载黄安榕、陈松溪编选《蒲风选集》,海峡文艺出版社1985年版,第720页。

第四章

余论：新与旧之间
——转折时期的现实之声

抗日战争胜利后到新中国成立之前不过短短三四年，但是，儿童诗歌的审美取向呈现出延续性和鲜明的差异性。一方面，动荡的局势与严峻的现实要求儿童诗歌以写实为主，继承了全面抗战时期书写现实的主张，具有现实主义倾向；另一方面，全面抗战时期中国人民的主要敌人是日本侵略者，主要任务是保卫领土完整、人民生命财产安全和抗击帝国主义侵略者。然而，解放战争是国内斗争，是共产党和国民党两个新旧社会形态的代表之争。这意味着面向现实的儿童诗歌必须直面新与旧两种现实，而两种现实的差异使儿童诗歌呈现出截然不同的面貌。对新社会、新现象和新未来的憧憬，对旧社会的揭露、控诉和讽刺，同时出现在儿童诗歌中。因此，在新与旧之间，转折时期的"现实之声"有着不同于前后时期的突出特征，又在艺术表现形式上联系着前后两个时期，显示出诗歌审美流变的阶段性与延续性。

第一节 歌颂新生活：憧憬与热切的希望

此时期，共产党所在的解放区呈现出欣欣向荣的景象，召唤着诗人们面向新生活进行创作，不仅包含抗日战争胜利、农民劳动丰收和生活稳定的局面，还蕴含着一种平等、稳定和富足的新生活的召唤力。魏巍认为："在惊心动魄的斗争中，人民所显示的威力，不能不震动着诗人的心；那新的生活的魅力，也不能不诱引着诗人的心；在这多彩的现实土壤上，又怎么能不产生她自己的诗歌？"①因此，在此种现实生活的召唤下，不仅解放区的诗人们创作儿童诗歌歌颂新生活，国统区的诗人们在艰难的现实中也畅想着新生活。他们的作品歌颂新生活，充满无限的憧憬和热切的希望，具有极大的感染力。

为了表现歌颂的激情，这类儿童诗歌多采用歌谣的形式，强调整齐、押韵，朗朗上口，用词浅白，多表现公共生活，较少呈现个体经验。解放区流传的儿童诗歌中常记叙土改的欢乐，表达对人民领袖和解放军的爱，积极支援前线，书写生机勃勃的劳动场景。国统区的儿童诗歌则多表现艰难、悲惨的生活，渴望参军和解放，或者描写游击队里平等、充满希望的生活。例如，解放区的徐明创作了《汾河两岸的歌谣》，用儿歌形式表现汾河两岸解放区人民稳定和幸福的生活，表现军民鱼水情：

纺纱

十三四岁女娃娃，
坐在窗下学纺纱，
问她生产为了甚？
"过年要穿新褂褂！"②

---

① 魏巍编：《晋察冀诗抄》，中国青年出版社1984年版，第3页。
② 魏巍编：《晋察冀诗抄》，中国青年出版社1984年版，第160页。

儿歌

树上喜鹊叫喳喳，
门前小狗摇尾巴，
快腾房子快烧水，
八路军哥哥到我家！①

《纺纱》记叙了少女学纺纱一事，对话中充满劳动的快乐和新生活的自豪。"过年要穿新褂褂"，既是对劳动成果和未来生活的期待，也表现出普通民众能够穿新衣的骄傲与自豪之情，尤其是将平静的劳动画面与国统区物价飞升、人民饥苦的现实对比，更能够体会歌谣中"穿新褂褂"的自豪感。《儿歌》借助传统民间儿歌以物起兴的方式，写喜鹊叫、小狗摇尾巴，营造出喜庆的氛围。"快腾房子快烧水"中的两个"快"，写出了孩子们迎接八路军时焦急、迫切又快乐的心情。程度副词"快"的重复使用和"哥哥"的亲切称呼，流露出密不可分的军民之情。两首儿歌都是七字诗句，诗行整齐，基本保持四三的停顿节奏，押韵和谐，显示出与诗歌内容一致的明快感。

1949年，圣野参加浙江游击队金肖支队期间，写作了《爸爸的信》《姆妈同志》《小杨同志》等表现部队生活的儿童诗，呈现了一种崭新的、不同于过往国统区生活的状貌。《爸爸的信》以参加游击队的爸爸的来信为线索，描写收到信时妈妈和小明的快乐，以及对爸爸参军的积极支持。诗歌的最后，小明向爸爸敬礼，也是向以爸爸为代表的解放军和党的敬礼，赞美他们创造的新生活。《姆妈同志》则是通过一个参军的儿童，写出部队中姆妈同志对大

---

① 魏巍编：《晋察冀诗抄》，中国青年出版社1984年版，第162页。

家的关心与帮助,表现部队如家庭一般。《小杨同志》通过对话,表现小杨在部队中感受到的平等与尊重,"他们年纪大一点/我叫他们同志/我年纪小一点/(他们爱把一只打枪的大手放在我的肩上)/还是一样的/叫我同志"①。

此外,解放区的儿童诗歌服从于政治要求,辅助政策宣讲。自根据地开辟以来,这种儿童诗歌观一以贯之。"把诗歌作为一种战斗武器,自觉地服从政治任务的需要,紧密地配合斗争,是晋察冀(以及其他抗日根据地)诗歌运动的显著特色。"②因此,在解放战争时期,对新生活进行描摹的儿童诗歌仍以强烈的政治性、宣传性为先导,强调通俗、明白地宣传共产党的政策和新生活面貌。其中,苗得雨的创作较有典型性。

解放战争时期,苗得雨还是十余岁的少年,他以自己的所见所感创作了大量儿童诗歌。这些儿童诗歌大多歌颂共产党和新生活,讽刺蒋介石和地主恶霸,支持解放战争。值得注意的是,苗得雨的儿童诗歌在歌颂、讽刺和支持的背后,多联系着解放区的大事件。从内容来看,也通过表现解放区的生活,进行政治宣传。例如,《翻身过春节》写于1946年冬天土改胜利之时,诗歌以孩子的眼光表现了一幅喜迎春节、欢欣愉悦的图景:

  腊月二十三,
  春节在眼前。
  娘和小妹妹,
  压米蒸发团。
  我去赶年集,

---

① 圣野:《圣野诗选》,少年儿童出版社1992年版,第294页。
② 魏巍编:《晋察冀诗抄》,中国青年出版社1984年版,第4页。

买来新对联。
去掉老迷信，
香纸不花钱。
割肉又买鱼，
葱菜加咸盐。
到了年除夕，
屋里扫一番，
毛主席的像，
挂在正当面。
摆下大桌子，
开会啦生产。
全家吃饺子，
人人都欢喜。
今年比往日，
真是大转变，
往日苦中苦，
今日甜中甜。①

在准备过春节的欢乐景象描写背后，是土改胜利和人民分到土地的喜悦。诗中对春节的准备，呈现出强有力的政治痕迹。例如"去掉老迷信，/香纸不花钱"的改革，挂毛主席像与共产党的领导紧密相连，将放桌子、包饺子描写为"开会啦生产"的共产主义词汇。这些都显示出强烈的政治、时事倾向。

---

① 苗得雨：《解放区少年的歌》，中国少年儿童出版社1980年版，第41—42页。

又如，苗得雨的《唱丰收》感谢军队帮忙收割庄稼，与 1946 年夏天沂蒙山区的小麦丰收事件紧密相连。《我送哥哥上战场》《孟良崮战役歌》《送叔叔支前》《支援淮海战役七章》《淮海胜利歌》等，则直接记录共产党与国民党之间的战斗，表现必胜的信念与对共产党的坚定支持。《我送哥哥上战场》中还有一段文字记录了创作背景：

> 1946 年夏，蒋介石发动内战向解放区进攻。人人气得眼红。庄里的青年们成群搭伙参加解放军奔上战场。我们孩子们，恨自己太年轻，不能参军，我便和大家编了这支歌，欢送参军的哥哥。[1]

解放战争爆发与送哥哥上战场的事件相联系，显示出解放区人民群众反击蒋介石军队和支持共产党事业的鲜明态度。"欢送哥哥上战场。/你在前方莫想家"[2]，引导宣传着两种观念：一种是安定战士们的心，另一种是表现民众的支持。这首诗的创作来源和最终的指向，与政治时事、共产党的解放事业密不可分。与之类似的还有《农村的孩子来到城市》，该诗写于苗得雨 1949 年 4 月去北京参加全国第一次团代会的途中。他把自己作为一个农村孩子进北京的初次体验，与中国共产党赢得胜利进入北京城的历史事件联系在一起。在新奇的体验和激动的心情之外，写出了共产党带领农民翻身做主的新生活。"天下是一个样子，/都是在为革命而努力"，"我们工农和革命知识青年一起，/一齐为国家建设出力，/让我们的人民永远团结，/一起过着幸福的日子"[3]，用宣言的形式表现出革命建设的决心和对未来更加美好生活的

---

[1] 蒋风主编：《中国儿童文学大系 诗歌（一）》，希望出版社 2009 年版，第 353 页。
[2] 蒋风主编：《中国儿童文学大系 诗歌（一）》，希望出版社 2009 年版，第 354 页。
[3] 苗得雨：《解放区少年的歌》，中国少年儿童出版社 1980 年版，第 130—131 页。

期待。

总体而言，面对共产党领导下的新现实，这一时期的儿童诗歌呈现出"浓厚的生活气息和鲜明的战斗风采"①，多以歌谣形式表现明快、热烈的当下和未来。同时，具有强烈的时事政治倾向。值得注意的是，这些热烈的儿童诗歌对儿童世界的探索和儿童性的表现则较为单薄，对公共生活的表达趋于模式化。

第二节 苦难现实中的讥讽与怨愤

解放战争时期，诗人们要面对的另一种现实则是——国民党统治区内贪污腐败、投机倒把，通货膨胀、物价飞升、物资奇缺，帝国主义产品倾销打压民族工商业，赋税沉重，抓壮丁，民生凋敝。1945年至1949年，通货膨胀和物价飞升令人心惊肉跳，完全打破了正常的社会经济秩序，使民众无法生存。以伪法币的百元购买力为例，1937年可以买2头牛，到了1945年只能买2个鸡蛋，待到1948年只能买1/500的一两大米。也就是说，最基本的生存物资大米在半年期间价格暴涨了40倍：

> 到1948年7月止，上海大米价每担已涨到四千万蒋币，比同年1月（一百万元）涨了40倍，比1947年1月（六万元）涨了650倍，

---

① 魏巍编：《晋察冀诗抄》，中国青年出版社1984年版，第9页。

比战前米价（十万元一担）涨了400万倍。①

钞票贬值、物价暴涨，严重影响了人们的日常生活。袁水拍的儿歌《学费》"学费，学费/贵勒邪气！"②，用上海方言直叙学费飞涨、交不起学费一事。卖袍子，卖大衣，卖完"还差十七万七千儿"③，用事实和数据表现出物价飞升、学费昂贵的震撼性。圣野的《印钞机谣》"印钞机，/摇呀摇呀！/人民进去，/骷髅出来"④，以形象手法直接写钞票贬值的经济乱象带给民众的伤害。同时，帝国主义的商品倾销彻底摧毁了民族工商业，经济一败涂地。1946年，《中美商约》规定，美国企业在华享受特许待遇。由此，中国丧失了关税自主权。"美国货有如洪水，冲破中国的海关大门，泛滥全国各地，其结果是摧毁了中国的民族经济，各地工商业关门的关门，未关门的也都奄奄待毙。"⑤彼时，美国扶持日本经济，使得许多日本产品在中国倾销。这对刚刚赢得反日侵略战争的中国来说，无疑是经济与政治的双重耻辱。金近的儿童诗《不该放了这老虎》记叙了此事，并抒发了愤怒之情：

中国人只要有良心，
哪个不痛恨日本人！

---

① 北京大学国际政治系编：《中国现代史统计资料选编》，河南人民出版社1985年版，第417页。
② 马凡陀：《学费》，《人世间》1947年第1期。
③ 马凡陀：《学费》，《人世间》1947年第1期。
④ 圣野：《印钞机谣》，《新诗歌》1947年第5期。
⑤ 林德金：《解放战争时期国统区经济危机的特点及其根源》，《湘潭大学学报（社会科学版）》1985年第2期。

它要我们做亡国奴①
要我们永远翻不得身。
原子炸弹很威风，
吓得日本不敢动，
这样我们总算胜利了，
可是损失反比日本重。

日本做梦也想不到，
美国待它顶顶好，
许多兵舰还给它，
大批钢铁让它造。
这样不算数，
日本货还可以到中国来销，
要是小宝宝知道了，
也会气得呼呼叫。

这样真像开玩笑，
以前打仗难道放的是鞭炮？
日本强盗还活着，
他们暗暗在好笑。
日本是只恶老虎，
放了老虎中国可糟糕，

---

① 原书写作"于国奴"，应作"亡国奴"——编者注。

为什么不把老虎关起来，

中国人个个光火了！

中国人个个光火了！①

军事上对日本的胜利与经济上日本货击退民族工商业形成对比，给中国人的现实生活和心灵都造成了巨大的伤痛。"这样我们总算胜利了，/可是损失反比日本重"的不平衡、失落和愤怒等情绪交织，书写了这一时期面对经济危机的痛苦、愤懑。在农村，由于沉重的赋税和征兵抓壮丁，严重破坏了农业生产，一片凋敝。田地的《日子就这样过去了》，"吃了早饭/爷爷和隔壁公公去聊天/去道听外面的时势/抽壮丁和加捐税的消息"②，描写了井然有序的乡村和勤勤恳恳的劳动背后隐藏着无序的社会动荡。田地的《节日——弟弟的诗》更是借孩子之口，表现了赋税沉重、农民不堪其扰，"因为又要缴粮了，/而我们明天后天/连糖粞/连高粮/连麸都没有"③。

经济、政治危机直接限制了儿童诗乃至儿童文学作品的发表、出版和传播。陈伯吹在《儿童读物的检讨与展望》一文中直接指出，国统区的社会现实对儿童文学发展的影响：

"胜利"复员以后……不料好景不常，犹如昙花一现，两年多来，币值惨跌，相反的纸价剧升，而排工、印工、油墨、颜料、制版、装订等等，都跟着比抗战前涨上几十万倍；最令人叹息的，稿酬多数不及排工的一半，书籍的成本这么贵，一般的购买力又那么低，销售的

---

① 贺宜主编：《十一个小面人》，华华书店1948年版，第13页。
② 田地：《告别》，星群出版公司1947年版，第4页。
③ 田地：《节日——弟弟的诗》，《诗创造》1947年第2期。

地区愈来愈狭小，加上邮费既昂，寄递又迟又不便，在这情形之下的儿童读物，那能有广宽的发展和长足的进步呢？所以展望前途，一片漆黑，这又不能不归咎于政治了。①

　　黑暗、凄苦的社会现实与受到限制的儿童文学发展现状，让儿童文学作家极为不满。1946 年 5 月 24 日，陈伯吹、李楚材、何公超、仇重、贺宜、沈百英等举行儿童文学集会。一方面，希望能够团结起来"抵制土生土长的庸俗劣质小人书，抗击洋腔洋调的不堪入目的黄色书刊"②，还儿童一个健康的阅读环境；另一方面，希望"团结进步的教育工作者和文艺工作者，写作具有革命性的儿童文学作品与读物"③，将儿童文学与革命进步的政治需求相结合。因此，以这次集会为标志，陈伯吹等人联合起来，要求儿童文学"必须反映时代，指导儿童注意政治，注意社会等主张"④。1949 年 6 月 9 日，"中国儿童读物作者联谊会筹备会"成立；1948 年 1 月，该会着手编选 1948 年"儿童文学年选"，包含童话、诗歌、剧本、小说和散文；1949 年 12 月，该会举办笔谈会，要求向儿童暴露黑暗、指向光明。中国儿童读物作者联谊会成立，举办展览活动和笔谈会，进行作品编选等工作。一方面表达对现实社会的不满情绪，另一方面则是反击国民党愚弄儿童的行为。当时，国民党麾下的一些文人，"为了替统治阶级掩饰罪恶，蒙蔽儿童起见，曾发出了儿童

---

① 陈伯吹：《儿童读物的检讨与展望》，《大公报》1948 年 4 月 1 日。
② 陈伯吹：《〈现代儿童〉的一年半载》，载少年儿童出版社编《现代儿童报纸史料》，少年儿童出版社 1986 年版，第 95 页。
③ 陈伯吹：《〈现代儿童〉的一年半载》，载少年儿童出版社编《现代儿童报纸史料》，少年儿童出版社 1986 年版，第 95 页。
④ 中国儿童读物作者协会编选：《一九四八年儿童文学创作选集》，中华书局 1949 年版，第 1 页。

文学不应该暴露黑暗的荒谬主张"[1]。该会成员认为，面对国统区哀鸿遍野的现实，儿童文学"必须暴露当前政治所造成的贫穷、黑暗……但同时必须向儿童大众指出一条奋斗的路（集体的，有正确领导的）以及光明的胜利的前景"[2]。因此，这一时期儿童文学创作揭露黑暗现实，控诉苦难生活，既有怨愤之气，又有对未来的光明向往。儿童诗歌中对现实的书写，多讽刺、揭露国民党统治下无序的生活和民众的苦难，出现了许多叙述底层儿童生活、批评贫富不均现象的诗歌。

一、弃儿之歌：流浪儿童的控诉

过往的儿童诗歌中也曾出现过流浪儿童、孤儿等形象。先秦时期，《诗经·葛藟》描述流离、失群的"幼者"；五四时期，志坚的《做乞丐的女孩》从儿童视角刻画沿门央求的小乞丐；第二个十年期间，杜谈的《思母谣》塑造了在战火中失去母亲的苦儿形象；全面抗战时期，老舍的《她记得》以失去父母的女孩控诉日本侵略者的残忍无情……塑造底层儿童形象，表达怜悯之情，是此时期儿童诗歌的主题之一。记叙流浪儿童的生活，塑造混乱时代小乞丐、儿童学徒等弃儿形象。这些作品大多通过流浪儿童之口，表现出对黑暗社会现实的不满，对贫富悬殊的不解，以及对不公正社会现象的痛斥。

首先，流浪儿童的书写源自社会现实，具有强烈的写实感和指向性。解放战争时期，流浪儿童成为突出的社会现象，迅速进入儿童文学的创作中。

---

[1] 中国儿童读物作者协会编选：《一九四八年儿童文学创作选集》，中华书局1949年版，第5页。
[2] 中国儿童读物作者协会编选：《一九四八年儿童文学创作选集》，中华书局1949年版，第5页。

以张乐平创作"三毛"为例,1935年的"三毛"是一个中产阶级家庭中的顽皮儿童。而1946年《申报》上连载的《三毛从军记》和1947—1948年《大公报》连载的《三毛流浪记》,三毛成为无父无母的流浪儿童,受尽人间的苦楚,从幽默地表现生活走向了社会批评。黄谷柳的儿童小说《虾球传》中混迹于三教九流的少年虾球,胡明树的童话《小黑子流浪记》中被地主逼迫外出流浪见识贫富差距和社会不公的小黑子,都是与"三毛"类似的流浪儿童。通过对这些儿童流浪历程的叙述,书写儿童的流离失所,也折射了当时混乱和悲惨的社会现实。以"三毛"为代表的流浪儿形象在当时影响较大,臧克家曾创作儿童诗歌《小小三毛》:

> 小小三毛真可怜,
> 没爹没娘受孤单,
> 头没帽子脚没鞋,
> 挨过夏天又冬天。
>
> 小小三毛真可怜,
> 到处流浪没人管,
> 吃了上顿没下顿,
> 风里睡觉雨里眠。
>
> 小小三毛真可怜,
> 担起生活一双肩,
> 跌在地下爬起来,

千辛万苦说不完!

小小三毛真可怜,
三毛上千更上万,
可恨社会太不平,
好好到处受磨难!①

这首诗以歌谣的形式,唱出了小三毛孤苦无依、食不果腹的流浪生活。最后,"小小三毛真可怜,/三毛上千更上万,/可恨社会太不平,/好好到处受磨难",直指千万流浪儿童的生活。诗歌借小三毛的遭遇,批评腐败无能的当权者和不平等的社会,具有强烈的现实指向性。

这一时期用诗歌表现流浪儿、学徒儿童的生活,具有强烈写实感的诗人,首推金近。他的这类诗歌创作来自个人经历和社会现实。1927年,12岁的金近去上海做学徒工,断断续续地念书。全面抗战爆发后,1938年,金近来到重庆流浪儿童教养院。他在那里管过伙食账,做过抄写员,也给很多流浪儿童上过课。"每个孩子,都有个悲惨的遭遇。这也是促成我要搞儿童文学的一个因素,觉得我要写作品,首先应该为他们写。"②1948年,金近出版了儿童诗集《小毛的生活》。诗集收录的《小毛的生活》《小瘪山的歌唱》《小叫花》《擦皮鞋的孩子》《阿莲》等,从不同视角表现了流浪儿童、儿童劳工等底层弃儿的艰辛生活。其中,《小毛的生活》是一首出色的歌谣体叙事诗,1946年刊载在郭沫若主编的《文汇报》的星期副刊《文学专刊》上,得到了郭沫

---

① 贺宜主编:《十一个小面人》,华华书店1948年版,第1页。
② 金近:《我喜爱这工作》,载叶圣陶等《我和儿童文学》,少年儿童出版社1980年版,第164页。

若的赞扬和鼓励。这首诗以轻快的歌谣形式和小毛懵懂的口吻，写出了底层儿童的艰难生活。例如，诗歌的开篇介绍自己：

> 我的名字叫小毛，
> 年纪要算顶顶小；
> 哥哥大我十二岁，
> 姐姐比我长得高。
> 爸爸生病早死掉，
> 妈妈头发都白了。
> 你猜今年我几岁，
> 十岁不多也不少。
>
> 我的家，真神气！
> 独家造在空地里。
> 墙壁是些稻草荐，
> 屋顶是张烂铅皮。
> 屋顶说低不算低，
> 比我高出几寸几。
> 门牌号头用不着，
> 马路就是叫垃圾。
> 你要写信来，
> 就写火车隔壁
> 跨过小河

毛坑对面
小毛的家里。
……①

10岁的小毛用自豪的口吻介绍自己破败的家，二者形成尖锐的反差。小毛那神气的家不过是低矮、破败的茅屋，环境极差，但是在小毛眼中却是安全的、幸福的。歌谣体的轻快感，与小毛自叙口吻的自豪感相结合，表现出属于儿童世界的快乐。但是，这种快乐却被现实击破。爸爸早逝，哥哥被洋兵打死，姐姐嫁人到处卖油条，只剩下小毛和妈妈一起捡垃圾过日子。为了活下去，妈妈将小毛送到铁匠铺去做学徒。此时的小毛被抛出家庭，独自面对社会的险恶，开始了自己艰辛、无依的生活。这种学徒劳工的生活被金近描摹得格外细腻、真实：

我进了一爿铁匠店，
一只风箱要我管。
得刮得刮得刮得刮，
拉着吃力费手腕。
拉得慢些想调手。
背上蓬的一拳头。
师父力气大得很，
眼泪只好往肚里流，
妈呀，妈呀，

---

① 金近：《小毛的生活》，华华书店1948年版，第1—2页。

你的小毛天天酸着小鼻头。①

"得刮得刮得刮得刮"的拟声词，既描写了小毛拉风箱的场景，又以不连贯的声音显示出小毛工作的吃力。"蓬的一拳头"急遽、沉重，而"眼泪只好往肚里流"，写出了小毛在拳头之下的委屈和艰难——被打了，连哭都不被允许。最后对妈妈的呼喊，以"你的小毛天天酸着小鼻头"结束，稚气天真中充满辛酸感，让人不禁潸然泪下。在艰辛的工作和师父的暴力下，小毛想给妈妈写信，请妈妈把自己接回去。这一段与苏联儿童小说《凡卡》的故事情节颇为相似。小毛的信没有贴邮票，他的家也没有具体的地址，所以妈妈等不到这封信，小毛也等不来妈妈。缺乏社会经验的儿童小毛在面临社会的狂风巨浪时，终究失败了。诗的最后，小毛哭诉，又充满期待，"如果再要等三年，/妈妈哟，小毛怕要难见面"②。

1947年，金近发表在《人世间》第4期上的儿童叙事诗《小瘪山的歌唱》与《小毛的生活》对照，在一定程度上可以看作他由书写家庭弃儿转向书写社会弃儿。被剥削的学徒小毛，在乱世之中终究没等来妈妈。而《小瘪山的歌唱》开篇，"天亮做了一个梦，看见妈妈走路蹦，她说好久不见我，现在心里多轻松"③，在梦与醒之间看见的妈妈已经不存在了。"走路蹦"暗示着妈妈的死亡，与《小毛的生活》结尾处期待妈妈来接小毛形成异文本的前后叙事。小毛终究变成了流落街头、偷窃抢夺的小瘪山，连名字都失去了。"小瘪山"的音与"小瘪三"相似，是骂人的话，也是对以乞讨或偷窃为生的年轻流浪者的蔑称。《小瘪山的歌唱》以这样的蔑称指代儿童，充满嘲讽意味，

---

① 金近：《小毛的生活》，华华书店1948年版，第8页。
② 金近：《小毛的生活》，华华书店1948年版，第13页。
③ 金近：《小毛的生活》，华华书店1948年版，第48页。

也模糊了小瘪山的个体面貌。小瘪山可能是小毛，也可能是当时千千万万流落街头的儿童。诗歌自叙小瘪山穷困潦倒，在街头与人抢夺垃圾里的食物、与其他流浪儿打架、进警察局等经历。在梦与醒之间，在毫无道德的争夺中，让人读来格外心酸。小瘪山自述的口吻，加以押韵的语词，既生动表现了他玩闹不正经的态度，也娓娓道来他流浪的苦难生活。与《小毛的生活》不同的是，小瘪山意识到自身悲惨的命运，发出了质疑的歌声，直指作威作福的人：

  矮黄瓜饿得泪汪汪，
  我劝他睡熟自然会搞忘，
  要是眼皮闭不上，
  我编个歌给你唱：
  "这个世界太荒唐，
  要我们天天在流浪，
  我们不知道什么叫眠床，
  不知道一间屋子有几扇窗，
  不知道什么才算叫学堂，
  不知道世界上有没有洗澡缸，
  不知道肉的味道有多鲜，
  不知道几时可穿新衣裳。
  呸！我们全知道，
  就是发财作恶的人太荒唐！"
  矮黄瓜睡得呼呼响，
  我也要在水门汀上躺一躺。[1]

---

[1] 金近：《小毛的生活》，华华书店1948年版，第53—54页。

他意识到社会的不公平，在要求正常生活的呼吁中展现了流浪儿童"小瘪三们"的反抗。诗中把"发财作恶的人太荒唐"视作导致其流浪生活的始作俑者，进行控诉。而金近"受到民间歌谣的影响。语言通俗而流畅"①，让这流浪儿的控诉更符合其身份，也更具有感染力，显示出真实的力量。

此外，贺宜的《捡垃圾》、黄绮心的《我被忘掉了》、祝家申的《给流浪儿》、王志成的《苦孩子》等，皆是关于流浪儿童、学徒儿童的"弃儿之歌"，集中控诉了那一时期社会的黑暗和混乱，表现了儿童风雨飘摇的境遇。正如贺宜所言，"这种'三毛'式的苦孩子，在旧中国正是社会的一种特征。刻画这种儿童的生活正是最有力地控诉了旧社会的残酷和罪恶，可以极大地激发起小读者对现实的愤懑和要求改变现实的强烈愿望"②。

其次，儿童诗歌对流浪儿童的塑造多以事记人，在写实倾向中追求具体而微。这一时期表现现实的儿童诗歌，延续了全面抗战时期追求"现实之美"的传统，强调以事记人，以叙事诗的形式刻画流浪儿童形象，揭露、批评和痛斥黑暗的现实。前文讨论过的《小毛的生活》《小瘪山的歌唱》是典型的儿童叙事诗，以儿童的生活遭遇为中心，塑造弃儿形象。贺宜的《捡垃圾》在发表时，直接标注为"儿童节叙事诗"。一方面以叙事的形式表现两个流浪儿的生活，在事件的具体叙述中如见其人；另一方面特意点出"儿童节"，以讽刺的口吻描绘出原本在儿童节应该快乐幸福的儿童却只能捡垃圾度日。试看《捡垃圾》一诗对儿童节事件的表现：

大包和小高，

---

① 张香还:《中国儿童文学史（现代部分）》，浙江少年儿童出版社1988年版，第469页。
② 贺宜:《关于〈童话连丛〉——儿童文学资料随录》，载《贺宜文集 第5卷 理论》，少年儿童出版社1983年版，第700页。

年纪都还小。
战争毁了他们的家,
一同流落在街道。
……

一天天气好,
两人到处跑。
跑到一个学校旁,
听得里面很热闹,
问问童子军,
才知道儿童节到了。
大包和小高,
心花也开了;
走到校门口,
探头又探脑,
谁知道看门的走出来。
连骂小赤佬,
快快滚开去,
要不然,
就给你们颜色瞧!
大包和小高,
气得头发翘,
破口回骂说:
"你这个老废料!

今天儿童节,
我们都变了大好佬。
谁敢欺侮我,
就是个混账王八羔!"

一边骂,一边跑,
跑到一个垃圾箱,
垃圾堆得像山高。
大家动手捡,
捡着破布条,
洋瓶和罐头,
肉骨和皮毛。
沙里淘金子,
垃圾当财宝。
捡这又捡那,
东西倒不少。
捡啊,捡啊,捡,
同伙起吵闹。
他们吵什么?
为了翻出个油布包。
……①

---

① 贺宜诗,文元画:《捡垃圾》,《儿童世界》1948年第5期。

流浪儿大包和小高得知"今天"是儿童节，很想参与热闹的学校生活，却被看门人大骂"小赤佬"。儿童节的故事叙述到此处，生起第一个波澜——儿童节受挫。这个挫折带有强烈的讽刺意味，快乐的"儿童节"不属于流浪儿童，带有了阶级和特权性质。并且，与受欺侮的弱势儿童不同，大包和小高立刻用脏话回击了看门人，既显示出流浪儿童的身份，又表现出流浪儿童只能依靠自己立足于社会。诗歌的叙事在捡垃圾时再掀波澜：大包和小高在学校门口受挫，于是跑去捡垃圾。捡垃圾这一段描写很具体，采用歌谣体的形式，节奏轻快，显示出流浪儿童在儿童节时通过捡垃圾获得的快乐。"沙里淘金子，/垃圾当财宝"，显示出流浪儿童不愿向生活低头，旁观者读来却格外心酸。叙事的节奏并未停在捡垃圾的快乐中，又出现了新的事件——大包和小高为了一个油布包打闹起来。两人为了垃圾桶边的油布包，从朋友变成对手，大打出手。看似写儿童友谊的脆弱，实际上折射的却是流浪儿童物质匮乏的状态。缺乏足够稳定的物资供应，才使得流浪儿童为争夺油布包而你争我夺。

让人万万想不到的是，打斗中油布包散开了，里面竟然是一个死婴。"大家忙缩手，/哇哇怪声叫：/'啊呀，乖乖不得了！/谁把死孩子，/垃圾箱里抛？'"[1]两人都被油布包里的死婴吓到，最终和好了。油布包的死婴将故事推向了意想不到的高潮，也让儿童节这天发生的事构成了对比。儿童节时，学校里的孩子们热闹而开心，而学校外的流浪儿大包和小高却被看门人唾骂，只能捡垃圾获得快乐。大包和小高的遭遇已经很凄惨，但没想到更凄惨的是那个被当作垃圾扔掉的弃婴。他连长大捡垃圾的机会都没有，就被当成垃圾扔掉。在那样的时代，儿童被划分成不同的圈层，从捡垃圾到被当成垃圾，

---

[1] 贺宜诗，文元画：《捡垃圾》，《儿童世界》1948年第5期。

控诉了社会的无情无理。诗中颇有意味的是，大包和小高问童子军，知道了儿童节到了。这里的大包和小高虽然是流浪儿，但是仍得到了童子军的回答。但是，当他们走到学校旁，却被成年的看门人大声唾骂。由此可知，诗人所欲指向的不是批评学校里的孩子，而是借不同孩子在儿童节的遭遇，批评带给他们这种差别和命运的成年人社会。

最后，这类弃儿之歌在充满怨愤的控诉中较为克制，于天真的儿童视角中饱含着凄苦色彩。这一时期关于底层儿童的诗歌多从儿童视角出发，带有儿童缺乏世事经验的遮蔽性。诗中往往既有被抛入动荡社会独自面对风雨的认知，又有对自身未来命运的不自知。这种认知与不自知的矛盾，形成了诗歌的张力，使得控诉较为冷静和天真，但又令人备感酸楚，饱含不自知的凄苦色彩。全面抗战时期，老舍的《她记得》中小女孩断断续续的记忆，叙述了被日本侵略者轰炸的悲惨遭遇。以儿童的回忆编织的美好家园与被毁灭的命运对照，写出了对日本侵略者的痛恨。儿童不连续、随意性的回忆，使得直接的控诉弱于回忆带来的凄楚之情。但这首诗的最后，"那是日本人放的炸弹！"[①]已有明确指向性，又将情绪完全指向对日本侵略者强烈的痛恨与控诉，弱化了儿童回忆带来的凄楚之情。而黄绮心（黄衣青）的《我被忘掉了》与老舍的《她记得》对比，更能感受和理解这一时期关于底层儿童诗歌中蕴藉的天真、凄苦色彩。试看《我被忘掉了》：

  我被忘掉了
  你们瞧——
  我没有家

---

① 老舍：《她记得》，《今日儿童》1939年创刊号。

也没有学校
白天在街头乱跑
夜里在露天睡觉
三天难得一饱
见人伸手就讨
哭——叫——
我没有笑
因为——
我被忘掉了！①

图 4-1 黄绮心《我被忘掉了》排版页面

诗歌从儿童的记忆切入，以一个流浪儿的自叙，呈现其在街头流浪，无家可归、无人可依的凄苦境遇。儿童自叙，使得诗被限制在儿童视野中，只能看到自身的境况。诗中的"我"发现自己没有任何社交关系，也没有可以

---

① 黄绮心：《我被忘掉了》，《大公报》1947 年 6 月 28 日。

去的地方，从而发出了"我被忘掉了"的悲戚呼喊。被忘掉了，所以没有家没有亲人；被忘掉了，所以没有笑。因为没有人会在乎这个被忘掉的孩子的情绪。老舍的《她记得》写儿童所能记住的美好家园和日本侵略者的破坏，以记忆控诉日本侵略者，强化对战争的痛恨之情。而黄绮心的《我被忘掉了》以社会记忆为切入点，从儿童视角写儿童被社会遗弃。因儿童有限的经验限制了对被遗弃命运根源的认知，只能归结为被社会忘掉、抛弃的现实，从而弥漫着凄苦色彩。"我被忘掉了"的呼喊，读来惊心动魄。

苏金伞的《诉》也使用儿童视角，用儿童的天真掩饰住直接的怨愤之情，转化为更为克制的、带有凄苦色彩的哭诉。"诉"作为题目，既是向妈妈哭诉、寻求安慰，又是向社会哭诉不自知的悲惨命运。《诉》通篇没有诉苦，却处处是苦：

> 妈，我一挤眼
> 就看见荠荠菜
> 一棵压一棵的生在眼前，
> 把夜空
> 铺得不剩一条缝。
> 要是地里有这么多，
> 今天晚上
> 就可以吃一顿饱饭了。
>
> 今天我正在地里挖菜，
> 二狗气咻咻的跑过去

一脚踢开菜篮子，
又把我赶出来，
说这地是他的！
地是他的，
难道野菜也是他种的吗？

白蒿苗倒很多，
沟沿河边都是的，
那一定没有主。
可是你说过：
打过雷就不能吃啦，
所以我没有挖。

大路边那棵榆树，
不久就要生出榆钱。
为这棵树，
我跟那个男孩子吵了一架：
他说他先占住了，
谁也不能上去钩榆钱！
那有米没下锅就抢勺子的？
这么强梁干啥呀！

妈，我忘记告诉你一件事：

> 有一条黑狗
> 在野地里爬坑,
> 都说这是老八婆的狗。
> 老八婆已死了三天
> 才被人发觉;
> 这狗是替主人挖墓穴哩。
>
> 大前天,
> 她还跟我一块挖野菜,
> 她的肋巴疼,
> 弯不下腰来;
> 她说她没有一个亲人,
> 说着掉下眼泪。
> 想不到现在已经死啦……①

诗歌以"妈"的称呼开篇,显示出对话的状态。但是,通篇都是儿童的诉说,没有对话的另一方——妈妈的回应。这暗示出"诉"的主人公其实是一个失去妈妈的孤儿。诗的第一段写儿童的想象,如此朴实,夜空中荠菜一层压一层,不漏一丝缝的样子。仰望夜空,想象星月灿烂的浪漫被满压压的荠菜取代,暗示着"我"的饥饿和对食物的渴望。诗中未直接提到饿,但处处是饥饿。与其他小孩挖野菜、钩榆钱的争夺,显示出孤儿们普遍的饥饿状态。面对这些争夺,"我"没有痛骂其他孩子,而是不理解流浪儿童的生存法

---

① 苏金伞:《诉》,《开明少年》1946年第13期。

则。这种不理解既写出了儿童的天真，又在尚存的天真中暗示着"我"对孤儿流浪生活的不适应。若是《捡垃圾》的大包和小高，或者《小瘪山的歌唱》中的小瘪山，流浪已久的他们遭遇这种情况，必然是与之斗争和唾骂。"我"的不熟练和不理解，暗示着"我"才进入这种独自流浪、觅食的状态，还未适应这种流浪、争夺食物的生活。对老八婆的回忆，则将天真未解的凄苦色彩推至高潮。"我"回忆起大前天老八婆和我一起挖野菜的情形，"她说她没有一个亲人，/说着掉下眼泪。/想不到现在已经死啦……"，前两句回忆老八婆的哭诉，最后一句是"我"的反应。"我"的反应不是对老八婆哭诉的怜悯或不解，而是直接跳过了哭诉，回到当下，表现出对老八婆死亡的意外和惊愕。对当时老八婆的哭诉的忽略，也许是诗人故意为之，形成一种克制的情感表达；也许是诗中的"我"根本不理解老八婆哭泣的原因，自然忽略，跳跃到"我"当下的情绪之中。总之，无论何种情况，诗歌的处理都显示出"我"对举目无亲境遇的冷淡回应，进而暗示出老八婆的命运和"我"的命运的重合性。这首诗的凄苦色彩，隐藏在儿童天真不解的诉说中。更为出色的是，这首诗对人物凄苦命运的写照含有儿童不自知的特征，进而处处暗示出悲戚的人物命运。

这一时期的儿童诗歌的控诉姿态与凄苦表达，还体现在《一九四八年儿童文学创作选集》中。中国儿童读物作者协会在编选该集时，一方面要指向光明，不能让儿童失去对未来的信心；另一方面则带着揭露社会黑暗的决心，选入饱含凄苦色彩和悲惨境遇的儿童诗歌，触动儿童读者的心灵，进而更集中强烈地批评、讽刺当下的社会。

二、儿童讽刺诗歌：讥诮与不平之气

解放战争时期，为了反抗国民党的统治，不少诗人将对国民党的政治怨气和愤怒转化为诗歌，创作了许多讽刺诗。这些诗歌多是反迫害、争自由，抓住国民党当局的痛点进行讥讽的，让人印象深刻。袁水拍以"马凡陀"的笔名，采用儿歌、小调等民间传统形式，创作了不少政治讽刺诗，结集为《马凡陀山歌》。臧克家采用自由诗的形式创作讽刺诗，对国民党当局进行严肃讥讽。二人的创作在当时的上海乃至全国都产生了影响。

在此背景下，儿童诗歌中也出现不少讽刺诗，多批评国民党当局的出尔反尔、政治腐败，社会的贫富不均，具有强烈的政治性和现实性。前文曾讨论的《小瘪三的歌唱》中"这个世界太荒唐"，将儿童波折的命运和荒唐的遭遇相结合，讽刺乱糟糟的社会生活。与成人讽刺诗歌相比，儿童讽刺诗歌多以轻快的节奏，表现对国民党当局或不合理社会现象的讥讽，饱含讥诮与不平之气。例如，金近的儿歌《马来了》：

> 嘚嘚嘚，马来了，
> 将军骑马挂腰刀。
> 这个将军脾气大，
> 说话就像放大炮。
> 小兵打胜仗，
> 他往前面跑；
> 小兵打败仗，
> 他往后面逃。

将来叫我做将军,
第一不打自己人,
敌人打来我不退,
我要保护老百姓。①

开篇以拟声词表现将军的威风,与后面胜仗跑前头、败仗后面逃的投机和猥琐行动形成对比,构成了对将军名不副实的讽刺。从儿童的视角歌唱,以"将来叫我做将军"的假设,再次反讽了打自己人、临阵脱逃的"将军"的可耻行径。这首诗采用儿歌的形式,节奏轻快又朗朗上口,便于口头传播。儿童讽刺诗利于传唱的特点,扩大了其社会影响力,使之更贴合当时政治讽刺和革命斗争的需求。因此,不少儿童讽刺诗多会借用传统的民间歌谣形式,使之更易于传唱。例如,不少诗人借用传统颠倒歌的形式,正话反说,颠倒事物的秩序,构成了强烈的讽刺效果。例如贺宜的《奇唱歌,怪唱歌》:

奇唱歌,怪唱歌,
听我来唱奇怪歌:
黄毛的公鸡生了个蛋,
蛋上有座奇怪山。
山上有个王老板,
雇个仆人叫老范,
老范脾气来得大,
拿起鞭子打老板,

---

① 金近:《马来了》,《孩子们》1947 年第 4 期。

老板不敢还一下手，
连叫："老爷开恩饶了我！小的下次可不敢！"
……①

公鸡生蛋、仆人打老板等不合常理之处，显示出对现实的嘲讽，尤其是拿着鞭子打老板，借用颠倒歌的形式表现出对现实中不平等的主仆关系的讥讽。孙秉澄的《希奇歌》则以"希奇"之名，借用颠倒歌的形式来讽刺人间的穷困、贫富差距和欺压弱小等不公正现象。"为什么有人终日受饥寒？/……为什么有人化钱年年没有底？"② 无数的为什么与不合常理的现象放在一起，显示出诗人的愤懑不平之气。

除却借用颠倒歌的形式，儿童讽刺诗歌的艺术手法还包括：倒反，正话反说达到嘲弄的效果；夸张对比，讥诮之意自现；借用童话故事的形式，在滑稽、夸张与想象中达到讽刺的效果。例如，洛芷的《公平的太阳，公平的风》就是一首运用倒反手法的诗：

公平的，公平的冬天的太阳
把温暖公平地送到大地上。

那穿上了皮衣的幺小姐
和她妈妈在前廊上，
一面唱歌一面晒太阳，

---

① 贺宜：《奇唱歌，怪唱歌》，《小朋友》1948 年第 909 期。
② 孙秉澄：《希奇歌》，《小学生》1946 年第 11 期。

——她嘴里还含着块柠檬糖。

但是在寒冷的，寒冷的
像冰窖一样的厨房里，
小丫头搅着冷水淘米，
一条条泪水挂满了脸庞。

公平的，公平的夏天的风
把凉爽公平地送到大地上。
那塞饱了饼干的幺小姐
和她妈妈在高楼上，
一面唱歌一面乘凉，
——她嘴里还含着块香蕉糖。

但是在闷热的，闷热的
像蒸笼一样的厨房里，
小丫头朝着灶门烧火，
汗珠和眼泪沾湿了衣裳。

公平的风，公平的太阳，
人们却不能公平地分享。[①]

[①] 洛芷：《公平的太阳，公平的风》，《开明少年》1945年第5期。

诗中不停地强调太阳和风的公平，但这"公平"却充满反讽的意味。公平的冬天的太阳，照在幺小姐身上是悠闲、幸福的，照在小丫头身上却满是冰冷的泪水。言说"公平"，实则太不公平。诗歌的最后，"公平的风，公平的太阳，/人们却不能公平地分享"，以充满嘲讽、讥诮之意的"公平"呈现出人间的不公平。田地的《傍晚来的客人》，也是以本应受尊重的"客人"来实现倒反效果。"傍晚来的客人/保长老爷哪/不欢迎你/我爷爷不欢迎你/我妈妈不欢迎你/我姐姐，我哥哥/我小弟妹/我们全家都不欢迎你"①，用"客人"称呼来到家中的保长。但是，客人带来的是情谊和礼物，保长带来的却是剥削和噩耗。用"客人"称呼保长，以极礼貌、极客气的词，来刻画这"把我们的棉被/把我们的箱子/把我们的铁镬/把我们的门窗桌椅/都背走了"②的强盗一样的保长，具有更大的反差和讽刺效果。

对比和夸张也是儿童讽刺诗常用的表现手法，通过极端的效果以实现讽刺的目的。这一时期的儿童诗多从贫与富的两个极端来对比表现社会的贫富不均。例如，廖永年（陈伯吹）的《下雪了》：

> 下雪了！
> 一个富人靠在高楼的窗旁，
> 望着一片一片飘着的雪花，
> 笑开了口，快活地说：
> "多有意思，多有风情。
> 今夜我要喝酒赏雪景！"

---

① 田地:《傍晚来的客人——弟弟的诗》,《诗创作》1947年第1期。
② 田地:《傍晚来的客人——弟弟的诗》,《诗创作》1947年第1期。

下雪了，
一个穷人靠在富人的墙上，
望这一片一片飘着的雪花
愁眉苦脸，叹口气说：
"这般饥饿，这般寒冷，
今夜我怎么活得了命？"①

　　下雪天的富人和下雪天的穷人形成对比，前者喝酒赏雪景，认为下雪颇有风情。后者极寒难耐，不知今夜如何度过。前者的风情与后者生命遭到威胁构成对比，在两个极端之间表现出对社会贫富不均现象的愤愤不平，颇有"朱门酒肉臭，路有冻死骨"（杜甫《自京赴奉先县咏怀五百字》）的震撼感。他的《摩天楼》，极力写官员、富商往来的摩天楼的繁华。诗的结尾"摩天楼里笑得愈响，/ 可怜呐，野外露天的哭声也愈加响亮"②，将摩天楼的笑声与平民百姓的哭声相对比。前面的摩天楼有多繁华，后面的大众生活就有多凄惨。对比之中，讽刺了摩天楼这一空间所承载的官员、富商等统治阶级的奢侈无度。除此之外，夸张是另一种极端效果呈现的手法，也能达到讽刺之意。对儿童诗而言，夸张还能使讽刺充满幽默感，令人在喜剧效果中感受到诗人的讽刺之意。圣野的《礼貌国》正是将人物的行为夸大，构成了讽刺的效果：

---

① 廖永年：《下雪了》，《小朋友》1948 年第 878 期。
② 伯吹：《摩天楼》，《儿童故事》1947 年第 3 期。

讲礼貌

这个世界上

原就有个礼貌国

他们有一个规矩

就是必须向

似乎头上有个光圈的

戴大礼帽的人叩头

有一个天才的

礼貌家

他首先发明

把礼貌戴在脚上

于是大家去见他

如叩见上帝

纷纷把他们的头

叩倒在他的脚下

因为这个缘故

礼貌国便有不少荣幸的人

叩平了他们的额角 ①

---

① 圣野:《礼貌国》,《小草丛刊》1948 年第 2 期。

将礼貌国中人"讲礼貌"的行为夸大到极致,连把礼貌戴在脚上都要跪在脚边叩头。最终,叩平额头的夸张说法讽刺了官员阿谀媚上的行径。冠之以"礼貌"和"荣幸"等词,则在夸张中运用了倒反的修辞,讽刺效果极佳。

叶超(包蕾)的长篇童话诗《富翁与厨子》,通过童话故事对当时欺压平民的富人进行讽刺。这个过于自私的富翁任意妄为、剥削底层人民,最终饿死的结局,讽刺了其自食恶果的行为。诗篇先对富翁进行夸张的描写,生动地体现了他的自私和胆小:

> 从前有个富翁真体面,
> 胖胖的身体圆圆的脸,
> 红红的鼻子斗鸡眼,
> 吃饱了饭没事干,
> 坐在沙发上打呵欠。
> 可是人人对他陪笑脸,
> 因为他在世界上最有钱!
> 可是他呀,觉得人人都讨厌,
> 他怕人家想他的钱,
> 时时觉得危险!危险!
> 使他晚上也不能安眠。[①]

富翁有着胖身体、圆脸盘、红鼻子和斗鸡眼的样貌,并不是美丽、健康的长相。诗人却故意说"体面",以一个称赞的褒义词来形容他。开篇便是倒

---

① 叶超:《富翁与厨子》,《儿童故事》1948 年第 3 期。

反的手法，构成了微讽的效果。富翁担心别人要他的钱，"时时觉得危险"的惶恐不安心理的夸张，又进一步表现出富翁为财富所累。自私的富翁许愿全世界只剩他和一个为他做饭的厨子。当愿望实现后，他又有了新的烦恼：

> 这样过了一年又一年，
> 他益发肥得胜过以前，
> 肚子大得像条船，
> 走起路来真不便。
> 可是，有一件事更使他讨厌，
> 什么人都死了，他没法消遣。
> 除了打呵欠，
> 就是向厨子发脾气，板着脸，
> 发脾气也成了一种消遣。①

发脾气也变成一种消遣。不合常理的现象显示出富翁的世界里颠倒、怪异的秩序。这种反常规性更鲜明地指出了富翁的骄奢淫逸。有一天厨子犯了小错，被富翁关起来。直到睡了几天几夜之后，富翁才想起厨子，而厨子早已饿死。富翁迎来了自己种下的恶果：

> 我们的大富翁，
> 不会打猎，种田，
> 不会生火，起烟，

---

① 叶超：《富翁与厨子》，《儿童故事》1948年第3期。

不会烧饭，煮菜，
不懂酱醋，油盐，
连走路也不方便，
他就，活活地
饿死在眼前。
他死后，
没有人哭，也没有人可怜，
也没有人再把这件事
去问老天！①

自食其果的结局与他对普通人的剥削和残忍相对照，大快人心。叶超通过童话诗的形式，含蓄地讽刺了这一时期国统区上层人物的自私自利、骄奢淫逸，对其做出自作自受的命运预言。

综上，儿童讽刺诗中的不平之气与讥诮之意，是伴随着对现实政治和贫富不均社会现象的不满而出现的。因此，借儿童之眼来看和以儿童之口来述说，最终都指向强烈的政治批评。政治倾向与嘲讽意旨是这一时期儿童讽刺诗的鲜明艺术特色，与新中国成立后儿童讽刺诗歌的生活化、道德化倾向截然不同。

---

① 叶超：《富翁与厨子》，《儿童故事》1948年第3期。

第三节 转折时期童心审美的延续与新变

追求童心之美，表现童心的天真、活泼、奇妙等特质，一直是儿童诗歌的精神追求。在这新与旧的过渡时期，依然延续着对童心审美的追求。圣野认为：

> 文学作品除了对孩子进行思想品德教育和知识教育以外，还有个美学教育的任务。让孩子看一些怡情养性的作品，从作品所展现的诗情画意中，得到一份很好的艺术享受。这种美感教育，对于培养和陶冶儿童优美的情操和崇高的品质，无疑是有好处的。[①]

所谓的"美学教育的任务"反映到儿童诗歌上，强调儿童诗歌表现纯粹的儿童世界的美，引导儿童在美的世界受到濡染、获得成长。这种对美的希冀，正是对童心所蕴含的天真、自然和活泼等艺术特质的追求。由于此时期现实的变化，政治与社会生活紧密联结，儿童诗歌的童心追求出现了新的变化。全面抗战时期，无邪童心与时代生活碰撞所表现的希望之光，在这一时期得以延续。一方面转化为美的追求和对自然的自由幻想，例如圣野与郭风的诗歌"亦追求一种'无意思之意思'的诗歌情趣"[②]；另一方面则以象征、隐喻的方式指向光明的未来，具有了强烈的战斗属性和未来指向性。这体现在童话诗中的想象内容。郭风、圣野、田地、金近、严冰儿、黄衣青、贺宜等

---

① 圣野：《追求与探索》，载叶圣陶等《我和儿童文学》，少年儿童出版社 1980 年版，第 287—288 页。
② 杜传坤：《论中国近现代儿童诗歌艺术的变迁》，《山东社会科学》2014 年第 3 期。

以想象表现童心，追求光明。圣野认为，"诗应该是战斗的，诗匕首，诗投枪，它热诚地歌颂一切光明美好的事物，反对一切邪恶与黑暗"①。这一时期的儿童诗歌创作中有关想象的书写，正是在实践"战斗的诗"的观点。

同时，全面抗战时期以鸥外鸥、胡明树为代表的儿童诗人，书写生活中儿童的天真、活泼，也在这一时期得以延续。圣野、田地、严冰儿等年轻的儿童诗人登场，"诗作短小清新，注重儿童情趣，并深深关注着旋转的现实社会，显示出诗人接受社会实界和自然实界投射的敏感性、多样性与丰富性"②。鸥外鸥、陈伯吹等诗人继续创作。表现活泼的童心与情趣，书写家庭中儿童的游戏、劳动和亲情，展现乡村儿童富有生命力的童心世界。

一、童话诗中两种想象的审美

解放战争时期，童话诗的创作较为繁荣。一方面，承继了前一时期童话诗创作的传统，也深受儿童读者的喜爱；另一方面，则与当时的政治形势紧密相关。国民党当局对文化出版物的审查十分严苛。一些进步的言论、文艺作品很难正面突破当局的文化封锁。而在作家们看来，童话的幻想色彩与象征隐喻特征，能够意有所指。20世纪30年代，鲁迅以《一个童话》为名讽刺1932年国民党当局抓捕木刻协会的学生，又以《有一个童话》叙述拘留所审问木刻协会会员的事件。他将这两篇作品命名为"童话"，一方面是为了躲避审查，另一方面加强了暗讽效果。"我抱歉得很，写到这里，似乎有些不像童话了。但如果不称它为童话，我将称它什么呢？特别的只在我说得出这事

---

① 圣野：《追求与探索》，载叶圣陶等《我和儿童文学》，少年儿童出版社1980年版，第284页。
② 王泉根：《现代中国儿童文学主潮（第2版）》，重庆出版社2018年版，第127页。

得年代，是一九三二年。"① 同一时期，郭沫若将《一只手》视为童话，也是借故事指向现实，指明光明的、无产阶级奋斗的道路；巴金的《长生塔》以皇帝造塔妄图长生的童话故事，隐喻暴政的毁灭，指向现实中国民党的镇压。十几年后，在解放战争时期，对童话的象征和隐喻特征的认识和实践，形成了这一时期童话故事和童话诗繁荣的局面。鲁兵与贺宜的回忆，分别呈现了当时童话盛行的原因：

> 在那方生未死之际，童话可以说是"奴隶的语言"。国民党政府控制新闻出版甚严，可是对于满纸小猫、小狗、狮子、老虎，却不大在意。那时童话之兴旺，正是由于在无声的半个中国，还可以运用这种语言发出一点微笑然而强烈的声息。②（鲁兵，1980）

> 披上了童话的外衣，读者们可以会心地看出那些隐喻所指的到底是什么，而敌人尽管很狡猾和蛮横，但是到底较难抓住"小辫子"，坐实它的罪状。所以童话的形式，在当时蒋管区的儿童文学创作中特别盛行，除了小读者们自己比较喜欢这一艺术形式外，是另有它政治的和历史的原因的。③（贺宜，1983）

借助童话的想象，能够自由地创作；借助童话的隐喻、象征之意，能够

---

① 《鲁迅全集　第六卷》，人民文学出版社 2005 年版，第 525 页。
② 鲁兵：《喜见儿童笑脸开》，载叶圣陶等《我和儿童文学》，少年儿童出版社 1980 年版，第 271 页。
③ 贺宜：《关于〈童话连丛〉——儿童文学资料随录》，载《贺宜文集　第 5 卷　理论》，少年儿童出版社 1983 年版，第 697—698 页。

摆脱国民党当局的审查，表现革命的、进步的和光明的召唤。这正是童话在这一时期盛行的原因。童话的盛行，使得童话诗的创作同样繁荣。

童话诗以想象为基本特征，使创作更为自由，也符合儿童天马行空的思维特征。前一时期，以郭风为代表的童话诗创作表现出强烈的自由想象与物趣之美，营造了美丽欢乐的幻想世界，彰显了晶莹透彻的童心。这一时期，这种追求自然美与童心美结合的幻想世界是童话诗想象的一种取向。这种想象的审美取向，将诗歌的核心精神呈现为自由美丽的幻想世界，向自然、向儿童的内心探索奇妙的和新鲜的天地。郭风的《虹的奠基礼》(组诗，包括《痴想》《豆荚的小床》《窗口》《虹的奠基礼》)、《教科书上的图画：船》、《皮球的故事》、《小泥人的拜访》，圣野的《欢迎小雨点》《蜜蜂》《问好的信》《小妹妹醒了》，田地的《老鼠嫁女儿》，黄衣青的《秋夜音乐会》，金近的《春姑娘和冬婆婆》《鸡冠花和公鸡》等，表现出晶莹剔透、自由美好的幻想世界。其中，郭风和圣野的创作尤佳。郭风的组诗《虹的奠基礼》是继童话诗集《木偶戏》之后非常出色的作品，保持着他一贯的奇异想象和对自然的好奇。例如《痴想》一诗以自叙的方式展开精微、巧妙的想象：

> 我想，
> 有一天，我要变成一朵野花；
>
> 一朵白的野花，
> 坐在两片鲜新的草叶上。
>
> 我要侧着头坐在那里，

好像幼稚园的小朋友坐在
她的椅子上，

我要坐在那椅子上，
唱一首童谣，
还要看一本图画故事；

等了一下，
我的朋友蜜蜂来了，

那时候，我就在我的花瓣上放一些蜜，
请我的朋友喝蜜！①

诗人将自己想象成一朵野花，一点点丰富野花的样子和环境，让他像小朋友一样坐着唱歌、看图画书。一切想象的行为都充满了诗意。郭风用细节展现了"我"作为一朵野花自由、富足的生活。当朋友来拜访的时候，请他喝蜜，温馨、美好。这首诗对想象世界的营造，映衬着天真的童心，延续了抗日战争时期郭风童话诗创作的风格。他善于从极其细微之处着手，运用其出色的想象力，编织一片宁静、自由的童话世界。《豆荚的小床》则显示了郭风童话诗的一些新变化：

有一天晚上，

---

① 郭风：《痴想》，《少年读物》1947 年第 2 期。

我梦见睡在豆荚的小床上：

这豆荚的小床，多么美丽呵
绿色的水晶一般的；

后来，我的妈妈提了一桶水来了，
她是来豆畦里浇水的；

她不知道我睡在这奇异的小床里，
——我把眼睛闭起来，装作看不见她；

于是，她把水泼在豆畦里，
过了一会，她便走了。

那是多么的快乐呵
那地下的根，马上把水送到我的口里……

比一杯蜜还要甜蜜，
那是奶汁一般的……

于是，我便醒过来了，
——我还是睡在自己的床上，在妈妈的身边。[1]

---

[1] 郭风：《豆荚的小床》，《少年读物》1947年第2期。

这首诗仍然表现了幻想世界中的自由、快乐和晶莹的童心。不同的是，明显增强了叙事性，故事更为吸引人。郭风曾坦言自己的诗作叙事较弱。但是，这首诗中的"我"梦见睡在豆荚小床上，不再只是展示豆荚小床奇异的环境，而是引入了妈妈浇水和我装作看不见的情节。两个情节的交互，显示出儿童游戏的快乐，又增强了这首童话诗叙事的趣味性。诗人进一步细想，让躺在豆荚床上的"我"通过根吸水。这是多么美妙、奇异又让人意想不到的想象，充满着冒险的快乐。当"我"醒过来，豆荚小床消失了，"我"躺在妈妈的身边，亲密又安全。

圣野最初写作儿童诗受到郭风的影响，也有许多表现动植物的奇异想象的作品。他常通过对美丽的环境的描摹，呈现出自然、活泼和充满生命力的童话世界。例如，《蜜蜂》一诗与郭风童话诗中的宁静美好风格类似：

  我们
  一群向春天出发的
  美丽的
  采访员

  我们介绍
  花朵与花朵
  结婚
  把花朵的
  一份心底的感谢

带回来①

　　向着春天出发，满含幸福的希望。"我们"这群蜜蜂介绍"花朵与花朵／结婚"，一起期待创造新的生命。这让人不得不想到郭风的《油菜花的童话》，蜜蜂向豌豆花求婚的场景。但是，圣野对想象世界的创造很快找到了自己的道路。他以动态的场景和整齐的结构，呈现活泼的幻想世界。他往往将这来自自然的活泼融入儿童的生活中，以想象编织出现实生活的诗意。例如，圣野最负盛名的《小雨点》：

　　来一点，
　　不要太多。

　　来一点，
　　不要太少。

　　来一点，
　　泥土裂开了嘴巴等。

　　来一点，
　　小菌们撑着小伞等。

　　来一点，

---

① 圣野：《蜜蜂（外二章）》，《沧风纯文艺月刊》1947年第2期。

小荷叶站出水面来等。

小水塘笑了!
一点一个笑窝。

小野草笑了,
一点一个鞠躬。

小鸟在树上叫,
小妹妹在门口跳。

一点一句歌,
一句赞美的诗。①

　　这首诗最初刊登在1948年第903期的《小朋友》上。以简短、明快的节奏,清新、动人的语言,表现了雨天里自然万物分外欢愉的场景,契合儿童自由想象的童趣世界。短小的形式和重复的结构,带来的轻松、活泼与郭风童话诗的静谧、奇异迥然不同。"小鸟在树上叫,／小妹妹在门口跳",想象与现实融合,使整首诗更为朴实、亲切,充满生活的诗意。他的想象不追求奇异感,而专注于用新鲜的词语创造活泼、别具一格的世界。又如《小妹妹醒了》:

---

① 圣野:《欢迎小雨点》,《小朋友》1948年第903期。

太阳最先醒来，

太阳叫醒云，

云叫醒风，

风叫醒树木，

树木叫醒鸟，

鸟叫起了妈妈。

妈妈起来做豆腐，

小磨唱的歌，

唱醒了小妹妹。

小妹妹跳下床，

打开了窗子，

欢迎早起的太阳。[1]

全篇并未创造神奇的想象世界，却用"叫醒"一词描摹出一个亲切、美丽又充满希望的早晨。从太阳到云，再到风，直到小磨的歌"唱醒了小妹妹"，采用顶真修辞，环环相扣，表现出一种秩序的美感。拟人手法的使用，让"叫醒"充满人情味，创造了一个快活、亲切的童话世界。《问好的信》与之类似，表现的不再是奇异的、精微的小世界，而是小妹妹与自然万物交流、沟通的美好生活世界。"小妹妹一早起来/打开朝东的窗门/就读到彩云姐姐写来的/用阳光的彩笔写的/第一封问好的信"[2]，创造出毫无阻隔的人与自然往来的情境。收到信的小妹妹走出家门，又收到第二封来自小草哥哥的信、

---

[1] 圣野：《小妹妹醒了》，《儿童知识》1948年第23期。

[2] 圣野：《圣野诗选》，少年儿童出版社1992年版，第264页。

第三封来自洗衣娘姨的信和第四封林子先生的信。每一封信都是小妹妹与自然为友，自由、活泼的童心显现。一天的生活结束，收到自然寄来的信，"喜悦而感谢地/小妹妹把一天收到的信/装进一只梦的花篮里/继续着她的/甜美的旅行"①。这一时期，圣野创作了许多充满童心童趣、富有想象与生活诗意的童话诗，多收录在儿童诗集《小灯笼》中。

而在现实需求和革命倡导下，童话诗的另一种想象，往往创造一个充满象征的世界，以隐喻现实，指向光明的未来。这实践了中国儿童读者作者联谊会的儿童文学创作主旨，"目前的儿童文学必须具有能使孩子们直面现实与丑恶的现实作斗争的勇气和决心，预示黑暗即将过去，光明就要到来"②。因此，这一类童话诗的想象以隐喻现实为基础，意有所指，强调其战斗性与革命性。严冰儿（鲁兵）的《诗的王国》《我是一只海船》、叶超（包蕾）的《富翁与厨子》、郭风的《月亮的船》《花瓣的船》、贺宜的《勇敢的小小潘》、金近的《星》《哑巴国奇遇记》《鹅妈妈打小狗》、吕漠野的《三只老鼠》、圣野的《下种以前》等，都在想象中意有所指，通过童话故事的想象，实现歌颂光明、批判黑暗的目的。严冰儿（鲁兵）的《诗的王国》就是对光明未来的美好想象：

我来讲个故事
从前——
也许就是现在
有这么个地方

---

① 圣野：《圣野诗选》，少年儿童出版社1992年版，第265页。
② 王泉根：《现代中国儿童文学上潮（第2版）》，重庆出版社2018年版，第124页。

天永远是蓝的
像蓝宝石那样蓝
太阳都用金液
染得每块黑泥都发亮

蜜蜂忙着酿蜜
蚯蚓忙着耕田
小小的蚂蚁
也担任了运输队长

谁工作,谁就快乐
他们吃着自己的粮食
花为他们开了
小鸟为他们歌唱
野狗爱捣蛋
他被处罚了
水蛇不能再吃青蛙
狼也不用再欺侮山羊

猪猡老爱睡觉
就要活活饿死
小偷刺猬成了劳动英雄

斑鸠自己动手造住房

我的故事讲完了
这是什么地方
你知道吗
你先来想一想

这是诗的王国
每个人都工作
每个人都快乐
每个人都是国王 ①

在诗的王国里，工作能够获得快乐，勤劳勇敢带来幸福。蜜蜂、蚯蚓和蚂蚁作为劳动的代表，在勤恳工作中创造了自己动手丰衣足食的美好世界。捣蛋的野狗被惩罚，水蛇不敢吃青蛙，恃强凌弱和不公平的社会现象都消失了。这首诗呈现的是一个秩序井然、富足自由、公正公平的世界。"每个人都工作／每个人都快乐／每个人都是国王"的蓝图，让人无限畅想。与当时的现实对照来读，隐喻了一个与当下截然不同的世界，象征着光明的到来。严冰儿的散文诗《我是一条船》被其视为"言志之作"，用以"呼唤黎明"②：

　　早上有雾，很浓很厚的雾。

---

① 贺宜主编：《星期日的童话》，华华书店1948年版，第1页。
② 上海教育出版社、上海社会科学院文学研究所编：《中国作家自述》，上海教育出版社1998年版，第512页。

我在田野里走着，就像在航海。我是一条船了，叫什么名字呢？——就叫做"冰儿号"好了，我又是眉毛很黑的船长，又是胳膊很粗的水手；有几千个，几十千个小旅客在我的心里，胸膛里。

小心，小心！前面有礁岩了。

小心，小心！飓风带着大浪扑来了。

阔大的海，叫人迷路的海，危险的可怕的海，很坏很坏的海！——但是，我要完成这段航程的。

看，大陆的影子在前面了，我握着手，做成一个望远镜凑在眼睛上——是的，是的，大陆的影子近了，近了呵！

呜呜——呜——，我鼓圆了嘴巴叫着，把自己泊在阳光的岸边。这里树木啦，麦田啦，远些的山啦，都非常的明亮！[1]

在这首散文诗中，严冰儿运用比喻和隐喻手法，描绘海船乘风破浪，最终迎来希望和美好的愿景。诗的开篇将自己比喻成一艘海船，使得整个环境变得奇异。而田野中的雾，既营造了海一样的环境，又隐喻着遮住光与视线的阻碍物。接着，这艘海船遇到了风浪和坎坷，令人不禁联想起眼前的困难和现实的动荡。尽管路途凶险困难多多，但"我"这艘海船终将到达光明而美好的彼岸。"阳光的岸边"是多么的幸福和温暖，那些"非常的明亮"的景色让人心情畅适，象征着光明的未来。正如严冰儿回忆指出，这篇散文诗所蕴藏的是作者对光明的渴望和呼唤。而在当时年轻的严冰儿看来，儿童就是光明的所在，是希望之光。他曾回忆，"抗战后期，流落异乡，浑浑噩噩，茫

---

[1] 严冰儿：《我是一条船》，《小朋友》1949年第932期。 这一版是刊登在《小朋友》上，名为《我是一条船》，与后来修改的版本《我是一只海船》稍有区别。

然不知所向。一次，一个学步的女孩向我走来，我猛然感悟：人间有美好，有活力，有希望"①。这首散文诗正是将儿童视作希望之光，以诗歌艺术实践个人理想，用想象的方式去呈现光明的未来。

《我是一条船》中"船"的意象，在当时的儿童诗歌创作中也较为普遍，总与光明和希望联系在一起。例如，郭风的童话诗《月亮的船》《花瓣的船》，将船想象为勇往直前、开疆拓土的勇者，驶向光明的未来。《月亮的船》是一首抒情性极强的童话长诗，描绘了美丽、平等的月亮船不断前行，带来了光明闪烁、奇异无比的新世界，最终打倒了黑暗的月食。月亮船和月亮船上的乘客们都获得了幸福。诗歌以雀跃之心写光明的降临，"——全世界，统统都是亮晶晶的，/好像要向我报告一个什么秘密的、快乐的消息"②。"亮晶晶"所代表的光明、澄澈的世界，与黑暗、月食形成鲜明对比，显示了月亮船前进的方向。诗的最后，战胜了月食，"我们"高声欢呼：

　　——我们的力量是最伟大的！
　　我们人民结合起来的力量是最伟大的！
　　他们丧胆了！
　　他们自引灭亡了！③

这把光明与黑暗的斗争推向高潮，饱含鲜明的象征意义。而美丽、光辉的月亮船，月亮船上的小女孩和小白兔，则是指引我们走向光明的坐标。这

---

① 上海教育出版社、上海社会科学院文学研究所编:《中国作家自述》，上海教育出版社1998年版，第512页。
② 郭风:《月亮的船》，《文艺复兴》1947年第6期。
③ 郭风:《月亮的船》，《文艺复兴》1947年第6期。

与《我是一条船》中的海船意象类似。郭风的另一首童话诗《花瓣的船》，将落入溪流的花瓣想象成花瓣船，使之富于美感和想象力。这些花瓣船一路向前，不畏艰险，驶向北冰洋探险。从树上落下来，在水里变成船，一直到北冰洋，空间的迁移形成了这首童话诗开阔、奇妙的想象世界。诗中时时注意营造快乐、勇敢的情绪氛围，"于是，这位小妖精，／开足了马力，很快乐地向前面开驶"。写出了小妖精的快活和勇敢；"呵，一条勇敢的船呵，／她开驶驶得多么快！"① 表现了对花瓣船的无限赞美。而对花瓣船和驾驶船的小妖精的歌颂，就是对儿童和光明未来的赞美。

将某一象征光明、希望和美好的意象引入诗歌中，创造抗击黑暗、指向光明的想象世界，是这一时期童话诗突出象征、隐喻特征的艺术表现形式之一。而叶超（包蕾）的《富翁与厨子》、吕漠野的《三只老鼠》、贺宜的《勇敢的小小潘》、金近的《哑巴国奇遇记》《鹅妈妈打小狗》等童话诗，直接呈现一个无礼、无秩序的童话世界，用反抗打破荒诞世界的权威，或以恶者自食其果的悲惨结局进行批判。例如，金近的《哑巴国奇遇记》叙述去外婆家的路上闯入哑巴国，发现哑巴国的人们都不讲话，呈现了奇异的哑巴国后，笔锋一转，碰见哑巴国国王，意有所指：

> 这个国王多有趣！
> 走路只会卜卜跳，
> 问我的话装手势，
> 装到后来有点发火冒，
> 赶忙跑到楼上去，

---

① 郭风：《花瓣的船》，《小朋友》1949 年第 968 期。

拿本旧书给我瞧。
书里的字都认识，
开头就是这样说：
"这里就是哑巴国，
百姓过着好生活，
他们有话不用讲，
安安静静享着福。
谁要开口叽里呱，
给他吃包哑巴药，
哑巴有苦说不出，
不说痛苦自然算快乐。
你到哑巴国里来，
就得吃药做哑巴，
要是不肯吃，
不管你生八只脚，
也不让你逃得快。
……"①

  将人民不能说话视作"过着好生活""安安静静享着福"，在反讽中隐喻国民党统治的现实社会对言论和文化的禁锢。而诗中令人感到毛骨悚然的是，哑巴国的百姓并不是天生不会说话，而是"谁要开口叽里呱，/给他吃包哑巴药"，被强制毒成哑巴。不会说话，自然不会表达痛苦，在哑巴国的统治者

---

① 高幼诚·《哑巴国奇遇记》，载陈鹤琴主编《哑巴国奇遇》，华华书店1948年版，第19页。

看来，这就是快乐。颠倒是非、暴力毒哑人民的国度，从开始"我"感受到的有趣和奇异变得令人感到恐惧。所以，"我"必须逃跑，去寻找外婆的家。"我"在哑巴国的经历和"我"的逃跑，无不映射着当时无序、动荡、剥削的现实社会。而金近的童话诗多是此种想象，"以童话诗夸张、想象以及故事性等特点，为小读者刻画出反动者的形形式式的脸谱"[①]。当时，贺宜主编的《童话连丛》收录了较多的这类童话诗，用想象隐喻现实世界，象征光明，鼓舞读者奋起反抗。

二、回归儿童生活的童心探索

抗日战争胜利后，儿童诗歌的一大变化是回归书写儿童的家庭生活。虽然这一时期以流浪儿童为代表的底层儿童形象及其对现实社会的控诉是儿童诗歌的主潮，但是对家庭生活中的儿童和儿童个体经验的表现也十分突出。追求童心之美，实现美的教育，书写家庭生活中的儿童和乡村里劳动的儿童，成为这一时期儿童诗歌回归儿童生活、进行童心探索的具体表现。

在全面抗战时期乃至更早创作儿童诗歌的作家们，例如陈伯吹、沈百英、阴景曙、鸥外鸥、金近，创作了不少清新可人、贴近儿童生活的诗歌，表现出家庭内外的童真童趣。陈伯吹（当时署名夏雷）的《樱桃熟了》、沈百英的《两张画》《小河》、阴景曙的《窗上的冰花》、鸥外鸥的《大衣后面的门》、金近的《看一张照片》《小纸船》等，多是在儿童视角中探寻物趣之美，表现生活的愉悦。例如，沈百英的《两张画》以小朋友的口吻，讲述画画的故事：

---

① 张香还：《中国儿童文学史（现代部分）》，浙江少年儿童出版社1988年版，第471页。

我画一张画：
　　许多金鱼嬉水花。
一阵风起，
　　飘飘落地下。
小猫跑来，
　　忙把两脚抓；
画纸抓破，
　　小猫逃往邻家。
我再画张画：
　　狮子张口露出牙。
装个镜框，
　　向着墙上挂。
小猫跑来，
　　吓得心里怕；
赶快逃走，
　　从此不敢回家。[1]

整首诗生动有趣、活泼可爱。画画本是儿童生活中极为常见之事，沈百英却在这个过程中捕捉到儿童那带着天真的宽容。"我"的画作是如此精妙，画的金鱼惹来小猫抓，画的狮子吓得小猫跑。诗人巧借小猫的胡闹，夸赞了小朋友，又引出了变故，波折顿生、趣味盎然。小猫带来的变故并未让"我"心生恼意，反而"再画张画"，逗弄小猫，颇有游戏的情趣。这首儿童诗注

---

[1] 沈百英：《两张画》，《新儿童世界》1949年第24期。

重押韵和句式结构的整齐，带有儿歌形式特征，较为欢快，更加凸显儿童的天真活泼。同样是写家庭中的儿童，鸥外鸥的《大衣后面的门》则另有一番情趣：

> 我们知道：
> 男子们穿的裤前面
> 有一扇裤门
> 是小便用的门
>
> 爸爸穿的大衣后面
> 也有一扇门
> 有一枚纽扣的
> 裤的前门是小便用的了
> 然则这大衣后面的门
> 又做什么用呢？
>
> 我们研究着
> 这大衣后面的门的用处
> 弟弟说：
> "这大衣后面的门，
> 放屁用的罢；
> 一定是放屁用的门了！"[①]

---

① 鸥外鸥：《大衣后面的门》，《新儿童》1946年第5期。

鸥外鸥十分注重儿童面对生活时提出的问题和思考，常常通过儿童对成人社会的观察，显示出童心的敏锐、真挚和跳脱。"我们"这群孩子观察到爸爸的大衣后面"有一扇门"，进而转向"我们"对爸爸的关注和对成人生活的好奇。诗歌巧妙地以男子小便的裤门作为儿童已知的生活经验，展示了儿童生活经验的丰富性。在鸥外鸥看来，儿童并非一无所知，他们是在生活中、在与成人的对话中不断汲取经验，获得成长。最后，弟弟认为，大衣后面的门"一定是放屁用的门"，既与先验知识有关联，又与儿童跳脱的思维紧密相连，令人在合情合理的推测中忍俊不禁。诗歌用具体的形象和感觉，写出了儿童的生活经验，富有生活情趣。

这一时期，圣野、田地、严冰儿等年轻的儿童诗人崭露头角，不仅用童话诗歌颂光明、批评黑暗，更善于在儿童生活中捕捉孩子的真情与童心的质朴，呈现出"儿童情趣"与"敏感性、多样性与丰富性"[1]并存的艺术特征。这也与年轻诗人们深受叶圣陶童话《稻草人》与郭风的童话诗的影响相关。田地曾坦言，"叶老教我认识严峻的现实，郭风先生教我编织美丽的憧憬"[2]。在动荡无序的现实中，以儿童的稚嫩目光书写乡村伤痛的田地，仍然葆有一颗充满希望、柔软的心，书写着儿童生活中的天真、稚趣。他的诗作《自由画》以儿童自叙的形式，在画画时表白心声。"画爸爸的胡须和眼镜／画妈妈弯着腰拾水／画弟弟在笑／画电灯和黄包车"[3]，思绪漫游，却以画表现儿童温馨的生活。《自由画》用跳跃性的画作内容，捕捉到儿童任意性的思维特点，还带有儿童视角特有的趣味。例如，"我"画着画着，就想"画林永清的

---

[1] 王泉根：《现代中国儿童文学主潮（第2版）》，重庆出版社2018年版，第127页。

[2] 田地：《稻草人、木偶戏和小猫咪》，载叶圣陶等《我和儿童文学》，少年儿童出版社1980年版，第299页。

[3] 田地：《自由画》，《小草丛刊》1948年第2期。

癞痢头/（啊……脏死了，而且，他要生气的）/画自己的手吧/画那一样好呢，嗯/老师说，要画有意思的/好/就画一只手吧/手会穿衣服/手会烧饭/手会开汽车，嘟……/手还会画自由画"[1]。从爸爸的胡须和眼镜想到好朋友的癞痢头，跨越度大、具有任意性。在"我"看来，癞痢头才有意思，但是朋友要生气，于是作罢。儿童的稚气中带有宽容和善良。最后，"我"决定画一只手，因为"手还会画自由画"，又扣上了"自由画"的内容。田地对儿童了解得如此透彻，满是对善良、宽容和天真的童心的赞赏。正如臧克家评价田地第一本诗集《告别》所说，"他的诗，像小孩子口里的话，没有虚假和'做饰'"[2]。严冰儿的《讲故事》表现小女孩们渴望听故事，并无多余的道德说教，颇有意趣。

表现儿童生活、探索儿童经验最为出色的是圣野。1942年，圣野在上饶的《前线日报》上发表了第一首诗，走上了诗歌创作的道路。1947—1948年，他相继出版了诗集《啄木鸟》《小灯笼》《列车》，尤其是《小灯笼》中收录的儿童诗歌，显示出他紧贴儿童生活，表现纯粹童心的天真稚气和家庭生活中的美好。他在这一时期的儿童诗歌创作，探寻出一条追寻童心的真挚和美好、表现温馨的生活氛围的道路。圣野在《中国儿童时报》负责《自己的岗位》专栏时，曾鼓励小读者开展"写诗比赛"，认为这些孩子们的诗是真正富有儿童的感情，毫不作假。例如两脚瘫痪的祝家申、在孤儿院长大的钱乃钧，都在圣野的鼓励和扶持下创作出不少儿童诗歌。这种对儿童的重视和对童心之真的追求，让他能够在日常生活中发现儿童与生活相得益彰之美。他的组诗《给咪咪》，描写他做家教时小女孩咪咪的生活情态。咪咪早上起床的赖床劲

---

[1] 田地：《自由画》，《小草丛刊》1948年第2期。
[2] 田地：《告别》"前言"，垦群出版公司1947年版，第2页。

儿、咪咪玩白纸的快活劲儿、和咪咪一起去逛西湖的好奇劲儿等生活细节和咪咪的情感，都被圣野写入诗中。诗的结尾，"咪咪，真的呢 / 我得向你现在的 / 天真无猜的小鼻子 / 永远的看齐"①，颇有刘半农将自家小女夸赞为"天地间的活神仙""自然界不加冕的皇帝"②的真情。

这一时期，圣野关于儿童生活的诗歌创作，已经呈现出格外重视"炼字"的特征，进而表现儿童审美思维的新奇性和颠覆性。这让他的诗作从内容到形式，都呈现出儿童的思维特性带来的陌生化和新鲜感，极富童心本真的诗意。《向妈妈告状》《捉迷藏》《小河骑过小平原》等是代表。在《向妈妈告状》中，小妹妹的告状对象是猫、鼠、狗，与成人思维中的"告状"迥然不同。小妹妹对小动物们毁坏自己心爱的东西十分生气、委屈和苦恼，但又带着点孩子追求公平的真善美。开篇"小妹妹觉得受了委屈 / 用眼泪水写了一张状"③，用"写"字引出了一个新鲜的、与庸常生活拉开一定距离的诗歌天地。写状纸是生活纠纷的具象叙述，极为常见。但圣野巧妙地把"泪水"与"写"搭配，通过创新性的词汇搭配，赋予"写"新的内涵——儿童经验表现的具象化和稚气感。紧接着引出状告小动物的内容，前后紧密相连，富有儿童生活别致的情趣。而在《小河骑过小平原》中，表现了炼字带来的陌生化体验：

　　小猫咪骑在
　　小妹妹的手上

---

① 圣野:《给咪咪》,《小草丛刊》1948年第2期。
② 刘半农:《诗：题女儿小蕙周岁日造象》,《新青年》1918年第1期。
③ 圣野:《圣野诗选》,少年儿童出版社1992年版,第255页。

小妹妹骑在
妈妈的背上

妈妈骑在
一座小桥上

小桥骑在
小河上

小河像一匹
快活的马
一路唱着歌
骑过绿色的小平原[①]

一个"骑"字扣住了全诗，建构起诗的外在形式与内部空间。"骑"从线索结构上连接了小猫与小妹妹、小妹妹与妈妈、妈妈与小桥、小桥与小河、小河与平原，形成完整的诗歌逻辑线。每一个诗节前后衔接的顶真形式，使得诗歌的形式颇为连贯和流畅。在内容上，"骑"字使得小猫咪、小妹妹等表现出主动性，更富有动态感和活泼感。最后，当小河"骑"在平原上时，这种动态感加强了，小河被赋予了强大的生命力。"骑"写出了小河的生命动态，也从新的视角将常见的人物、景物画面赋予新奇性。诗人在创作时，利用"骑"字呈现出从小猫咪到平原的空间层次感，由高到低，使得诗歌内部

[①] 圣野：《圣野诗选》，少年儿童出版社 1992 年版，第269页。

空间的立体感增强。复沓与顶真的结构，字的巧妙运用与空间的编织，构成了《小河骑过小平原》中强烈的新鲜感和陌生化效果。

除此之外，圣野在这一时期的创作还特意关注乡下积极参与劳动的女孩。她们承担起家庭生活的重任，但并不自怨自艾，反而有一种超越年龄的坚韧之美。《山里小姑小冬香》记录了小冬香割茅草、摘乌梅和赶集等生活内容，表现和爸爸一起艰苦但温馨的生活；《阿娥和她的小牛》表现了阿娥驯服小牛的耐心和聪慧；《刮过一阵大风》细细刻画了小姑娘们捡松针的细腻，见缝插针参加劳动的快活和自豪；《做豆腐》描绘了月芬磨豆腐、做豆腐和卖豆腐的利落娴熟，透着健康的美；《编席子》中三阿妹和小银姑编席子的劳动中穿插着农村生活故事……无数个乡下小女孩，在艰苦的生活环境中，呈现出劳动之美感，表现出圣野对这些乡村女孩真诚的赞美。圣野对乡村女孩生活的表现，拓展了儿童家庭生活书写的深度，显示出儿童生命的美感。童心不只有天真和受保护，还表现为在任何环境中永远充满希望，焕发蓬勃生命力。

这些回归儿童生活的童心书写，显示出这一时期对五四时期"儿童本位"审美观的回归。同时，又与新中国成立后表现现实生活中儿童的情趣形成呼应，构成了一条写实的、连续的童心探索之路。

第四节　物的审视与道德审美

解放战争时期，儿童诗歌对物的书写表现出强烈的道德训诫意识，与全面抗战时期儿童诗歌借物表现爱国思想迥然不同。显然，这一时期更加注重对儿童群体的道德建设和生活习惯的培养，也与之前追求物书写中的趣味性稍有区别。陈伯吹在谈到这一时期的诗歌创作和《现代儿童》的办刊宗旨时指出：

> 诗歌，自然是儿童时代的孩子们所喜爱的一种文学样式，要写得既有趣，又有意，既有音节，能朗朗上口，又有形象，可赏心悦目……这样地来赢得读者的欢心。本来嘛，"诗言志"，必需言之有物，有意义，有价值，这可不言而喻。《现代儿童》是在什么样的"此时此地"编辑发刊的？选用来稿，是不是更要重视它的有针对性的教育作用？①

"诗言志"的"志"，是指有意义、有价值的内容。结合《现代儿童》选稿的倾向，不难看出此处的"志"更强调对儿童生活的教育作用。教育的内容涵盖卫生、品质等，例如改掉儿童的坏习惯，塑造坚强勇敢、乐于奉献、勤劳上进的儿童形象。圣野的《鼻涕王》针对儿童流鼻涕进行卫生引导；马力的《向日葵》借写向日葵，引导儿童学习其坚忍不拔、向往光明的精神；田子的《好和不好》直接以价值评价的方式，规范儿童的清洁卫生行为和道德品质，是当时很受欢迎的一首儿童诗；宛儿的儿童诗集《诗与画》，在表现儿童日常生活时也强调道德要求和生活习惯的养成。由此可知，在儿童诗歌中对儿童进行生活习惯和道德品质的教育是这一时期的重要书写内容。圣野在谈论文学作品追求"美学教育"时，提到"文学作品除了对孩子进行思想

---

① 陈伯吹：《〈现代儿童〉的一年半载》，载少年儿童出版社编《现代儿童报纸史料》，少年儿童出版社 1986 年版，第 99 页。

品德教育和知识教育以外"①。这意味着,此时期普遍将思想道德和生活习惯教育放在儿童文学创作和传播的首位,并且,连对儿童诗歌的评价也秉持这种观念。当时,方培茵在《前线日报》上介绍并点评圣野的儿童诗集《小灯笼》,将儿童诗认定为"童话诗",认为"要富于教育意义"②。她抄录了圣野的《肥皂泡》,将儿童玩肥皂泡中的游戏情趣与想象的生动性,解读为儿童应学习谦虚的肥皂泡,才能"被春风先生／一请请上天去……"③。

  由此观之,这一时期关于物的儿童诗歌多以物写人,既批评讽刺时代的黑暗,进而教育和引导儿童向往光明,又借物对儿童进行生活教育。总之,注重教育性尤其是生活道德教育,成为这一时期儿童写物诗的一大特征。综观这几年的创作,儿童写物诗中书写路灯的同名作品较为突出,例如严若冰的《路灯》、戚星北的《路灯》、任大霖的《路灯的歌》、林蓝的《路灯》和江朗的《路灯》。本书试以严若冰、戚星北和任大霖三人关于路灯的诗歌,来观察写物诗歌与儿童德行建设之间的关系。

  严若冰的《路灯》原载于《中国儿童时报》1946年9月1日,通过描写路灯,表现其坚守精神和为大众服务的品质:

    没有华丽的衣服
     和夺目的光彩,
    冷清清的,孤零零的,
     我住的是一条小街。

---

① 圣野:《追求和探索》,载叶圣陶等《我和儿童文学》,少年儿童出版社1980年版,第287—288页。
② 培茵:《小草丛刊评介》,《前线日报》1948年7月28日。
③ 培茵:《小草丛刊评介》,《前线日报》1948年7月28日。

人们都赶红的绿的去了，
　　谁也不和我理睬。
但是红的绿的
　　像晚霞一样熄灭了，
只有我和我的伙伴
　　为人们
　　指点着
　　他们的归途。①

诗中的"我"是一盏小街上的路灯，与灯红酒绿的世界格格不入，一种孤独的情感跃然纸上。但是，在孤独中的"我"并非自怨自艾，而是在灯红酒绿的热闹退却后，"为人们/指点着/他们的归途"。这就将路灯夜里照明的作用与路灯耐得住寂寞、在黑夜中为人们指明前途的象征义结合，在物的审视中塑造了为大众服务的德行榜样——路灯。"只有我和我的伙伴"中的"只有"，连接前文的孤独情感，凸显出坚守和无私的精神。

与严若冰的作品同中有异的是，原载于《新儿童世界》1948 年第 12 期的戚星北的《路灯》，是从第三者观察的视角来书写路灯的：

街头一盏路灯，
默默地吐着青光，
照耀着来往的行人。
它送了黄昏，

---

① 蒋风主编：《中国儿童文学大系　诗歌（一）》，希望出版社 2009 年版，第 343 页。

> 渡过了更深，
> 长年独立在那儿，
> 认为服务是自己的本分。
> 虽然寒风在向它示威，
> 夏虫在向它戏弄，
> 它永远是那样沉默，容忍，
> 依旧默默地吐着青光，
> 照耀着来往的行人。①

诗中也描述了孤独的情形，"一盏路灯""默默"，显示其孤单的状态和沉默无语的画面。与严若冰的《路灯》不同的是，这首诗直接点明了主旨，"认为服务是自己的本分"。作品为了进一步突出主旨，增加了寒风示威、夏虫戏弄的情节，再直言"它永远是那样沉默，容忍，/依旧默默地吐着青光，/照耀着来往的行人"。戚星北的《路灯》在情感表现上更为克制，对孤独的表达趋向一种朴实的沉默。但是，这首诗以物写人的无私奉献，更为直接，训导之意更为迫切。

任大霖的《路灯的歌》原载于《小朋友》1949年第928期：

> 我没有霓虹灯那样美丽，
> 我没有日光灯那样明亮；
> 我只有一个古旧的外形，
> 和微弱的光芒。

---

① 戚星北：《路灯》，《新儿童世界》1948年第12期。

每天每夜，
我伸直着腰，挺起胸膛，
永远孤零零地，
站立在小巷的角上。
别笑我老站在一处，
没有广大的见识；
我曾经看见过，
无数个美丽的故事：
……
我永远守住这岗位——
每一个黑暗的夜，
让寂寞的行人能得到我的安慰！①

  这首诗与严若冰的《路灯》相似，都以拟人方式"我"的自白来描写路灯，呈现路灯照亮黑夜、服务行人的场景。它较为独特的表现方式是，开篇直接将路灯与霓虹灯、日光灯对比，点出其"微弱的光芒"。这种对比中隐含着路灯的渺小和平凡。这种自我定位与前两首的孤独、默然等感觉类似，但又区别于前两者孤单的情感表现。正是这样一盏平凡、渺小的路灯，每天晚上"伸直着腰，挺起胸膛"，做了不平凡的事。在反差中，表现出一种自我肯定，续接"我曾经看见过，/无数个美丽的故事"，进一步表现了对"我"的生活的满意。最后，"我要永远守住这岗位"，与戚星北的"服务是自己的本分"交相辉映。它显示出路灯为大众服务的功能与精神，树立了儿童学习的榜样。

---

① 任大霖：《路灯的歌》，《小朋友》1949年第928期。

三首诗都抓住了路灯在黑夜照亮行人的道路，呈现无私奉献和服务大众的道德品质。这种借路灯的物性表现服务大众的道德品质，是当时对儿童所强调的"做人的美德"[1]和"有用"的体现。这种要求儿童"有用"的时代道德精神贯穿在许多作品中。例如，《三件绿衣》是一首童话诗，借物拟人，也强调服务精神：

> 青蛙说：
> "我穿着绿衣，阁阁阁阁叫不停。"
> 果树说：
> "我穿着绿衣，我结果子给你们。"
> 邮差说：
> "我也穿着绿衣，我替人们送信。"[2]

青蛙、果树和邮差的共同特征是"穿着绿衣"。这首诗以"穿着绿衣"为纽带，将三者联系在一起，表现出"给你们""替人们"这种服务的品质倾向。这正是对社会有用的表现。又如，1948年，姜天铎的童话《路灯》以一盏路灯的所见所闻，写贫与富、光明与黑暗的斗争故事。这盏路灯在霓虹灯下显得微弱渺小，对一个女人欺负小女孩的行为感到愤怒。它发誓，"总有一天，我要叫他们知道我是有用的"[3]。这里的"有用的"，既显示出路灯作为旁观者的愤怒和无力感，带有叶圣陶的《稻草人》的意味，又用路灯显示出"有用"的实用价值标准，隐含着时代观念。结合童话故事来看，"有用"所

---

[1] 童吉之编著：《儿童诗歌三百首》"前言"，春明书店1946年版，第1页。
[2] 童吉之编著：《儿童诗歌三百首》，春明书店1946年版，第35页。
[3] 姜天铎：《路灯》，进步教育出版社1948年版，第12页。

指向的是帮助小女孩那样弱小、贫穷的人。姜天铎是中共地下组织成员，试图通过路灯追求有用的誓言，表现服务大众和走向光明的意义，具有一定的政治隐喻性。而这个政治隐喻对儿童来说，是一种道德的要求，即教育儿童要做"有用的路灯"，走向光明。

由此可见，严若冰、戚星北和任大霖关于路灯的诗歌，皆指向为大众服务的精神，与当时整体对儿童做人美德中服务与贡献的品质要求紧密相连，其背后是寻求光明的政治隐喻。而前期关于路灯的儿童诗歌，则较少如此注重道德教育与政治隐喻的关系。例如，1929年，解冬官发表在《儿童世界》第24卷第19期上的儿歌《路灯》：

马路上，有路灯。
一到黄昏，便放光明，
它们胜过月和星，
夜夜照人路上行。①

描述路灯夜里照明的功能，并不在功能表现以外附加"坚守""安慰""指点"等带有主体意识的动词。这让诗歌对物的审视专注于物本身，而非功能以外的人的情感意志和道德品质。因此，与前期同题材作品相比，解放战争时期关于路灯的儿童诗歌，赋予了人的情感和道德追求，显示了对物书写重道德教育的意识，并以之为一种诗歌的"美"。

值得注意的是，这种审视路灯的物性，融入主体意识，隐喻现实与政治的书写模式，并不是这一时期儿童诗歌的独创。早在1920年，朱自清的《北

---

① 解冬官：《儿歌：路灯》，《儿童世界》1929年第19期。

河沿的路灯》就已将路灯与个人意识、政治隐喻相结合：

> 有密密的毡儿
> 遮住了白日里繁华灿烂。
> 悄没声儿的河沿上，
> 满铺着寂寞和黑暗。
> 只剩城墙上一行半明半灭的灯光
> 还在闪闪烁烁的乱颤。
> 他们怎样微弱！
> 但却是我们唯一的慧眼！
> 他们帮着我们了解自然；
> 让我们看出前途坦坦。
> 他们是好朋友，
> 给我们希望和慰安。
> 祝福你灯光们，
> 愿你们永久而无限！[①]

　　这首诗的写作与1919年北洋军阀政府派军警逮捕爱国学生的政治活动相关。诗人借北河沿的路灯照亮夜晚的特性，希望能"给我们希望和慰安"，"愿你们永久而无限"。黑夜带来的恐惧与诗人所感到的社会现实的黑暗是一致的，而北河沿的路灯，穿破黑夜，照亮道路，恰恰给诗人带来了慰藉和希望。

---

① 佩弦:《北河沿的路灯》,《北京大学学生周刊》1920年第11期。

《北河沿的路灯》表现出特定时代人的孤寂感，被严若冰等在另一时间段表现了同样的感受，才有了解放战争时期对路灯的持续关注。不同的是，当诗人们面向儿童时，在社会的道德教育与生活教育的德行要求下，政治的隐喻被隐藏起来，路灯的光与服务的道德意识相联结。这构成了以路灯为代表的写物的儿童诗歌追求道德建设的审美特性，进而指向对社会政治的隐喻，即这一时期关于路灯的儿童诗歌，对德行的书写，已经与政治的隐喻相结合。由此，新中国成立后儿童诗歌强调儿童的生活习惯教育和道德教育等，将其与祖国的未来联系在一起，乃顺理成章。不过，这一时期儿童诗歌对物的审视所凸显的仍旧是教育诉求。